Deborah Raney

Umwege des Herzens

Deborah Raney

Umwege des Herzens

Deutsch von Angela Klein-Esselborn

BRUNNEN
Verlag Giessen · Basel

Titel der amerikanischen Originalausgabe: *Yesterday's Embers*

FSC www.fsc.org
MIX
Papier aus verantwortungsvollen Quellen
FSC® C006701

www.brunnen-verlag.de
Umschlaggestaltung: Sabine Schweda
Umschlagfoto: Getty Images
Satz: DTP Brunnen
Herstellung: CPI – Ebner und Spiegel, Ulm
ISBN 978-3-7655-1496-8

Prolog

Thanksgiving

Kommt ihr auch wirklich allein zurecht?" Douglas DeVore beugte sich über das Sofa und drückte seiner Frau einen Kuss auf den Mund.

Doch Kaye drehte den Kopf weg und seine Lippen landeten irgendwo in der Nähe ihres linken Ohrs.

„Tut mir leid, Schatz." Sie zog die Nase kraus und hielt sich eine Hand vor den Mund. „Gib mir lieber keinen Kuss. Mein Magen ist etwas durcheinander. Ich hätte nicht von Rahels Milkshake trinken sollen. Ich fürchte, ich brüte dasselbe aus wie sie." Kaye betrachtete ihre Sechsjährige, die in ihrem Arm schlief.

Aus der Garage ertönte das Hupen eines Autos und keine Sekunde später erschien Sarah in der Küchentür. „Los, Papa, beeil dich! Louis kommandiert rum und Karen sagt, sie geht zu Fuß zu Oma, wenn du nicht endlich kommst."

„Sag Louis, er soll damit aufhören, und Karen, sie soll Ruhe halten." Er machte einen, wie er hoffte, verzweifelten Gesichtsausdruck. „Und du bist dir ganz sicher, dass ich nicht zu Hause bleiben soll?"

Kaye verengte die Augen zu einem Schlitz. „Kein Gedanke daran, mein Lieber." Sie wandte ihr hübsches Gesicht zum Kamin, in dem das erste Feuer für diesen Herbst knisterte wie trockenes Laub unter den Schuhen. „Aber hey, danke für das Feuer."

„Hm, na ja, ich wünschte, ich könnte hierbleiben und es in Gang halten." Er zog die Augenbrauen hoch, damit sie seine Anspielung auch wirklich verstand.

Sie lachte. „Sehr hintergründig ... ich komme auf dein Angebot zurück, sobald das vorbei ist, was ich auch immer Blödes ausbrüte." Sie imitierte seine Augenbrauengymnastik.

Er strich ihr über das zerzauste Haar. „Ich hatte Louis gebeten, Holz hereinzubringen, aber wenn es dir ausgeht, ist draußen auf der Veranda noch ein trockener Stapel." Er überprüfte den Kaminschieber. Meine Güte, was würde er dafür geben, Kayes Mutter anzurufen und sich allesamt vor dem Familienessen zu drücken. Mit einem guten Buch am Kamin sitzen, später das Spiel anzuschauen, ohne dass Kayes Bruder wieder den unmöglichen Kommentator mimte.

Er seufzte. So würde es nicht laufen. Kayes Mama war mit Sicherheit schon seit Tagen am Kochen. Und Thanksgiving war immer das letzte Mal im Jahr, an dem sie sich alle trafen, bevor Harriet über den Winter nach Florida aufbrach. Zudem gäbe es, wenn er daheimbliebe, höchstwahrscheinlich ein paar schale Cracker und eine Dose Tomatensuppe, die er sich selbst warm machen würde.

Mit dem üblichen Chaos am Abendbrottisch vor Augen und Hannah in ihrem Hochstuhl, die Suppe durch die gesamte Küche spritzte – und einer Kaye, die zu krank war, um die Aufsicht zu führen –, überlegte er es sich anders. „Ich bringe euch beiden ein paar Teller mit Leckerbissen mit."

„Mm-hmm ... das habe ich mir gedacht." Kaye lachte und er wusste, dass sie seine Gedanken gelesen hatte. Wie sie es immer tat.

Er strich Rahel eine Haarsträhne aus der Stirn. „Meine Güte, ist sie heiß."

Seine Frau nickte wissend. „Ich glaube nicht, dass unser Engelchen in absehbarer Zeit überhaupt etwas isst. Aber bring für alle Fälle ein paar gute Sachen mit."

Kaye war die ganze Nacht für Rahel wach gewesen, während Doug sich angesichts der Würgegeräusche, die von seiner Tochter kamen, taub gestellt hatte. Jetzt nagten Gewissensbisse an ihm.

Kaye zupfte ihn am Ärmel. „Achte darauf, dass Hannah eine

Mütze aufhat, wenn die Kinder sie mit rausnehmen. Ich will nicht, dass sie auch noch krank wird."

„Wird gemacht." Er schnappte sich seine Jacke von der Rückenlehne des Küchenstuhls und ging Richtung Garage.

„Und ... noch was, Doug ..."

Er wandte sich zu Kayes Stimme um.

„Ich hätte gerne jede Menge Sahne auf meinem Kürbiskuchen." Sie wagte es, ihm zuzuzwinkern.

„Entschuldige mal, ich dachte, du bist krank."

Sie lächelte. „So krank nun auch wieder nicht."

Die Garagentür ging erneut auf und Sabrina, Sarahs Zwillingsschwester, streckte ihren blonden Kopf herein. „Pa-paa, beeil dich. Hannah quengelt ..."

Er grinste Kaye hoffnungsvoll an. „Bist du dir *ganz* sicher, dass ich nicht daheimbleiben soll, Süße?"

Kaye zog Rahel näher an sich und verzog eine Augenbraue in seine Richtung. „Du meinst, damit du mir helfen kannst, sauber zu machen, wenn sie wieder erbricht?"

Er schob einen Arm in seinen Mantel. „Ich bin ja schon weg. Ist wohl das geringere Übel."

„Lieb dich!", rief Kaye ihm nach.

Ihr leises Lachen folgte ihm nach draußen und er musste einfach mitlächeln.

Wenn sich diese Frau auf eins verstand, dann war es, ein Feuer in Gang zu halten.

Kapitel 1

Der Korso aus Rücklichtern glomm purpurrot durch die Nebelfetzen, die über dem Highway waberten. Vicky Valdez drückte mit der Spitze ihrer schwarzen Pumps auf die Bremse und versuchte, einen angemessenen Abstand zum Auto vor ihr zu halten.

Die Prozession hatte bereits vor zwanzig Minuten die Kirche verlassen, doch sie waren kaum drei Kilometer außerhalb der Stadtgrenze von Clayburn. Die Autos schlängelten sich den Hügel hinauf – wenn man denn den geschwungenen Anstieg der Straße so bezeichnen konnte –, und die Straße vor ihr war übersät von rot glühenden Bremslichtern, die wie Glühwürmchen blinkten. Als Vicky die Kuppe erreichte, konnte sie hinter den schmiedeeisernen Toren des Friedhofs von Clayburn kaum die zinnfarbenen Grabsteine aus dem Nebel ragen sehen.

Sie strich den Rock ihres schwarzen Georgettekleides glatt und versuchte, sich auf das Autofahren zu konzentrieren. Sie durfte jetzt nicht abschweifen zu der Trauerfeier, von der sie gerade kam. Doch als der erste Leichenwagen vor ihr auf den Kiesweg des Friedhofs einbog, verlor sie die Beherrschung. Trockene Schluchzer entrangen sich ihrer Kehle, es kamen keine Tränen, und dieses eine Mal war sie froh, allein im Auto zu sitzen.

Die Autoschlange kam kaum noch voran, als der zweite Leichenwagen im Schneckentempo durch das Tor fuhr.

Die beiden gleich aussehenden schwarzen Lincolns bogen vom Kiesweg ab und parkten hintereinander in der Nähe der Grasfläche, die von zwei frischen Gräbern entstellt war. Die Fahrer stiegen aus, gingen gleichzeitig zum Heck der Leichenwagen und öffneten die Heckklappen mit den Vorhängen. Vicky wandte den Blick ab. Sie konnte die beiden Särge nicht noch einmal anschauen.

Als sie schließlich an der Reihe war, über das Gatter unter dem hohen Bogen der Eisentore zu fahren, wäre sie am liebsten abgebogen. Nach Westen, ohne sich noch einmal umzudrehen. Doch Pete Truesdell, der den Besucherstrom auf den eingezäunten Friedhof leitete, stand ihr im Weg. Vicky hätte Pete fast nicht erkannt. Er trug einen verkrumpelten marineblauen Zweireiher statt des üblichen Overalls. Vicky hatte keine Ahnung, wie er durch die Tränen hindurch etwas sehen konnte.

Beim Anblick des Alten brach ihr das Herz. Sie fragte sich, ob er irgendwie mit der Familie verwandt war. Anscheinend war in Clayburn jeder mit mindestens einer anderen Familie verwandt. Jeder außer der Valdez-Familie.

Pete winkte das Auto vor ihr durchs Tor und stoppte sie mit der anderen Hand.

Vielleicht könnte sie ja im Auto bleiben, bis der Trauerzug den Friedhof wieder verlassen hatte. Sie wollte nicht über den unebenen Rasen gehen. Wollte nicht riskieren, von den DeVore-Kindern gesehen zu werden ... nicht riskieren, vor ihren Augen zusammenzubrechen. Was würde sie sagen? Was konnte man überhaupt sagen, um dem, was passiert war, irgendwie gerecht zu werden?

Sie kannte sich mit Kohlenmonoxidvergiftung nicht aus. Was sie gehört hatte, war, dass Kaye und Rahel einfach eingeschlafen waren, ohne zu wissen, dass sie im Himmel wieder aufwachen würden. Sie fragte sich, ob Doug DeVore dieses Wissen tröstete. Ob es wenigstens ein kleiner Trost war, dass seine Frau und seine Tochter diese Welt gemeinsam verlassen hatten?

Aber an Thanksgiving? Was hatte Gott sich *dabei* gedacht?

Sie hatte Kaye DeVore nie richtig gut kennengelernt. Wenn Kaye die Kinder auf dem Weg zu ihrer Arbeit an der Highschool in der Kindertagesstätte abgegeben hatte, hatten sie nett geplaudert, aber normalerweise hatte Doug, der in der Stadt in Trevor Ashlocks Druckerei arbeitete, die Kinder gebracht und sie nach Feierabend abgeholt.

Die Kinder der Familie DeVore waren normalerweise die letzten, die abgeholt wurden, vor allem in der Erntezeit, wenn Doug Überstunden machte, damit seine Farm am Laufen blieb. Aber Vicky hatte es nie etwas ausgemacht, länger zu arbeiten. Schließlich wartete zu Hause keine eigene Familie auf sie. Und sie mochte diese Kinder sehr.

Vor allem Rahel. Die süße Rahel mit dem Engelsgesicht, aus deren Augen eine Weisheit strahlte, die weit über ihr Alter hinausging. Vicky hatte regelrecht getrauert, als Rahel in die Vorschule gekommen war und nach der Schule nur noch ein, zwei Stunden zur Betreuung in den Hort kam. Nun zwang sie sich, auf den kleinen weißen Sarg zu blicken, den die Sargträger aus dem zweiten Leichenwagen holten. Es konnte doch nicht wahr sein, dass diese herzige Sechsjährige nicht mehr da war.

Sie schaute durchs Tor und sah, wie Doug aus einem schwarzen Wagen stieg. Er half einem Kind nach dem anderen beim Aussteigen. Die Jüngste hatte er auf dem einen Arm, den anderen Arm versuchte er um die anderen vier Kinder zu legen, als könne er sie vor dem bewahren, was passiert war. Wie er unter der Last einer solchen Tragödie überhaupt aufrecht stehen konnte, war Vicky ein Rätsel. Doch für einen beschämenden, vernunftwidrigen Augenblick beneidete sie ihn um seine Trauer und hätte mit ihm getauscht, wenn das bedeutet hätte, sie hätte eine Liebe erlebt, die des Trauerns wert gewesen wäre, oder ihr wäre ein Kind ihres eigenen Fleisches und Blutes anvertraut gewesen. Sie schüttelte ihre Gedanken ab und war verstört, wie lange sie ihnen Platz eingeräumt hatte.

Sie hatte Angst davor, Doug zu begegnen, wenn er die Kinder das nächste Mal am Morgen ablieferte. Vielleicht würden sie ja auch gar nicht mehr kommen. Sie hatte gehört, Kayes Mutter habe sich überlegt, den Winter nicht wie sonst in Florida zu verbringen. Harriet Thomas würde in Kansas bleiben und Doug helfen, zumindest eine Zeit lang. Wren Johannsen half auch bei der Kinderbetreuung und Hausarbeit, wenn sie sich von *Wren's Nest*, der kleinen Frühstückspension auf der Main Street, loseisen konnte. Wren war wie eine zweite Großmutter für die Kinder. Gott sei Dank. Sechs Kinder mussten …

Vicky schauderte und korrigierte sich. Jetzt nur noch fünf. Damit hatte man alle Hände voll zu tun. Mitte April letzten Jahres waren die DeVores eine Woche in Urlaub gefahren – somit waren ihre Kinder nicht da und das Arbeitspensum geringer gewesen, doch in der Kinderbetreuung war es totenstill gewesen.

Totenstill. Vicky war zwar allein im Auto, erschrak jedoch über ihre Wortwahl.

Sie zuckte zusammen, als es auf die Motorhaube pochte, und sah, wie Pete ihr Zeichen gab, durch das Tor zu fahren. Sie legte einen Gang ein und fuhr zentimeterweise über das Gatter. Jetzt gab es kein Zurück mehr. Sie folgte dem Wagen vor ihr und parkte neben einem Zaun am Ostende des Friedhofs.

Ihr Blick fiel auf einen hohen weißen Grabstein in der Ferne und ein aufwühlender Gedanke quälte sie. Als sie das letzte Mal zu einer Beisetzung hier gewesen war, waren auch eine Mutter und ein Kind begraben worden. Trevor Ashlocks Frau Amy und ihr kleiner Sohn. Im kommenden Sommer würden es fünf Jahre.

Als sei er von ihren Gedanken hergezaubert worden, parkte Trevors grüner Pick-up neben ihr ein. Vicky beobachtete ihn im Seitenspiegel und sah, wie er seiner jungen Frau auf der Beifahrerseite beim Aussteigen half. Leo hatte den Gang einer offensichtlich schwangeren Frau und Trevor führte sie mit einer Hand auf dem Rücken über den unebenen Rasen zu dem Zeltdach über der Grabstätte.

Vicky schaute fort. Wenn sie Trevor sah, überkam sie noch immer große Traurigkeit. Wegen seines großen Verlustes natürlich. Aber auch wegen ihres eigenen Verlustes. Nach Amys Tod hatte sie sich haltlos in ihn verliebt – und die Hoffnung gehegt, er empfinde ebenso. Und dass sie seinen Schmerz lindern könne. Doch seine Trauer war zu groß, als dass er sie überhaupt wahrgenommen hätte.

Dann war Leonie Anderson in die Stadt gezogen, und noch bevor Vicky wusste, wie ihr geschah, war Trevor verheiratet. Er und Leo machten einen sehr verliebten Eindruck und Vicky missgönnte beiden nicht ein Quäntchen ihres Glücks. Das bedeutete jedoch nicht, dass es ihr nicht jedes Mal, wenn sie sie miteinander sah, einen Stich versetzt hätte.

Dieser Tag musste für Trevor doppelt schwer sein. Für Doug war es sehr wahrscheinlich ein Trost, dass Trevor da war – jemand, der dasselbe durchgemacht hatte und es irgendwie doch schaffte, am Morgen wieder aufzustehen und auch am nächsten und am übernächsten.

Wieder fragte sie sich, was Gott sich dabei gedacht hatte. Wo war er, als dieses Unglück geschah? Wie konnte er tatenlos zusehen, wie anständigen Menschen solch schreckliche Dinge passierten ... den feinsten Männern, die sie kannte, außer ihren Brüdern? Das ergab doch alles keinen Sinn. Und der Einzige, der eine Antwort hätte geben können, hatte einfach zugesehen und das alles geschehen lassen.

Kapitel 2

Douglas stellte den Motor ab und schlug das Garagentor zu. Es machte ein knirschendes Geräusch, als es auf dem Betonboden aufkam. Wie ein grässliches Echo auf die Vorrichtung, die vor erst einer Stunde die Särge in die Erde hinuntergelassen hatte. „Ihr geht ins Haus, Kinder. Und zwar gleich. Zieht eure guten Sachen aus."

Sarah und Sabrina verzogen das Gesicht. Er hatte nicht so schroff klingen wollen, aber er war zu müde, um sich zu entschuldigen. Karen und Louis merkten es anscheinend nicht, Hannah war in ihrem Autositz fast eingeschlafen und nuckelte mit einer Geschwindigkeit von anderthalb Kilometern pro Minute an ihrem Daumen. Er fragte sich, wie viel von allem sie mitbekommen hatte.

„Karen, holst du bitte Hannah? Und leg sie hin, wenn du kannst; sie kann ein wenig schlafen."

„Wenn du sie jetzt noch hinlegst, schläft sie heute Abend aber nicht, Papa." Karen sah ihn an, als erwarte sie eine Antwort.

Als er nichts sagte, nahm sie das Baby aus dem Kindersitz.

Er hatte nicht die Kraft zu streiten oder sie zu ermahnen, sich zu beeilen. Wofür sollte die Eile überhaupt gut sein? Die Beerdigung war vorüber. Alle anderen waren heimgegangen, zurück in ihr normales Leben. In ein anständiges Leben, dessen Wert sie nicht erkannten und über das sie ohne triftigen Grund klagten.

Das wusste er, denn er war genauso gewesen. Hatte das kleine Glück für selbstverständlich gehalten, mit einer Tasse Kaffee und der Zeitung am Frühstückstisch zu sitzen, während im Bad am Ende des Flurs deine Frau noch ein paar Minuten länger unter der Dusche blieb und deine Kinder in einen so seligen Schlaf versunken waren, wie es nur Kinder können.

So würden seine Kinder nie wieder schlafen. Zwei Nächte hintereinander hatte Louis um zwei Uhr früh sein Bettzeug die Treppe heruntergeschleift, an Dougs nur angelehnte Schlafzimmertür geklopft und gewimmert, er habe gehört, wie jemand versuchte einzubrechen.

Doug schlug die Tür des alten Suburban zu und scheuchte die Zwillinge zum Haus. Aus Gewohnheit fing er an zu zählen. Die Zwillinge waren da ... Karen hatte Hannah, Louis war schon im Haus. Das waren fünf. Fehlte noch ...

Ihm wurden die Knie weich und es traf ihn wie ein Schlag. *Rahel.* Seine süße Kleine fehlte bei der Aufzählung. Würde immer fehlen. Es war schlimm genug, Kaye zu verlieren, aber auch noch Rahel? Wie lange würde er nach diesem sechsten süßen Blondschopf Ausschau halten und unruhig sein, bis er all seine Flachsköpfe ausgemacht hatte?

Doch er hatte sie nicht beschützen können. All seine Kurse bei der freiwilligen Feuerwehr und als Rettungssanitäter, seine Vorträge bei Schulversammlungen über die Gefahren von Kohlenmonoxid – nichts davon hatte Kaye und Rahel bewahrt. Er war der *Letzte*, dem das hätte passieren dürfen.

Aber niemand dachte, dass ihm so etwas passiert. Man nahm nie an, die eigene Frau, das eigene Kind würde im Krankenwagen abtransportiert. Und dann in einem Leichenwagen.

Wie sollte er das ertragen? Er konnte sich nicht vorstellen, wieder zur Arbeit zurückzukehren, zu irgendeiner Form von Normalität.

Doch er hatte keine andere Wahl. Er musste an die Kinder denken. Er war dankbar für seine Stelle in der Druckerei, froh, einen bezahlten Job zu haben, zu dem er zurückkehren konnte. Doch seine Lizenz als Rettungssanitäter und als Feuerwehrmann hatte er unwiderruflich abgegeben. Im Moment traute er seiner eigenen Einschätzung nicht – obwohl ihm Blaine Deaver, der Branddirektor, versichert hatte, er hätte gar nichts tun können, um zu verhindern, was Kaye und Rahel zugestoßen war.

Am Ende des vergangenen Winters hatte Kaye einen Schornsteinfeger aus Salina beauftragt, den Kamin und den Rauchabzug zu reinigen, doch nach mehrmaligem Frost und dem Tauwetter im Frühjahr hatten bröselnder Mörtel und Ziegel den Abzug anscheinend seither erneut verstopft.

„Papi?“, zwitscherten Sabrina und Sarah im Einklang mit ihren nahezu gleichen Stimmen, auch wenn die Mädchen nicht gleich aussahen. „Was gibt es zum Abendessen?“

Ihm kam es so vor, als seien seit der Begräbnisfeier erst Minuten vergangen, doch ein Blick auf die Uhr verriet ihm, dass die kleinen Bäuche wieder hungrig sein mussten. Ihn überkam eine seltsame Panik. Mit der Kaffeemaschine kam er morgens gut zurecht. Kaye hatte ihn immer damit aufgezogen, dass er ohne sie nicht einmal wüsste, wie man Wasser kocht. Leider war Wasserkochen auch schon alles, was er in Kayes Kochkurs gelernt hatte. Wie sollte er die Kinder heute Abend satt bekommen, ganz zu schweigen von morgen und übermorgen und überübermorgen?

Als er die Tür öffnete, schlug ihm ohrenbetäubende Stille entgegen. Vier Tage lang hatte es im Haus nur so von Verwandten und Freunden gewimmelt. Jetzt war er zum ersten Mal allein, nur er und die Kinder, seit er nach Hause gekommen war und …

Er untersagte seinem Gehirn, diesen Satz zu beenden. Er tastete nach dem Schalter an der Küchenwand und knipste das Licht an. Der Anblick der Arbeitsflächen, die mit Tortenplatten, Auflaufformen und Tellern voller Schokokeksen bedeckt waren, war für ihn eine seltsame Erleichterung. Ein Stapel sauberes Geschirr, das Kayes Mutter zum Zurückgeben bereitgestellt hatte, die vielen Aufläufe im Kühlschrank, die Nachbarn und Freunde aus der Gemeinde vorbeigebracht hatten. Er hatte überhaupt keinen Appetit auf irgendetwas, aber seine Kinder mussten etwas essen. Und er war dankbar dafür, dass sich jemand darum gekümmert hatte.

Irgendwie schaffte er es, alle Kinder aus Mänteln und guten Sachen herauszuschälen und in Jeans und T-Shirts zu stecken. Er lud ein paar Löffel Auflauf mit viel Käse auf Teller und stellte den ersten in die Mikrowelle. „Wie lange muss ich das erhitzen, Karen?“

Seine älteste Tochter sah ihn an, als wäre ihm ein zweiter Kopf gewachsen. „Echt? Das weißt du nicht?“

„Eine Minute, oder?“ Er stellte den Minutenschalter ein, wie er es bei Kaye gesehen hatte, wenn er noch lange auf dem Feld hatte arbeiten müssen oder zu einem Hilfseinsatz musste und sie ihm dann sein Abendessen gewärmt hatte. Er sah zu, wie die Digitaluhr die Sekunden herunterzählte, wollte einfach nur ins Bett und sich die Decke über die Ohren ziehen.

Hinter sich hörte er Karen schniefen. *Oh bitte, Herr, lass sie jetzt nicht weinen. Bitte.*

Er konnte sie nicht ansehen, sondern bediente weiter den Zeitregler, bis das Essen in der Mitte anfing zu dampfen. Er erhitzte einen Teller nach dem anderen und war dankbar für diese hirnlose Aufgabe.

„Das ist kalt, Papi.“

Er tauchte aus seinem Nebel auf, als Sarah mit ihren Patschhändchen einen Teller wegschubste. „Das ist noch kalt“, wiederholte sie und ließ den Teller auf die Arbeitsfläche rutschen, an die sie kaum heranreichte. Er öffnete die Mikrowelle und der leere

Drehteller kam zum Stillstand. Er schob den Teller hinein und bemühte sich, seine Gedanken auf die Gegenwart zu richten.

Am Tisch saß Karen vor Hannahs Hochstuhl und spielte Flugzeug mit dem Löffel, damit das Baby etwas aß. Genau wie Kaye es immer getan hatte.

Er legte Sarah eine Hand auf den Kopf. „Ist gut, Süße. Setz dich. Dauert nur eine Minute."

Er war mit dem Aufwärmen des Essens fertig, stellte einen Teller vor Karen und einen an seinen Platz. Er setzte sich und ihm wurde schon beim Anblick des Essens mulmig. Sehr darauf bedacht, keinem seiner Kinder in die Augen zu schauen, nahm er einen klebrigen Klumpen Auflauf auf seine Gabel.

„Gibt's heute kein Dankgebet, Papi?"

Er blickte auf. Sabrinas traurige blaue Augen, die sie von ihrer Mutter hatte, sahen ihn eindringlich an.

Dankgebet. Die Ironie war wie ein Messerstich. Mühsam senkte er den Kopf. Er spürte, wie seine Kinder es ihm gleichtaten. „Wir preisen dich, himmlischer Vater, für diese Speisen, die du unserem Leib zur Nahrung gibst ..."

Es war das vertraute Gebet, das sein Vater immer gesprochen hatte. Er wusste nicht, woher er es jetzt hatte, doch als er den Kopf hob, starrten seine Kinder ihn an, als hätte er auf Chinesisch gebetet.

Sarah brach das Schweigen. „Warum betest du denn so?"

Sabrina verzog die Augenbraue genau wie ihre Zwillingsschwester. „Bekommt Mamas Leib in der Erde auch etwas zu essen?"

„Sabrina!", zischte Karen.

Sabrina ignorierte ihre große Schwester und zog die Augenbraue in seine Richtung. „Ja, Papi?"

„Wovon redest du da, Süße?"

„Was du gebetet hast ... von Speisen und ‚Nährung' für unseren Leib. Bekommt Mamas Leib das auch?"

Vielleicht war es verkehrt gewesen, die Kinder am offenen Sarg von Kaye und Rahel Abschied nehmen zu lassen. Seit dem Abend in der Leichenhalle waren die Zwillinge offenbar wie besessen von dem Thema. Er schaufelte sich Auflaufbrocken in den Mund und hatte Angst, er müsse ersticken. „Esst auf, Mädels. Es ist schon fast Zeit fürs Bett."

Louis drehte sich in seinem Stuhl um und starrte aus dem Fenster in der Westwand in den rötlich angehauchten Himmel. „Es ist ja noch nicht mal dunkel."

Doug sah an Louis vorbei aus dem Fenster. Er betrachtete die Baumreihe, die in der Ferne das Ufer des Smoky Hill River säumte, und das sanft geschwungene Ackerland davor, das ihm sein Vater vermacht hatte. Land, von dem er immer gehofft hatte, es eines Tages Louis zu vererben. Jetzt, da Kaye nicht mehr da war, erschien ihm das plötzlich als ein recht armseliges Versprechen für seinen Sohn.

Eingerahmt wurde dieser Blick von Kayes fröhlichen rot-weißen Vorhängen mit dem Kirschenmuster. Sie hatte sie hier an diesem Tisch genäht, mit einer kleinen Singer-Nähmaschine von ihrer Großmutter. Er hatte immer vorgehabt, ihr eine neue zu kaufen. So eine moderne Maschine, die so viel kostete wie ein guter Aufsitzrasenmäher – und die, wie Kaye verkündet hatte, jeden einzelnen Cent wert wäre.

„Aber es wird bald dunkel sein." Doug fuchtelte mit seiner Gabel. „Esst."

Karen schob geräuschvoll ihren Stuhl zurück. „Ich hab keinen Hunger."

„Bleib sitzen, Karen." Er zwang sie mit seinem Blick, sich zu setzen.

Doch sie senkte den Kopf und murmelte: „Darf ich bitte aufstehen?" Ohne auf eine Antwort zu warten, verließ sie den Raum und lief über den Flur in das Zimmer, das sich die Mädchen teilten.

Er ließ sie. Er hatte nicht die Energie – oder den Willen – für eine Auseinandersetzung. Nicht heute Abend.

Irgendwie schaffte er es, die Küche etwas aufzuräumen und die Kinder ins Bett zu bringen. Selbst Karen war um halb neun im Bett – oder zumindest in ihrem Zimmer.

Jetzt lag der Abend vor ihm – endlos. Die Stille im Haus hallte ihm durch den Kopf und er rieb sich die ersten Anzeichen von Kopfschmerzen von den Schläfen. Er hätte das Angebot von Kayes Mutter annehmen sollen, heute Abend hier zu übernachten und für die Kinder da zu sein. Doch das hätte bedeutet, dass Harriet auf dem Sofa hätte schlafen müssen – oder dass er das Bett hätte aufgeben müssen, das nach Kaye roch.

Außerdem war das Haus vier Tage lang voller Leute gewesen. Er musste jetzt erst einmal allein sein. Er schnaubte wütend. Was waren das denn für Gedanken? Er hätte alles getan, alles gegeben, um jetzt *nicht* allein zu sein.

Um zehn schloss er die Haustür ab, schaute noch einmal nach den Kindern und kroch unter die Bettdecke. Hannahs tiefes, gleichmäßiges Atmen im Gitterbettchen am Fußende seines Bettes versetzte ihm einen Stich des Neids. Die Kleine konnte noch nicht verstehen, dass Mami niemals wiederkommen würde, nahm aber die sachliche Erklärung ihrer Geschwister – „Mami ist nicht hier, Hannah, sie ist jetzt im Himmel“ – hin, als hätten sie gesagt: „Mami ist einkaufen gegangen.“

Er fragte sich, ob die Kleine Erinnerungen an Kaye und Rahel bewahren würde. Seine eigenen frühesten Erinnerungen begannen mit etwa vier Jahren, als sein Großvater zu ihnen gezogen war, nachdem Großmutter gestorben war. Er hatte verschwommene Erinnerungen, dass Opa genau hier auf diesem Bett gelegen und erstickte, mitleiderregende Geräusche von sich gegeben hatte, wenn er weinte und nicht wusste, dass Doug an der Tür lauschte.

Damals hatte er nicht verstanden, welchen Verlust der alte Mann erlitten hatte. Jetzt zog er die Decke hoch und drehte sich von der leeren Bettseite zur Wand.

Er wollte weinen wie sein Großvater damals. Doch es kamen keine Tränen.

Kapitel 3

Douglas schloss die Hintertür zur Druckerei auf und trat ein. Er schaltete das Licht ein, wartete, bis sich seine Augen an die Helligkeit gewöhnt hatten, sog den Duft des Druckraums ein … Papier, Farbe, Staub und der Kaffee von gestern.

Es war eine Erleichterung, die Kinder jeden Morgen Kayes Mutter zu überlassen und in die Druckerei zu flüchten. Heute würde es, wie immer donnerstags, ruhig zugehen. Der wöchentliche *Clayburn Courier* war gedruckt und am Mittwoch verteilt worden, und die wahnsinnige Hetze, die dünne Ausgabe der nächsten Woche herauszubringen, würde erst am Montag einsetzen – zumindest für ihn.

Er tauschte seinen Mantel gegen eine Druckerschürze von einem Haken neben der Tür und streifte den Baumwollriemen über den Kopf. Er band sich die fleckige Schürze um die Hüfte und ging an den Layout-Plätzen vorbei, wo die Seiten der nächsten Ausgabe Gestalt annahmen. Die Mitarbeiter des *Courier* – Trevor, Dana Fremont und ein paar Teilzeitkräfte – montierten die Wochenzeitung noch auf die hergebrachte Weise, obwohl Trevor, sehr zu Danas Missfallen, mit einem Programm arbeitete, das bald alles dem Computer übermitteln würde.

Doug blätterte die Ausgabe vom Vortag durch und war erstaunt, in der Zeitung zum ersten Mal seit fast drei Wochen nichts von seiner Tragödie zu lesen. Stattdessen beherrschte Weihnachten die Schlagzeilen und frohgemute Anzeigen kündeten von nur noch zwölf weiteren Einkaufstagen. Eine seltsame Mischung aus Erleichterung und Enttäuschung durchflutete ihn. Er hatte es gehasst, Kaye und Rahel von den Fotos lächeln zu sehen, die er Trevor auf seine Bitten hin zur Verfügung gestellt hatte. Gleichzeitig versetzte es ihm einen Stich, wie schnell der Rest der Stadt so locker in Festtagsstimmung überging.

Er schüttelte den Groll ab, der sich in ihm hatte festsetzen wollen, und machte sich daran, den Schreibtisch aufzuräumen, den jeder als den Seinen bezeichnete. Eigentlich hatte er auch gar keinen Schreibtischjob und auf seinem Tisch landeten denn auch alle möglichen Sachen, bei denen niemand wusste, wohin damit.

Er wollte gerade aufhören, da gingen flackernd die Lampen vorne im Büro an. Durch die halb heruntergelassene Jalousie sah er Dana im Büro umhergehen. Eine Minute später ging die Verbindungstür auf und Trevor, der einen Stapel Kartons auf den Armen balancierte, kam rückwärts herein.

Doug spurtete los, um ihm die Tür aufzuhalten, doch Seth Berger, der Junge, der jetzt samstagmorgens für Trevor arbeitete, kam ihm zuvor. Doug begrüßte ihn mit einem Kopfnicken.

Trevor stellte die Kartons ab, legte Seth eine Hand auf die Schulter und führte ihn zu Doug hinüber. „Seth, das ist Douglas DeVore, mein Druckereileiter."

Seth trat von einem Fuß auf den anderen. „Ja ... ich weiß."

Doug streckte ihm die Hand entgegen und hatte ein paar peinliche Sekunden lang die Befürchtung, Seth werde sie ausschlagen. Doch dann reichte er Doug kurz eine verschwitzte Hand.

„Außer samstags versucht Seth, auch an Wochentagen vor der Schule ein paar Extrastunden zu arbeiten", erklärte Trevor.

Seth war mal in Karens Schulklasse gewesen, aber Doug erinnerte sich, dass Kaye gesagt hatte, er sei einmal sitzen geblieben. Vielleicht auch zweimal, so wie er aussah. Die Jungen im siebten Schuljahr, die Doug kannte, waren Spargeltarzane mit Bleistiftärmchen, doch dieser Knabe war bestimmt zwanzig Zentimeter größer als Karen und hatte einen beeindruckenden Bizepsansatz. Darauf war er offenbar auch stolz. Denn warum sonst sollte er im Dezember ein Muskelshirt tragen?

Doug sah auf die Uhr über der Tür. „Müsstest du jetzt nicht in der Schule sein?" Doug hatte Karen und Louis noch nicht wieder zur Schule geschickt, doch er war sich ziemlich sicher, dass so kurz vor Weihnachten keine Ferien waren.

„Die zweite Glocke klingelt erst um zehn nach acht." Seth deutete mit dem Kopf zur Uhr und hob großspurig eine Schulter. „Bis dahin ist es ja noch eine Viertelstunde. Außerdem macht's kaum was aus, wenn ich zu spät komme."

Der kleine Klugscheißer hatte Glück, wenn er noch zwanzig Minuten arbeiten konnte, bevor er ausstechen musste. Doch Trevor sagte nichts, und so verbiss sich Doug die Standpauke, die er Seth gehalten hätte, wenn er sein Kind wäre. Kopfschüttelnd ging er wieder zu seinem Schreibtisch.

Gegen halb zwölf kam Trevor an die Heidelberger Druckmaschine, die Doug gerade reinigte. „Ich geh mal rüber ins Café und esse ein Sandwich. Kommst du mit?"

Aus Gewohnheit schüttelte er den Kopf.

„Ach komm schon", entgegnete Trevor. „Ich lad dich ein."

Doug atmete tief ein. Seit der Beerdigung hatte er sich kaum blicken lassen und er war auch nicht stark genug für das Mitleid, das gewiss über ihm abgeladen würde, wenn er in die Stadt ginge. „Ich glaube, ich passe."

Trevor legte den Kopf schief und sah Doug eindringlich an. „Hey ... ich weiß doch, wie das ist. Ich weiß noch, wie schwer es mir fiel, da rauszugehen – in die Öffentlichkeit zu gehen –, nachdem ich Amy verloren hatte."

Doug musterte Trevor und versuchte, sich sich selbst in vier, fünf Jahren vorzustellen. Würde er dann genauso normal, genauso glücklich aussehen wie Trevor?

Trevor machte einen Schritt zur Tür und sein Lächeln war Herausforderung und herzliche Einladung zugleich. „Na los. Es hilft, besser darüber hinwegzukommen. Die Leute meinen es gut, egal was sie sagen, und nach einer Weile verhalten sie sich wieder ganz normal. Hör auf zu weinen, wenn sie dich ansprechen. Na ja, und ich kann auch eingreifen. Wenn du jemanden siehst, mit dem du nicht reden möchtest, machst du mir ein Zeichen und schon sind wir draußen."

Doug zögerte einen Augenblick, band dann seine Schürze los und zog sie sich über den Kopf. „Und du zahlst?"

Trevor lachte. „Und ob. Zieh deinen Mantel an."

Doug hängte seine Schürze auf, schnappte sich die Jacke vom Haken und schlüpfte in einen Ärmel. „Glück für dich, dass Vivian im Café keine Steaks anbietet."

Trevor klopfte ihm auf den Rücken, ging hinter ihm her durchs vordere Büro und hinaus auf die Main Street. Bis zum Café, das früher *Clayburn Café* geheißen hatte, war es nur ein Häuserblock. Vivian Kenney, die Tochter des Eigentümers, hatte es kürzlich in ein Café der gehobenen Klasse verwandelt und in *Latte-dah* umbenannt. Die meisten Leute nannten es noch *das Café*, auch wenn Ingrid Kenneys Hausmannskost leider nicht mehr auf der Speisekarte stand, seit sie ins Altenheim gezogen war. Doch sie machten anständige Sandwichs, und die Suppe, die sie in den Wintermonaten anboten, war nicht schlecht. Suppe hörte sich jetzt gut an. Der Wind war eisig kalt und Doug war dankbar für einen Grund, den Kragen bis übers Gesicht zu schlagen, als sie die Main Street entlanggingen.

An der Theke standen nur zwei Leute, die ihn augenscheinlich nicht bemerkten. Doch als Doug an der Reihe war, schenkte Vivian ihm dieses Lächeln und das traurige, mit gesenktem Kopf vorgebrachte „He, Doug", das anscheinend zu der neuen Sprache gehörte, die alle um ihn herum plötzlich sprachen.

Trevor trat vor an die Theke und angelte seine Geldbörse aus der Tasche. „Na, wie geht's, Vivian? Laufen die Hochzeitsvorbereitungen? Ist doch schon bald, oder?"

Doug trat einen Schritt zurück und konnte leichter atmen. Dankbar nahm er Trevors beherztes Ablenkungsmanöver an.

Vivian strahlte. „Noch zweieinhalb Monate. Aber noch massenweise zu tun. Was kann ich euch bringen?"

Trevor warf einen Blick auf die verpackten Sandwichs in der Feinkostvitrine. „Ich nehme Putenbrust. Und eine Suppe."

„Hört sich gut an", sagte Doug, der froh war, dass ihm die Entscheidung abgenommen wurde.

„Zweimal Putenbrust und Minestrone, kommt sofort." Vivian legte die Sandwichs auf Tabletts und deutete mit dem Daumen auf die Mikrowelle. „Soll ich euch die Sandwichs aufwärmen?"

„Nein, geht schon so“, erwiderte Trevor und tippte auf die Plastikfolie.

Doug pflichtete ihm bei und nahm einen Tisch in der hintersten Ecke am Kamin ins Visier. Doch als Trevor gezahlt hatte, strebte er einen Tisch in der Nähe des Eingangs an. Doug folgte ihm und setzte sich mit dem Rücken zur Tür.

Sie unterhielten sich beim Essen übers Geschäft, und als immer mehr Mittagsgäste herbeiströmten, war Doug dankbar, dass Trevor hier und da grüßte und er sich mitten im belanglosen Kleinstadtgeschnatter befand, gleichzeitig jedoch von aller übermäßigen Aufmerksamkeit verschont blieb.

Sie waren bei einem dicken Stück Apfelkuchen angelangt, zu dem Vivian sie überredet hatte, als Philip Grady, der Pastor ihrer Gemeinde „Community Christian“, mit dem neuen Jugendpastor der lutherischen Gemeinde von Clayburn hereinkam. Doug erkannte den Mann von dem Foto, das er im *Courier* gesehen hatte. Pastor Grady ging von Tisch zu Tisch und stellte den jungen Kerl vor.

Doug mochte Phil Grady schon immer. Seine Predigten waren gespickt mit Humor, trafen jedoch genau ins Schwarze und schlossen einem die Bibel auf. Er war ein ruhender Fels in der Brandung dieses schrecklichen Thanksgiving-Tages und der Zeit nach der Beisetzung gewesen.

Doug war seit der Beerdigung nicht mehr in der Kirche gewesen. Selbst wenn er es geschafft hätte, fünf Kinder rechtzeitig anständig herzurichten, wäre es zu schmerzhaft gewesen, all die Leute dort zu sehen. Zu schmerzhaft, daran zu denken, allein in einer Bankreihe zu sitzen, nachdem die Kinder zum Kindergottesdienst gegangen wären.

Aus dem Augenwinkel sah er Phil und den jungen Mann auf sie zukommen. Trevor offenbar auch, denn er schob seinen Stuhl zurück und stand zur Begrüßung auf. Doug folgte seinem Beispiel.

Phil lächelte und stellte alle einander vor. Mit einem schalkhaften Glitzern in den Augen legte er Doug eine Hand auf die Schulter.

„Hör mal, John, Doug hat eine regelrechte Kinderschar, und bei Trevor ist eins unterwegs, aber damit das klar ist: Ich erhebe Anspruch auf jedes einzelne von ihnen."

Alle lachten und zum ersten Mal seit Langem erinnerte sich Doug, wie es war, ein normaler Mensch an einem normalen Tag zu sein. Es war ein gutes Gefühl.

Sie verließen das Café und gingen zurück zur Druckerei. „Danke, Mensch ..." Unerwartet schluchzte Doug auf. „Für das Essen. Aber auch, dass du mich aus meiner Höhle gezerrt hast. Es ... war nicht so schlimm, wie ich gedacht hatte."

Trevor schüttelte den Kopf. „He, ich weiß doch auch noch, wie es damals war. Nicht einfach." Er schluckte.

Doug konnte fast zusehen, wie ihm die Erinnerungen durch den Kopf gingen. Er hatte noch ein Bild des kleinen Jungen vor sich – das Ebenbild von Trevor, aber mit Amys Gesichtsfarbe. Er hatte schon den Namen von Trevors Sohn vergessen, was er ganz furchtbar fand. Denn das bedeutete, dass die Leute auch Rahels Namen vergessen würden. Und Kayes.

Trevor legte ihm kurz die Hand auf die Schulter. „Sieh einfach zu, dass du ... irgendwie durch dieses erste Jahr kommst. Sei froh, dass du das erste Weihnachten ohne sie bald hinter dir hast. Nächstes Jahr ist es schon etwas einfacher. Und das Jahr danach. Ich weiß, dass dir das im Moment unmöglich vorkommt. Im Moment *willst* du womöglich nicht mal, dass es einfacher wird. Aber glaub mir. Es ist ein fürchterliches Klischee, aber es stimmt. Die Zeit hilft. Wirklich. So hat Gott sich das vielleicht gedacht."

Einen Moment lang konnte Doug ihm beinahe glauben.

Kapitel 4

Das Wimmern wurde zum Schreien und Doug drehte sich im Bett um. „Hannah weint“, murmelte er und stieß mit dem Ellbogen in Kayes Richtung.

Doch sein Stoß traf ins Leere. Da stürzte alles wieder auf ihn ein – das Schreckliche, das ihm widerfahren war. Oder ihnen.

Vierundzwanzig Mal war die Sonne jetzt ohne seine Frau und seine Tochter auf- und untergegangen. Es kam ihm vor wie eine Ewigkeit. Bis Weihnachten waren es noch zehn Tage und er trug Trevors „komm irgendwie durch“ wie eine Rettungsweste.

Er versuchte, die grässlichen Bilder wegzuschieben … den Anruf daheim nach dem Abendessen an Thanksgiving, um nachzuhören, wie es Kaye und Rahel ging. Keine Antwort zu bekommen. Die Kinder – *Gott sei Dank* – bei Kayes Mutter zu lassen und daheim nach seinen Patientinnen zu schauen. Die Tür zwischen Küche und Garage aufzumachen … die seltsame Stille, die ihm entgegenschlug. Dann das Betreten des Wohnzimmers, der Anblick der beiden auf der Couch, aneinandergeschmiegt, wie er sie vor einigen Stunden zurückgelassen hatte.

Die Erleichterung über den rührenden Anblick hatte sich in Entsetzen verkehrt, das er sein ganzes Leben lang versuchen würde auszulöschen. Als er näher hingegangen war und Kaye angesprochen hatte, hatte er die düstere, unnatürliche Hautfarbe durch die Kohlenmonoxidvergiftung wahrgenommen …

Er schwang seine Beine aus dem Bett, setzte sich und bemühte sich, zu Atem zu kommen. So verharrte er eine Weile und versuchte, die quälenden Bilder von der Tafel seines Gemüts zu wischen.

Im schwachen Schimmer des Orientierungslichts sah er, wie Hannah sich am Gitter hinaufzog und wimmernd in ihrem Flanellhemdchen dastand.

Er stand auf und taumelte zum Fußende des Bettes, wo sie sich an den Gitterstäben festhielt und ihr pummeliges Gesicht vor Tränen glänzte. „Was ist los, Spätzchen?"

Sie hob die Arme und wollte hochgehoben werden. Er drückte sie an sich und genoss ihre Wärme, genoss das *Leben* in ihr. „Möchtest du was trinken, Süße?"

„Mama?" Hannah schaute ihm über die Schulter in das leere Bett und hatte eine Frage in ihren schlaftrunkenen Augen.

Doug wurden die Knie weich. Er ließ sich im Schaukelstuhl neben dem Kinderbett nieder. „Willst du ein bisschen mit Papa schaukeln?", murmelte er, versuchte ihren Kopf an seiner Schulter zu bergen und betete, sie möge wieder einschlafen.

Sie lehnte sich zurück, lächelte ihn an und deutete wieder auf das Bett. „Mama?"

Kaye war immer diejenige gewesen, die aufstand, wenn eines der Kinder Bauchweh hatte oder etwas zu trinken brauchte. Doch schließlich hatte er zwei Jobs, stand noch vor dem Morgengrauen auf, um in der Druckerei zu arbeiten – noch früher an den Tagen, wenn der *Courier* erschien oder wenn sie Auftragsarbeiten zu erledigen hatten –, ging dann heim und schnell aufs Feld, bis es dunkel wurde. Und als wäre das noch nicht genug, war er auch noch als Feuerwehrmann und Rettungssanitäter bei der freiwilligen Feuerwehr gewesen.

Es tut mir so leid, Kaye. Er flüsterte in die Dunkelheit. „Oh Gott, es tut mir so leid." Wenn er sie bloß zurückhaben könnte, würde er sein Leben lang wiedergutmachen, was er ihr in den dreizehn Jahren, in denen sie zusammen waren, nicht hatte bieten können. Sie hatte so viel mehr verdient als diese kleine heruntergekommene Farm. Er hatte aus Stolz an ihr festgehalten. Hier war er aufgewachsen. Sie war das einzige Erbe, das seine Eltern ihm hinterlassen hatten.

Und obwohl es nur mit einem Zweitjob zu schaffen war und Kaye mitverdienen musste, hatte er es geschafft, die knapp hundert Hektar zu bewirtschaften, die sein Vater ihm vermacht hatte. Dad hatte immer geglaubt, die Zeiten würden besser. Doug hatte sich dieser Meinung angeschlossen.

Doch während weiter Strecken hatte die Ernte kaum genug eingebracht, um alle Rechnungen zu begleichen, und er hatte noch eine „richtige Stelle“ annehmen müssen, wie Kayes Mutter sich ausdrückte, um über die Runden zu kommen. Schon seit Langem waren sie also auf seine Stelle in der Druckerei und auf Kayes Job angewiesen gewesen, mit einem gelegentlichen Griff in den kleinen Fonds, den Kayes Vater hinterlassen hatte.

Hannah wand sich und versuchte, von seinem Schoß zu klettern. Er trug sie wieder in ihr Bettchen. „Höchste Zeit für die Heia, Hannah.“

Kaum berührten ihre Füße die Matratze, ging die Sirene an: „Mama!“

„Hannah, hör auf. Leg dich hin, Papa streichelt dir den Rücken.“ Das war ein Trick, den er von Kaye abgeguckt hatte, doch die Kleine wollte heute Abend nichts davon wissen.

Sie watschelte über die Matratze ans andere Bettende und drehte die Lautstärke auf. „Nein! Mama. Will Mami.“

„Mami ist nicht da, Hannah.“ Er hob sie wieder aus ihrem Bett und ging mit ihr durch den Flur. „Wir holen mal etwas zu trinken.“

In der Küche holte er ihren Trinkbecher aus dem Kühlschrank, doch den schlug sie ihm aus der Hand und schüttelte den Kopf wie eine Stoffpuppe.

Er trug sie zurück ins Schlafzimmer und ließ sich mit ihr auf dem Schaukelstuhl nieder. „Na komm, Hannah. Pschhhh …“

In anderen Nächten hätte ihn dieses Prozedere bloß frustriert. In dieser Nacht brach es ihm das Herz. Wie viele Nächte würde es so weitergehen, bis Hannah sich daran gewöhnt hätte, dass ihre Mami nicht mehr da war? Bis *er* sich daran gewöhnt hätte?

Dieser Gedanke ließ ihn erbleichen. Trevor hatte recht gehabt. Er *wollte* sich gar nicht daran gewöhnen.

Er drückte seine Tochter ganz fest an seine Brust, obwohl sie strampelte, und schaukelte mit ihr, wie er es bei Kaye beobachtet hatte. Nach einer Weile hörte sie auf, sich zur Wehr zu setzen, und aus ihrem Schluchzen wurde ein stotterndes Atmen. Das Geräusch löste irgendetwas in ihm aus. Lähmte ihn. Wie sollten sie es ohne Kaye jemals schaffen?

Er würde niemals allein die Farm bewirtschaften, in der Druckerei arbeiten und die Kinder versorgen können.

Alle Kraft entwich aus ihm und er klammerte sich an dem Baby fest, als könne es ihn irgendwie stützen.

***

Karen lag auf dem Rücken und starrte den Deckenventilator an, der sich bräsig drehte. *Bräsig.* Sie war in einem Buch aus der Bücherei auf das Wort gestoßen, als sie noch gelesen hatte, bevor sie das Licht ausmachte. Zunächst hatte sie rasch weitergelesen und versucht, es sich aus dem weiteren Text zu erschließen. In ihren sieben Schuljahren war ihr das Wort noch nicht über den Weg gelaufen und so hatte sie es an Papas Computer nachgeschaut. *Träge, langsam im Denken, faul, behäbig, phlegmatisch.* Passte zwar nicht so ganz zum Ventilator, aber zumindest war er auch träge. Sie hatte noch *phlegmatisch* nachgeschlagen. Sie hasste es, wenn ein Wörterbuch ein schwer verständliches Wort mit einem anderen solchen erklärte. Zumindest hielt sie das heute Abend davon ab, an Mama und Rahel zu denken.

Sie wälzte sich auf ihre Bettseite. Im gleichen Doppelbett gegenüber hörte sie die Zwillinge gleichmäßig atmen. Doch der leere Platz neben ihr fühlte sich an wie ein schwarzes Loch. Rahels Seite des Bettes.

Oma sagte, sie sollten über das reden, was passiert war, sich an Geschichten von Mama und Rahel erinnern, damit sie sie nie vergäßen. Als würde *das* jemals passieren. Manchmal wünschte sie, sie *könnte* vergessen. Es tat zu weh, die Erinnerung warmzuhalten. Meistens wusste sie nicht, um wen sie weinen sollte. Dachte sie an Rahel und weinte um sie, hatte sie das Gefühl, sie würde Mama verraten. Weinte sie um Mama, hatte sie Sorge, Rahel könnte eifersüchtig sein. Es half etwas, sie sich gemeinsam im Himmel vorzustellen. Zumindest waren sie da oben nicht allein.

Oder doch? Sie hatte immer noch Papa und Louis und ihre Schwestern hier unten, aber wenn das etwas änderte, dann dies, dass ihr das, was geschehen war, noch schlimmer vorkam. Der abwesende Blick ihres Vaters, und dass sie ihn nie lächeln sah, brachte sie schier um. Dass Louis sich einigelte. Dass die Zwillinge ständig nach Mama und dem Himmel fragten.

Konnte Mama sie von da oben sehen? Sie konnte im Himmel doch nicht froh sein, wenn sie sah, wie traurig sie hier alle waren.

Sie fragte sich, ob Mama sich an ihren Geburtstag erinnert hatte. Sonst hatte es niemand. Karen Jane DeVore war vor drei Tagen zwölf geworden, und noch immer gab es weder Geschenke noch Ballons noch den üblichen Mädchengeburtstag. Dafür war immer Mama zuständig gewesen war. Oma hatte ihr eine Karte mit einem Gutschein über zehn Dollar geschenkt, Papa hatte einen Zwanziger aus seiner Geldbörse gezogen und ihn ihr am Morgen ihres Geburtstags geschenkt.

Vielleicht hatte es ja im Himmel eine große Feier gegeben. Mama hatte immer gesagt, die Engel im Himmel machten ein großes Fest, wenn man Geburtstag hatte. Aber es wäre auch schön gewesen, hier unten einen Kuchen zu haben.

Sie hörte ein Geräusch von unten und richtete sich kerzengerade auf. Hannah. Die nach Mami weinte. Karen hielt den Atem an und wartete ab. Papa würde schon aufstehen. Sie drückte sich ein Kissen aufs Ohr und schlief wieder ein. Doch ein paar Minuten später wachte sie von einem tiefen Wehklagen auf. Hannah weinte immer noch. Warum nahm Papa sie nicht hoch? Er musste sie doch hören. Das Kinderbett stand kaum einen Meter von seinem Bett entfernt.

Sie kroch unter ihrer Decke hervor und setzte sich auf die Bettkante. Der Mond vor ihrem Fenster im ersten Stock warf einen Lichtkeil auf den Holzfußboden. Karen folgte seiner Wegweisung über ein Durcheinander aus Stofftieren und Barbiepuppen auf dem Boden hinweg.

Auf Zehenspitzen ging sie die Treppe hinunter und mied die knarrenden Stufen. Aber es war gar nicht notwendig, auf Zehenspitzen zu gehen. Hannahs Geschrei war laut genug, um das ganze Haus aufzuwecken.

Als sie durchs Wohnzimmer ging, versuchte sie, nicht an die leere Ecke zu denken, wo der Weihnachtsbaum hätte stehen sollen. Sie hatten ihren Baum immer am Sonntag nach Thanksgiving aufgestellt. Sie wusste, es würde dieses Jahr keinen Baum geben. Kein Weihnachten. Sie wollte auch gar keines.

Die Tür zum Elternschlafzimmer war angelehnt und vom Flur aus konnte sie das leere Kinderbettchen sehen. Sie blieb einen Augenblick stehen und fühlte sich plötzlich so wie an jenem Morgen letzten Sommer, als sie hereinspaziert war und Mama und Papa sich küssten, kicherten und ihre nackten Schultern aus den Laken hervorlugten, während Hannah neben ihrem Bett leise schnarchte. Bei der Erinnerung daran stieg Hitze in ihr auf.

Doch Mama war weg. Irgendetwas ließ sie stehen bleiben und aufmerksamer zuhören. Es war nicht Hannah, die dieses grässliche Geräusch hervorbrachte. Ihre kleine Schwester hatte aufgehört zu weinen.

Zitternd lugte sie um die Ecke. Papa saß da mit Hannah auf seinem Schoß. Sie hatte sich auf seine Brust gekuschelt und nuckelte an ihrem Daumen wie immer, wenn sie bald einschlief.

Das Geräusch, dieses fürchterliche Geräusch, war Papa. Er weinte. Schluchzend und klagend – wie damals Frisky, als er auf der Schnellstraße von einem Lastwagen angefahren worden war. Danach mussten sie den jungen Hund einschläfern lassen.

Karens Herz pochte so schnell, dass sie Angst hatte, sie müsse sterben. In ihren elf Lebensjahren hatte sie Papa nie weinen sehen. Sie wollte in seine Arme und selber weinen. Aber ihre Beine gehorchten ihr nicht.

Sie stolperte rückwärts. Würde Papa zornig werden, wenn er wüsste, dass sie ihn gesehen hatte? Schwer atmend stand sie da wie angewurzelt und hatte Panik, er könnte sie gesehen haben, wobei sie gleichzeitig unbedingt wollte, dass er sie sähe – und dass er *aufhörte*.

Doch er hielt weiterhin Hannah umklammert und schluchzte, als hätte er schlimmen Schluckauf.

„Papa?“, flüsterte sie.

Anscheinend hatte er sie nicht gehört.

Erneut brachte sie wie erstickt seinen Namen hervor.

Diesmal hörte er auf zu weinen, hob den Kopf und starrte in den Flur. Selbst in dem schwachen gelben Glimmen von Hannahs Orientierungslicht erkannte sie, dass seine Augen rot und verquollen waren. Doch er sah an ihr vorbei und irgendwie wusste sie, dass er sie nicht sah. Etwas an seinem Gesichtsausdruck erschreckte sie.

Sie zog sich weiter in den dunklen Flur zurück und versuchte zu überlegen, was sie jetzt tun sollte.

Im Haus war jetzt alles still. Karen stand im Dunkeln, hatte die Schulterblätter an den Türrahmen gepresst und die Knie durchgedrückt. Sie wartete. War sich aber nicht sicher, worauf. Dass Papa Hannah wieder ins Bett legte? Dass er wieder in sein und Mamas Bett krabbelte?

Doch die einzigen Geräusche waren Hannahs abgehacktes Schniefen und das Knarren des Schaukelstuhls. Vor und zurück. Vor und zurück.

Dann schlich sie, wieder auf die knarrenden Bohlen achtend, die Treppe hinauf und kroch in ihr leeres Bett. Doch der Schlaf kam nicht und sie lag da, bis die Sonne rot und hell aufging – über den weißen Lochmustergardinen, die Mama für ihr Zimmer genäht hatte.

Da wusste sie, dass nichts mehr sein würde wie zuvor.

Kapitel 5

Vicky wuselte im Klassenraum herum, nahm die letzten Weihnachtsdekorationen ab und goss den Pflanzendschungel auf der sonnigen Fensterbank, die die ganze Seite des Zimmers ausfüllte. Sie hatte sie in den Weihnachtsferien vernachlässigt, doch etwas Wasser und Dünger würden sie schon wieder aufleben lassen.

Ein nagelneues Jahr war immer irgendwie spannend. Doch die tragischen Ereignisse während der Feiertage hatten ihre Begeisterung an diesem Morgen gedämpft. Mit einem Auge hatte sie die Straße im Blick; sie stellte die Gießkanne beiseite und legte Papier und Fingerfarben zurecht.

Heute würden die DeVore-Kinder wiederkommen und sie fragte sich besorgt, wie sie ihnen helfen könnte, sich wieder einzugewöhnen. Sie hatte zuletzt vor der Beisetzung mit Douglas DeVore gesprochen, obwohl er auf den Anrufbeantworter der Tagesstätte gesprochen und gebeten hatte, die Plätze für seine Kinder freizuhalten.

Mary Harms, die Bibliothekarin, hatte Vicky erzählt, dass Doug die Kinder den ganzen Dezember aus der Schule genommen hatte und Kayes Mutter nicht nach Florida gegangen war, wo sie sonst den Winter verbrachte, sondern bei den Kindern geblieben war.

Was für ein trauriges Weihnachten musste es bei den DeVores gewesen sein. Und während heute alle munter ins neue Jahr sprangen, lernten Doug und seine Kinder, ohne ihre Mama und Schwester weiterzugehen. Manchmal hatte doch alles keinen Sinn.

Sie schob einen Stuhl für Krabbelkinder unter den Puzzletisch und legte sich noch einmal die kläglichen Worte zurecht. Ein Dutzend Mal hatte sie einstudiert, was sie zu Doug und den Kindern sagen würde, wenn sie wieder da wären. Doch jetzt kam ihr nichts passend vor. Wie konnte sie etwas vorbringen, das nicht banal und leer klang?

Als sie aufschaute, war die Tür offen und ein Kopf mit Baseballkappe tauchte über den Bücherregalen auf, die ihr die Sicht verstellten. Ein Schreckgefühl durchzuckte sie, ließ aber nach, als sie merkte, dass es nur Mike Jensen war, der seine Kinder ablieferte.

Sie hatte zu hoffen gewagt, die DeVore-Kinder würden vor allen anderen hier sein, damit sie sich ein wenig Zeit für sie nehmen konnte. Sie nahm Brett Jensen und seine kleine Schwester Hallie in Empfang. Abgelenkt umarmten sie ihren Vater zum Abschied und plapperten dann drauflos, was ihnen der Weihnachtsmann geschenkt hatte. Vicky führte sie in die Leseecke und versorgte sie mit Büchern und Spielen.

Als sie wieder nach vorne ging, kochte ihre Kollegin Brenda Deaver gerade Kaffee.

„Hallo, Vicky. Na, wie war dein Silvester? Gab's was Besonderes?"

„Eigentlich nichts ... wie jedes Jahr ... ich war bei meinem Bruder." Sie wusste, Brendas Frage lautete eigentlich: „Hattest du eine Verabredung?" Sie hatte es satt, alle mit ihrem Liebesleben zu enttäuschen – oder eher mit dem Mangel an selbigem. Vielleicht würde sie sich noch gezwungen sehen, sich mit dem Nächstbesten abzugeben, der sich genötigt fühlen würde, ihr zu sagen: „Du bist so hübsch – nicht zu fassen, dass du nicht verheiratet bist." Als wäre Schönheit ein Zauberschlüssel zum Eheglück.

Wurde Zeit, das Thema zu wechseln. „Hör mal, Brenda, macht es dir etwas aus, heute Morgen für mich vorzulesen? Die DeVore-Kinder kommen heute wieder und ich will mich um sie kümmern."

Brenda verzog das Gesicht. „Natürlich. Die armen Kinder ..."

Wieder ging die Tür auf und Doug trat ein, die dick eingemummelte Hannah auf dem Arm. Er schob die Zwillinge zu Vicky und Brenda, nickte zur Begrüßung und ließ Hannah auf den Boden hinab.

Vicky wischte sich die Hände an den Hosenbeinen ab, begrüßte sie und beobachtete die Kinder genau. Die Zwillinge kamen ihr fröhlich vor, als wäre es ein ganz normaler Tag. Sie werkelten sich aus ihren Mänteln und gingen mit Brenda in die Leseecke.

Doch Hannah stand mit schlaftrunkenen Augen da und versuchte, einen Daumen mitsamt Handschuh in den Mund zu stecken.

Doug ging in die Hocke und zog ihr die Handschuhe aus, setzte sich dann auf die Fersen und machte sich an die verknoteten Bänder unter dem Kinn der Kleinen. Er sah zu Vicky auf. „Sie ist noch nicht ganz wach."

„Lassen Sie mich mal." Vicky kniete sich neben ihn und bat mit ihren Augen um Erlaubnis, sich an den Bändeln zu versuchen.

„Die blöden Dinger sind zu kurz. Oder meine Finger sind zu dick." Er inspizierte seine Hände, als hätte er sie nie zuvor gesehen. Seine Augen waren dunkel umrandet, sein Gesicht wirkte schmaler, als sie es in Erinnerung hatte.

Vicky schluckte, machte sich an dem durchnässten Knoten zu schaffen und richtete all ihre Konzentration auf das Kind. „Na, Miss Hannah, wie geht es dir heute Morgen? Wir haben dich vermisst. War Weihnachten schön?" Ihr Herz setzte einen Schlag aus und sie wünschte sich im Stillen, ihre gedankenlosen, blöden Worte würden sich in Luft auflösen.

Stattdessen schwebten sie zwischen ihr und Doug. *War Weihnachten schön?* War sie denn ein Vollidiot? Irgendwie war ihre sorgsam zurechtgelegte Rede zerbröselt und sie hatte dieselbe lahme Begrüßung vom Stapel gelassen wie für alle anderen Kinder, die hereinkamen.

Ihr brannte das Gesicht, während sie sich an dem Bändelsalat von Hannahs Kapuze zu schaffen machte. Sie öffnete den Reißverschluss des Mäntelchens und zog ihr die Kapuze ab, unter der blonde Locken zum Vorschein kamen, die unbedingt gekämmt werden mussten. Sie stand auf und fand sich beinahe in Augenhöhe mit Doug wieder.

Ihre Kehle schnürte sich zu. Sie zwang sich, ihn direkt anzuschauen, und krächzte eine Entschuldigung. „Tut mir so leid", murmelte sie und ihr ging auf, er könne vielleicht meinen, sie entschuldige sich für ihre gedankenlose Bemerkung. So konnte sie es nicht stehen lassen.

Sie ballte ihre Fäuste und setzte neu an. „Es tut mir so leid … was passiert ist. Wir beten für Sie und die Kinder. Wir vermissen … Rahel so sehr. Und natürlich Kaye“, fügte sie rasch hinzu.

Wörter, die sich in ihrem Kopf mitfühlend angehört hatten, kamen hölzern und kalt heraus. *Halt lieber die Klappe, bevor es noch schlimmer wird, Valdez.*

Sie merkte, dass er versuchte zu lächeln, doch es klappte nicht, und einen Augenblick lang hatte sie Angst, er könne zusammenbrechen.

Er mahlte mit seinem Kiefer und bückte sich, um Hannah noch einmal auf den Arm zu nehmen. „Danke.“ Er ruckte die Kleine auf seiner Hüfte zurecht, küsste sie auf ihren Blondschopf und setzte sie wieder ab.

Sie stolperte ihm nach und reckte die Arme hoch. Ihr Gesicht war verzogen. „Papa!“

„Tschüssi, Hannah. Du bleibst bei Miss Vicky. Papi ist heute Abend wieder da.“ Doug warf Vicky einen flehenden Blick zu und trat einen Schritt zurück. Er drehte sich um und schritt entschlossen zur Tür, doch Hannah watschelte ihm hinterher und schluchzte.

Vicky brach es das Herz. Sie eilte zu Hannah. „Na komm, Süße. Komm mit mir. Wir suchen mal deine Schwestern.“ Sie nahm die Kleine auf den Arm, doch Hannah schrie nur noch lauter.

„Papi!“

Der schrille Schrei durchbohrte Vickys Trommelfell und sie zuckte zusammen, doch Doug ging einfach weiter. Mit einer Hand an der Tür drehte er sich um und warf Vicky einen Blick zu, der besagte: „Helfen Sie mir hier heraus.“

Doch sie hatte Hannah noch nie so gesehen. Normalerweise war die Kleine ein fröhlich glucksender Sonnenschein. Wie konnte er einfach weggehen, nach allem, was sie durchgemacht hatte? Sie rannte zur Tür und Hannah schrie ihr nach. „Sind … sind Sie sicher, dass Sie sie so hierlassen wollen?“

Doug starrte sie an. „Ich habe keine andere Wahl. Ich musste so schon genug Arbeit liegen lassen.“

Sie nickte. „Na dann.“

Arme Hannah. Ihr Gesicht war rosig und tränenverschmiert, doch ihr Weinen ebbte etwas ab. Schniefend sah sie die beiden an und interessierte sich plötzlich für das Gespräch.

Vicky setzte die Kleine auf ihre Hüfte. „Anscheinend beruhigt sie sich ein bisschen. Vielleicht kann ich sie ablenken. Wird schon klappen.“ Sie nickte zur Leseecke hinüber, wo Sarah und Sabrina ruhig saßen. „Wie geht es den Mädchen? Sollte ich irgendetwas wissen ... irgendein besonderes Problem, an dem sie knabbern?“

Er sah sie ausdruckslos an. „Sie meinen, außer dem naheliegenden?“

Sein schneidender Ton ließ sie taumeln und sie schaute fort. Diese Seite an dem Mann hatte sie in den fünf Jahren, in denen sie seine Kinder schon betreute, noch nicht kennengelernt. Tränen quollen in ihre Augen, doch sie zwinkerte sie zurück. Das Letzte, was er jetzt brauchte, waren Schuldgefühle, weil er ihre Gefühle verletzt hatte.

Doch das schien er nicht zu bemerken. „Ich muss jetzt los.“ Er schob die Tür auf.

Sie nickte und ging mit Hannah wieder in die Leseecke. Sie gab sich Mühe, dass ihre Stimme nicht zitterte. „Mal sehen, was deine Schwestern so machen.“

Hannah zeigte auf die Leseecke und lächelte kläglich. Vicky seufzte. Sie hätte Hannah genauso behandeln sollen wie alle anderen Kinder, die nicht hiergelassen werden wollten. Doch es war etwas anderes. Hannah war wahrscheinlich nicht alt genug, um das Unglück zu verstehen, das über ihre Familie hereingebrochen war, aber sie hatte die Trauer mitbekommen. Das musste sich ja auswirken.

Hannah machte es sich zwischen ihren Schwestern gemütlich, nuckelte am Daumen und betrachtete ein Bilderbuch, doch Vicky ärgerte sich über den Wortwechsel mit Doug. Er war verständlicherweise nicht er selbst, doch er hätte etwas hilfsbereiter sein können. Unter den gegebenen Umständen hätte sie sehr wohl darauf bestehen können, dass er bei Hannah blieb, bis Hannah sich wieder an die vertraute Umgebung gewöhnt hatte.

Sie drehte sich um und wollte zu ihrem Schreibtisch gehen, da tauchte Doug hinter dem Bücherregal auf. Sie eilte zu ihm.

„Sie hat sich ... wohl ein bisschen beruhigt?" Sorgenvoll hatte er die Stirn verzogen.

Sie brachte ein Lächeln zustande und stellte fest, dass ihr Zorn dadurch etwas abebbte. „Geht schon wieder. Tut mir leid, dass ich ..."

Er hob eine Hand. „Nein. Mir tut es leid. Ich ... ich hätte Sie nicht so anblaffen sollen." Er senkte den Kopf.

„Ist schon okay. Ich verstehe es ja. Das muss furchtbar schlimm gewesen sein ... für Sie alle."

Er nickte. „Ich glaube, sie hat etwas Angst, verlassen zu werden. Sie will nicht, dass noch jemand aus ihrem Leben verschwindet."

„Natürlich nicht." Sie hätte sich einen Tritt verpassen können. Eigentlich hätte sie die Expertin für die kindliche Entwicklung sein sollen. „Machen Sie sich keine Sorgen. Wir werden ihr versichern, dass Sie zurückkommen."

„Danke." Er sah auf die Uhr. „Ich muss jetzt los."

Sie nickte. „Ja. Sie wird sich schon wieder einleben. Die anderen auch."

Doug warf seinen Mädchen einen letzten Blick zu, bevor er sich umdrehte und hinausging.

Eine Minute zuvor hätte sie den Kerl verdreschen können. Doch so, wie er jetzt die Schultern herabgezogen hatte, hätte sie ihn am liebsten umarmt. Armer Kerl.

Kapitel 6

Vicky zog den Reißverschluss von Timothy Planks Jacke hoch und ließ ihn und seine Mutter zur Tür hinaus. Das waren jetzt alle bis auf die DeVore-Kinder. Sie machte eine Handbewegung zu Brenda Deaver. „Du kannst schon gehen. Ich bleibe bei den Kindern."

Die Erzieherin verdrehte die Augen. „Die Kinder sind kaum drei Wochen wieder hier und er kommt jeden Abend zu spät, Vicky."

„So spät auch wieder nicht. Er tut mir leid."

„Sprichst du mal mit ihm?"

„Wie denn, Brenda? Er versucht doch, Mama und Papa in einem zu sein." Die Luft, die Vicky ausstieß, ließ ein paar zu lange Haarsträhnen vor ihrer Stirn aufflattern. Dank Dougs Verspätung hatte sie am Dienstag einen Friseurtermin verpasst. „Dafür kann er doch nichts."

Brenda stemmte die Hände in die Hüften. „Dann willst du den Laden hier also jeden Abend bis sieben offen halten? Dann müsstest du nämlich darüber nachdenken, dir eine andere Mitarbeiterin zu suchen."

„Weiß ich. Weiß ich. Aber was soll ich denn machen?" Vicky warf die Arme in die Höhe. Brenda war ihre einzige Vollzeitkraft, und nach Lage der Dinge hatte Vicky Mühe, die Hortbetreuung und die Aushilfskräfte zu bezahlen und sich und Brenda ein Gehalt mit Sozialleistungen zu überweisen.

„Ich dachte, Kayes Mutter wäre bei den Kindern." Brenda schaute hinüber in die Spielecke.

Das Kinderlachen drang durch die Fensterfront, die den Empfangsbereich vom Rest der Räume trennte. Karen und Louis waren nach der Schule hergekommen und hatten aus „Ich sehe was, was du nicht siehst" ein Tobespiel für ihre Geschwister gemacht. Vicky lächelte. Sie hätte versuchen können, sie zur Ordnung zu rufen …

wie früher. Aber es war schön, dass sie so viel Spaß hatten. Sie hatten schon zu viele Tage im neuen Jahr den Kopf hängen lassen.

Sie drehte sich wieder zu Brenda um und senkte die Stimme. „Karen hat erzählt, Harriet ist für ein paar Tage in Florida, um ihre Wohnung zu versorgen. Offenbar will sie den Rest des Winters in Clayburn verbringen. Allerdings habe ich den Eindruck, dass sie sowieso keine große Hilfe ist."

Brenda nickte. „Das habe ich auch mitbekommen. Sie ist nicht unbedingt eine Mary Poppins. Aber zumindest ist da jemand ..."

Das Telefon auf Vickys Schreibtisch klingelte. Sie hielt eine Hand hoch. „Moment mal ... Clayburn Day Care, Vicky am Apparat."

„Vicky, hier ist Douglas. Tut mir leid, aber heute wird es bei mir wieder später. Ich musste Drucksachen in Ellsworth ausliefern. Mit den Kindern alles in Ordnung?"

„Alles bestens." Sie winkte Brenda zum Abschied zu und ging mit dem Telefon zum Eingang des Spielzimmers. „Wahrscheinlich hören Sie sie."

„Allerdings." In seiner Stimme war ein Lächeln. Eine Seltenheit dieser Tage für einen Mann, der sonst immer gelacht hatte. „Es dauert vermutlich noch zwanzig Minuten. Ich bin schon aus der Stadt, aber ich fahre den Lieferwagen, das heißt, ich muss noch zur Druckerei und die Fahrzeuge tauschen."

Also noch gut fünfundzwanzig Minuten. „Lassen Sie mich die Kinder nach Hause bringen. Dann kommen wir gleichzeitig an. Es wäre doch Unsinn, wenn Sie extra zurückfahren müssten."

„Das brauchen Sie doch nicht." Aber seine Stimme klang hoffnungsfroh.

„Macht mir nichts aus. Ich habe sowieso nichts vor. Wir sehen uns dann."

„Passen denn alle in Ihr Auto?"

„Ich kann den Bus von der Tagesstätte nehmen. Warten Sie mal. Ich schaue kurz nach, ob ich noch einen Kindersitz habe."

Sie ging mit dem Telefon zum Schrank und fand einen Kindersitz unter dem Weihnachtsschmuck, den sie noch nicht aufs Regal räumen konnte. „Okay“, sagte sie zu Doug. „Wir können gleich los.“

„Danke, Vicky. Ich weiß das wirklich zu schätzen. Bei der nächsten Überweisung schlage ich etwas Spritgeld drauf.“

Sie half den Kindern beim Anziehen. Es machte ihr wirklich nichts aus. Es war ja nicht so, dass die Extrafahrt sie von einer prickelnden Verabredung oder anderen spannenden Dingen abgehalten hätte.

Zwanzig Minuten später parkte sie den Minibus in der Einfahrt der DeVores. Sie hätte niemals hierhergefunden, wenn Karen und Louis ihr nicht gesagt hätten, wie sie fahren musste. Das zweistöckige Haus stand mitten an der Landstraße nach Osten, allerdings an die tausend Meter von der Straße entfernt, versteckt hinter einem dichten Windschutz aus hochgewachsenen Lebensbäumen. Eine überwucherte, verfallene Scheune nördlich des Hauses schien von den Sommern eines halben Jahrhunderts verblichen und ausgewaschen.

Fahrräder jeder Größe verunzierten den Vorgarten, drei getigerte Katzen saßen auf dem Geländer der Veranda. Das Haus wirkte, als wäre im Laufe der Jahre mehrmals angebaut worden, doch ein frischer weißer Anstrich vereinte das Gestückel an Räumen, die dem Haus hinzugefügt worden waren.

Sie schnallte Hannah aus dem Kindersitz ab, während sich die anderen Kinder aus dem Auto drängten. Mit der Kleinsten auf dem Arm folgte sie den älteren Kindern die Verandastufen hinauf. Sie drängelten, weil jeder zuerst durch die Haustür wollte, doch Vicky blieb zurück. Es kam ihr komisch vor, einfach so in ein Haus hineinzuplatzen. „Wartet mal. Karen, ist dein Papa daheim?“

„Sein Auto ist nicht da“, antwortete Louis.

Karen winkte sie herein. „Wahrscheinlich hat er hinten geparkt. Komm rein.“

Vicky schüttelte den Kopf. „Ich muss jetzt nach Hause. Aber bevor ich fahre, will ich mich vergewissern, dass euer Papa daheim ist.“

Karen zuckte mit ihren schmalen Schultern. „Ist schon okay. Ich kann babysitten, bis er da ist."

Vicky zögerte. „Da bin ich mir ganz sicher, aber ich sollte lieber warten und mich vergewissern ..." Sie räusperte sich und fing noch mal an. „Ich sollte bleiben, bis er nach Hause kommt."

Das Wohnzimmer war ein Saustall. Höflicher konnte man es nicht ausdrücken. Und im Haus roch es muffig – wie in einem Keller, der lange Zeit ungelüftet war. Der Couchtisch war übersät mit schmutzigem Geschirr, und sie hatte sich um Spielzeug und stapelweise Zeitungen und Zeitschriften herum einen Weg bahnen müssen, bevor sie Hannah irgendwo absetzen konnte. Sie half den Zwillingen aus Jacken und Handschuhen, während Karen dasselbe mit der Jüngsten tat.

Mit zwei gleichen Jacken über dem Arm wandte sie sich an Karen: „Wo kann ich sie aufhängen?"

Karen schaute sich im Zimmer um, als wohnte sie noch nicht ihr ganzes Leben lang hier. „Ähm ... du kannst sie einfach aufs Sofa werfen."

Auf dem Sofa stapelte sich bereits ein Wäschekorb und eine ganze Ladung Wäsche in verschiedenen Bearbeitungsstadien. Sie stopfte die Handschuhe in die Jackentaschen, nahm einen Stapel ungeöffneter Post von der Armlehne des Sofas und legte die Jacken dahin.

„Komm, wir zeigen dir unser Zimmer, Vicky!" Sarah schnappte sich ihre eine Hand, Sabrina die andere, und beide zerrten sie über das verstreute Spielzeug auf dem Boden durchs Wohnzimmer.

Sie entzog ihnen ihre Hände. „Nicht mehr heute Abend. Euer Papa wird bestimmt jeden Augenblick da sein. Es ist schon spät und ich muss zurück."

„Wieso denn? Wartet dein Mann aufs Abendessen?"

„Lass das, Sabrina." Karen war das augenscheinlich peinlich. „Miss Valdez ist nicht verheiratet."

„Ja, du Schlaumeier", meldete sich Louis zu Wort. „Warum hieße sie wohl sonst *Miss* Valdez?"

Sabrina lächelte ihn verschmitzt an, als wäre ihr das sehr wohl bewusst.

Bevor ihr eine Erwiderung einfallen konnte, hörte Vicky, wie sich die Haustür hinter ihr schloss. Mit einem Zwilling an jedem Arm drehte sie sich um und sah Doug zur Tür hereinkommen.

Kapitel 7

Doug warf eine dicke Tüte von Dairy Barn auf einen belagerten Tisch neben dem Sofa, nahm seine Baseballkappe ab und nickte mit dem Kinn so irgendwie in Vickys Richtung. „Hallo, zusammen."

Da sie sich wie ein Eindringling vorkam, machte sie einen Schritt Richtung Tür. Sie hatte immer noch die Zwillinge an den Händen, doch als sie Dougs Stimme hörten, ließen sie sie los und rannten auf kürzestem Wege ihrem Vater entgegen. „Papi!"

Hannah quietschte und watschelte in dieselbe Richtung.

Selbst Louis sprang vom Sofa auf, wo er mit der Fernbedienung vor dem Fernseher gelungert hatte. „Hallo, Papa."

Doug drückte ihm die Schulter, tätschelte einem Mädchen nach dem anderen den Kopf und nahm Hannah auf den Arm. Doch sein Blick haftete auf Vicky. „Ich hoffe, Sie mussten nicht allzu lange warten. Ich habe etwas länger gebraucht, als ich dachte."

„Nein, wir sind eben erst gekommen. Ich hoffe, es macht Ihnen nichts aus, dass ich … hereingekommen bin. Die Kinder haben mich irgendwie …" Sie zuckte die Achseln.

Er schüttelte den Kopf. „Natürlich nicht. Ich bin sehr dankbar, dass Sie sie nach Hause gebracht haben. Tut mir leid, dass es so gelaufen ist."

„Kein Problem." Ihr war unbehaglich zumute und sie bahnte sich einen Weg durch Kinder und Spielzeug zur Tür. „Ich mache mich jetzt mal auf den Rückweg ... dann könnt ihr in Ruhe zu Abend essen." Sie schaute demonstrativ zu der Tüte von Dairy Barn, die den muffigen Geruch mit dem Duft von „Burger mit Zwiebeln und Pommes" überdeckte.

Sarah schnappte sich wieder ihre Hand. „Du kannst mit uns essen. Oder, Papi?" Wie ein eifriges Hündchen wackelte sie mit ihrem Blondschopf, dass die Locken aufflogen.

Vicky wich Dougs Blick aus. „Lieb von dir, Sarah – aber ich muss jetzt wirklich los." Sie streckte die Hand an ihm vorbei nach dem Türknauf aus und meinte, Erleichterung in seinen Augen zu erkennen.

Doch er überraschte sie damit, dass er die Tüte in die Hand nahm und sie leicht schüttelte. „Na klar. Bleiben Sie. Es ist genug da." Er wuschelte Louis durchs Haar. „Das heißt, wenn der kleine Wolfshund hier sich nicht allzu sehr darauf stürzt."

„Wir teilen uns alles, ja?!" Das war Sabrina, die immer gern vermittelte.

Vicky hielt eine Hand hoch, öffnete die Tür und schüttelte den Kopf. „Danke, aber ich kann nicht."

„Bleiben Sie doch." Doug winkte sie herbei und trug die Essenstüte ins angrenzende Esszimmer.

Sie ging ihm nach und stand stumm daneben, während er bergeweise Werbeprospekte und einen Stapel Beileidskarten vom Tisch räumte.

„Als Gegenleistung, weil sie die Kinder nach Hause gebracht haben. Das ist doch das Mindeste."

Nachdem sie ihm nun hierher gefolgt war, saß sie in der Falle. War schon seltsam, mit ihm und den Kindern hier zu sein. Doch die Burger rochen gut und es wäre noch seltsamer gewesen, jetzt einen Rückzieher zu machen. „Sind Sie sicher, dass es für alle reicht?"

„Na klar. Kein Problem." Er setzte Hannah auf den Boden und klatschte in die Hände. „Karen, du und Louis holt die Papierteller und Servietten.“ Verlegen drehte er sich zu Vicky um. „Wir vermeiden Geschirrspülen um jeden Preis.“

Sie lachte. „Was Sie nicht sagen.“ Doch als sie hinter Doug in die Küche spähte, wurde ihr klar, dass er nicht scherzte. Im Spülbecken türmte sich das schmutzige Geschirr, die Arbeitsflächen waren übersät von Müslipackungen und leeren Getränkeflaschen.

Doug zog einen Stuhl hervor. „Hier, setzen Sie sich.“

Sie tat, wie ihr geheißen, während die Zwillinge um einen Platz neben ihr wetteiferten. Karen und Louis stellten leicht verbeulte Pappteller an jeden Platz. Doug verfrachtete die Jüngste mit einer Handvoll Pommes im Hochstuhl. Sie stopfte sich den Mund voll und klopfte auf das Tablett, weil sie Nachschub wollte.

Doug gab ihr, was sie wollte, und verschwand dann in der Küche. Er kam mit einer halb leeren Flasche Ketchup, einer Zwei-Liter-Flasche Limo und einem Stapel Plastikbecher zurück.

Karen teilte Burger und Pommes aus, auf jeden Teller zwei, außer auf ihren. „Ihr gebt Hannah etwas ab“, sagte sie zu den Zwillingen.

„Danke, Liebes, aber ich schaffe keine zwei. Hier …“ Vicky gab einen Burger zurück.

Die Zwillinge sahen erleichtert aus, aber sie hatte ein schlechtes Gefühl, weil Karen weiterhin nur einen Hamburger hatte.

Ohne Vorankündigung senkten alle den Kopf und sagten ein Dankgebet, das Vicky manchmal mit den Kindern in der Tagesstätte sprach.

„Danke, Gott, für diese Welt,
dass es uns nicht an Essen fehlt,
dass die Vögel fröhlich singen,
dass du, Gott, bist in allen Dingen.“

***

Dougs „Amen“ schien für alle das Signal, ihr Essen zu verschlingen. Karen wickelte ihren Burger aus, brach ein großes Stück ab und legte den Rest vor Hannah auf das Tablett. Diskret blinzelte Vicky Karen zu und folgte ihrem Beispiel.

Schweigend aßen sie mehrere Minuten, wodurch die Kaugeräusche verstärkt wurden.

Louis stupste Sarah mit dem Ellbogen an und nahm ihren zweiten Burger ins Visier. „Isst du den auch noch?“

„Ja, tut sie“, antwortete Doug für sie. „Wenn du noch Hunger hast – es sind noch Äpfel im Kühlschrank.“

„Nein. Die sind eklig, Papa. Ganz matschig.“

„Oh. Na ja, vielleicht kann Oma noch einen Kuchen damit backen.“

Hannah grunzte, weil sie noch mehr essen wollte, und Karen legte ihr noch ein paar Pommes hin.

Doug stürzte seine Limonade hinunter und schenkte Vicky ein schiefes Lächeln. „Wie ein Stall voll Schweine am Trog, was?“

„Kommt mir alles sehr vertraut vor“, grinste Vicky. „Wie beim Mittagessen in der Tagesstätte.“

Während sie mit ihm lachte, entspannte sie sich etwas, hörte den Kindern bei ihrem Geplänkel zu und hatte nicht mehr das Gefühl, sie müsse zwanghaft eine Unterhaltung führen.

***

Als das letzte Stück Pommes verputzt war, stand Doug auf, sammelte Pappteller und Becher ein und hoffte, Vicky werde den Wink verstehen und gehen. „Machen Sie sich keine Umstände. Ich kriege das schon hin.“

Sie folgte ihm in die Küche und krempelte im Gehen die Ärmel hoch. „Lassen Sie mich beim Spülen helfen.“

Er beschloss, die Sache ins Lächerliche zu ziehen, stellte sich mit dem Rücken zum überquellenden Spülbecken und streckte die

Arme aus, als könne er damit das mitleiderregende Chaos verbergen. Er holte tief Luft und donnerte mit tiefer Stimme: „Schließen Sie die Augen und treten Sie zurück. Hier gibt es nichts zu sehen, meine Herrschaften."

„Zu spät", lachte sie. Sie hatte ein nettes Lachen.

„Sie brauchen nicht mit anzufassen."

„Macht mir nichts aus. Ich bin nicht so leicht einzuschüchtern." Ihr Gesichtsausdruck wurde ernst. „Lassen Sie mich helfen. Zu zweit ist alles einfacher." Kaum waren die Worte heraus, zuckte sie zusammen.

Ihm fiel wieder ein, wie er sie am Morgen im Hort angeblafft hatte. Das bedauerte er nun.

„Tut mir leid", sagte sie. „Ich wollte nicht ..."

Er winkte ab. „Macht nichts. Mir ... mir ist aufgefallen, dass wohl alle meinen, sie treten in irgendwelche Fettnäpfchen, wenn sie mit mir reden."

Sie nickte.

„Es liegt nicht an Ihnen. Alles ist im Moment anscheinend ... doppeldeutig."

„Genau." In ihren blauen Augen leuchtete Erleichterung auf. Ihm war noch nie aufgefallen, dass sie so blaue Augen hatte. Liz-Taylor-Augen, fast violett. Sie hoben sich auffallend von ihrer olivfarbenen Haut ab. Er schüttelte den Kopf und versuchte, diesen Gedanken zu verbannen. Was tat er denn da? Kaye war noch keine zwei Monate tot, und schon verlor er sich in den schönen Augen einer fremden Frau. *Aufhören, DeVore!*

Er schnappte sich die Spülmittelflasche von der Arbeitsplatte und gab einen Spritzer in das Spülbecken mit dem wenigsten Geschirr; dann drehte er das Wasser so heiß wie möglich an.

Sie quetschte sich ans Spülbecken neben ihm und machte sich an einen Topf, auf dessen Boden Makkaroni und Käse wie Zementmasse klebten.

Doug nahm einen Lappen und tauchte ihn ins Seifenwasser. Er ging ins Esszimmer, wo sich die Kinder darüber stritten, was sie im

Fernsehen sehen wollten. „Mm-mm. Ausschalten. Es wird nicht ferngesehen, bevor eure Hausaufgaben fertig sind", sagte er.

„Paapaa", fing Louis an.

Doug schnitt ihm das Wort ab. „Ende der Diskussion." Er gab Karen den nassen Lappen. „Wisch bitte den Tisch ab, damit du und Louis euch an die Hausaufgaben machen könnt." Er legte den Zwillingen je eine Hand auf den Kopf. „Und ihr macht euch bettfertig … und nehmt Hannah mit."

Als er davon ausgehen konnte, dass die Kinder mit ihren Aufgaben beschäftigt waren, kam er wieder in die Küche und stellte sich neben Vicky an die Spüle. Mit einem Becken war sie schon fertig und begann gerade mit dem anderen.

„Wow. Sie sind ja schnell."

„Mir geht der Platz aus."

„Was?"

Sie deutete mit dem Kinn auf den gefährlich hohen Stapel Geschirr auf dem Abtropfregal.

Er krempelte die Ärmel hoch und nahm zwei labbrige Geschirrtücher von der Stuhllehne. Verstohlen schnupperte er daran, in der Hoffnung, sie rochen nicht übel, bevor er ihr eins reichte. Schweigend arbeiteten sie eine Weile Seite an Seite vor sich hin, während er krampfhaft nach einem Gesprächsthema suchte.

„Ich hoffe, die Kinder waren heute brav", brachte er schließlich zustande. „Tut mir leid, dass ich schon wieder zu spät kam."

„Ihre Kinder sind immer brav. Sie haben mir noch nie den geringsten Ärger gemacht."

Er ließ das Geschirrtuch sinken und sah sie misstrauisch an. „Reden wir von denselben Kindern?"

Wieder dieses melodische Lachen. „Ja, das bekomme ich oft zu hören. Ich denke, wir haben die Kinder meist in Bestform bei uns, wenn sie nicht müde oder hungrig sind und gesagt bekommen, sie sollen ihre Aufgaben machen. Kinder können Mama und Papa sehr gut gegeneinander ausspielen. Sie wissen, dass sie damit in einer Einrichtung wie bei uns nicht durchkommen." Sie hörte sich an wie eine Dozentin zum Thema Entwicklungspsychologie, er bearbeitete mit Nachdruck eine bereits trockene Bratpfanne und versuchte, keine Miene zu verziehen.

Ihr fiel das anscheinend nicht auf. Sie spülte das letzte Geschirr ab und stellte es auf das Abtropfregal. „Wo haben Sie denn Ihre Geschirrtücher? Meins ist schon ziemlich nass." Sie hielt es hoch, als brauche er den Beweis.

„Ach so, die sind in der Waschküche. Hier ... ich hole Ihnen eins." Er duckte sich durch die Tür zu der geschlossenen Veranda, die als Hintereingang und Hauswirtschaftsraum diente, und wünschte sich inständig, er würde dem Wäschetrockner ein nicht allzu verkrumpeltes Geschirrtuch entlocken können.

„Von welchem Künstler ist das denn?" Ihre Stimme hinter ihm schreckte ihn auf. Sie war ihm zur Tür gefolgt und schaute an ihm vorbei auf die Staffelei mit einer halb fertigen Leinwand darauf.

Er schüttelte den Kopf. „Von mir – aber den Ausdruck *Künstler* würde ich hier nur bedingt einsetzen. Ich dachte, ich wollte mich mal an Öl versuchen. Habe letzten Herbst Kurse bei Jack Linder belegt. Habe herausgefunden, dass ich dafür nicht meine Stelle kündigen würde."

Sie lachte und er war dankbar, dass sie nicht versuchte, ihn umzustimmen – oder überhaupt sein Werk zu kommentieren. Er wusste sowieso nicht, weshalb er ihr das alles erzählt hatte. Wahrscheinlich interessierte es sie nicht die Bohne.

Er schob sich an ihr vorbei und sie folgte ihm ans Spülbecken. Gemeinsam trockneten sie das Geschirr fertig ab und sie wischte die wenigen freien Stellen der Arbeitsplatte sauber. Er musste die Kinder unbedingt heranholen, um hier aufzuräumen. Vielleicht am Samstag.

Hannah watschelte in die Küche und sah in ihrem mehrere Nummern zu großen Schlafanzug und mit dem Daumen im Mund wie ein kleiner Engel aus. Allerdings zog sie den Daumen heraus, als sie Vicky sah, und kam mit hochgereckten Armen auf sie zu.

Rasch trat er dazwischen. „Hier, Hannah, lass Papi ..."

Doch Vicky nahm die Kleine auf den Arm, als wäre sie bei der Kinderbetreuung. „Ach, siehst du goldig aus. Bist du schon ganz fertig fürs Bett, Schatz?“

Hannah schüttelte den Kopf. „M-m. Nicht Bett. Nicht Bett.“

„Das sehen wir dann“, sagte Doug und streckte seine Arme nach ihr aus.

„Oh-oh, ich glaube, das war das Falsche.“ Vicky drückte Hannah noch einmal an sich, bevor sie sie an Doug weiterreichte. „Bis morgen, Darling. Bleib jetzt mal lieber bei Papi. Vicky muss nach Hause gehen.“

Hannah blieb gerne bei ihm und Vicky war dankbar für einen unkomplizierten Abgang.

Er brachte sie zur Tür und es war ihm plötzlich peinlich, dass sie über ein Minenfeld aus Spielsachen und Krimskrams im Wohnzimmer steigen musste. Sechs Kinder – *fünf* Kinder – konnten ein Haus in null Komma nichts auf den Kopf stellen, doch bei Kaye wäre es nicht so aus dem Ruder gelaufen. Am Samstag dann also. Dann würden sie hier mal Klarschiff machen.

„Louis, mach den Fernseher leiser. Hast du deine Hausaufgaben fertig?“

„Ich hab doch noch das ganze Wochenende, Papa.“

Doug hielt Vicky mit einer Hand die Tür auf und schnipste hinter ihrem Rücken mit den Fingern in Richtung Louis. „Sehen Sie, was ich meine?“ Er grinste sie verlegen an.

Sie zuckte die Achseln. „Für mich sind sie Engel.“ Mit missmutigem Gesichtsausdruck trat sie einen Schritt zurück. „Na dann, gute Nacht.“

„Ja, gute Nacht. Danke noch mal. Dass Sie die Kinder nach Hause gebracht haben … dass Sie beim Geschirr geholfen haben. Ich weiß es zu schätzen.“

„Und *Ihnen* danke fürs Abendessen.“ Sie winkte über seine Schulter hinweg. „Tschüss, Kinder.“

Sie wandten sich gerade lang genug vom Fernseher ab, um zurückzuwinken. „Tschüss, Vicky.“

Doug wartete an der offenen Tür, bis sie sicher am Minibus angekommen war. Der Motor kam auf Touren, das Scheinwerferlicht huschte über die Einfahrt.

Er schloss die Tür, lehnte sich dagegen und warf einen kritischen Blick auf das Durcheinander, das sein Zuhause war. Eine Welle der Sehnsucht – nach Kaye – überrollte ihn und zog ihn mit sich.

Kapitel 8

Hannah hatte ihre Decken weggestrampelt und Doug legte sie wieder über das schlafende Kind. Sie lag auf dem Bauch, Daumen im Mund, den kleinen runden Po in die Luft gestreckt. Kaye hatte sie immer „Mount Saint Hannah" genannt, wenn sie in dieser Position schlief.

Er zog die Tür zu und ging nach oben, um nach den anderen Kindern zu schauen. Louis lag diagonal über dem Doppelbett und hatte die Decke zwischen seinen schlaksigen Armen und Beinen zerknüllt. Wann war er bloß so gewachsen? Die Kinder waren alle gewachsen und hatten sich in den zwei Monaten seit dem Tod von Kaye und Rahel verändert. Eine lebhafte Vorstellung erfasste ihn, als würde Kaye jeden Augenblick nach einer Woche Floridaaufenthalt bei ihrer Mama hier zur Tür hereinkommen. „Ach du meine Güte", hörte er sie klar und deutlich sagen, als stünde sie neben ihm. „Seit ich gefahren bin, sind sie ja alle einen halben Meter gewachsen."

Doug schüttelte dieses Traumbild ab; er war aufgewühlt, doch zugleich getröstet von der Erinnerung an Kayes Stimme. Es hatte ihn schon etwas beunruhigt, dass er sich nicht mehr an den Klang ihrer Stimme erinnern konnte.

Er entwirrte Louis und deckte ihn wieder zu, dann bahnte er einen Weg durch die Spielsachen, damit das Kind sich nicht das Genick brach, wenn es, wie immer, morgens um fünf ins Bad musste.

Er ging durch den Flur, um nach den Mädchen zu sehen. Sabrina und Sarah kuschelten sich in der Bettmitte aneinander wie zwei Teelöffel in der Besteckschublade. Er beneidete sie um ihre Wärme. Ihm wurde bewusst, dass sie in einem Sechs-Personen-Haushalt die beiden Einzigen waren, die die Wärme eines anderen Körpers genießen konnten.

Er sah zu Karens Bett hinüber und blieb abrupt stehen. Unter der flauschigen Decke lagen zwei Gestalten. Das Bild zerrte ihn zwei Monate zurück, als Karen das Bett noch mit ihrem kleinen Liebling Rahel geteilt hatte. Einen Augenblick lang war er orientierungslos. Hatte Karen eine Freundin zum Übernachten eingeladen? Daran konnte er sich nicht erinnern. Andererseits war sein Gedächtnis in letzter Zeit nicht sehr verlässlich. Aber ganz sicher wäre ihm eine weitere Person am Esstisch aufgefallen.

Vielleicht war eine der Zwillinge zu Karen ins Bett gekrabbelt. Doch ein Blick auf ihr Bett bestätigte ihm, dass er tatsächlich zwei Lockenköpfe auf den beiden Kissen gesehen hatte. Auch Louis und Hannah hatte er in ihren Betten gesehen. Alle waren an ihrem Platz.

Sie hätte besser keinen der schmutzigen Hunde mit ins Bett genommen. Er schaute angestrengt durch das fahle Licht, das aus dem Flur ins Zimmer strömte, ging auf Zehenspitzen an Rahels Seite des Bettes und versuchte herauszubekommen, was neben Karen im Bett lag. Wer immer es war, hatte sich tief in die Kissen vergraben.

Behutsam zog er die Decken zurück. Ein leeres Kissen. Noch ein Stück weiter. Noch ein Kissen – der Länge nach im Bett. Karen atmete tief ein und aus und schlief neben der Kissenanordnung. Doug zog die Decken wieder über das Gebilde, das aussah wie Rahels Körper, deckte Karen auch wieder bis über die Schultern zu und hatte schmerzliche Sehnsucht nach der Tochter, die er verloren hatte. Und zum ersten Mal erkannte er auch, wie groß der Verlust für *Karen* war.

In letzter Zeit war sie so mürrisch gewesen und auch so weit entfernt. Ihm kam es vor, als müsse er alles mindestens zweimal wiederholen, damit es durch ihren tagträumerischen Nebel drang. Er wusste nicht, ob er es ihrer Trauer zuschreiben sollte oder einfach ihren vorpubertären Hormonen. Kaye hatte ihn schon ein ganzes Jahr lang vorgewarnt, dass Karen bald in die Pubertät käme und sie sich auf haarige Zeiten mit ihrer niedlichen ältesten Tochter würden einstellen müssen.

Mit einem übergroßen Kloß im Hals schlich er hinunter in sein eigenes Bett. Er wollte nicht noch eine Tochter verlieren. Er musste eine Möglichkeit finden, sie zu erreichen.

Hannah regte sich, als er in das kalte Zimmer kam, doch sie beruhigte sich wieder und atmete gleichmäßig, nachdem er noch eine Decke über sie gelegt hatte.

Er schaltete die Lampe auf seinem Nachttisch aus und legte sich unter seine Decken, damit ihm warm wurde. Dort lag er auf dem Rücken und starrte zur Decke, wälzte sich auf den Bauch, schüttelte sein Kissen auf, konnte aber keine bequeme Lage finden. Nachdem er sich zehn Minuten herumgewälzt hatte, stieg er aus dem Bett und ging ins Wohnzimmer.

Er schnappte sich ein Polsterkissen vom Sofa und nahm es mit ins Schlafzimmer. Er schlug die Decke zurück, legte das Kissen auf Kayes Bettseite und bog es sachte in die Form eines Embryos – so wie Kaye in kalten Winternächten geschlafen hatte. Er deckte die leblose Gestalt zu und legte sich daneben.

***

Karen saß zusammengekrümmt auf der Rückbank des Schulbusses. Der gelbe Bus holperte über die Landstraße, die Mama immer die Waschbrettstraße genannt hatte. Sie hielt sich mit den Händen die Ohren zu und versuchte, Louis und die anderen rauflustigen Grundschüler vor ihr im Bus auszublenden. Sie wusste nicht, was schlimmer war – wie ein kleines Kind nach der Schule in den Hort zu gehen, oder mit dem Bus nach Hause zu fahren, um von Großmutter Thomas betreut zu werden. Warum konnte Papa sie nachmittags nicht mal ein paar Stunden allein lassen?

Na gut, sie wusste warum. Er hatte Angst, ihr könne dasselbe zustoßen wie Mama und Rahel. Er versuchte nur, sie zu beschützen, und das gefiel ihr an ihm – aber trotzdem. Sie war doch verantwortungsbewusst. Sie war nicht dumm. Außerdem war sie schon fast ein Teenager und er konnte sie nicht ihr Leben lang beschützen.

Papa schien jede freie Minute damit zu verbringen, irgendetwas zu reparieren. Seit dem Tag nach der Beerdigung hatte er sich jeden Abend, wenn er daheim war, im Haus umgeschaut, ob irgendetwas nicht richtig funktionierte. Lose Scharniere, nicht richtig schließende Schranktüren, ein Kurzschluss im Medizinschrank im Bad. Die Sachen, mit denen ihm Mama immer in den Ohren gelegen hatte, er solle sich darum kümmern. Jetzt war es zu spät. Er konnte alles in diesem blöden Haus reparieren, aber ändern konnte er damit gar nichts.

Der Bus kam vor ihrer Einfahrt zum Stehen. Louis sprang von dem Platz neben ihr auf und versetzte ihr einen Klaps auf den Hinterkopf. „Los, komm, Trantüte. Nimm die Nase aus dem Buch. Wir sind daheim."

„Ich lese doch gar nicht, Blödmann."

„Dann wach eben auf."

„Halt die Klappe."

„Halt selber die Klappe."

Louis ignorierte sie und schleppte seinen überdimensionierten Rucksack an ihr vorbei durch den Gang. Durch das Fenster sah sie, wie er durch den Vorgarten stürmte. Dachte wohl, er könne die letzten Pop-Tarts vor ihr ergattern. Er konnte allerdings nicht wissen, dass sie ihren eigenen Geheimvorrat in der Waschküche gehortet hatte. Und sie hatte kein bisschen ein schlechtes Gewissen. Nur so konnte man sich hier in diesem blöden Haus mal etwas Süßes sichern.

Sie sammelte ihre Sachen ein, stieg aus dem Bus und winkte Mr Turner, dem Busfahrer, über die Schulter zu. Sie blieb am Briefkasten am Ende der Einfahrt stehen, aber der war leer. Oma musste die Post schon geholt haben.

Als sie ins Haus kam, hatte Louis es sich schon vor der Glotze bequem gemacht. Er wedelte mit einer glänzenden leeren Verpackung. „Ha! Zu blöd, dass alle weg sind."

„Na und? Ich wollte sowieso nichts von den bescheuerten Pop-Tarts. Ich hoffe, du bekommst eine Lebensmittelvergiftung."

„Karen." Omas strenge Stimme drang aus der Küche. „So redet man nicht mit seinem Bruder."

Louis streckte ihr die Zunge heraus.

Sie tat es ihm gleich und ging in die Küche. „Hallo, Oma."

Sie machte sich auf eine Predigt gefasst, sie solle doch gut mit Louis auskommen, doch die Großmutter lächelte nur und fragte, wie es in der Schule war.

Karen zuckte die Achseln. „Ganz okay. Habe ich Post bekommen?"

„Warum? Erwartest du etwas?"

„Nein ... eigentlich nicht. Darf ich mal sehen, was gekommen ist?"

„Liegt alles auf dem Esstisch. Aber für dich ist nichts dabei, Spätzchen. Lauter wichtige Sachen für deinen Papa."

„Ich weiß ... ich schaue bloß mal durch."

„Na dann, verleg aber nichts."

„Nein." Sie ging zum Esstisch, wo der neue Stapel Prospekte und Umschläge lag. Sie blätterte die Umschläge durch. Eine ganze Menge blöder Kreditkartenangebote und wahrscheinlich Rechnungen. Da war auch eine Karte in einem lavendelfarbenen Umschlag. Vermutlich noch eine Beileidskarte. Anfangs waren ganze Lawinen an Karten gekommen, darunter auch Weihnachtskarten, von denen manche auch noch an Mama adressiert waren. Ein paar Leute – die weit weg wohnten – hatten noch nichts von Mama und Rahel gehört. Diese Karten machten Papa immer traurig. Das erkannte sie daran, dass er sie las und dann eine ganze Zeit dasaß und in die Luft starrte.

Doch nach Neujahr waren fast keine Karten mehr gekommen. Sie warf einen Blick auf die sich hoch türmenden geöffneten Umschläge auf der Anrichte. Papa sagte andauernd, er müsse sie mal beantworten, tat es aber nicht. Sie hatte auch mal mitbekommen, dass er angedeutet hatte, Oma solle sie doch beantworten. Aber Oma hatte gesagt, sie müsse ihren eigenen Stapel beantworten.

„Darf ich die Beileidskarte aufmachen, Oma?"

Ihre Großmutter erschien mit einem Geschirrtuch in der Hand an der Tür. „Ich weiß nicht ... an wen ist sie denn adressiert?"

Karen las auf der Vorderseite: „Douglas DeVore. Sehr wahrscheinlich ist es eine Beileidskarte."

„Lass mal sehen." Großmutter nahm die Karte entgegen. „Hmmmm ... kein Absender. Sieht nicht aus wie eine Beileidskarte. Sieht eher wie eine Einladung aus."

„Darf ich sie öffnen?"

„Sie ist aber doch gar nicht an dich adressiert."

„Nein, aber Papa lässt mich immer die Karten öffnen", sagte sie hoffnungsvoll. Ihr war ziemlich klar, dass ihre Großmutter vor Neugierde umkam. Sie jetzt auch, nachdem sie wusste, dass es eine Einladung war.

„Na ja ... wenn dein Papa dich die Karten öffnen lässt ... aber du erzählst ihm nicht, dass ich es dir erlaubt habe."

„Alles klar." Als sie den Umschlag aufriss, spürte sie den warmen Atem ihrer Großmutter im Nacken. In dem Umschlag war ein kleinerer Umschlag, auf dem *Douglas DeVore und Begleitung* stand.

„Und Begleitung?", ereiferte sich Oma. „Das ist ja wohl eher unangemessen."

Karen wusste nicht, was sie damit meinte. Sie zog eine glänzende cremefarbene Karte aus dem zweiten Umschlag. „Es ist eine Hochzeitseinladung."

Oma blickte ihr über die Schulter. „Von wem ist sie?"

Karen las die ausgefallene Schrift. „Ah ja, das ist Vivian – aus dem Café. Sie heiratet diesen Künstlertypen, bei dem Papa mal Unterricht hatte."

„Jackson Linder. Ja, stimmt. Ich erinnere mich, dass ich im *Courier* die Verlobungsanzeige gelesen habe."

„Mama hat gesagt, Papa hat Jack vermutlich das Leben gerettet, als er vom Dach des Cafés gefallen war."

Großmutter nickte. „Ich war in Florida, als das passierte, aber deine Mama hat es mir erzählt. Dein Papa hat vielen das Leben gerettet."

Außer Mama und Rahel. Karen verdrängte den anklagenden Ton in ihrem Kopf und drehte den inneren Umschlag um, damit sie die Adresse lesen konnte. „Warum steht denn hier ‚und Begleitung'?"

Wieder schnaubte Großmutter, als wäre sie empört. „Es bedeutet einfach, dein Vater kann zur Hochzeit mitnehmen, wen er will."

Karen sog kurz hörbar die Luft ein. „Mich?"

Aus Großmutters Stirnrunzeln wurde ein Kichern. „Oder mich."

„Oma ..." Einen Augenblick lang hatte Karen gedacht, sie meine es ernst. Sie atmete weiter, als sie das Funkeln in Großmutters Augen sah.

Doch Großmutter wurde rasch wieder ernst. „Das lässt du mal besser deinen Vater entscheiden, Kaye. Vielleicht ist er noch nicht bereit für ... so etwas."

Karen hatte keine Lust, ihre Großmutter darauf hinzuweisen, dass sie – wieder einmal – den Namen ihrer Mutter verwendet hatte. Papa machte das auch manchmal. Stattdessen malte sie sich aus, dass sie mit Papa zu der Hochzeit ginge. Sie könnte ihr pinkfarbenes Satinkleid tragen. Das, das Mama ihr für die Heiligabendfeier in der Kirche genäht hatte. Sie war noch nicht dazu gekommen, dieses Kleid zu tragen. Die Feier fand drei Wochen nach Mamas und Rahels Tod statt und Papa hatte gemeint, es sei nicht richtig, wenn sie hingingen. Sie war sich noch immer nicht sicher, warum.

War auch egal. Vermutlich hätte sie sowieso nicht singen können, ohne zu weinen. Doch seither hatte sie das Kleid ein halbes Dutzend Mal anprobiert, war damit im Zimmer umhergetanzt, wenn die Zwillinge schliefen, und hatte so getan, als wäre alles wie vor dem Unfall. Als wären Mama und Papa zur Aufführung gekommen und hätten sie singen hören: „Es ist ein Ros entsprungen." Sie sah sie regelrecht vor sich, wie sie nebeneinander saßen und Hannah auf Papas Schoß saß und klatschte. Sie schüttelte die Fantasiebilder ab. Allmählich fing sie an zu vermischen, was sich wirklich zugetragen und was sie sich bloß ausgemalt hatte.

Wirklich zugetragen hatte sich, dass Papa Miss Gorman angerufen und ihr gesagt hatte, dass Karen vor Beginn des neuen Jahres nicht in die Schule gehen würde. Ihre Freundin Ruby hatte erzählt, als Miss Gorman erfuhr, dass Karen bei der Aufführung nicht dabei sein würde, hätte sie Lisa Breck Karens Solo gegeben. Zumindest hatte Lisa selbst ihr das nicht so unter die Nase gerieben wie sonst.

Noch einmal las sie die Einladung. Die Hochzeit war am 10. März. Sie wollte Papa fragen, ob sie die Einladung an ihrer Pinnwand neben ihrem Bett aufhängen dürfte. Aber zuerst würde sie sie mit in die Schule nehmen, um damit anzugeben. Sie konnte wetten, dass Lisa Brett nicht eingeladen war.

Im März war schon Frühjahr. Und im Frühjahr war Papa bestimmt wieder so weit, unter die Leute zu gehen. Eine Hochzeit war vielleicht genau das Richtige, um ihn daran zu erinnern, wie gern er früher in Gesellschaft und wie unterhaltsam er gewesen war.

Kapitel 9

Vicky füllte die Gießkanne an dem Waschbecken in Kinderhöhe in der Spielecke und sah hinaus in den stürmischen Märzhimmel. Sie war froh, wenn sie ein paar dieser Pflanzen wieder in den Garten setzen konnte. Während sie die gelben Blätter eines geschossenen Philodendron abzupfte, ließ sie den Blick über die restlichen Pflanzen schweifen. Sie hatte sie im Winter vernachlässigt.

Sie goss die Erde in dem Tontopf und ging zur nächsten Pflanze. Brenda zog sie damit auf, dass sie ihre Pflanzen genauso verhätschelte wie die Kinder, die sie betreute. Das stimmte natürlich nicht, aber Brenda konnte wahrscheinlich nicht verstehen, wie viel es ihr bedeutete, von diesen grünblättrigen Pflanzenvorhängen umgeben zu sein – vor allem, wenn die Tage im Winter kurz waren und Sonnenschein selten.

Brenda hatte eigene Kinder. Bereits mit einundzwanzig war sie Mutter geworden. Sie konnte nicht wissen, wie es war, sich danach zu sehnen, ein eigenes Kind im Arm zu halten, während ihr die Erfüllung dieses Wunsches Jahr um Jahr um Jahr versagt blieb.

Solange sie sich erinnern konnte, hatte Vicky von einer großen Familie geträumt wie der, in der sie aufgewachsen war. Als Schülerin war es ihr nie in den Sinn gekommen, dass sie mit dreißig immer noch Single sein würde.

Und die Aussichten in Clayburn „gingen gegen null", wie sich ihre Brüder auszudrücken pflegten. Obwohl alle ihre Brüder und Schwägerinnen von Clayburn weggezogen waren, nachdem die Eltern gestorben waren, schaffte es der Valdez-Clan noch immer, sich jeden ersten Sonntag im Monat zu treffen – normalerweise in Ricks Haus in Salina. Sie war vernarrt in ihre Nichten und Neffen – sie hatte vier von jeder Sorte und Angie, Ricks Frau, erwartete jetzt jeden Tag ein kleines Mädchen. Aber es war nicht dasselbe wie eigene Kinder.

Sie zwickte eine spitze Blüte von einer Buntnessel, die sie über den Winter ins Haus geholt hatte. Es war verlockend, sie einfach blühen zu lassen, doch die Farben der Blätter – die eigentliche Schönheit der Buntnessel – waren lebhafter, wenn die Blüten abgezwickt wurden, sobald sie erschienen. Das war eine der Fragen, die sie Gott gleich am ersten Tag im Himmel stellen würde. Warum hatte er eine Blüte geschaffen, die abgezwickt werden musste, noch bevor sie ganz aufgehen durfte?

Sie war sich nicht sicher, ob sie glücklich werden würde, wenn sie allein bliebe und nie erführe, wie es war, ein Kind zu gebären und es an ihrer Brust zu stillen. Sie wollte ihrem Kind in die Augen schauen, wie es ihre Brüder und Schwägerinnen taten, und Papas kubanisches Erbe in den braunen Augen und rabenschwarzen Haaren eines kleinen Mädchens oder das schwedische Blut ihrer Mutter in den blauen Augen und dem trotzigen Kinn eines kleinen Jungen sehen.

Vicky hatte von beiden Elternteilen gleichermaßen etwas geerbt. Sie hatte das dichte dunkle Haar und die olivfarbene Haut ihres Vaters und die kristallklaren blauen Augen ihrer Mutter. Es war eine Kombination, um die sie ihre Freundinnen an der Highschool beneidet hatten, doch manchmal hätte sie Mamas seidenweiches hellblondes Haar und Papas tiefbraune Augen bevorzugt. Doch selbst wenn sie dadurch besser zu Clayburns weißer Bevölkerung gepasst hätte, wäre der Name Valdez – und der damit einhergehende katholische Glaube – Grund genug gewesen, sie von einem Telefonbuch voller Andersens und Petersens, Schmidts und Johannsens abzusetzen.

Sie würde lieber sterben als es ihren Brüdern erzählen, aber die Chance, ihren Namen zu ändern, war ein weiterer Grund, warum sie unbedingt heiraten wollte. Alle ihre Brüder hatten Latinas geheiratet – abgesehen davon, dass sie Mexikanerinnen waren und keine Kubanerinnen. Sie waren den Gemeinden ihrer Frauen beigetreten und hatten sich niedergelassen, um große, lärmende Familien zu gründen. Und sie waren glücklich. Furchtbar glücklich. Anscheinend fühlten sie sich im Mittleren Westen der USA nicht fehl am Platze. Natürlich hingen sie nicht in Clayburn fest. Rick war aufs College gegangen, Tony und Alex gleich nach der Highschool auf die Handelsschule. Und nach Clayburn waren sie nur zurückgekehrt, um sie zu besuchen.

Sie schämte sich nicht ihrer kubanischen Abstammung, doch in ihr floss auch Mamas schwedisches Blut. Reinstes Blut aus Clayburn. Warum hatten die Leute bloß Probleme, sich daran zu erinnern?

Sie würde ihren Nachnamen niemals verleugnen, aber sie wäre nicht traurig, ihn eines Tages abzulegen. Womöglich würden dann nicht alle davon ausgehen, dass ihr Vater bei der Bahn gearbeitet hatte (was der Fall war) und dass Mama gegen den Willen von Großvater Swenson vom lutherischen Glauben zum katholischen übergetreten war, damit sie und Papa in der katholischen Kirche getraut werden konnten (was sie getan hatte).

Papa war ein guter Mann gewesen und hatte seine Familie gut versorgt, und Opa Swenson vergab fast alles, als Vickys Brüder auf die Welt kamen. Doch Mama sagte immer, schließlich wäre es Vicky gewesen, die sein Herz zum Schmelzen gebracht hatte. Sie wurde auf den Namen Victoria Joy getauft, nach Victor Swenson, und somit war alles besiegelt.

Großvater starb, als Vicky zehn war, doch Vicky hatte diesen weißhaarigen Mann mit den glänzenden blauen Augen – Augen wie Mamas – in guter Erinnerung.

Sie vermisste ihre Eltern und ihr tat der Gedanke weh, ihre Kinder würden – im Gegensatz zu den meisten Kindern ihrer Brüder – niemals Opa und Oma Valdez kennenlernen. Sie schaute sich im Spielzimmer um und sah, wie die DeVore-Zwillinge mit Hannah spielten. Manchmal ergab es keinen Sinn, dass Gott zuließ, dass jemand wie Kaye DeVore starb, während Vicky, die niemanden hatte, der auf sie angewiesen war, niemanden, der abends auf sie wartete, ungeschoren davonkam.

Papa und Mama hatten ihre vier Kinder in dem Glauben erzogen, dass das Leben nicht fair sei, dass es auch nie beabsichtigt gewesen sei, dass es fair sein *sollte*, doch das hielt Vicky nicht davon ab, sich zu fragen, *warum*. Wenn Gott allmächtig war, wie man ihr beigebracht hatte, dann hatte er auch die Macht, die Ungleichheiten in der Welt auszugleichen. Warum *machte* er die Dinge nicht einfach gerecht?

Sie sah auf die Uhr. Doug würde jede Minute hier sein. Er hatte sich sehr darin gebessert, die Kinder pünktlich abzuholen, seit sie neulich abends bei ihnen gewesen war. Vicky hatte den Verdacht, Brenda habe ihm etwas gesteckt, doch die stritt das ab. Auf jeden Fall hatte keine von ihnen in den letzten Wochen länger bleiben müssen, um auf ihn zu warten.

Sie hatte oft an die Zeit bei den DeVores gedacht. Karen und Louis waren nicht mehr im Hort, seit Kayes Mutter Ende Januar zurückgekommen war und die Betreuung der älteren Kinder nach der Schule übernommen hatte. Die Zwillinge und Hannah schienen gut zurechtzukommen – sie lachten und spielten wie die anderen Kinder, blieben aber öfter als früher unter sich und spielten getrennt von den anderen. Sie musste sich fragen, welche bleibenden psychischen Schäden sie wohl davontragen würden. Selbst als Erwachsene verlor man nicht seine Mutter, ohne davon tief betroffen zu sein.

Sie hörte die Tür aufgehen und sah Doug, der sich durch das Labyrinth aus Kindermobiliar und Bücherregalen einen Weg zu ihr bahnte.

Er deutete mit dem Kopf auf die Gießkanne in ihrer Hand. „Na, versuchen Sie, sich das Leben ein bisschen grüner zu machen?“

„Ich versuche es. Aber in letzter Zeit hat es nicht so gut geklappt. Ist alles etwas angewelkt.“

Er rieb ein Hibiskusblatt zwischen Daumen und Zeigefinger. „Ordentlich gießen, dann wird's schon wieder.“

Sie zuckte zusammen. „Ich hoffe, ich habe nicht zu lang gewartet.“

Er lächelte sie mitfühlend an und kramte seine Geldbörse aus der Gesäßtasche. „Ich möchte den Beitrag bezahlen.“

„Aha … ja, gut. Ich schreibe Ihnen eine Quittung.“ Sie stellte die Gießkanne ab und ging quer durch den Raum zum Aktenschrank.

Doug folgte ihr und setzte sich rittlings auf einen Stuhl vor ihrem Schreibtisch. Er zog einen Scheck aus seiner Geldbörse und wählte einen Kugelschreiber aus einem Stifthalter, den ein Kind vor langer Zeit mal gebastelt hatte.

Das Kratzen des Stiftes verstummte und sie merkte, dass er darauf wartete, dass sie ihm die Summe nannte. „Oh, tut mir leid.“ Sie überprüfte die Stunden und las den Betrag ab.

Er füllte den Scheck aus, reichte ihn ihr und blickte auf die Pinnwand hinter ihr. „Sie sind also auch zu der Hochzeit eingeladen.“

Sie drehte sich um und folgte seinem Blick zu der Einladung an der Pinnwand. „Ja, genau ... die von Jack und Vivian. Gehen Sie auch hin?“, fragte sie. Sie hatte sich noch nicht entschieden, ob sie hingehen würde oder nicht. Wahrscheinlich zur Trauung, Vivian zuliebe. Doch nach der Zeremonie würde es einen Empfang und Tanz im *Latte-dah* geben und sie war sich nicht sicher, ob sie sich das zumuten wollte.

„Ich werde wohl hingehen. Seit die Einladung gekommen ist, redet Karen von nichts anderem mehr.“

Vicky lächelte. „Als ich in ihrem Alter war, habe ich Hochzeiten auch geliebt.“ Das stimmte, aber sie verkniff sich, ihm zu sagen, dass sie in letzter Zeit nur dazu dienten, ihr vorzuführen, was sie nicht hatte.

Doug beschäftigte sich angelegentlich mit einem losen Faden auf dem Teppich, den er mit der Stiefelspitze bearbeitete. „Was meinen Sie – was trägt ein Mann bei so einer Gelegenheit? Ich muss mir doch keinen Smoking leihen, oder?“

Sie verkniff sich ein Grinsen. „Nein, Sie tragen einfach einen normalen Anzug. Eine Krawatte dazu wäre schön.“

Er zerrte an dem Kragen seines Baumwollhemdes, als beenge ihn schon allein der Gedanke, eine Krawatte umzubinden. „Ach so. Na dann ... vielleicht bis dahin. Mal sehen, ob ich noch tanzen kann.“ Sein verlegenes Lächeln fühlte sich in ihrem Bauch ganz komisch an.

Vielleicht würde sie ja doch bis zum Tanz bleiben. Auf ihrer Einladung stand „und Begleitung“. Vielleicht konnte sie sich ja einen ihrer Brüder als Anstandswauwau für den Abend ausleihen. Das wäre immer noch besser, als daheim Trübsal zu blasen.

Kapitel 10

Doug zerrte an seiner Krawatte und reckte seinen Hals, um sich im Rückspiegel des Pick-up zu betrachten.

„Du siehst gut aus, Papa." Karen warf ihm ein vielsagendes Lächeln zu. „Richtig attraktiv."

Peinlich berührt, dass er beim Stylen erwischt worden war wie ein Mädchen, tätschelte er ihr das Knie. „Du siehst auch ziemlich gut aus, junge Dame. Hübsches Kleid. Hat Oma es dir gekauft?"

„Nein, Papa", reagierte sie verschnupft. „Weißt du denn nicht mehr? Mama hat es mir doch genäht. Für die Weihnachtsaufführung."

„Die Weihnachtsaufführung? Letztes Jahr? Und dann passt es dir noch?" Er konnte sich nicht erinnern, sie schon einmal in diesem Kleid gesehen zu haben.

„Dieses Jahr." Sie starrte durch die Windschutzscheibe und sah aus, als müsse sie gleich weinen."

„Ah – ach so." Hatte er etwas Falsches gesagt? In letzter Zeit reichte schon ein leichter Windhauch, um sie umzupusten. Wieso traf er immer haargenau die falschen Worte? „Na, auf jeden Fall siehst du ungeheuer hübsch aus."

Sie wandte sich mit einem schüchternen Lächeln und zitterndem Kinn zu ihm. „Danke."

Schweigend legten sie den restlichen Weg zurück. Karen strich mit ihren Handflächen über ihren Rock, bis er den Eindruck hatte, bald müsse ein Loch darin sein. Sie war bestimmt genauso nervös wie er. Er hatte mit Hochzeitsfeiern nie groß etwas anfangen können, aber wenn Kaye jetzt hier wäre, würde er einfach in ihrem Kielwasser schwimmen. Kaye belebte jede Party, und wo immer sie gemeinsam aufgetaucht waren, hatte ihre Lebhaftigkeit den Weg geebnet und ihn gut dastehen lassen.

Über drei Monate – mehr als ein Vierteljahr – und noch immer tat es so weh, an sie zu denken. Wie konnte er denn allein in diese Kirche gehen? Wieder tätschelte er Karens Knie. Er war sich nicht mehr so sicher, ob er sich freute, dass sie ihn überredet hatte, zu der Hochzeit zu gehen, aber wenn er schon einmal hier war, dann war er doch froh, dass seine Tochter dabei war.

Er betrachtete sie aus dem Augenwinkel. Wann war sie bloß so groß geworden? Wie all ihre Geschwister hatte Karen das dichte blonde Haar ihrer Mutter, doch ansonsten war sie mehr eine DeVore als eine Thomas. Ihre Gesichtszüge waren schärfer geschnitten als das zarte Profil, das die anderen Kinder geerbt hatten. Und doch war Karen in jeder Hinsicht so hübsch wie ihre Mutter, auch wenn sie jetzt in dieser unbeholfenen vorpubertären Phase war. Zu seinem Leidwesen war ihm aufgefallen, dass ihre Figur schon ganz leicht weibliche Formen annahm. Er wagte nicht einmal darüber nachzugrübeln, wie er mit *diesem* Aspekt, Töchter zu haben, ohne Kaye umgehen sollte.

Er fuhr auf den Parkplatz der Community Christian Church und parkte neben Pete Truesdells Transporter. Karen hatte bereits ihre Hand am Türgriff.

„Hast du die Karte?"

Sie hielt eine übergroße – und überbezahlte – Glückwunschkarte hoch, die sie mit ihm ausgesucht hatte. Verflixt, diese Karte kostete fast genauso viel wie der neue 20-Dollar-Schein, den er in den Umschlag gesteckt hatte. Er konnte fast hören, wie Kaye ihn dafür schalt, so ein Knauser zu sein, doch er hatte Kinder, an die er denken musste, und bis nach der Ernte würde das Geld knapp sein. Vorausgesetzt, das Getreide verhagelte nicht. Er stieg aus dem Pick-up und sah zum Himmel hinauf. Drohend zogen Wolken über ihnen hinweg. „Komm, lass uns gehen – bevor wir nass werden."

Er ging um den Wagen herum, nahm Karens Hand und sie rannten über den Parkplatz. Er öffnete ihr die Kirchentür und ging hinter ihr hinein. Der Vorraum war mit Kerzen und Bändern geschmückt. Kaye hätte ihre himmlische Freude daran gehabt. Karen *hatte* sie. Strahlend schaute sie zu ihm hoch.

Ein Mädchen in einem aparten Kleid reichte ihnen je ein Programm, ein Platzanweiser im Smoking – einer der Brunner-Söhne, dachte er – begrüßte sie im Gottesdienstraum. „Freunde der Braut oder des Bräutigams?"

Doug zuckte die Achseln. „Von beiden, denke ich mal."

Der Platzanweiser hielt Karen seinen Arm hin, doch sie musste praktisch rennen, um mit diesem langbeinigen Kerl mithalten zu können. Er blieb an der fünften Reihe von vorne stehen und forderte sie mit einer Handbewegung auf, sich hier zu setzen.

Doug folgte Karen bis zur Mitte der Reihe und spürte die gaffenden Blicke der anderen Gäste, die schon da waren. Er war dankbar, als sie sich setzen konnten. Zwei leere Plätze trennten ihn von dem Gang zu seiner Linken und er ließ sich so auf der gepolsterten Bank nieder, dass er seine Beine ausstrecken konnte. Doch nicht lange. Er musste sich gerade hinsetzen, als ein weiterer Brunner-Sohn Vicky Valdez neben ihm platzierte.

Er lächelte und formte mit den Lippen ein stummes Hallo. Vicky hatte sich ganz ansehnlich herausgeputzt, wenn er das mal so zu sich sagen durfte. Statt der üblichen Pferdeschwanzfrisur trug sie ihr Haar in offenen Wellen um die Schultern, hatte glitzernde Ohrringe angelegt und etwas Lippenstift oder Gloss, oder wie das glänzende Zeug hieß, aufgetragen. Kaye hatte immer gesagt, Lippenstift sei das Element des Make-ups, ohne das sie niemals leben könnte.

Karen beugte sich vor und winkte Miss Valdez zu. Ihm fiel auf, dass Vicky ihren Rock genauso glättete, wie Karen es auf der gesamten Herfahrt getan hatte. Vielleicht waren es nicht nur die Nerven. Vielleicht gab es ja einen Grund dafür.

Einen Augenblick später trat Jack Linder aus einer Tür hinter dem Chorraum, gefolgt von Trevor Ashlock und einem anderen Mann, den Doug nicht kannte. Er spürte ein leichtes Zupfen am Ärmel und drehte sich zu Vicky um, die auf sein Programmblatt lugte. „Darf ich mal kurz lesen?", flüsterte sie.

Er reichte ihr sein Programm und deutete auf das Blatt, in das Karen vertieft war. „Behalten Sie es. Wir haben noch eins."

Der Organist spielte einen anhaltenden Ton und blätterte mit einer Hand die Noten um. Die Luft, die Atmosphäre im Raum schien sich zu ändern und Doug erkannte ein Lied, das er schon bei anderen Trauungen gehört hatte. Womöglich sogar bei seiner eigenen. Über Karens Schulter las er im Programm: „Feierlicher Einzug". Sie rutschte auf ihrem Platz umher, bis sie zum Eingang schauen konnte. Alle anderen schienen sich auch umzudrehen.

Wie auf ein unsichtbares Zeichen erhoben sich plötzlich alle. Doug stupste Karen an, sie standen auf und drehten sich zum Eingang des Gottesdienstraums um, wo eine sehr elegante Vivian Kenney am Arm von Pete Truesdell den Gang entlangschwebte. Sie hatte ein strahlendes Lächeln, doch sie hatte nur Augen für Jack.

Doug erinnerte sich an einen ähnlichen Blick in Kayes Augen, als sie den Gang der großen Kirche von Salina entlanggeschritten war. Sie hatte nie so wunderschön ausgesehen – bis zu dem Tag, an dem sie die neugeborene Karen im Arm gehalten hatte. Und dann die kleine Rahel …

Ihm brannten die Augen und er musste wegsehen.

Karen zupfte ihn hinten am Jackett und flüsterte: „Papa, ich sehe nichts."

Vicky musste es mitbekommen haben, denn sie winkte Karen, sich auf den Platz am Gang vor ihr zu stellen. Doug legte Karen die Hände auf die Schultern, schob sie an sich und Vicky vorbei und lächelte seine Nachbarin dankbar an.

Vivian blieb an der ersten Reihe stehen, wo ihre Mutter in einem Rollstuhl saß. Es war traurig, Ingrid Kenney in einem so zerbrechlichen Zustand zu sehen, doch sie warf ihrer Tochter ein verzerrtes Lächeln zu und hob den Kopf, um sich von Vivian einen Kuss geben zu lassen.

Pete übergab Jack die Braut und das Paar ging zum Altar. Während sich die Gemeinde setzte, rutschte Karen wieder an Vicky vorbei und nahm neben Doug Platz. Er legte einen Arm um seine Tochter und genoss ihre Wärme und Nähe. Nichts konnte einen Mann so sehr daran erinnern, wie einsam er war, wie eine Hochzeit.

Jack legte sein Eheversprechen ab und sprach dem Pastor mit lauter, klarer Stimme nach. Doug freute sich für ihn. Der arme Kerl hatte schlimme Zeiten durchgemacht und es war schön zu sehen, dass er wieder glücklich werden konnte. Hätte Jack seine Abhängigkeit von der Flasche schneller loswerden können – oder gar nicht erst damit angefangen –, wenn Gott ihm erlaubt hätte, einen kurzen Blick auf diesen Tag zu erhaschen?

Einen Augenblick lang wünschte sich Doug verzweifelt einen kurzen Blick in seine eigene Zukunft. Wenn er sich ganz sicher wäre, dass es zutraf, was die Beileidskarten ihm verhießen – dass seinem Schmerz eines Tages die Spitze genommen würde –, könnte er vielleicht wieder anfangen zu leben. Er zog Karen noch näher zu sich heran.

Jeden Tag war es dieselbe Routine: Er stempelte seine Zeitkarte bei Trevor, danach kam die Arbeit auf der Farm, dann holte er die Kinder aus der Betreuung ab.

Er konnte sich nicht erlauben, zu intensiv darüber nachzudenken, was aus seinem Leben geworden war, denn er war sich nicht sicher, ob das Leben, das er gerade führte, überhaupt lebenswert war. Und er *musste* leben – um seiner Kinder willen.

Kapitel 11

Karen saß am Fenster des *Latte-dah* und hielt ihrem Vater mit ihrer Handtasche und ihrem Programmblatt einen Platz frei. Das Café sah dem Ort, an dem Papa sie und Louis vor ein paar Wochen zu einer heißen Schokolade eingeladen hatte, kaum noch ähnlich.

Heute waren alle Tische verschwunden, die Stühle entlang der

Wände gestellt, sodass der glatte Boden vor dem Kamin frei war zum Tanzen. Papa hatte ihre Mäntel aufgehängt und kam genau pünktlich zurück, als Jack und Vivian die dreistöckige Hochzeitstorte anschnitten. Mit einem Funkeln in den Augen verfrachtete Jack einen großen Bissen des weißen Kuchens in Vivians offenen Mund. Kauend und lachend schob sie den Schleier hinter die Schultern und machte es mit Jack ebenso. Überall wurden Kameras gezückt und Blitzlichter flammten auf wie auf Seth Bergers Geburtstagsfeier letzten Sommer.

Karen zog ihre Nase kraus. „Habt du und Mama das auch gemacht?"

Papas Blick ging in die Ferne. „Ja, haben wir. Das ist Tradition."

Als sie sah, wie sich die Braut etwas Zuckerguss aus ihren Locken zupfte, beschloss Karen an Ort und Stelle, dass sie diese Tradition bei ihrer Hochzeit nicht haben wollte. Sie würde mit Traubensaft in schicken Gläsern anstoßen und ihren Arm mit dem ihres Bräutigams verschränken, in kleinen Schlucken trinken, und Sie würden sich dabei gegenseitig in die Augen schauen.

„Und nun, meine sehr verehrten Damen und Herren …" Ein DJ in der Ecke neben der Tür ließ alle aufhorchen. „Braut und Bräutigam tanzen nun ihren ersten Tanz als Mann und Frau. Applaus bitte für Mr und Mrs Jackson Linder."

Alle klatschten und pfiffen, während Jack und Vivian die Tanzfläche betraten. Karen stieß einen Seufzer aus. Sie hoffte, sie würde an ihrer Hochzeit genauso schön aussehen wie Vivian Kenney. Und dass Gott für sie einen Ehepartner bereithielte, der mindestens so gut aussah wie Jackson Linder. Die beiden tanzten, als wäre sonst niemand im Raum. Als die Musik verklang, küsste Jack Vivian – diesmal nicht zart und flüchtig wie vorhin, als der Pfarrer sie zu Mann und Frau erklärt hatte. Dieser Kuss ließ alle Leute klatschen und jubeln. Karen spürte, wie ihr ganz warm im Gesicht wurde.

Der DJ lud alle zum Tanzen ein. Papa schnappte sich ihre Hand. „Was meinst du … möchtest du tanzen?"

Sie zögerte. Es waren erst wenige Leute auf dem Parkett, vor allem Senioren, die auf altmodische Weise tanzten. „Noch nicht, Papa. Warten wir auf das nächste Stück."

„Feigling", sagte er. Doch es gefiel ihr, wie er ihr zuzwinkerte. Er klopfte auf seinen Stuhl. „Halt mir meinen Platz frei. Zum nächsten Tanz bin ich wieder da."

Sie nickte und sah zu, wie Papa quer durch den Raum ging und jemandem die Hand schüttelte. Wahrscheinlich jemand von der Druckerei. Als Papas Gesicht traurig wurde, war ihr klar, dass der Typ etwas über Mama und Rahel sagte. Doch dann unterhielten sie sich weiter und Papa lachte sogar über etwas, das der andere ihm erzählte. Damit ging es ihr besser.

Papa trat den Rückweg an, doch Wren Johannsen hielt ihn auf. Mit einem Lächeln umarmte er sie zur Begrüßung. Sie sagte etwas und wies dann auf Karen.

Sie winkte Wren zu und diese winkte zurück, doch dann führte Wren Papa zu Miss Valdez. Papa trat von einem Fuß auf den anderen und sah verlegen aus. Sie konnte nicht hören, was sie sagten, doch Wren deutete auf die Tanzfläche, als wolle sie die beiden auffordern zu tanzen.

Aus dem Augenwinkel sah sie Seth Berger auf sich zukommen. Sie schaute sofort weg, doch er hatte bereits ihren Blick erhascht. Ihre Hände wurden feucht. Er würde sie zum Tanzen auffordern. *Na los, Papa. Beeil dich … beeil dich …*

Doch noch während sie das dachte, betete ein anderer Teil von ihr, dass sie mit Seth würde tanzen können. Sie wischte sich die Handflächen an ihrem Rock ab und fuhr sich mit der Zunge über die Lippen.

„Hi, Karen …" Seine Stimme schlug um und er räusperte sich. „Magst du …" Er schwang seinen Kopf zur Tanzfläche. „… du weißt schon … tanzen?"

Er trug ein weißes Hemd mit Krawatte. Sein dunkles Haar hatte er gegelt und er hatte es schneiden lassen, seit sie ihn am Freitag zuletzt in der Schule gesehen hatte. Er sah richtig gut aus.

Sie lugte an ihm vorbei, um Ausschau nach Papa zu halten. Sie entdeckte ihn mitten auf der Tanzfläche. Er tanzte mit Miss Valdez. Sie hielten einen ziemlich großen Abstand und unterhielten sich nicht, aber doch war ihr komisch zumute, als sie sah, wie er sie berührte.

„Nach wem siehst du dich denn um?"

Sie sah wieder Seth an. „Nach meinem Papa. Ich wollte gerade mit ihm tanzen."

Seth folgte ihrem Blick zur Tanzfläche. „He, er tanzt mit der Erzieherin. Mann, sieht die heiß aus."

„Seth!"

„Tut sie aber."

„Sie ist irgendwie alt genug, um deine Mutter zu sein."

Seth zog eine Augenbraue hoch. „Oder deine."

Ihr gefiel nicht, wie er das sagte. Als hätte Papa etwas mit Miss Valdez oder so.

Seth legte ihr eine Hand auf die Schulter. „Na, komm. Willst du tanzen?"

„Okay." Ihr war etwas flau im Magen, als sie mit ihm an den Rand der Tanzfläche ging. Sie war jetzt voll und Karen verlor ihren Vater aus den Augen.

Es war ein langsames Stück. Seth legte ihr eine Hand auf den Arm. „Bist du so weit?"

Sie nickte, und als seine Hände ihre Taille umfassten, legte sie ihm die Hände auf die Schultern, fast um den Hals, wie sie es bei den Mädchen von der Highschool gesehen hatte. Sein Kragen war feucht. Vielleicht war er auch ein bisschen nervös.

Sie drehten sich am selben Fleck langsam im Kreis. Sie hatte den Blick fest auf den Boden gerichtet, weil sie ihm auf gar keinen Fall auf die Füße treten wollte. Doch nach ein paar Minuten war sie schon nicht mehr so unruhig. Sie blickte sogar ein paarmal auf und sah, dass Seth sie anlächelte. Fühlte sich gut an, mit dem süßesten Typen im Raum zu tanzen.

Sie blickte über Seths Schulter und hielt Ausschau nach Papa. Sie fragte sich, was er wohl machen würde, wenn er sie mit Seth sehen würde. Beim nächsten Stück würde sie mit Papa tanzen. War gar nicht so beängstigend, wenn man erst mal auf der Tanzfläche war. Außerdem tanzten jetzt fast alle und niemand beachtete sie sonderlich.

Das Stück endete und ein neues begann. Sie trat einen Schritt zurück. Doch Seth schnappte sie sich mit einem Arm. „Komm, den nächsten Tanz auch noch, ja?"

„Ich habe meinem Vater versprochen ..." Da sah sie, dass er erneut mit Miss Valdez tanzte.

„Okay." Sie ließ sich wieder von Seth in die Arme ziehen. Diesmal hielt er sie noch etwas enger. Doch obwohl sie fast auf Zehenspitzen tanzte, um ihm über die Schulter schauen zu können, konnte sie nicht anders, als Papa und Miss Valdez zu beobachten.

Auch sie tanzten bei diesem Lied enger miteinander. Und sie tanzten nicht nur. Sie unterhielten sich, wobei sie mit dem Mund dicht an das Ohr des anderen gehen mussten, denn die Musik war so laut. Sie lachten. Sehr viel sogar.

Nie zuvor hatte sie Miss Valdez so hübsch gesehen. Statt Pferdeschwanz oder Haarknoten, wie sie es von ihr gewohnt war, fiel ihr Haar heute lang und weich herab und umrahmte ihre Schultern. Sie lachte so kokett wie Lisa Breck, wenn sie wollte, dass ein bestimmter Junge auf sie aufmerksam wurde.

Der DJ hatte Natalie Coles „This Will Be" aufgelegt. Mama hatte die CD dauernd abgespielt. Karen kannte den Text auswendig. *„An everlasting love ... together forever – Eine Liebe, die nie vergeht ... für immer zusammen ..."* Sie verfolgte den Text mit und versuchte, Papas Blick zu erhaschen. Doch obwohl es ein schneller Titel war, tanzte er eng mit Miss Valdez, flüsterte ihr Sachen ins Ohr und lachte. So hatte Karen ihren Papa nur erlebt, wenn er mit Mama zusammen war.

Sie tanzte weiter mit Seth, dachte aber nicht mehr so viel an ihn. Sie fühlte sich innerlich zerrissen. Sie wollte, dass Papa glücklich war. Sie hoffte, diese Hochzeit würde ihn daran erinnern, wie man lächelte. Doch mit diesem komischen Gefühl in der Magengrube hatte sie nicht gerechnet. In all ihren Tagträumen von diesem Abend hatte Papa mit *ihr* getanzt, nicht mit Miss Valdez. Er tat ja eigentlich nichts Verkehrtes. Sie tanzten doch nur und unterhielten sich. Doch aus irgendeinem Grund hatte sie das Gefühl, sie sollte wegschauen und so tun, als habe sie nie gesehen, wie sie lachten und sich anlächelten.

Und Papa hatte anscheinend vergessen, dass er versprochen hatte, mit ihr zu tanzen. Sie würde sich hinsetzen, wenn dieses Stück vorbei wäre. Sollte Papa weiterhin mit Miss Valdez tanzen, würde ihr schon eine Ausrede einfallen, um auf die Tanzfläche zu gehen und ihn sich zu schnappen. Vielleicht würde sie ihm sagen, ihr sei schlecht. Ihr *war* ja auch komisch im Magen.

Bevor sie sich eine Entschuldigung einfallen lassen konnte, war das Stück zu Ende. Sie trat einen Schritt zurück. „Ich ... ich setze mich mal kurz hin."

Seth sah enttäuscht aus. Er trat von einem Fuß auf den anderen. „Ist gut. Aber vielleicht können wir später noch mal tanzen ... wenn du dich ausgeruht hast?"

„Vielleicht." Sie drehte sich um und ging eilig an den Platz, wo sie und Papa gesessen hatten. Sie sah, wie er sich durch die vielen Leute schob. Sie lächelte, doch dann sah sie Miss Valdez direkt hinter ihm; sie hatte wieder dieses wahnsinnig breite Lächeln aufgesetzt.

„Ich hole mal einen Punsch für Vicky – für Miss Valdez." Papa kam ihr etwas atemlos vor. „Möchtest du auch etwas, Karen?"

„Ja, denke schon." Auf alle Fälle hatte er den Tanz vergessen, den er ihr versprochen hatte.

Kurz darauf jonglierte er drei Plastikbecher mit einem pfirsichfarbenen Getränk herbei. Doch Papa und Miss Valdez hatten noch keine zwei Schlucke getrunken, da waren sie wieder auf der Tanzfläche.

Als das Stück vorbei war, sagte der DJ, das nächste Stück sei etwas für Frischverliebte. Bevor sie den Mut verlor, kippte Karen ihr Getränk hinunter, stellte den Becher auf den Stuhl neben ihrem und zwängte sich durch die Tanzenden zu Papa. Irgendein langsames, schnulziges Stück begann. Papa und Miss Valdez standen einander gegenüber und sahen so aus, als wüssten sie nicht, ob sie jetzt miteinander tanzen sollten oder nicht.

Als Miss Valdez sie sah, hellten sich ihre Gesichtszüge auf. „Hallo, Herzchen. Ich übergebe dir deinen Vater und schaue mal in der Küche nach, ob Hilfe gebraucht wird."

Papa streckte eine Hand aus, als wolle er Miss Valdez zum Dableiben bewegen, doch sie drängte sich bereits an den Tänzern vorbei und ging zur Theke, wo die Leute normalerweise ihre Bestellungen aufgaben. Karen schaute ihr nach.

Sie spürte ein Klopfen auf der Schulter. Sie spürte Papas warmen Atem im Nacken, und sein Aftershave kitzelte ihr in der Nase.

„Entschuldigen Sie, Mylady, dürfte ich Sie um diesen Tanz bitten?"

Sie kicherte, versuchte dann aber, ernst zu wirken. „Ich darf nicht mit Fremden tanzen."

Darüber musste er lachen. Er hob sie hoch und wirbelte sie umher. Sie errötete. Wenn Seth sie so sähe, würde er sie für ein Baby halten. Daddy ließ sie wieder hinunter, bis ihre Füße auf seinen Schuhen landeten, und sie vergaß Seth. Genauso wie früher, als sie noch klein war, drehte Papa sie im Kreis übers Parkett. Sie umklammerte seine Taille und barg ihr Gesicht an seiner Brust.

Sie schloss die Augen und stellte sich vor, Mama säße auf einem Stuhl an der Wand. Sie stellte sich vor, wenn das Stück vorbei war, würde Papa sie von der Tanzfläche geleiten. Dann würden er und Mama die ganze Nacht durchtanzen und sich genauso anlächeln, wie er und Miss Valdez es getan hatten.

Kapitel 12

Doug blickte über Karens Kopf hinweg und überflog die Stühle an der Wand gegenüber. Sie waren überwiegend leer, und die Tanzfläche war voll. Er erkannte Vicky, die mit jemandem, den er nicht kannte, einen langsamen Tanz tanzte. Sein Magen zog sich zusammen. War sie mit einem Begleiter hier? Und er hatte sie auf der Tanzfläche in Beschlag genommen.

Doch als der Partner Vicky herumwirbelte, sah er ihr Gesicht und ihre Körperhaltung – steif und etwas von ihm entfernt. Da wusste er irgendwie, dass sie nicht mit diesem Typen hier war.

Über die Schulter ihres Tanzpartners winkte sie Doug zu und lächelte Karen an, wobei sie anerkennend den Daumen hochreckte.

Etwas in ihm war dankbar für ihren geschickten Abgang, als der „Tanz für Frischverliebte" begann, doch er hoffte, dieser andere Kerl würde nicht die Chance ergreifen und später noch einmal mit ihr tanzen.

Er war froh, dass Karen ihn überredet hatte, herzukommen. Es war gut, nicht allein daheim herumzusitzen. Gut, unter Freunden zu sein, zu lachen und das Leben zu feiern. Der Winter hatte sich wie eine Ewigkeit gezogen, aber heute Abend konnte er endlich glauben, dass es einen neuen Frühling geben konnte.

Der Tanz endete, er küsste Karen flüchtig auf den Kopf und führte sie zu den Stühlen, wo sie ihre Getränke abgestellt hatten. Vickys Becher war weg und Tom Bengstrom hatte sich mit seinem breiten Hinterteil auf dem Platz niedergelassen, wo Doug sein Programmblatt abgelegt hatte, in der Hoffnung, Vicky damit einen Platz freizuhalten. Er sah sich nach ihr um, doch sie war in dem tanzenden Gewimmel untergetaucht.

Sie verstießen heute Abend hier gegen eine ganze Reihe von Feuerschutzbestimmungen. Als ehemaliger Feuerwehrmann sollte er wohl etwas dagegen unternehmen, doch Blaine Deaver, der Brandmeister, und Sheriff Hayford standen beide am Büfett und drückten ein Auge zu, sodass auch er den Gedanken fallen ließ.

Mit Karen im Schlepptau arbeitete er sich zur Tür vor. Er trat ans Fenster und schirmte seine Augen mit der Hand ab. Die Wolken des Nachmittags hatten sich verdichtet und entließen jetzt ganze Sturzbäche. Durch die Abflussrinnen auf der Hauptstraße strömte das Wasser sturzbachartig. In der Ferne grollte Donner. Doug zwängte sich zu Blaine und dem Sheriff. „Haben wir eine Sturmwarnung bekommen?“

Blaine winkte mit seiner fleischigen Hand ab. „Nee. Drüben in Ellsworth County haben sie Unwetter, aber auf unserem Radar wird nichts allzu Schlimmes angezeigt.“

Doug sah sich nach Vicky um. Da er sie nicht erspähte, warf er Karen von der Seite einen Blick zu. „Wir gehen jetzt lieber. Du kennst doch Oma. Sie macht sich bestimmt Sorgen.“

„Papa ... nein! Wir sind doch gerade erst gekommen. Ich habe erst ein Mal mit dir getanzt.“

Er hatte das Gefühl, dass nicht er es war, mit dem Karen tanzen wollte. Am Rand der Tanzfläche lungerte Seth Berger herum und behielt Karen im Blick wie ein hungriger Kater. Umso mehr Grund zu gehen. Doch am anderen Ende erspähte er Vicky, die sich an die Wand lehnte und mit dem Mann unterhielt, mit dem sie getanzt hatte. Jetzt wollte auch er nicht mehr gehen.

Er seufzte und zog sein Handy aus der Jackentasche. „Na gut, aber nur noch kurz. Lass mich aber erst mal Oma anrufen.“ Harriet hatte die Kinder zu sich nach Hause mitgenommen, da sie sich eine Sendung auf einem Kabelkanal anschauen wollte. Kaye hatte in ihrem Haus kein Kabelfernsehen gewollt.

Kaye. Er hatte den ganzen Abend kaum an sie gedacht.

Als er Harriets Nummer eingetippt hatte und aufschaute, sah er Vicky auf sich zukommen. Sie hatte ihre Tasche unter den Arm geklemmt. Sie winkte kurz und öffnete die Tür. Er winkte zurück und wollte gerade fragen, ob sie schon heimginge, da nahm Harriet ab. Im Hintergrund hörte er Hannah weinen.

„Harriet? Was hat sie denn?“

„Hannah? Ach, nichts weiter“, sagte Harriet rasch. „Louis hat sie aus Versehen umgeschubst. Es fließt kein Blut. Wie ist es auf der Hochzeit?“

Harriet konnte bei dem Lärm der Kinder wahrscheinlich nichts von dem Donner hören. „Ganz nett. Ich wollte mich nur vergewissern, dass bei euch alles in Ordnung ist. Wir sind bald wieder da.“

Er wuschelte Karens Haar und drehte sich zum Fenster um. Vicky stand unter dem schmalen Vordach des *Latte-dah*. Als wolle sie abwarten, dass der Regen lang genug aufhörte, damit sie einen Satz zu ihrem Auto machen konnte. Sah nicht so aus, als würde das bald der Fall sein.

„Ich muss jetzt Schluss machen, Harriet. Wenn was ist, ruf mich auf dem Handy an.“ Er klappte sein Handy zu, ohne eine Antwort abzuwarten.

„Bleib mal hier, Karen. Ich bin gleich wieder da.“ Er öffnete die Tür und sagte fast dasselbe zu Vicky: „Bleiben Sie hier.“

Er raste zum Hinterzimmer, das heute als Garderobe diente, schnappte sich seinen Mantel vom Garderobenständer und war gleich wieder an der Tür.

Vicky war noch genau da, wo er sie zuletzt gesehen hatte, Karen jedoch nicht. Er ließ seinen Blick durch den Raum schweifen. Ihm stockte der Atem, als er sie am Rand der Tanzfläche mit Seth Berger tanzen sah. Der hielt sie in seinen tollpatschigen Händen wie eine Beute.

Doug kannte den Jungen nicht besonders gut. Aber Seths älterer Bruder machte ziemlichen Ärger, und dem Verhalten nach zu urteilen, das Seth am Morgen an den Tag gelegt hatte, war er aus demselben Holz geschnitzt. Doug hatte nichts für den Jungen übrig und ganz sicher gefiel ihm die Art nicht, wie er seine Tochter an sich presste.

Er schob sich durch die Menge zu Seth und Karen. Als sie ihn sah, wand sie sich aus Seths Armen. Sie warf Doug einen Blick zu, der besagte: „*Bitte* bring mich nicht in Verlegenheit.“

Er bemühte sich um einen ruhigen Ton. „Hallo, Karen, wir müssen jetzt gehen."

„Paa-paa ..."

Er legte ihr eine Hand auf die Schulter und entließ Seth mit einer Kopfbewegung. „Tut mir leid, aber wir müssen los. Komm, Karen." Er schob sie zur Tür.

„Ich muss noch meine Sachen holen, Papa." Sie zog sich aus seiner Umarmung und ging zurück zu den Stühlen.

„Na los, mach schnell und komm dann raus. Beeil dich."

Sie drehte sich um und verzog leicht das Gesicht, musste jedoch seine Entschlossenheit erkannt haben, denn sie arbeitete sich rasch zu dem Stuhl vor, wo ihre Jacke lag.

Er seufzte und ging auf den Bürgersteig vor dem *Latte-dah*. Vicky stand etwas weiter vorn unter dem Vordach und blickte hinaus auf den Sturm. „Vicky!" Er musste brüllen, um den Regen, der auf das Vordach prasselte, zu übertönen.

Sie lächelte, als sie ihn sah. Ihr Haar war feucht und fiel in nassen Kringeln um ihr hübsches Gesicht.

Er schlüpfte aus seinem Mantel, lief auf sie zu und hielt ihr den Mantel über den Kopf. „Wo haben Sie geparkt? Ich begleite Sie zum Auto."

Sie schaute verlegen drein. „Also, eigentlich ... bin ich zu Fuß da."

„Meine Güte, Sie wollten doch jetzt nicht nach Hause laufen, oder?"

Sie zuckte die Achseln. „Ich warte, bis es etwas nachlässt."

„Hier." Er trat unter seinem Manteldach hervor und überließ es ihr. Sie hob ihre fröstelnden Arme, nahm sein Angebot an, und gemeinsam gingen sie zur Tür.

In diesem Moment kam Karen aus dem Café. Ihr Gesichtsausdruck sprach Bände. Vicky übersah das, nahm das Mädchen unter ihre Fittiche und hielt den provisorischen Schirm über sie beide.

Doug tat so, als bemerke er die Enttäuschung in Karens Gesicht nicht. „Wartet ihr hier. Ich hole den Wagen."

Später würde er mit seiner Tochter Schadensbegrenzung betreiben müssen, aber auf lange Sicht würde sie ihm dankbar sein, und bei diesem Wolkenbruch würde er Vicky Valdez nicht zu Fuß nach Hause gehen lassen. Es wurde schon bald dunkel.

Als er um das Gebäude herumtrabte, erwischte er jede Pfütze auf dem unebenen Gehweg. Seine Socken drückten in den zu engen Anzugschuhen. Als er sich hinter das Lenkrad setzte, erhaschte er sein Spiegelbild. Eine durchweichte Ratte in Hemd und Schlips. Er fuhr sich mit gespreizten Fingern durch das dünner werdende Haar, doch es klebte ihm weiter an der Kopfhaut.

Doch trotz des Regenschauers und seiner nassen Kleidung, die ihm in der kühlen Märzluft am Leib klebte, fühlte er sich freudig erregt. Richtig lebendig wie lange nicht mehr. Und ein kleines bisschen schuldbewusst, dass er sich so gut amüsiert hatte.

Zum ersten Mal ging ihm auf, dass er Kaye heute Abend mit seinem Verhalten keine Ehre gemacht hatte. Es waren doch erst knapp vier Monate. Vielleicht war es noch zu früh, um zu lächeln, zu lachen und mit anderen Frauen zu tanzen – mit einer anderen Frau.

Aber er war es so leid, sich in den Schlaf zu weinen. So leid, alleinerziehend zu sein, überall allein hingehen zu müssen. Heute Abend war es schön gewesen. Und Karen hatte es genossen. Überhaupt war er vor allem ihretwegen hingegangen. Sie war es gewesen, die ihn dazu überredet hatte, zu der Hochzeit zu gehen. Er zuckte innerlich zusammen, als er daran dachte, wie enttäuscht sie ausgesehen hatte, als sie merkte, dass sie gehen mussten. Er hatte nur ein Mal mit ihr getanzt.

Er fuhr mit dem Wagen vor das *Latte-dah* und parkte so dicht am Bordstein, wie er nur konnte. Vicky half Karen über den Rinnstein und stieg lachend hinter ihr ein.

Sie legte sein Jackett glatt über die Knie und strich sich die feuchten Locken aus der Stirn. „Ich glaube nicht, dass ich zu Fuß noch nasser hätte werden können. Und jetzt mussten Sie auch noch meinetwegen in den Regen und haben sich vermutlich den Anzug ruiniert."

Er drehte die Heizung hoch. „Machen Sie sich darüber keine Sorgen. Zumindest erfrieren Sie jetzt nicht." Er fuhr los. „Warten Sie mal ... Sie wohnen doch drüben in der Pickering Street, oder?"

Sie nickte. „Letztes Haus links. Ich bin Ihnen wirklich sehr dankbar. Sie hätten meinetwegen aber nicht so früh zu gehen brauchen."

„Wir ..." Er warf einen Blick zu Karen hinüber. Sie saß mit verschränkten Armen da. Seine Tochter wirkte nicht gerade glücklich. „Ich musste sowieso nach Hause. Kayes Mutter hat die Kinder."

„Ah ja, ich habe gehört, dass sie aus Florida zurück ist. Schön, dass sie hier sein kann."

„Ja. Hoffentlich zieht sie ganz hierher – um bei den Kindern einzuspringen. Aber wir werden sehen. Offenbar kann sie sich nicht von ihrer Ferienwohnung trennen." Er wusste, Karen entging keine einzige Silbe ihres Gesprächs, doch er senkte die Stimme, als könne er sie vor dem Schmerzhaften bewahren. „Der Winter in Kansas ist nichts für Harriets Arthritis und es fällt ihr nicht leicht, hier zu sein. Es gibt eine Menge ... Erinnerungen."

Vicky nickte ernst. „Das verstehe ich."

Er seufzte. „Ich weiß nicht, was ich machen soll, wenn sie wieder geht." Er hatte sich noch nicht gestattet, darüber nachzudenken. Es gab zu viel anderes, worüber er sich Sorgen machte. Doch jetzt stieg Panik in ihm auf. Ihm blieben noch etwa zehn Tage, um jemanden zu finden ... oder um Harriet umzustimmen. Und in den zwanzig Jahren, die er sie nun kannte, hatte er das nicht ein einziges Mal geschafft. Er bog in die Pickering Street ein und stellte die Scheibenwischer auf die höchste Stufe.

Vicky zeigte durch die Windschutzscheibe. „Noch ein paar Häuser weiter. Da ... das da rechts mit dem Karren im Vorgarten."

Das Haus war etwas zurückgesetzt. Ein hoher Lattenzaun begrenzte den Garten und der Rasen vor dem Haus war wie aus dem Ei gepellt. Durch die Regenschauer grünte das Gras bereits.

Vicky schnallte sich ab und öffnete die schwere Tür des Pick-ups. „Danke fürs Bringen." Sie legte sein Jackett auf den Sitz zwischen sich und Karen und winkte dem Mädchen kurz zu. „Bis später."

Sie wollte gerade aussteigen, da machte Doug ihr Zeichen zu warten. Er schnappte sich sein Jackett, sprang aus dem Wagen und lief um das Fahrzeug herum, um ihr beim Aussteigen zu helfen.

„Das ist doch nicht notwendig. Wirklich, ich komme schon zurecht."

„Macht mir nichts aus." Wieder breitete er die durchweichte Jacke über ihren Köpfen aus und sie liefen dicht nebeneinander zu ihrer Haustür.

Unter dem Verandadach kramte sie in ihrer Tasche. „Ich weiß, dass meine Schlüssel hier irgendwo sein müssen." Sie deutete auf den Wagen. „Na los, Karen wartet auf Sie."

Kapitel 13

Doug hängte sich die Jacke über den Arm. Er empfand eine seltsame Panik, dass seine Zeit mit dieser Frau jetzt bald enden würde. Er sah zum Pick-up hinüber, der im Leerlauf am Bordstein parkte. „Mit Karen ist alles in Ordnung. Ich will mich nur vergewissern, dass Sie ins Haus kommen."

Vicky hockte sich mit der Tasche auf dem Schoß hin und kramte tiefer darin herum.

„Kann ich Ihnen behilflich sein?"

Mit rosigen Wangen schaute sie zu ihm auf. „Ich *weiß*, dass sie hier drin sind." Sie wühlte noch eine Minute weiter und drehte die Tasche dann in ihrem aufgehaltenen Rock um. Sie geriet etwas ins Wanken, als sie versuchte, ihr Gleichgewicht zu halten und in dem Sammelsurium zu wühlen.

„Haben Sie irgendwo noch einen Schlüssel?"

„Ich fasse es nicht." Sie stopfte alles wieder in die Tasche, stand auf und blickte ihn an. „Ich muss sie in der anderen Tasche gelassen haben."

„Sie gehören zu den seltenen Exemplaren hier in der Stadt, die doch tatsächlich ihr Haus abschließen."

„Weiß ich. Auf Geheiß der Gebrüder Valdez."

„Kluge Burschen", erwiderte er. „Haben Sie nicht irgendwo einen Ersatzschlüssel versteckt?"

Sie schaute verlegen drein. „Na klar, sogar zwei – im Haus."

„Ist die Hintertür vielleicht nicht abgeschlossen?"

„Doch. Aber vielleicht kann ich hinten ein Fenster aufbrechen." Sie trat von der Veranda in den Regen.

„Na, ich hoffe ja nicht." Er hielt rasch wieder das Jackett über sie und ging mit ihr um das Haus herum.

Skeptisch sah sie ihn über die Schulter an. Von ihren Augenwimpern tropfte der Regen und rann über ihren Nasenrücken herab.

„Na ja, wenn *Sie* ein Fenster aufbrechen können, dann kann das ein Schreckgespenst erst recht. Wenn es so ist, brauchen Sie sich nicht mehr die Mühe zu machen, die Tür abzuschließen."

Sie grinste. „Allerdings. Machen Sie sich keine Gedanken – ich komme schon irgendwie hinein. Sie haben schon genug Zeit verschwendet. Karen wird denken, Sie lassen sie im Stich."

Er winkte ab und öffnete das Gartentor. „Sie haben doch keinen Hund oder so?"

„Nee. Eine Miezekatze. Die ist allerdings im Haus." Sie hob sein Jackett noch höher über ihren Kopf. „Möchten Sie wieder mit drunter?"

Er wandte sein Gesicht gen Himmel. Der Regen hatte etwas nachgelassen – oder er war schon so nass, dass er ihn nicht mehr so wahrnahm. „Geht schon."

Sie ging voraus zur Hintertür. „Man könnte ja in ein Kellerfenster einsteigen, wenn ich nicht …" Der Rest ging in einem spitzen Schrei unter, und bevor Doug sie noch festhalten konnte, rutschte sie auf dem klatschnassen Gras aus und fiel hin.

Sie krabbelte auf die Knie und er hielt ihr eine Hand hin. „Alles okay?"

Sie rieb an zwei Matschflecken vorne auf ihrem Rock. Ihre Wangen glühten. „Was bin ich bloß für ein Tollpatsch."

„Heute Abend auf der Tanzfläche sahen Sie überhaupt nicht wie ein Tollpatsch aus. Allerdings haben Sie auch nicht versucht, auf nassem Gras zu tanzen." Zu spät versuchte er, an etwas zu feilen, das sich wie eine abgestandene Anmache anhörte. „Haben Sie sich verletzt?"

Sie hielt eine Hand vor die Augen. „Nur meinen Stolz. Sie brauchen sich wirklich nicht um mich zu kümmern. Ich kann einen meiner Brüder um Hilfe bitten. Sie sind schon weit über die normale Höflichkeit hinausgegangen."

Er hörte nicht hin und nahm die Anlage des Gartens wahr. Erstmals bemerkte er die Gestaltung und die Stauden. „Wow! Sie haben hier hinten ja ihren eigenen geheimen Garten."

Seine Bemerkung schien ihr zu gefallen. Selbst so früh im Jahr, noch bevor irgendetwas blühte, war schon offensichtlich, dass der Garten bald eine Oase sein würde. Ein schmaler Steingarten schlängelte sich am begrenzenden Zaun entlang; dicht am Haus war eine geflieste Terrasse, eingerahmt von einem niedrigen Wasserfall und einer ausgeklügelten Hecke aus Rosenbögen. Er konnte sich die Verwandlung während der nächsten Wochen vorstellen, wenn es Frühling würde in Clayburn. Kaye hätte es sehr gefallen. Sie hatte ihm zwei Jahre lang in den Ohren gelegen, Steinfliesen auf ihre verrottende Sonnenterrasse zu legen.

Er schüttelte die Schuldgefühle ab und rüttelte an einem Kellerfenster neben Vickys Garage. Er könnte auch die Scheibe einschlagen, aber das wäre das letzte Mittel. Zu blöd, dass er den Werkzeugkasten aus dem Auto geräumt hatte, um Platz für die Kinderräder zu schaffen, als sie letztes Mal bei Harriet übernachtet hatten.

Er untersuchte die hintere Garagentür. Vielleicht könnte er sie aufbrechen. Er probierte den Türknauf. Er ließ sich halb umdrehen und schon schwang die Tür auf.

Vicky, die hinter ihm stand, schnappte nach Luft. „Wie haben Sie das denn geschafft?"

„Ähm ... sie war nicht abgeschlossen."

Sie hielt sich eine Hand vor den Mund. „Ach du liebe Zeit. Ich habe wohl vergessen, sie abzuschließen, nachdem ich Sasha heute Morgen herausgelassen habe. Meine Katze ..."

Sie erzählte etwas von ihrer Katze und er hörte auch zu, doch er konnte bloß daran denken, wie er es genossen hatte, beim Tanzen mit ihr zu lachen und zu reden. Wie sorgenfrei und *normal* er sich mit ihr gefühlt hatte. Er wollte nicht in die Einsamkeit zurückkehren, die in den vergangenen Wochen sein ständiger Begleiter gewesen war.

Er merkte, wie er nach einer Möglichkeit tastete, die Zeit mit ihr zu verlängern. Ihm kam eine Idee. Sogleich ging eine Warnlampe an, die er jedoch rasch ausschaltete.

Vicky schob die Tür auf und betrat die schwach beleuchtete Garage. Er folgte ihr. Sie drehte sich um und wollte ihm seine Jacke geben, doch anstatt sie zu nehmen, schnappte er sich ihre andere Hand. „Haben Sie Lust, mit mir ins Kino zu gehen? Sagen wir, morgen Nachmittag?"

Ein zögerndes Lächeln zeichnete sich auf ihrem Gesicht ab. „Soll das eine Verabredung werden?"

Er grinste befangen. „Ich denke ... ja. Hört sich ganz so an, oder?"

„Doug, sind Sie sicher ..." Ihr Lächeln schwand dahin, sie entzog ihm ihre Hand und hielt ihm entschlossen die Jacke hin. „Sind Sie sicher, dass Sie dazu schon bereit sind?"

Würde er es wagen, ihr zu gestehen, dass er sich keine großen Gedanken über die Einladung gemacht hatte, die ihm so leichtfertig über die Lippen gegangen war? Aber nein – es tat ihm gar nicht leid. Er war froh, dass er nicht die Zeit gehabt hatte, sich da herauszureden. Er wollte sie wiedersehen. „Der Abend heute hat mir gut gefallen. Und das habe ich in letzter Zeit nicht allzu oft sagen können. Ich ... ich würde Sie gerne wiedersehen."

Sie nagte an ihrer Unterlippe und zupfte an ihren nassen Locken. Sie blickte hinunter und er folgte ihrem Blick zu seinen Händen, die sein Jackett festhielten. Er konnte quasi ihre Gedanken lesen, als sie seine linke Hand musterte – wo sein Ehering im Licht einer einzelnen Glühbirne glänzte. Doch er ignorierte sein Urteilsvermögen, das ihm sagte, er solle sich zurückziehen und sie in Ruhe lassen.

Sie betrachtete ihn eine Minute lang und atmete dann lang aus. „In Salina läuft der neue Disney-Film. Wir könnten die Kinder mitnehmen."

Er hätte sie küssen können. Doch hier gewann sein Urteilsvermögen die Oberhand. Er ging zurück zur Tür. „Wir holen Sie gegen Mittag ab. Und dann gehen wir ganz fein essen – superfein, sagen wir zu … McDonald's?"

„Solange Sie nicht bei mir essen wollen, ist mir alles recht."

„Hm?"

„Nun, bei unserer ersten Verabredung gedenke ich jedenfalls *nicht* zu kochen."

Das Lachen tat so gut, dass er hätte weinen mögen.

Kapitel 14

Vicky zog die nassen Sachen aus und trocknete sich die Haare. Sie wickelte sich in einen flauschigen weißen Bademantel, tappte in die Küche und räumte die paar Kaffeebecher und Besteckteile, die sich im Spülbecken angesammelt hatten, in den Geschirrspüler. Sie wischte die Arbeitsfläche ihrer gemütlichen Küche ab und goss die Pflanzen an dem Erkerfenster hinter der Spüle.

Sasha sprang neben ihr auf die Arbeitsplatte und schnurrte voller Erwartung, von Vicky gestreichelt zu werden. Sie liebkoste das seidige dreifarbige Fell. „Du weißt doch, du darfst nicht hier oben auf die Arbeitsplatte, Prinzesschen." Sie nahm die Katze auf den Arm und trug sie zum Sofa. „Was hast du denn den ganzen Tag gemacht, hm?"

Sasha fuhr genießerisch die Krallen auf Vickys Knie aus und brachte ihren Katzenmotor auf Touren.

„Ich wette, du hattest nicht so viel Spaß wie ich." Vicky kam sich vor wie eine Idiotin, die eine Katze angrinste, die kein Wort von dem verstand, was sie ihr sagte. Doch offenbar konnte sie nicht aufhören zu lächeln. Normalerweise waren Hochzeiten für sie die reinste Quälerei, die sie nur daran erinnerten, was Gott ihr seit fast einem Jahrzehnt immer und immer wieder vorenthielt, seit sie damals im College angefangen hatte, um einen Ehepartner zu beten. Den Anstoß dazu hatte die Tatsache gegeben, dass der Mann, mit dem sie gerade befreundet gewesen war, sie nicht so sehr liebte wie sie ihn. Jon Lundholm hatte zwei Jahre lang ihre Hoffnung auf einen Verlobungsring genährt, während er am College mehrere Beziehungen laufen hatte. Die paar anderen Typen, mit denen sie ausgegangen war, waren unreife, großspurige Rotzlöffel, die nur das eine wollten – was sie aber nicht bereit war zu geben.

Jon war ein guter Kerl, aber sie war so töricht gewesen zu versuchen, ihn in ihre Vorstellung eines „perfekten Ehemanns" pressen zu wollen – die sich am Modell ihrer Brüder orientierte. Nachdem er die Beziehung beendet hatte, ging ihr auf, dass sie ihn auch nicht mit aller Gewalt so hätte umbiegen können. Aber Liebe machte ja bekanntlich blind und so weiter.

Der Refrain von „This Will Be" ging ihr durch den Kopf und verdrängte ihre Grübeleien. Sie lächelte und summte mit. Nicht auszudenken, wenn sie die Einladung von Vivian und Jack heute ausgeschlagen hätte. Sie sandte ein kurzes Dankgebet zum Himmel. Sie hatte einen Wahnsinnsspaß gehabt – und das lag vor allem an Doug DeVore. Streichen. Kein *vor allem*.

Wenn sie die Augen schloss, sah sie die blauen Augen vor sich, mit denen er sie beim Tanzen angelächelt hatte. Außerdem war er ein wirklich guter Tänzer. Und eine Augenweide, mit seiner sonnengebräunten Haut und seinem weizenblonden Haar.

Nie zuvor hatte sie auf diese Weise an Doug gedacht. Natürlich hatte sie ihn ja auch nur als verheirateten Mann gekannt – einen Vater, dessen Kinder sie betreute. Es hatte sie schon immer beeindruckt, wie er mit seinen Kindern umging, ihn jedoch heute beim Tanzen mit Karen zu sehen, fand sie ganz zauberhaft. Er ging so nett mit seiner schlaksigen Beinahe-Teenager-Tochter um. Vicky wusste, was das für ein Mädchen bedeutete, das die Mutter in einem Alter verloren hatte, in dem Mütter unglaublich wichtig sind.

Doug war ihr heute Abend so anders vorgekommen. Auch wenn es anfangs etwas peinlich war, weil Wren sie praktisch zusammengeschoben hatte – schließlich hatte sie es doch genossen, mit ihm zu tanzen. Es machte Spaß, auf dem Parkett mit ihm zu scherzen und sich zu unterhalten. Und zwar nicht nur über die Kinder, sondern so, dass sie einander besser kennenlernten.

Doug kam gut mit den Kindern klar. Genau so einen Mann wollte sie auch mal finden. Es störte sie etwas – okay, sehr sogar –, dass er noch immer seinen Ehering trug. Ein kürzlich verwitweter Mann mit fünf Kindern war nicht unbedingt das, was sie bei Gott als Mann ihrer Träume angeführt hatte.

Sie rieb die Hände aneinander und dachte an den warmen Druck von Dougs Hand, als er sie für morgen nach Salina eingeladen hatte. Irgendwie dachte sie, er habe es nicht geplant gehabt. Eine Warnlampe leuchtete – schon wieder – auf, irgendwo in ihrem Hinterkopf. Vielleicht war es falsch gewesen, Ja zu sagen. Sie rechnete nach und es schockierte sie etwas, als ihr aufging, dass seit Kayes Tod erst vier Monate vergangen waren.

Sie spürte einen Klumpen im Magen, als sie daran dachte, was ihre Brüder wohl sagen würden, wenn sie erfuhren, dass sie morgen mit Doug ausgehen würde. Sie war ja nicht dumm. Und sie war auch nicht so naiv, einfach unberücksichtigt zu lassen, dass Doug noch eine lange Zeit der Trauer bevorstand. Jahre vermutlich.

Andererseits redeten sie doch nicht über Heirat. Es war doch nichts dabei, mit einem Freund ins Kino zu gehen. Das war doch kein Rendezvous. Schließlich nahmen sie ja die Kinder mit.

Aber das war ihre Idee gewesen. Doug hatte von einem Date gesprochen. Jedoch erst, nachdem sie so etwas angedeutet hatte. Aber was hätte er auch sonst sagen sollen, nachdem sie sich so geziert hatte?

Sie sah aus dem Küchenfenster zum nördlichen Stadtrand hinüber. Es hatte aufgehört zu regnen, aber der Nachthimmel war tiefschwarz. Sie konnte nicht weiter sehen als bis zu den Eisenkrautampeln, die an den Dachtraufen der Terrasse hingen. Vielleicht bedauerte Doug seine Einladung ja bereits.

Seufzend zog sie den Vorhang zu. Für einen Rückzieher war es jetzt zu spät. Morgen würde sie mit ihm und den Kindern ausgehen. Zu McDonald's und ins Kino. Wahrscheinlich würde es ganz toll. Morgen würde es darum gehen, eine Freundin für Doug und eine Ermutigung für die Kinder zu sein. Sonst nichts.

Es war zu früh für irgendetwas sonst – wenn „irgendetwas sonst" überhaupt eine zukünftige Möglichkeit war. Und sie bezweifelte, dass es das aus Dougs Perspektive war. Er war einsam. Das war alles.

Ein Schleier der Wehmut senkte sich auf sie. Warum konnten die Männer, die sie mochte, nicht auch mal *verfügbar* sein? War das zu viel verlangt?

***

Doug rutschte auf der Kirchenbank hin und her und faltete das Gemeinde-Mitteilungsblatt erst in Hälften, dann in Viertel. War er gestern, vor der Hochzeit, schon nervös gewesen, dann befand er sich jetzt in heller Panik. Was hatte er sich bloß dabei gedacht, als er Vicky zum Ausgehen eingeladen hatte? Du meine Güte. Was würden die Kinder sagen?

Er spielte an seinem Ehering und wand sich wieder auf der Bank. Er mochte zwar auf dem Papier Witwer sein, aber er hätte sich nicht deutlicher verheiratet fühlen können, wenn Kaye neben ihm gesessen hätte. Warum also hatte er sich für den Nachmittag verabredet?

Er hatte bei Trauernden schon viele dumme Sachen mitbekommen und sich immer gefragt, was sie sich dabei dachten. Tja, nun wusste er es. Sie dachten sich überhaupt nichts. Gestern Abend hatte er sich einfach vom Zauber eines entspannten Augenblicks gefangen nehmen lassen – einer Gelegenheit zu lächeln und für ein paar Stunden das Unglück zu vergessen, das ihn getroffen hatte.

Karen hatte den Rest des Abends geschmollt, weil sie so früh hatte gehen müssen, aber trotz all ihrer Bemühungen, ihm den Abend zu verderben, war er voller Vorfreude auf den nächsten Tag zu Bett gegangen.

Doch kaum war er am Morgen aufgewacht, hatte er begonnen, sich selbst zu hinterfragen. Tja, und nun war es zu spät für einen Rückzieher.

Als der Pastor den Segen sprach, scheuchte er die Kinder rasch ins Foyer. Er schickte Karen, um Hannah in der Krabbelstube abzuholen, und trieb die anderen Kinder zum Auto. Sein resoluter Gang verfehlte offenbar nicht seine Wirkung. Zumindest blieb niemand stehen und versuchte, ihm etwas Ermutigendes zu sagen. Vielleicht hatte er irgendeinen magischen Punkt in der Trauer erreicht, an dem die Leute den Eindruck hatten, sie hätten genug gesagt.

Gut. Er wusste zwar, dass sie es gut meinten, aber mittlerweile war er es ziemlich leid, das Objekt des Mitgefühls der ganzen Stadt zu sein.

Er bat Harriet, sich am Nachmittag um Hannah zu kümmern. Er und Kaye hatten leidvoll erfahren, dass eine Zweijährige im Kino unmöglich Ruhe halten konnte. Selbst bei einem Kinderfilm würde sich Hannah eher mit den Leuten in der Reihe hinter ihnen anfreunden. Oder, wie bei ihrem letzten unseligen Kinobesuch mit ihr, ausprobieren, wie viel Popcorn in die aufgeplusterte Föhnfrisur der Frau vor ihnen passte. Bei der Erinnerung musste er lächeln … und sehnte sich wieder nach den alten Zeiten zurück.

Er zwang sich, gedanklich wieder im Hier und Jetzt zu landen und alle im Wagen anzuschnallen. Mittlerweile saß Karen bei ihm vorne auf dem Beifahrersitz, die Zwillinge ganz hinten und Louis mit Hannah in der Mitte. Er würde Karen vorwarnen müssen, dass sie ihren Platz heute würde aufgeben müssen.

Er hatte den Kindern noch nicht erzählt, dass Vicky heute mitkommen würde. Er hatte nicht einen Haufen Fragen beantworten wollen. Aber jetzt, wenige Minuten, bevor sie sie einladen würden, malte er sich aus, wie es wäre, diese bohrenden Fragen vor ihren Ohren beantworten zu müssen.

Keine angenehme Aussicht.

Kaum hatten sie die Parkbucht verlassen, ließ er die Bombe platzen. „Hört mal, sobald wir Hannah bei Oma abgegeben haben, holen wir Miss Valdez – Miss Vicky – ab und nehmen sie mit ins Kino."

Im Rückspiegel sah er, wie sich die Zwillinge freudestrahlend ansahen und auf ihren Sitzen hopsten. Sie klatschten und wiederholten begeistert: „Miss Vicky! Miss Vicky!"

„Warum kommt die denn mit?" Bei dem Lärm, den die Zwillinge machten, ging Louis' Stimme fast unter.

„Ich habe sie eingeladen. Habe gedacht, sie kommt gerne mit ... ins Kino." Er begegnete Louis skeptischem Blick im Spiegel und wandte sich, mit der Hoffnung auf Unterstützung, an Karen. „Ist doch eine gute Idee, oder?"

Argwöhnisch beäugte sie ihn. „Du hast ein Date mit Miss Valdez?" Sie rümpfte die Nase und ließ die Frage vor ihm baumeln, als sei sie eine Schmutzwindel von Hannah.

Er schüttelte den Kopf und heftete den Blick fest auf die Straße. „Das ist doch kein Date." Aber was, wenn Vicky es so bezeichnen würde? „Wir dachten nur, es würde Spaß machen, wenn wir heute mal etwas gemeinsam unternehmen."

Karen drehte sich um und verbündete sich plötzlich mit ihrem Bruder. „Papa hat gestern auf der Hochzeit den halben Abend mit Miss Valdez getanzt."

„Krass!“

„Hört auf, ihr beiden. Und dass ihr mir nett seid zu Vick … zu Miss Valdez. Das meine ich ernst.“

„Du lädst sie ein – zu McDonald's? Das ist ja echt cool.“ Karen verdrehte die Augen in der für Fast-Teenager typischen schnippischen Art – eine Art, die sie sich in letzter Zeit sehr zu eigen gemacht hatte.

Er versuchte, das auf die leichte Schulter zu nehmen. „Das ist einfach eine gemeinsame Unternehmung, kein heißes Date oder so was.“

„Bitte, Papa, red einfach nicht mehr davon. Ich möchte nicht mal dran denken.“ Karen schauderte.

Das würde schwieriger werden, als er gedacht hatte.

Er ließ die Kinder im Auto, während er Hannah zu Harriet brachte. Kayes Mutter trug noch ihre Sonntagskleidung. Er setzte Hannah auf den Boden und sie krabbelte zu dem Korb mit Spielsachen, der immer neben dem Sofa stand.

Er gab Harriet die Wickeltasche und ging wieder zur Tür. „Wahrscheinlich braucht sie heute ein langes Mittagsschläfchen. Wir müssten so um sechs, spätestens sieben wieder hier sein.“ Er klopfte auf seine Tasche. „Ruf mich auf dem Handy an, wenn was ist.“

„Wir schaffen das schon.“ Harriet klang kurz angebunden und sah ihm nicht in die Augen. Wenn er sich gestern Abend, als er die Kinder abgeholt hatte, nicht so herzlich mit ihr unterhalten hätte, hätte er jetzt gedacht, sie wäre sauer auf ihn.

„Ist alles okay? Ich … ich hoffe, du fühlst dich nicht ausgenutzt, wenn du die Kinder nimmst. Falls ich …“

„Ich werde dir sagen, was du gerade ausnutzt und missbrauchst.“ Kayes Mutter richtete sich zu ihren knapp ein Meter achtzig auf und schaute ihn direkt an. „Den Ruf meiner Tochter.“

Oh-oh. Jetzt kam es. „Wie meinst du das, Harriet?“

Harriets Launen hatten immer viel Abwechslung in ihr Leben gebracht, aber im Moment ging es nicht mehr einfach bloß um eine Laune. Sie stemmte die Arme in die Hüften und schoss aus allen

Rohren. „Die ganze Stadt redet von dir und dieser Valdez gestern Abend bei der Feier."

Er rüstete sich für das Schlimmste. „Aha. Und was redet die ganze Stadt von mir?"

„Hast du sie zu der Feier mitgenommen?"

„Nein, Harriet. Ich habe Karen mitgenommen. Ich habe meine Tochter zu der Feier mitgenommen."

„Aber du hast mit Vicky Valdez getanzt." Das war eine Feststellung, keine Frage.

„Ja." Er hatte sein Verteidigungspulver verschossen, aber er schaffte es, mit fester Stimme zu sagen: „Ich wusste nicht, dass es ein Verbrechen ist, mit einer Freundin zu tanzen."

„Na ja, nach allem, was ich gehört habe, wart ihr beide …" Ihr Gesicht lief purpurrot an und sie sah zur Seite. „… wart ihr sehr angetan voneinander."

„Was? Von wem hast du *das* denn?" Das war ja verrückt. Andererseits dürfte es ihn nicht überraschen. Er war ja mit der Gerüchteküche des Kleinstadtlebens aufgewachsen.

„Ich habe es von *allen* gehört." Harriet wurde lauter. „Das Telefon steht nicht still, seit ich heute Morgen aus der Kirche kam."

Was vermutlich bedeutete, dass Harriet einen einzigen Anruf bekommen hatte, aber sie ließ nicht locker. „Ganz zu schweigen davon, wie die Leute mich im Gottesdienst angeschaut haben. Ich bin drauf und dran, den Telefonstecker herauszuziehen."

Er widerstand der Versuchung, den letzten Teil zu kommentieren. Doch auch, wenn sie nur einen einzigen Anruf erhalten hatte, war das einer zu viel. „Wer hat dich angerufen? Ich will wissen, was hier im Umlauf ist, denn wenn es heißt, Vicky und ich waren ‚sehr angetan voneinander', kann ich dieses Gerücht hier und jetzt im Keim ersticken."

„Ich sage dir nicht, wer es war, Douglas, doch es war eine Person, die selbst dabei war und es mit eigenen Augen gesehen hat, und Clara sagt nichts, was …" Harriet schlug sich die Hand vor den Mund.

Er verdrehte die Augen. Clara Berger. Das hätte er sich ja denken können. Kaye hatte immer gesagt, Claras Motto sei: Erst das Gerücht verbreiten, dann überprüfen. Na ja, wenn das der fetteste Brocken war, den die alte Schachtel zu bieten hatte, sollte sie besser wegziehen.

„Harriet, ich weiß ja nicht, was diese Frau dir erzählt hat, aber ich versichere dir, dass niemand von irgendjemand angetan war. Ich hatte Karen dabei, zum Donnerwetter. Meinst du, ich würde so etwas machen?"

Kopfschüttelnd ließ er die Worte im Raum stehen. Es hatte doch keinen Wert, über diese Sache zu diskutieren. Allerdings musste er Schadensbegrenzung betreiben.

Er holte tief Luft. „Ich habe ein paarmal mit Vicky getanzt. Und du wirst wahrscheinlich wissen, dass sie heute Nachmittag mit den Kindern und mir nach Salina fährt."

„Dass sie *was*?" Harriet fuhr sich mit der Hand an den Hals. „Du meinst, du hast eine *Verabredung* mit ihr?" Sie wurde ganz blass und für einen kurzen Augenblick hatte Doug den Eindruck, sie falle in Ohnmacht.

„Wir holen uns bei McDonald's etwas zu essen und gehen mit den Kindern ins Kino. Herrschaftszeiten, sie ist die Betreuerin meiner Kinder!" Warum fühlte er sich genötigt, allen zu versichern, dies sei kein Date, während er Vicky gegenüber eingeräumt hatte, dass es doch eines war?

Harriet sah zu Boden und schüttelte den Kopf. „Ich kann nicht fassen, dass du Kaye so etwas antust. Kaum ist sie ein paar Monate *von uns gegangen* ...", sie schluchzte auf, „... da bist du schon wieder unterwegs. Ich kann es einfach nicht fassen, dass du dich so verhältst. Solche Schande über die Mutter deiner Kinder zu bringen."

„Harriet. Hör auf."

Hannah sah von dem Plastikspielzeug auf, auf dem sie gerade herumkaute, und verzog ihre blonden Augenbrauen. „Pa-pi?"

„Alles in Ordnung, Schatz." Er zwang sich, seinen Adrenalinspiegel aus dem kritischen Bereich herunterzufahren und legte eine Hand beschwichtigend auf Harriets Arm – eher um Hannahs als um Harriets willen. Doch sie zog ihren Arm ruckartig weg.

Er trat einen Schritt zurück. „Tut mir leid, dass du es so empfindest. Wir reden später weiter, wenn du magst. Die Kinder warten im Auto ..."

Meinten andere Leute, er hätte sich auf der Feier zum Narren gemacht? Wenn es nicht Vicky gewesen wäre, sondern Kaye, hätte er sich jetzt gewiss für nichts zu schämen brauchen. Doch das sahen andere wahrscheinlich anders. Er machte eine schwache Handbewegung zur Auffahrt hin, wo der Subaru im Leerlauf lief. „Ich muss jetzt los."

Sie wandte ihm den Rücken zu. „Dann geh halt. Los, geh."

Kapitel 15

Vicky starrte zum Fenster hinaus und suchte verzweifelt nach etwas, das sie sagen konnte. Was war aus dem heiteren Geplänkel geworden, in das sie gestern auf dem Fest so rasch eingestiegen waren?

Sarah und Sabrina schnatterten auf der Rückbank, aber die Stille auf der mittleren Sitzbank war ohrenbetäubend. Karen und Louis hatten sich einen Boxkampf geliefert, kaum dass Vicky eingestiegen war, und Doug hatte damit gedroht, sie bei McDonald's im Auto zu lassen. Offenbar hatten sie sich entschlossen, dieser Bestrafung zu entgehen, indem sie gar nichts sagten, wobei Vicky jedoch den Verdacht hatte, dass mit Karen noch mehr los war. Seit sie eingestiegen war, war das Mädchen ihrem Blick ausgewichen. Dieselbe Stimmung war ihr schon gestern im Auto aufgefallen. Doch womöglich war sie einfach eine typische Zwölfjährige.

„Heute ist es heißer, als ich gedacht hatte“, sagte Doug. Er streckte seine Hand zum Temperaturregler aus. „Ist Ihnen kühl genug?“

„Ja, danke.“ Sie rückte den Sicherheitsgurt zurecht und schlug die Beine übereinander.

„Der Film soll gut sein. Die Kritiken sagen, er ist sogar für Eltern unterhaltsam – für Erwachsene, meine ich.“ Sein Adamsapfel hüpfte und er heftete den Blick fest auf die Straße.

„Ja, habe ich auch gehört.“ Sie wollte ihm nicht erzählen, dass sie den Film am letzten Wochenende bereits mit den Kindern ihres Bruders gesehen hatte.

„Haben Sie Hunger?“

„Ich könnte etwas essen.“ Sie war ausgehungert. Sie versuchte, die fünf Pfund loszuwerden, die sie sich in den Weihnachtsferien angefuttert hatte, aber ein Cheeseburger klang jetzt goldrichtig. Wenn ihr wirklich daran gelegen war, ihn zu beeindrucken – oder die Extrakilos loszuwerden – könnte sie ja einen Salat nehmen.

Sie parkten bei McDonald's und sie half Doug, alle Kinder an einen Tisch zu bekommen.

„Alle wie immer? Und Sie, Vicky?“

„Ich nehme – ähm, einen Salat mit Ranch Dressing.“ Das würde sie später beim Film mit Popcorn und Smarties ausgleichen. „Und eine Diätcola, bitte.“

„Alles klar. Bin gleich zurück.“ Er winkte Louis herbei. „Komm mit und hilf mir tragen, Sportsfreund.“

In der Wartezeit teilten die Zwillinge die Ketchuptüten und Servietten aus, die Karen von der Theke geholt hatte.

„Wie läuft es in der Schule, Karen?“

Ohne Vicky anzuschauen, zuckte sie ausgesprochen kurz mit ihrer mageren Schulter. „Ganz gut.“

„Hört sich so an, als dürfte es bald Sommer werden.“

Noch ein Schulterzucken.

Vicky kapierte den Wink und gab den Versuch auf, ein Gespräch in Gang zu setzen. Zum Glück erschienen Doug und Louis bald mit voll beladenen Tabletts. Vicky gab den Zwillingen Strohhalme für ihre Getränke.

Doug hatte kaum das Dankgebet gesprochen, da wurde schon die erste Cola verschüttet. Sabrina brach in Tränen aus.

Vicky sprang auf und tupfte das eiskalte Gebräu mit ihrer Serviette auf. „Ist nicht schlimm, Sabrina. Deshalb brauchst du doch nicht zu weinen. Na komm. Ist dein Pullover auch nass geworden?"

Sie räumte rasch ein Tablett ab und schob die verschüttete Flüssigkeit vom Tisch. Die Sauerei war fast beseitigt, als ihr bewusst wurde, dass Doug sie beobachtete. Im ersten Moment hatte sie Sorge, seine Miene drücke Missbilligung aus, weil sie sich hier etwas anmaße, was ihm zustand.

Doch aus seinem Stirnrunzeln wurde rasch ein Grinsen. „Prima, danke."

„Na ja, damit verdiene ich immerhin meinen Lebensunterhalt."

„Aber ich habe Sie nicht eingeladen, um unsere Sauerei aufzuwischen."

Sie erwiderte sein Lächeln. „Das ist reiner Instinkt. Ich kann wohl einfach nicht abschalten, wenn ich Feierabend habe."

Er hob die Hände in gespielter Ergebung. „Von mir aus gerne. Bitte weiterwischen."

Sie lachte vor Erleichterung, dass eine verschüttete Cola das Eis gebrochen hatte.

Doch ein paar Minuten später, als sie den Tisch abräumten und gehen wollten, nahm sie den Tischaufsteller in die Hand, auf dem der Film beworben wurde, den sie sehen wollten. Durch die Bilder fiel ihr eine Szene wieder ein – eine Szene von einer Mäusefamilie, die bei einem Waldbrand ihre Mutter verlor.

Erst eine Woche zuvor hatte ihr vierjähriger Neffe im Kino an ihrer Schulter heftig geweint. Sie selbst hatte auch etwas geschluchzt. Als sie sich jetzt wieder die Farbbilder ansah, ging ihr auch auf warum. Bei der Szene hatte sie an Kaye und Rahel denken müssen – daran, dass die DeVore-Kinder ihre Mutter verloren hatten.

Warum war ihr das nicht eingefallen, als Doug sie eingeladen hatte? Das war im Moment kein guter Film für diese Kinder. Oder für Doug.

Die Kinder stiegen in den Suburban und schnatterten vor Vorfreude auf den Film. Vicky wollte sich unbedingt etwas einfallen lassen, wie sie das Ganze abblasen konnte. Doug fuhr quer durch die Stadt zu der Straße, in der das Kino war.

Auf halbem Weg berührte sie ihn am Arm.

Er sah sie fragend an.

„Doug, ich ... ich glaube, wir müssen ... ähm ... wir müssen uns etwas anderes überlegen."

„Etwas anderes überlegen? Statt Kino?"

Sie nickte und war sich sicher, dass ihr verlegenes Grinsen sie verraten würde.

„Wieso? Was ist denn los?"

„Irgendwie habe ich ihn letzte Woche schon gesehen und ... na ja, beim Essen hatte ich die Eingebung, dass er vielleicht doch nicht so gut geeignet ist." Sie versuchte, ihm mit ihrem Blick klarzumachen, worum es ging, denn ihr war bewusst, dass Karen und Louis ganz Ohr waren.

„Sie haben den Film schon gesehen?"

Sie nickte.

„Also, Sie würden ihn lieber nicht noch einmal sehen?"

„Darum geht es eigentlich nicht." Hielt er sie für so egoistisch? „Ich glaube, der Film wäre nicht so gut für ... für Ihre Kinder. Da ist eine Szene mit ..." Sie atmete tief ein und setzte neu an. „Erinnern Sie sich an Bambi?"

„Bambis Mutter ist gestorben", piepste Sarah von der hintersten Bank. „Das war so traurig."

Doug sah sie an. „Ach so ..."

Sie nickte.

Er schüttelte den Kopf. „Ich glaube, *ich* will den Film gar nicht sehen. Erst recht nicht die Kinder."

„Und wenn wir bowlen gehen?"

„Bowlen?“

„Na klar“, sagte sie und begeisterte sich plötzlich für die Idee. Bis vor ein paar Jahren war sie in einer Bowlingmannschaft gewesen. „Gehen Sie manchmal bowlen? Starlite Lanes ist direkt hinter dem Kino.“

Er schüttelte den Kopf. „Schon lange nicht mehr.“

Louis beugte sich so weit vor, wie es ihm der Sicherheitsgurt erlaubte. „Ich war einmal bowlen. An Eric Feldsons Geburtstag. War toll. Komm, lass uns hingehen, Papa.“

Doug reckte den Kopf, um in den Rückspiegel zu schauen. „Ist das für alle in Ordnung? Zur Bowlingbahn?“

Karen zuckte einfach nur die Achseln, aber die anderen Kinder jubelten.

„Guter Vorschlag.“ Doug hob seine rechte Hand, damit sie einschlug.

Vicky tat ihm den Gefallen und war seltsam stolz, dass ihr etwas eingefallen war, was er für eine gute Idee hielt. Der Gedanke tat ihr gut, sie hätte vielleicht ein klitzekleines bisschen mit dem hinreißenden Lächeln zu tun, das er gerade aufsetzte.

***

Doug sah zu, wie die schwere marmorierte Kugel aus Louis' Hand rollte und die Bahn entlangtaumelte. Sie landete mit einem Plumps auf der furnierten Bahn, steuerte gefährlich dicht auf die Rinne zu, um dann doch noch die Kurve auf die Bahn zu kriegen. In Zeitlupe traf die Kugel den ersten Pin. Wie beim Domino fiel daraufhin ein Pin nach dem anderen.

„Strike!“, jubelte Vicky und sprang auf und ab. „Du hast einen Strike geschafft, Louis.“ Man hätte meinen können, sie hätte mit ihrem eigenen Wurf die Pins zu Fall gebracht.

Sie sprang auf und winkte Sabrina herbei. „Du bist dran, Süße.“

Sie legte ihre Arme um Sabrina, zeigte ihr, wie man den Ball hielt, und nahm mit ihr Schwung. Als Doug wieder an der Reihe war, setzte er seinen ersten Ball in die Rinne und erwischte im zweiten Versuch gerade mal einen Pin.

Vicky erzielte wieder einen Strike.

Sie drehte sich mit einem Triumphschrei um und stolzierte an ihren Platz, wo sie allen Kindern die Hand abklatschte. Nun ja, allen außer Karen, die mit verschränkten Armen am Tisch saß.

Doug verdrehte die Augen. „Sie haben mir gar nicht erzählt, dass Sie Profi-Bowler sind."

Sie kicherte. „Und Sie haben mir nicht erzählt, dass Sie noch nie im Leben gebowlt haben."

„Ich bin nur etwas eingerostet, das ist alles." Theatralisch rieb er sich die Hände. „Warten Sie nur, bis ich mich etwas aufgewärmt habe."

Doch beim nächsten Versuch beschlich ihn allmählich der Verdacht, dass sein kippliger Ball einen Herstellungsfehler hatte. Er untersuchte den Ball und legte ihn dann wieder auf die Halterung. Als er sich die Hände rieb, berührte er mit der rechten Hand das glatte Gold seines Eherings. Ihm fiel Vickys gezielter Blick auf seine linke Hand am Vorabend ein und er drehte sich um und zog den Ring von seinem Finger. Behutsam verstaute er ihn in seiner Jeanstasche – zusammen mit den Gewissensbissen, die ihm zu schaffen machten.

Louis traf alle Pins beim zweiten Wurf. Vicky grinste Doug von der Seite an und zeigte auf Louis' Punktezahl. „Du verbannst deinen Papa noch auf den letzten Platz. Du bist dran, Karen."

Karen war schon den ganzen Nachmittag verdrießlich. Sie rutschte von der Bank und nahm sich den knallrosa Ball, den sie für sich beansprucht hatte. Beim zweiten Wurf traf sie zwei Pins.

„Gut gemacht, Karen", rief Vicky erfreut.

Karen tat so, als habe sie nichts gehört, schob sich an Vicky vorbei und lümmelte sich wieder auf die Bank.

Vicky ignorierte die Kränkung, setzte sich neben sie und tätschelte ihr das Knie. „Du bist ein richtiges Naturtalent. Ehrlich, du machst das prima."

Er stellte irritiert fest, dass Vicky seine Kinder auf gewisse Weise besser kannte als er selbst. Irgendwie schaffte sie es, den Kindern genau das zu geben, was sie am meisten brauchten: Sie streichelte Louis' Ego, feuerte die Zwillinge an und versuchte, Karen aus ihrer deprimierten Stimmung zu holen.

Doch Karen wich Vickys Berührung aus und bohrte mit dem Blick ein Loch in den Boden.

Doug wusste nicht, was jetzt schwieriger war: dem Drang zu widerstehen, seine Tochter ins Auto zu schleppen und ein deutliches Wort mit ihr zu reden, oder dem, Vicky dafür zu umarmen, wie sie mit Karen umging.

Er schaffte es, beidem zu widerstehen, und bis zum Ende des Tages hatte sich Karens Stimmung etwas aufgehellt und Vicky hatte sie alle zum Lachen gebracht. Sie hatte ihm geholfen zu sehen, dass sie noch immer eine Familie waren, und ein paar Stunden lang hatte Doug einen zarten Hoffnungsstrahl gespürt. Vielleicht würde es eines Tages wieder kleine Fleckchen Glück in seinem Leben geben.

Bei Sonnenuntergang kehrten sie nach Clayburn zurück. Die Zwillinge schliefen aneinandergelehnt, als er vor Vickys Haus einbog. Er parkte ein. Aus irgendeinem seltsamen Grund erinnerte es ihn an die erste Zeit mit Kaye. Ihre erste Verabredung war im Sommer nach ihrem zweiten Studienjahr gewesen. Er hatte einen nagelneuen Führerschein gehabt und war entsprechend stolz darauf. Da er cool wirken wollte, fuhr er bei Familie Thomas vor und hupte.

Kaye war herausgekommen – mit Harriet im Schlepptau, die die Arme in die Hüften gestemmt hatte. Sie hatte ihm unmissverständlich klargemacht, dass nach ihrer Tochter nicht wieder gehupt werde. Er solle wie ein Gentleman zur Tür kommen oder sich ein anderes Mädchen zum Ausgehen suchen. Doch was ihn betraf, *gab* es kein anderes Mädchen. Von da an hatte er sich bereitwillig an Harriets Vorschriften gehalten, Kaye an der Haustür abgeholt und sie beim Heimbringen bis zur Veranda begleitet. Natürlich nur, um sich einen kleinen Kuss abzuholen, bevor Kayes Vater herauskam, um Anstandswauwau zu spielen.

Vicky legte die Hand auf den Türgriff. „Danke für den Nachmittag. Hat Spaß gemacht."

„Uns auch. Danke fürs Mitgehen."

Sie drehte sich um und winkte Louis und Karen zu. „Sehen wir uns morgen nach der Schule?"

„Ja, Papa?", fragte Louis.

„Nein, morgen nicht. Ihr geht nach der Schule zu Oma. Aber Dienstag wahrscheinlich."

„Na dann, bis Dienstag", sagte Vicky. „Nochmals danke, Doug." Sie stieg aus und schloss die Tür.

Doug sah Karen im Rückspiegel an. „Ihr wartet hier, während ich Miss Valdez noch eben zur Tür bringe. Bin gleich wieder da."

Er musste laufen, um Vicky einzuholen.

Sie zuckte zusammen, als er neben ihr auftauchte. „Habe ich etwas im Auto vergessen?"

„Nein, ich bringe Sie nur zur Tür."

„Das ist doch nicht nötig, Doug."

„Doch, ist es." Er öffnete den Mund, um von Harriets Verordnung damals zu erzählen, überlegte es sich jedoch anders. Dadurch fiel ihm Harriets Schimpftirade am Vormittag wieder ein. Auch davon würde er ihr nichts erzählen. Nichts sollte ihm die letzten Minuten mit Vicky verderben. Er ging weiter mit ihr den Weg entlang. „Vielleicht bin ich kein großes Bowlingass, aber ich bin ein Gentleman."

„Allerdings", lachte sie.

„Wissen Sie was ..." Der Gedanke an Harriets Gerüchteküche ließ ihn zögern. Es war ein wunderschöner, heilsamer Tag für ihn und die Kinder gewesen und er würde sich nicht vom Gerede der Leute ins Leben pfuschen lassen. „Wie wäre es mit einer Revanche? Selbe Zeit, selber Ort nächsten Sonntag?"

„Sonntag? Hm, ehrlich gesagt ..." Sie biss sich auf die Unterlippe und stieß die Luft aus.

Einen kurzen Augenblick fürchtete Doug, sie würde ihm einen Korb geben. Doch gleich darauf strahlte ihre Stimme Zuversicht aus. „Klar, gerne. Aber stellen Sie sich nicht drauf ein, zu gewinnen."

Er zog die Augenbrauen hoch. „Ich werde die ganze Woche üben."

„Eine Woche reicht hinten und vorne nicht", zog sie ihn auf. „Ich bin ziemlich gut, falls Sie das nicht bemerkt haben sollten." Damit drehte sie den Schlüssel um und verschwand im Haus.

Doug lächelte auf dem ganzen Rückweg zum Auto.

Kapitel 16

Was heißt das, du kannst nicht kommen? Hast du ein Date oder was?"

Vicky ließ sich auf das Sofa in ihrem Wohnzimmer plumpsen und schmiegte eine Schulter an den Telefonhörer. „Nein, Rick, ich hab kein Date."

„Na dann ..." Ihr Bruder schnaubte verstimmt ins Telefon. „Was gibt es denn Wichtigeres als ein Valdez-Sonntagsessen?"

„Ich ... gehe bowlen."

„Bowlen? Am Sonntag? Seit wann gehst du denn sonntags bowlen? Bist du wieder in einer Mannschaft?"

„Nein, nichts dergleichen."

„Na ja, vielleicht kann Angie alle anrufen und es um eine Woche verschieben."

„Nein, das braucht ihr nicht."

„Ich hoffe doch, das wird nicht zur Gewohnheit."

„Nein. Nur dieses eine Mal."

Stille an seinem Ende der Leitung. Sie wusste, er wartete auf eine Erklärung. „Spiel jetzt mal nicht die Geheimnisvolle. Was ist los?"

„Nichts ist los, Rick. Ich gehe mit … mit ein paar Kindern. Aus der Tagesstätte." Das war nicht einmal gelogen.

„Am Sonntag? Hör mal, ich habe dich lange nicht in der Messe gesehen."

„Nächsten Monat bin ich wieder da. Versprochen. Und zum Essen natürlich." Sie hatte ja nicht gewusst, dass ihr Bruder sie so ins Kreuzverhör nehmen würde. Ihre monatlichen Familientreffen bedeuteten ihr viel. So hätte sie Doug denn auch fast abgesagt, als er sie gebeten hatte, noch einmal bowlen zu gehen. Doch irgendetwas an seinem jungenhaften Eifer hatte sie davon abgehalten, ihm einen Korb zu geben. Am letzten Sonntag war es toll gewesen mit ihm und den Kindern, und sie freute sich auf ein Wiederholungsspiel, in mehr als einer Hinsicht.

„Tja, dann …" Aus Ricks Stimme sprach ein Schmollen. „Wir werden dich vermissen."

„Ach ja. Ihr vermisst doch bloß den Apfelkuchen, den ich mitbringen wollte."

Er lachte. „Was? Soll das heißen, du bringst auf dem Weg zur Bowlingbahn keinen Kuchen vorbei?"

„Ha! Das hättest du wohl gern. Grüß Angie und die Kinder. Wie fühlt sie sich?"

„Fett."

„Rick!"

„Ich habe nicht gesagt, sie *ist* fett. Du hast mich gefragt, wie sie sich fühlt. Ich sage nur die Wahrheit. Der Arzt sagt, das Baby kommt wahrscheinlich erst in einer Woche oder noch später."

„Drück sie von mir. Und die anderen auch. Und ruf mich sofort an, wenn das Baby sich blicken lässt. Ich vermisse euch."

Sie würde sie richtig vermissen. Vielleicht hätte sie den Sonntag nicht verplanen sollen. Die Familie war wichtig. Andererseits freute sie sich auf den Sonntag … vielleicht mehr, als sie sich eingestehen wollte.

„Dann komm einfach anschließend vorbei, wenn du kannst", sagte Rick.

Sie lächelte über seinen mürrischen Ton. Sie erwog kurz, Doug anzurufen und abzusagen. Doch der kurze Moment war schnell vorüber.

„Warte aber nicht darauf", sagte sie zu ihrem Bruder. „Es kann spät werden. Wir hören uns später wieder." Sie legte auf, bevor er sie weiter ausquetschen konnte.

***

Um Punkt halb eins fuhr Doug mit seinem Suburban vor Vickys Haus vor und sie lief ihm entgegen, bevor er aussteigen konnte. Er winkte durch die Windschutzscheibe und reckte sich über den Beifahrersitz, um ihr die Tür zu öffnen.

Er war ein Gentleman. Das musste sie ihm zugestehen. Zweimal war er letzte Woche länger geblieben und hatte sich mit ihr unterhalten ... eine halbe Stunde lang, während sich die Kinder noch im Spielzimmer beschäftigten. Man kam gut mit ihm ins Gespräch, was er wiederum wohl auch von ihr dachte. Sie konnte fast zusehen, wie seine Seele mit der Zeit heilte. Und selbst wenn die Kinder überwiegend ihre Gesprächsthemen bestimmten, hatte sie doch den Eindruck, sie hätte einen neuen Freund gefunden.

Befreundet ... sonst war da nichts. Sie musste sich immer wieder selbst daran erinnern.

Sie stieg ins Auto und drehte sich zur Begrüßung zu den Kindern um.

In Wirklichkeit malte sie sich immer häufiger aus, wie es wäre, wenn sie und Doug wirklich eine Beziehung miteinander hätten. Natürlich sah er das möglicherweise nicht so, aber sie hoffte, dass sich das eines Tages ändern würde.

Aus dem Nichts stieg ein Bild von Trevor Ashley in ihr auf. Eine Wolke des Zweifels hüllte sie ein. Stimmte mit ihr etwas nicht, dass sie sich von den Witwern von Clayburn angezogen fühlte? Darüber gab es doch eine Geschichte oder Legende, oder? Von einer schwarzen Witwe, die sich an Männer hängte, die ihre Frauen verloren hatten. Sie schauderte. Selbst sie konnte erkennen, wie gruslig das klang.

Doch sie war jung gewesen – knapp fünfundzwanzig – und war immer noch nicht über die Trennung von Jon hinweg gewesen, als sie sich in Trevor verliebte, kurz nachdem er seine Frau verloren hatte. Er hatte ihre Gefühle nie erwidert – vermutlich nicht einmal geahnt, wie sie für ihn empfand. Sie war ihm nicht etwa nachgelaufen. Und jetzt war Trevor verheiratet, und zwar glücklich. Jeden Tag würde das erste Kind kommen.

Sie war kein Schulmädchen mehr und Doug DeVore nicht ihr Schwarm. Sie war klug genug zu wissen, dass es für ihn noch zu früh war, eine neue Beziehung auch nur in Erwägung zu ziehen. Außerdem gingen ihre Gefühle für Doug mehr in Richtung Mitgefühl und Anteilnahme als Verliebtheit. Sie malte sich eben nur aus, was die Zukunft für sie bereithalten *könnte*. Nicht wie die schädlichen Luftschlösser, die sie für sich und Trevor gebaut hatte. Außerdem bestanden die freundschaftlichen Gefühle auf beiden Seiten. Schließlich hatte Doug sie eingeladen, mit nach Salina zu kommen. Nicht umgekehrt.

Dennoch konnte sie sich nicht dagegen wehren, Doug mit den Augen ihrer Brüder zu betrachten. Wären sie mit ihm einverstanden? Tony und Alex vielleicht. Aber Rick wäre ein harter Brocken. Vor allem, wenn sie wegen Doug weitere Familientreffen verpassen würde.

Hannah hopste in ihrem Kindersitz.

„Aha, Hannah kommt diesmal also auch mit, was?"

Doug zuckte die Achseln. „Nicht ganz freiwillig, um genau zu sein. Harriet hat heute Nachmittag etwas vor. Ich gehe davon aus, dass es Hannah beim Bowling vielleicht besser gefällt als im Kino. Mal sehen."

„Na, das wird ein Wahnsinnsspaß für sie." Vicky winkte den anderen Kindern zu und schnallte sich dann an.

Louis beugte sich mit einem breiten Grinsen vor. „Papa sagt, er hängt dich heute ab. Er hat einen neuen Ball und so."

„Louis! Du darfst doch nicht meine Pläne verraten."

Das stachelte den Jungen umso mehr an. „Er hat sich Onkel Brads Glücksball ausgeliehen und oben im Flur geübt."

„Na, na, na!" Doug schaute verlegen drein und sah Louis im Rückspiegel grimmig an. „Junge, Junge, musst du mich so bloßstellen?"

Vicky biss sich auf die Unterlippe und verkniff sich ein Lächeln. „Aha. Also geübt, ja?"

„Ja, er hat fast ein Loch in die Rigipswand geworfen, weil er immer die Bande getroffen hat." Louis war richtig in Fahrt.

Sie konnte sich nicht mehr beherrschen. Ihre Laune hob sich schlagartig und alle Bedenken, weil sie nun das Valdez-Treffen verpasste, flatterten zum Fenster hinaus. „Dann muss es ja heute spannend werden."

***

Als sie ein paar Stunden später die Bowlingbahn verließen, sprachen sein niedergeschlagener Gesichtsausdruck und die hängenden Schultern Bände. Er konnte aber noch darüber lachen, wie deutlich sie ihn geschlagen hatte. „Na gut, Sie haben mich besiegt, aber ich liege auf einem guten dritten Platz."

Vicky hievte Hannah auf ihre Hüfte und täuschte ein missbilligendes Stirnrunzeln vor. „Es ist schon sehr erbärmlich, wenn man damit angeben muss, mehr Punkte erzielt zu haben als kleine Kinder, damit man sich besser fühlt."

Darauf wusste er erst einmal nichts zu erwidern. Er wuschelte durch Louis' Haar. „Also, wenn meine Kinder mich *wirklich* lieb hätten, hätten sie es so eingerichtet, dass ich wenigstens auf den zweiten Platz gekommen wäre."

„Du hast mich bloß um zwei Punkte geschlagen, Papa", erinnerte ihn Karen.

Louis, der auf dem zweiten Platz gelandet war, duckte sich unter

Dougs Hand weg und strahlte. „Na ja, dein Glücksball hat dir wohl nicht so viel Glück gebracht, Paps, was?“

„Nein. Und meinen Schwager werde ich mir mal vorknöpfen. Glücksball, also echt …“, murmelte er in seinen Bart.

Vicky lachte wieder und Hannah stimmte ein, als habe der Scherz ihr gegolten. Vicky drehte sich um und vergewisserte sich, dass die Zwillinge noch hinter ihnen waren. „Beeilt euch, ihr beiden.“

Sie blickte über ihre Köpfe hinweg und erhaschte ihr Spiegelbild in der Fensterscheibe der Bowlingbahn. Der Sonnenstand verwandelte das Bauglas in einen Spiegel und bei diesem Anblick stockte ihr der Atem. Sie sahen aus wie eine Familie. Die Familie, die sie sich immer gewünscht hatte. Doug hatte unter jedem Arm ein Kind, die Zwillinge hüpften Hand in Hand hinter ihnen her, und sie … sie hatte ein Kleinkind auf dem Arm. Alle lächelten und sahen so aus, als gehörten sie zusammen. Es war wie ein verschwommenes Szenenbild ihres wahr gewordenen Traums.

„Alles in Ordnung?“

Sie sah Doug an, der sie beobachtete, während er auf die Zwillinge wartete.

Sie schüttelte ihr Traumgebilde ab. Sie durfte sich solchen Gedanken nicht hingeben. *Wir sind Freunde*, rief sie sich ins Gedächtnis. Sie waren ein paarmal bowlen gegangen. Was war schon groß dabei? Ihre Gedanken waren doch verrückt.

„Vicky?“

„Ja, alles klar.“ Verlegen, als habe er ihre Gedanken gelesen, drehte sie sich um und scheuchte die Zwillinge mit theatralischer Geste vor sich her.

Die Rückfahrt nach Clayburn verlief turbulent. Doch das empfand sie als Erleichterung, denn bei dem Kinderlärm brauchten sie und Doug sich nicht zu unterhalten.

Als die *Dairy-Barn*-Snackbar in Sichtweite war, bettelten die Kinder nach einem Eis und Doug gab nach. „Ist das okay für Sie?“ Rhetorischer hätte die Frage nicht sein können, denn sie wollte die Kinder jetzt auf gar keinen Fall enttäuschen.

„Na klar. Wir können es auch mit zu mir nehmen.“ Sie schaute hoch zum wolkenlosen Himmel. „Dieses tolle Wetter ausnutzen.“ Die Sonne würde rasch untergehen und die fünfzehn, sechzehn Grad würden schon nicht mehr aktuell sein, bis sie bei ihr zu Hause wären, doch in dem Ofen, den Rick und Tony ihr letzten Sommer eingebaut hatten, könnte sie ein Feuer anzünden. Sie freute sich über die Aussicht, den Abend in die Länge ziehen zu können.

„Hört sich gut an“, nickte Doug. „Wir nehmen eine Zwei-Liter-Packung mit.“

„Schoko!“, rief Louis.

Karen knuffte seinen Arm. „Auf gar keinen Fall. Immer bekommst du Schokolade. Vanille, Papa. Immer darf er auswählen.“

„Lasst den Streit, ihr beiden.“

Vicky hob die Hand und spielte Schiedsrichter. „Wie wäre es mit einer Dose pro Sorte? Ihr seid eingeladen“, fügte sie rasch hinzu.

„Diplomatisch wie immer.“ Doug hob die Hand mit gespreizten Fingern.

Grinsend schlug sie ein.

Zwanzig Minuten später saßen sie und Doug gemütlich am Feuer. Das Eis tropfte ihnen schneller aus den Waffelhörnchen, als sie es essen konnten. Draußen spielten die Kinder im schwindenden Licht eines Frühlingstages Fangen.

„Hat Spaß gemacht heute“, sagte Vicky und versuchte, ihre Begeisterung im Zaum zu halten. Die Wahrheit war: Es war einer der glücklichsten Tage ihres Lebens gewesen. Doch das konnte sie Doug wohl kaum erzählen.

Kapitel 17

Doug stolzierte zum Auto und genoss Vickys zwerchfellerschütterndes Gelächter, als sie die Kinder hinter ihm herscheuchte. Endlich, endlich hatte er die Frau bei ihrem eigenen Spiel geschlagen – mit 236 Pins. Und das würde er auskosten, nach allen Regeln der Kunst.

Während sie pflichtgemäß die Kinder anschnallte, saß er strahlend hinter dem Steuer.

Schließlich war auch Hannah angeschnallt, und Vicky setzte sich auf den Beifahrersitz.

„Also“, begann er, „wie viele Pins haben Sie noch mal erlegt? Ich habe es vergessen.“

„Oh, nein.“ Sie verdrehte die Augen. „Das werde ich jetzt bis zum Ende meiner Tage zu hören kriegen, oder?“

„Nicht, wenn Sie es irgendwie schaffen, den Meistertitel zurückzuerobern. Und übrigens, wenn ich mich recht entsinne, gilt die Regel, dass der Verlierer die anderen zum Essen einlädt, oder?“ Er wackelte mit den Augenbrauen, was ihm einen Knuff auf den Bizeps eintrug. „Au!“

„Ist ja schon gut. Das Essen geht auf mich.“

Er hätte wetten können, dass es ihr schwerfiel, sich ein Lächeln zu verkneifen. Und er genoss jede einzelne Minute. Irgendwie hatte Vicky ihm – und ihnen allen – das Geschenk des Lachens zurückgebracht. Jeden Sonntag half sie ihnen, für ein paar Stunden das Schreckliche, das ihnen widerfahren war, zu vergessen. Und dafür bewunderte er sie.

Den Kindern ging es genauso, auch wenn sie das vermutlich nicht so konkret hätten formulieren können. Doch Vicky war bei ihnen jetzt noch beliebter, als sie es als Betreuerin in der Tagesstätte schon gewesen war, sofern das überhaupt möglich war.

Manchmal, wenn er abends kam, um die Kinder abzuholen, unterhielt er sich noch eine Weile mit Vicky darüber, wie die Kinder mit dem tragischen Ereignis zurechtkamen. Manchmal redeten sie auch über Rahel und Vicky half ihm, sich nette oder niedliche Begebenheiten in Erinnerung zu rufen, die mit Rahel zu tun gehabt hatten.

Doch durch eine unausgesprochene Übereinkunft waren die Sonntage vergnüglichen Dingen vorbehalten. Es war die beste Therapie, auf die er hätte hoffen können. Für die ganze Familie.

„Wieder zum eleganten Feinkostanbieter McDonald?“

„Nein …“ Sie dachte kurz nach, dann leuchteten ihre Augen auf. „Wie wäre es heute Abend mal mit dem Spezialitätenrestaurant Vicky V.?“

Er sah sie fragend an. „Kenne ich das?“

„Vicky Valdez“, lachte sie.

Nun musste er auch schmunzeln. „Klingt gut.“

„Mein Bruder hat letzte Woche geschlachtet und mir jede Menge Fleisch für Hamburger dagelassen. Wir können draußen grillen.“

„Was soll das mit dem ‚wir‘?“, zog er sie auf. „Ich dachte, der Verlierer ist für das Essen zuständig.“

„Ich stelle das Essen zur Verfügung, mein Herr. Ich spiele nicht noch Küchenchefin und Tellerwäscherin.“

Er hob die Hände, um sich geschlagen zu geben. „Weiß ich doch. War bloß ein Scherz.“ Ihm lief beim Gedanken an einen dicken, saftigen Hamburger bereits das Wasser im Mund zusammen.

„Sie übernehmen den Grill und ich kümmere mich um den Rest.“

„Abgemacht.“ Klang wie eine sehr gute Abmachung …

***

Eine Stunde später sah er den Kindern beim Spielen in Vickys großem Garten zu, während sie sich das Essen schmecken ließen, das sie „hingezaubert“ hatte.

Die Sonne war untergegangen. Die Abendluft war frisch und erfüllt vom Duft des gegrillten Fleisches.

„Haben Sie Lust auf Eis?“ Sie klapperte mit den Zähnen und fröstelte.

„Sie stellen ja verrückte Fragen – bieten mir Eis an, während Sie hier sitzen und frieren.“ Er blickte zum Himmel, der immer düsterer wurde. „Schon ziemlich kühl hier draußen, was?“

„Das ‚ziemlich‘ kann man streichen. Und ich dachte, es wäre schon Barfuß-Wetter.“ Vicky zog ihre wohlgeformten Beine auf die schmiedeeiserne Bank, auf der sie saßen, und schlang die Arme um die Knie. „Wollen Sie reingehen?“

Er ließ den Blick über den Garten schweifen, wo die Kinder auf dem Gras Rad schlugen. „Ich weiß nicht, ob ich den Kindern trauen kann, dass sie nicht Ihre Blumenbeete verwüsten.“

„Darüber mache ich mir keine Sorgen.“

„Möchten Sie denn reingehen?“

„Ist schon okay.“

Er konnte zusehen, wie sich auf ihren Armen Gänsehaut bildete.

„Hier.“ Ihm kam es wie das Natürlichste der Welt vor, seine Jacke auszuziehen und sie ihr über die Schultern zu hängen. Er hatte nicht vorgehabt, seinen Arm um sie zu legen. Aber da war er nun. Und jetzt war es ihm peinlich, ihn wieder wegzunehmen.

Vicky lehnte sich ganz sachte an ihn. Gerade genug, dass er merkte, dass sie diese Möglichkeit erwartet hatte. Einen langen Augenblick machte er sich Gedanken über die Auswirkungen dieser simplen Geste. Bei den Essensvorbereitungen hatte er die ganze Zeit Vorwände gefunden, warum sich ihre Finger berühren mussten, oder warum er ihr sachte eine Hand aufs Kreuz legen musste, während er sich um sie herumbeugte, um irgendetwas zu holen. Wenn er jetzt seinen Armen auf ihren Schultern ließe und sie so reagierte, wie er es vorausgeahnt hatte, würden sie automatisch eine neue Ebene ihrer Freundschaft erreichen.

Er war sich der Wärme ihres Arms unter seiner Hand überaus bewusst. Ihr Haar berührte gerade eben seine Schulter, der Duft ihres Shampoos streifte seine Nase. Ihn überkam ein solches Verlangen, wie er es nicht verspürt hatte, seit Kaye …

Er hätte so unheimlich gern Vicky an sich gezogen und gespürt, wie sie sich an ihn lehnte. Wäre ihr gern mit den Fingern durchs seidige Haar gefahren. Hätte sie geliebt …

Er unterbrach diesen Gedanken, nicht weil er es wollte, sondern weil er musste. Es fühlte sich so an, wie immer seit dem ersten Mal, als ihn eine Frau berührt hatte. *Seine Frau.* Vicky war eine wunderschöne, schreckliche Erinnerung daran.

Er wusste zwar, dass er einen Preis würde zahlen müssen, aber es war ihm jetzt gleichgültig, wie hoch der sein würde. Er rutschte auf der Bank so dicht an sie heran, dass sich ihre Hüften beinahe berührten. Er legte den Arm fester um sie. „Vicky …"

Sie kam noch näher und lehnte ihren Hinterkopf an seine Schulter. Sie legte ihm eine zierliche Hand aufs Knie und malte mit den Fingern kleine Kreise auf seine Jeans.

„Der Tag heute war schön, Doug. Danke." Ihr Atem kitzelte ihn im Nacken.

Sie schauderte und er glaubte nicht, dass es vor Kälte war.

„Ja, es war ein schöner Tag. Vicky …" Etwas in ihm sagte ihm, er solle zurückrudern. Aufhören, bevor sie eine Linie überschritten, über die es kein Zurück gab. „Ich … ich genieße die gemeinsamen Sonntage. Das … das hilft mir sehr."

Sie lehnte sich mit noch mehr Gewicht an ihn. *Oh Gott, ich weiß nicht, was ich tun soll. Kaye …* Er empfand die Anwesenheit seiner Frau so stark. Schuldgefühle stiegen in ihm auf. Doch Kaye war nicht mehr da. Sie würde niemals zurückkehren. Und er empfand etwas Gewaltiges für diese Frau, die dafür gesorgt hatte, dass er wieder lachen konnte. Dass er wieder hoffen konnte.

Doch es war gewiss noch zu früh.

Er sah hinunter auf Vicky. Lange, dichte Wimpern lagen auf der Wölbung ihrer olivfarbenen Wange. Sie war eine wunderschöne Frau. Kaye war auf eine Art hübsch gewesen, wie eben das Nachbarmädchen hübsch ist oder die typische amerikanische Cheerleaderin. Doch Vicky Valdez war eine Schönheit nach jedermanns Maßstäben. Mit ihrem gewellten, fast schwarzen Haar und diesen violetten Augen war sie es gewiss gewohnt, dass sich alle nach ihr umdrehten. Er wusste, dass Fremde annahmen, sie wäre seine Freundin – oder seine Frau –, wenn sie gemeinsam irgendwo auftauchten. Er genoss es, den Neid anderer Männer auf sich zu ziehen, wenn er und Vicky sonntags zu einem Date verabredet waren.

Date? Das Wort hatte sich so schwerelos aus seinen Gedanken gelöst. Na ja, was denn sonst? *Komm schon, DeVore, sei ehrlich. Du hast ein Date mit ihr.* Na und? Niemand erwartete von ihm, dass er für immer trauerte, für immer allein blieb.

Er drückte Vickys Schulter und legte ihr die Hand an den Kopf. Sie streichelte seine Finger. Er lachte gepresst auf. „Mir ist plötzlich gar nicht mehr kalt."

Sie lächelte ihn an. Ein Lächeln, das ihm sagte, sie empfand dasselbe wie er. Er gab ihr einen Kuss auf den Scheitel, strich ihr eine Haarsträhne aus dem Gesicht.

Hannahs fröhliches Gequietsche aus dem Garten brachte ihn wieder zur Besinnung. Er schob Vicky sachte von sich, ging zum Verandageländer und blickte hinüber. „Louis, lass sie in Ruhe, sonst ist sie nachher so aufgedreht." *Du solltest dich nach deinen eigenen Ratschlägen richten, DeVore.* „Wir müssen gleich gehen. Räumt jetzt mal euer Zeug zusammen."

Sie hatten überhaupt nichts dabeigehabt, aber ihm fiel gerade nichts anderes ein.

Er beugte sich vor und legte eine Hand auf ihre. Sie saß noch genau da, wo er sie zurückgelassen hatte. Sie hatte den Kopf geneigt und er konnte nicht sagen, ob sie verlegen war oder verletzt, ob sie betete oder was in ihr vorging.

Er räusperte sich. „Danke für alles. Wir … wir müssen jetzt wirklich gehen. Die Zwerge gehören ins Bett."

Sie hob den Kopf und irgendwie konnte er jede Nuance ihres Lächelns deuten. Es sagte ihm, dass sie wusste, dass er gerne geblieben wäre und dass er mehr von dem wollte, das sie gerade gekostet hatten. Wusste vielleicht sogar, dass es geschehen *würde*. Bald schon.

Nun ja, vielleicht hatte sie recht. Aber im Moment war er mit dem Thema durch. Er rieb sich die Hände. Er hatte nichts dergleichen vorgehabt und er wollte es nicht weiter fortschreiten lassen. Nicht heute Abend. Nicht, bevor er Gelegenheit hätte, alles noch einmal zu überdenken.

Sie richtete sich auf und glitt auf ihn zu. Eine Schrecksekunde lang fürchtete er schon, sie werde ihm einen Gutenachtkuss geben. Doch sie schob sich an ihm vorbei und begann, den Tisch auf der Veranda abzuräumen.

Die Kinder beschwerten sich lautstark, dass sie schon so früh gehen mussten, und er musste sich auf ihre Klagen einlassen. Als er schließlich alle eingesammelt und im Auto angeschnallt hatte, war der Zauber von vorher verflogen. Allerdings hinterließ er ganz gewiss seine Spuren.

Vicky schien wieder ganz die Alte zu sein, half ihm, die Kinder anzuschnallen, plauderte mit ihnen und schloss Wetten ab, wer beim nächsten Mal beim Bowlen gewinnen würde. Anscheinend bemerkte sie nicht, dass er nicht anbot, sie zur Tür zu begleiten.

Auf dem Heimweg fragte er sich, ob er sich alles bloß eingebildet hatte. Sich die Hochspannung zwischen ihnen bloß erträumt hatte. Aber nein. Seine Finger, mit denen er sie berührt hatte, kribbelten noch immer. Seine Lippen, mit denen er ihr duftendes Haar geküsst hatte, brannten. Er kannte sie – auf diese Art zumindest – erst seit zwei Wochen. Doch es ließ sich nicht abstreiten, dass er dabei war, sich in sie zu verlieben.

Und er hatte keine Ahnung, wie er mit dieser Tatsache umgehen sollte.

Kapitel 18

Treten Sie ein, Fremdling." Rick öffnete weit die Tür und tippte sich an einen eingebildeten Hut.

„Na, sieh mal einer an, wer den Weg zurück in den Schoß der Familie gefunden hat", rief Tony von seinem gemütlichen Sessel vor dem Fernseher aus.

„Ach, seid still, ihr beiden." Vicky durchbohrte ihre Brüder mit dem grimmigsten Blick, den sie zustande brachte. Sie trug die selbst gemachte Cremetorte in die Küche.

Angie und Rita schnippelten auf der Arbeitsplatte in Angies schmucker Küche Gemüse für den Salat.

„Mmhh, da duftet ja etwas gut."

„Rick hat gegrillt."

„Lecker." Sie schob die Kuchenplatte auf die Ablage und umarmte ihre Schwägerinnen. „Alex und Gina sind noch nicht da?"

„Sie haben vorhin angerufen", erwiderte Angie. „Sie sind unterwegs."

„Die einzig wichtige Frage ist: Wo ist die Kleine? Du siehst toll aus, Angie."

„Danke, meine Liebe. Mir geht es auch gut." Angie sah auf die Uhr. „Das Baby schläft noch, aber du kannst sie holen gehen, wenn du willst. Es ist sowieso fast Zeit zum Stillen."

Vicky wusch sich die Hände im Spülbecken und ging ins Kinderzimmer. Sie hatte die kleine Tochter von Rick und Angie vor zwei Wochen im Krankenhaus schon einmal im Arm gehalten, aber sie freute sich darauf, das Püppchen wieder an sich zu drücken.

Das Kinderzimmer roch nach Babypuder und Desinfektionsmittel. Angie übertrieb es ein bisschen mit ihrem Sauberkeitstick. Vicky trat ans Kinderbettchen und lugte über das gepolsterte Gitter. Der Anblick des schlafenden Säuglings verschlug ihr den Atem. Sie wusste nicht, warum dieser Zauber nie verblasste, doch den hatte sie beim Anblick von Säuglingen empfunden, seit sie denken konnte.

Sie nahm das schlafende Bündel hoch und wiegte es in den Armen, um auch die kleinsten Einzelheiten zu betrachten. Das schrumpelige Neugeborene mit dem roten Gesicht war bildschön geworden. Als erste Tochter würde sie vollkommen verzogen werden – genau wie Vicky damals. Sie lächelte über diese Gemeinsamkeit mit diesem kleinen Engel.

Die Kleine hieß Emerald. Vicky gefiel der Name, doch noch bevor sie den Säugling aus dem Krankenhaus nach Hause gebracht hatten, hatte Rick die Kurzform Emmy daraus gemacht. Ihre makellose olivfarbene Haut hatte einen Goldschimmer, lange dunkle Wimpern lagen auf ihren Pausbäckchen.

Emmy wand sich und zog eine Schnute. Was für ein vollkommenes Geschöpf. So vollkommen, dass Vicky die Tränen kamen. Doch in ihre Tränen mischte sich Bedauern – und Angst. Würde sie je ein eigenes Kind im Arm halten? Würde Gott ihr den einen Traum erfüllen, den sie seit ihrer frühen Kindheit träumte?

Gott war freundlich zu ihr gewesen, indem er ihr viele, viele Kinder in Form von Nichten und Neffen sowie betreuten Kindern in der Tagesstätte geschenkt hatte. Dougs Kinder waren ihr in den letzten Wochen besonders ans Herz gewachsen. Sie sah auf die rosafarbene Uhr an der Kinderzimmerwand. Wahrscheinlich brachen sie gerade zum Bowlen auf. Sie vermisste sie. Hatte das Gefühl, dass ihr etwas entging.

Sie wusste, dass ihre Freundschaft zu Doug und den Kindern ein Geschenk Gottes war. Doch es war nicht dasselbe. Sie sehnte sich danach, ein Kind unter dem Herzen zu tragen und zu spüren, wie es wuchs. Im Gegensatz zu anderen Frauen hatte sie nie Angst vor der Entbindung gehabt. Sie wollte den Schmerz der Presswehen spüren, mit denen ein Kind auf die Welt gebracht wird. Sie wollte einen Säugling stillen und beobachten, wie er von Tag zu Tag wuchs und sich veränderte. Vielleicht war es eigennützig von ihr, sich in ihren Träumen nichts weniger als das zu erhoffen. Doch Gott hatte sie gewiss nicht als Frau mit solchen mütterlichen Wünschen geschaffen, um ihr die Erfüllung ihrer Wünsche zu versagen.

Doch da ihr einunddreißigster Geburtstag nur ein paar Seiten weiter im Kalender lauerte, fühlte sie sich unvermeidlich am Rande einer leisen Panik.

Emmy wand und streckte sich und Vicky liebkoste sie. Die Gefühle, die dadurch ausgelöst wurden, dass sie dieses junge Leben im Arm hielt, waren gewiss körperlich bedingt, hormonell. *Ach bitte, Gott, ich möchte irgendwann mein eigenes Kind im Arm halten. Bitte* ... Wieder flossen die Tränen.

„Vick?"

Ricks Stimme ließ sie zusammenfahren. Mit einer Hand wischte sie sich über die feuchte Wange.

„Das Essen ist gleich ... He, woher kommen denn die Tränen?" Er berührte sie am Arm. „Alles okay mit dir?"

Sie sog tief die Luft ein und atmete zittrig aus. „Geht schon." Vor ihrem großen Bruder konnte sie nichts verbergen. „Eure Tochter ist so wunderschön ... das ist alles."

Er legte den Kopf schief, als versuche er zu ergründen, ob sie die Wahrheit sagte. Offenbar ließ er sich von ihr täuschen, denn er wandte den Blick seiner Tochter zu. „Wir haben etwas Hübsches zustande gebracht, was?"

„Das habt ihr. Aber, ähm ... ich glaube, für das Hübschsein ist ganz allein Angie zuständig."

Das Kind regte sich. Vicky legte sie sich über die Schulter und Emmy gab einen sehr undamenhaften Rülpser von sich.

Vicky kicherte. „*Das* wiederum hat sie von ihrem Papa."

Lachend streckte Rick die Brust heraus. Er schlang einen Arm um sie und sein Baby. „Komm, wie schauen mal nach dem Grill."

Dankbar für die Ablenkung ging sie mit.

***

Karen schlürfte den Rest ihrer Diät-Cola aus und vergrub sich in dem abgeschabten Samtbezug des dunklen Kinos. Endlich hatten sie mal einen Sonntag ohne die blöde Miss Valdez als Anhängsel, und Papa musste den ganzen Tag Trübsal blasen, als hätte er seinen besten Freund verloren oder so was.

Okay, sie musste zugeben, sie bedauerte schon, dass sie und Louis Papa zu diesem lahmen Kinderfilm überredet hatten, anstatt wie immer bowlen zu gehen. Sie wurde ganz gut in dieser Sportart, wenn sie das selbst mal so sagen durfte. Und sie hatte erst gestern in Rubys Mädchenzeitschrift gelesen, dass es auch eine gute Bewegungsübung war. Sie hatte schon etwas abgenommen. Mal sehen, ob Lisa Breck sie noch einmal hinter ihrem Rücken „Fettbatzen" nennen würde.

Bowling würde Spaß machen, wenn nur Papa dabei wäre. Dann würde er vielleicht auch mal zwei Sätze mit ihr reden, anstatt nur Glubschaugen für Miss Valdez zu haben.

Letzte Woche hatte sie den Mut aufgebracht, mit Ruby darüber zu sprechen, und ihre beste Freundin hatte etwas dazu gesagt, was ihr gar nicht in den Sinn gekommen war: „Dein Papa ist wohl schrecklich einsam ohne deine ... na ja ... deine Mama."

„Was? Ruby, denk doch mal nach. Er hat uns fünf doch fast ständig um sich. Wie kann er denn da einsam sein?"

Ruby hatte sie angeschaut, als habe sie den Verstand verloren. „Bist du nicht auch manchmal einsam, Karen? Sogar wenn alle im Haus sind?"

Zuerst war sie sauer über Rubys Frage, doch nachdem sie eine Weile darüber nachgedacht hatte, erkannte sie so einigermaßen, worauf sie hinauswollte. Was ihr zu schaffen machte, war die Frage, wie es wäre, wenn Mama sie jetzt sehen könnte. Sie hatte viel Unterschiedliches über den Himmel gehört, und manches davon klang so, als könnten die Menschen im Himmel auf die Erde herabsehen. Sie war sich ziemlich sicher, dass Mama nicht erfreut darüber wäre, wie Papa Miss Valdez anschaute. Oder wie Miss Valdez ihn berührte, wenn sie meinte, keiner sehe zu.

Rubys Vater war gestorben, als sie noch ein Baby war, und ihre Mama hatte wieder geheiratet. Howard kam ihr nicht wie ein Stiefvater vor, denn er war der einzige Papa, an den sie sich erinnerte. Tja, wenn man also lange genug im Himmel war, machte man sich wohl nicht mehr so viel daraus, wenn die Frau oder der Mann jemand anderes gern mochte.

Das war alles so verwirrend. Karen atmete tief aus und versuchte, sich abzulenken und auf den Film zu konzentrieren. Zwei Sitze weiter warf Louis ihr einen finsteren Blick zu. Im Moment war er eine echte Plage – außer wenn Miss Valdez dabei war. Dann verwandelte er sich plötzlich in den vollkommenen Engel und Miss Valdez behandelte ihn, als sei er Gottes Geschenk an die Welt.

Die Musik setzte ein und sie richtete ihren Blick auf die Kinoleinwand. Die Zeichentrickfiguren sangen. Es war eine traurige Melodie und zu spät erkannte sie, dass der Gesang davon handelte, ihre Mutter zu finden. Aus der Vorschau wusste sie, dass die Mutter tot war. Papa hatte versucht, sie zu einem anderen Film zu überreden, doch sie, Louis und die Zwillinge hatten ihn überstimmt. Jetzt tat es ihr leid. Sie warf einen Blick auf die Zwillinge. Beide saßen mit offenem Mund und demselben Gesichtsausdruck da. Karen sah zu Papa hinüber und stellte sich vor, er beobachte die Zwillinge und Louis und habe Sorge, dass die Szene zu traurig für sie sei.

Doch auch er hatte die Augen auf die Leinwand gerichtet. Bloß dass er nicht richtig zuschaute. Ihr stockte der Atem. Er weinte. Durch das gedämpfte Licht an den Seitenwänden wurden die Streifen auf seinen Wangen reflektiert. Er wusste nicht, dass sie ihn beobachtete. Sie hatte versucht, den Abend gleich nach Mamas Tod zu vergessen, als sie heruntergekommen war und ihn mit Hannah auf dem Schaukelstuhl angetroffen hatte, wo er geweint hatte wie ein Kleinkind. Selbst wenn sie der Anblick schier zerrissen hatte, hatte sie es verstanden. Er hatte Mama verloren. Warum sollte er da nicht weinen – sogar als erwachsener Mann? Aber warum weinte er jetzt? Mama und Rahel waren schon lange nicht mehr da – seit Monaten. Selbst sie weinte kaum noch deswegen.

Im Gegenteil. Manchmal, wenn sie versuchte, sich an sie zu erinnern, gelang es ihr nicht. Sie erinnerte sich nicht genau, wie Rahels Stimme geklungen hatte oder die von Mama. Das erschreckte sie. Was wäre, wenn *sie* sterben würde? Würde sie dann auch von aller Welt vergessen?

Papa schniefte und wischte sich mit einer Hand über das Gesicht. Offenbar merkte er nicht, dass sie ihn beobachtete. Sie merkte, wie sich ihr die Kehle zuschnürte. Tränen stiegen ihr in die Augen. *Nein. Nein. Denk an etwas anderes. Nicht weinen.* Warum benahm sich Papa so und löste solche Gefühle in ihr aus? Warum konnten sie nicht einfach vergessen, was passiert war?

Sie zwang sich, sich auf den Film zu konzentrieren, doch die Geschichte von einem kleinen Jungen, der seine Mutter suchte, machte diesen Vorsatz zunichte. Sie hob den Deckel von ihrer Cola und schaufelte sich mit dem Strohhalm Eis in den Mund. Die Kälte war gut gegen die Enge in ihrem Hals. Der Teenagerzeitschrift zufolge enthielten Eiswürfel überhaupt keine Kalorien. Sie konnte sie kauen, bis ihr die Zähne wehtaten, und dabei gleich noch ein paar Kalorien verbrennen.

Sie drehte sich leicht um, damit sie ihren Vater aus dem Augenwinkel nicht mehr sehen konnte. Mit dem konzentrierten Versuch, weitere Eisbrocken in ihren Mund zu befördern, lenkte sie sich von dem Film ab und ließ die Filmmusik in den Hintergrund treten.

Kapitel 19

„Tut mir leid, dass ich so spät dran bin." Doug stand mitten in Harriets Esszimmer und bemühte sich um eine Haltung, die sein Bedauern hinreichend zum Ausdruck brachte.

Doch als er aufschaute, hatte sich an ihrer mürrischen Miene nichts verändert. Sie atmete ein, als wolle sie etwas sagen. Stattdessen verschränkte sie die Arme vor der Brust und schüttelte den Kopf, als könne sie es kaum fassen, dass er eine halbe Stunde zu spät kam.

„Ich ... ich glaube, du brauchst die Kinder erst mal nicht zu betreuen, höchstens wieder am Freitagabend. Ginge das?"

„Freitag*abend*?" Ihre Augen verengten sich. „Was ist denn da los?"

„Nichts Besonderes." Er drehte sich zum Wohnzimmer um, wo die Kinder sich eine Natursendung anschauten. „Ich dachte vielleicht, dass ich mal ... ausgehe." Sein Versuch zurückzurudern schlug fehl. Er erkannte, dass Harriet seine Gedanken lesen konnte.

„Du führst mal wieder diese kleine Valdez aus."

Er stritt es nicht ab, sondern nickte bloß und bemühte sich, seine Stimme beiläufig klingen zu lassen. „Wir dachten, wir gehen mal ins Kino oder so." Das mit dem „wir" stimmte nicht so recht. Er hatte noch nicht den Mut aufgebracht, Vicky anzurufen und sie einzuladen. „Ich wollte mit ihr essen gehen – als Dankeschön für die vielen Überstunden mit den Kindern."

Er bereute die Worte bereits, bevor sie ihm über die Lippen kamen. Vicky hatte den Kindern nicht ein Zehntel der Zeit geschenkt, die Kayes Mutter mit ihnen verbracht hatte, und er fragte Harriet eher, ob sie den Kindern etwas zu essen *kochen* könne, als dass er sie einmal in ein Restaurant führte. Er nahm sich fest vor, in nächster Zukunft Abhilfe zu schaffen. Doch schließlich waren es ihre Enkelkinder. Und sie behauptete, sie wolle viel Zeit mit ihnen verbringen.

Außerdem hatte er, seit Kayes Vater nicht mehr da war – jetzt wohl so an die zehn Jahre –, Harriet immer wieder bei Reparaturen im und am Haus geholfen. Im Sommer ihren Rasen gemäht, nach dem Haus gesehen, während sie in Florida war, und wenn sie zufälligerweise im Winter in Kansas war, ihre Einfahrt von Schnee befreit. Ganz zu schweigen von Harriets Gallenoperation vor ein paar Jahren, als Kaye eine Woche lang bei ihr geblieben war, während er ganz allein die Kinder versorgt hatte. Das Tauschgeschäft war doch wohl ziemlich gerecht, schien es ihm.

Bis jetzt, als Harriet ihn mit durchdringendem Blick anstarrte.

Sie ließ die Arme sinken und nestelte am Saum der Häkeldecke auf dem Esstisch. „Ich wollte es eigentlich noch nicht erzählen, Douglas, aber ich glaube, es ist jetzt an der Zeit."

Neugierig wartete er ab, was nun kommen würde.

„Ich ziehe nach Florida. Ende des Monats."

„Umziehen? *Diesen* Monat? Du meinst doch wohl nicht für immer?"

Sie nickte heftig. „Ich biete mein Haus zum Verkauf an und ziehe nach Florida. Dauerhaft."

Das hatte er nicht vorhergesehen. Er brauchte eine Weile, bis er die Sprache wiedergefunden hatte. „Aber ... die Kinder. Was ist aus deinen Plänen geworden, dauerhaft *hier*her zu ziehen? Ich dachte, du hättest zumindest vorgehabt, hier zu sein, um nach der Schule auf sie aufzupassen."

„Ich komme die Kinder besuchen. Und vielleicht können sie mich abwechselnd für ein, zwei Wochen in Florida besuchen kommen."

Nur über meine Leiche. „Jetzt ist gerade kein günstiger Zeitpunkt, um ein Haus zu verkaufen. Du weißt doch, wie der Immobilienmarkt im Moment aussieht. Und die Kinder brauchen ihre Oma umso mehr, nicht zu schweigen von ..."

„Ich habe eine ganze Menge darüber nachgedacht, Douglas. Es ist einfach zu schwierig. Hier gibt es zu viel, woran ich lieber nicht erinnert werden möchte. Ich sehe doch, was zwischen dir und der kleinen Valdez passiert." Ihre Gesichtszüge entspannten sich und ihre Stimme wurde nachdenklich. „Ich weiß, dass du dein Leben weiterleben musst. Ich bin nicht so engstirnig, dass ich das nicht verstehen könnte. Aber ich dachte, du könntest wenigstens noch eine Anstandsfrist abwarten, bevor du wieder eine ... eine Beziehung eingehst."

„Ich gehe keine Beziehung ein, Har..."

Sie hob eine Hand, was ihn verstummen ließ. „Red dir das nur ein, so oft du willst, Douglas. Jedermann in Clayburn sieht das anders."

Stimmte das? Hatten die Leute wirklich schon angefangen, ihn und Vicky als Paar zu betrachten? Doch wenn er daran zurückdachte, wie er an Jacks und Vivians Hochzeit vor den Augen der halben Stadt mit Vicky getanzt hatte, ging ihm auf, dass er niemandem außer sich selbst Vorwürfe machen sollte, wenn Gerede entstanden war.

Ein paarmal waren sie Leuten aus Clayburn über den Weg gelaufen, wenn sie mit den Kindern in Salina waren. Doch diese Stadt hungerte gewiss nicht so nach Klatsch und Tratsch, dass die Leute nach Hause rannten, nachdem sie Doug und Vicky gesichtet hatten, um die Gebetsketten und Gerüchteküchen anzuschmeißen.

„Ganz offensichtlich braucht ihr mich ja nicht mehr." Harriets schrille Stimme unterbrach seine Gedanken. „Die Kinder kommen schon zurecht."

„Nein, überhaupt nicht. Was soll ich denn diesen Sommer machen? Dann brauchen die Kinder dich doch am dringendsten, Harriet." Dann brauchte *er* sie am dringendsten. Er und Kaye hatten jeden Sommer einen Seufzer der Erleichterung ausgestoßen, wenn Harriet die Kinder nahm und sie ein paar Monate lang keine Beiträge für die Betreuung zu zahlen brauchten.

„Die Tagesstätte ist den ganzen Sommer über geöffnet. Die kleine Valdez kann sich doch um die Kinder kümmern, wenn sie so von dir angetan ist."

„Hörst du bitte auf, sie so zu nennen?" Mit ganzer Willenskraft schaffte er es, dass seine Stimme eine Oktave tiefer wurde. „Sie heißt Vicky."

Harriet neigte den Kopf, was man für eine Entschuldigung hätte halten können. Doch ihr energisch vorgeschobenes Kinn verriet ihm, dass sie sich entschieden hatte. „Karen ist schon fast ein Teenager. Im Sommer ist sie alt genug zum Babysitten."

„Eine solche Verantwortung möchte ich ihr nicht aufbürden. Und schon gar nicht nach dem, was passiert ist ..."

„Ich will dir ja gar nicht sagen, was du zu tun hast, Douglas. Ich bezweifle nicht, dass dir schon etwas einfallen wird. Aber es tut mir leid. Es fällt mir zu schwer." Ihre Miene entspannte sich und sie blickte ihn mit Tränen in den Augen an. „Es geht nicht nur um ... Vicky. Es geht um Kaye, Doug. Es fällt mir so schwer, mit all den Erinnerungen hier zu leben. Ich komme euch besuchen, so oft ich kann, aber ich kann nicht hierbleiben." Sie ging zum Wohnzimmer und winkte die Kinder herbei. „Karen, euer Papa ist da. Kommt, Kinder. Macht den Fernseher aus, los, beeilt euch, holt eure Jacken."

Panik machte sich in Doug breit. Ende der Diskussion? Harriet würde wegziehen und ihn einfach hängen lassen. Und gab – zumindest teilweise – ihm die Schuld wegen seiner Freundschaft zu Vicky. Einer rein platonischen Freundschaft. Dieser Gedanke brachte ihn ins Stocken und er verschob ihn in den Hinterkopf, um sich später damit zu befassen. Doch platonisch hin oder her – Harriet hatte nicht das Recht, Lebensentscheidungen für ihn zu treffen. Er hatte für den Sommer mit ihrer Hilfe bei der Kinderbetreuung gerechnet.

Er wich ihrem Blick aus und scheuchte die Kinder zum Auto. Als er aus der Ausfahrt fuhr, widerstand er dem kindlichen Drang, einen Kavaliersstart hinzulegen.

„Was ist denn los, Papi?" Sabrina starrte ihn besorgt im Rückspiegel an.

„Nichts, Süße. Ich ... ich denke gerade über unser Abendessen nach."

„Dairy Barn!", plärrte Louis von der Rückbank.

„Heute Abend nicht. Da waren wir in letzter Zeit zu häufig."

„Du wirst doch wohl nicht versuchen zu kochen, oder?“

An jedem anderen Abend hätte er über das Quartett verkrumpelter Gesichter im Spiegel gelacht. Doch die Aussicht auf Tausende Abende, an denen etwas zu essen auf den Tisch musste, erdrückte ihn plötzlich.

„Ist doch egal“, sagte Karen. „Ich esse sowieso nichts.“

Das durfte er nicht übergehen. „Gestern Abend hast du auch schon nichts gegessen. Fühlst du dich nicht wohl?“

„Ich habe bei Oma gegessen.“

Doug warf ihr einen fragenden Blick zu, doch Karen wandte sich zum Fenster und starrte hinaus.

„Das war doch nur ein Snack“, mischte sich Sabrina ein. „Außerdem hast du deinen doch gar nicht gegessen.“ Sie verfiel in einen wichtigtuerischen Ton. „Oma hat nämlich Schokoplätzchen gebacken und Karen hat ihre mir und Sarah gegeben.“

„Und jetzt werde ich dafür verpfiffen, dass ich geteilt habe? Sehr nett, Sabrina. Wirklich sehr nett.“

Bei Doug schrillten alle Alarmglocken. Er hatte Karens Essgewohnheiten als Vorboten der Pubertät abgetan. Doch als er sie so anschaute, wie sie da neben ihm saß, fiel ihm wohl auf, dass sie zwar in Blitzgeschwindigkeit eine weibliche Figur entwickelte, ihre Arme jedoch etwas zu dünn waren. Vielleicht weil er sie den ganzen Winter über nur in dicken Pullis gesehen hatte. Seit frühester Kindheit war Karen immer ein bisschen pummelig gewesen. Er hatte sich Sorgen gemacht, dass sie damit aufgezogen würde, aber Kaye hatte immer gesagt, das würde sich mit der Pubertät schon auswachsen. Vielleicht gehörte es jetzt einfach dazu, dass sie genau aufpasste, was sie aß.

Pubertät. Ein erschreckender Gedanke.

Er stellte die Alarmglocken ab und konzentrierte sich auf die Straße. Und darauf, wie er aus abgestandenen Essensresten und halb leeren Schachteln etwas zaubern könnte, das den Namen Abendessen verdiente. Dairy Barn hörte sich doch ganz gut an. Vielleicht würde er heute Abend noch mal hinfahren und am Sonntag würde es dann etwas Richtiges zu essen geben. Allerdings war am Sonntag Ostern und Vicky würde bestimmt zu ihrem Bruder fahren. Umso mehr Grund, sie für Freitagabend ins Kino einzuladen.

Natürlich hatte Harriet eigentlich nicht zugesagt, die Kinder zu nehmen. Aber sie hatte wohl recht – Karen war wohl alt genug, zwei, drei Stunden auf die Kleinen aufzupassen, während er nur zwanzig Minuten entfernt war.

Er hatte über eine Woche nicht mit Vicky gesprochen. Er hatte fast jeden Abend noch sehr lange auf dem Feld gearbeitet, und entweder hatte Harriet die Kinder aus der Betreuung abgeholt, oder Vicky war schon weg gewesen, bis er sie abholen kam. Letzten Sonntag war sie nicht mit nach Salina gekommen. Hatte gesagt, sie gehe mit ihren Brüdern und deren Familien zur Messe und anschließend essen. Doch jetzt kamen ihm Zweifel. Hatte sie ihm den Laufpass gegeben, ohne dass er es gemerkt hätte?

Wenn er nachdachte, fiel ihm ein, dass er am Mittwochabend versucht hatte, sie anzurufen, aber es hatte niemand abgenommen. Soweit er wusste, ging sie mittwochs nicht in die Gemeinde. Doch als sie am Montag miteinander telefoniert hatten, schien alles in bester Ordnung.

Sie hatten nicht darüber gesprochen, was zwischen ihnen geschehen war, doch den kurzen Gesprächen nach zu urteilen hatte sich an ihrem Verhalten ihm gegenüber etwas geändert. Zum Guten, wie er fand. Aber vielleicht bildete er sich auch nur ein, dass sie freundlicher war. Ein bisschen kokett sogar.

Doch es war lange her, seit er in der Welt der Singles zu Hause gewesen war. Vielleicht erkannte er eine Abfuhr nicht, auch wenn sie ihn wie ein Laster überrollte.

Vielleicht hatte sie nicht einmal gemerkt, dass er ihr an dem Abend auf der Veranda einen Kuss aufs Haar gehaucht hatte. Wenn er sich den Abend jedoch wieder ins Gedächtnis rief, änderte er seine Einschätzung. Und er hatte sich *nicht* eingebildet, dass sie darauf reagiert hatte. Körperlich. Er schob Erinnerungen beiseite, die seine Gedanken Pfade entlangführten, die er jetzt besser meiden sollte.

Als er durch Clayburn fuhr, stellte er fest, dass im *Latte-dah* noch Licht brannte. Mit Schwung bog er auf einen freien Parkplatz ein. „Ihr bleibt hier. Ich hole ein paar Sandwichs zum Abendessen."

„Meins mit Senf!", rief Louis.

„Ohne Senf!" Die Zwillinge stimmten einen Anti-Senf-Singsang an.

„Ich nehme keine Sonderwünsche an", sagte Doug und schnallte sich ab. „Zu Hause könnt ihr Senf draufstreichen. Oder auch nicht." Bevor ein Streit ausbrechen konnte, sprang er hinaus und schloss die Tür.

Fünfzehn Minuten und ebenso viele Dollar später trug er eine aufgeweichte Tüte mit Räucherputen- und Schweizer Sandwichs ins Haus. Er ließ die Kinder eintreten und schaltete die Lampen ein, die scheinwerferartig die Arbeitsflächen voller Müslipackungen vom Frühstück und Geschirr vom gestrigen Abendessen beleuchteten.

Auf dem Esstisch sah es noch schlimmer aus. Es war ein großer Kraftakt, etwas Platz für die jetzige Mahlzeit freizuschaufeln. Sie hatten doch erst vor wenigen Wochen aufgeräumt. Wie konnte denn in so kurzer Zeit wieder solch ein Chaos entstehen?

Für den Samstagmorgen würde er ein Aufräumkommando organisieren. Die Kinder würden sich nicht gerade freuen, doch das hier war schon brutal. Kaye hatte sich nicht so sehr darum gekümmert, ob sie sich freuten oder nicht. Vielmehr war sie darum bemüht gewesen, dass sie die wichtigen Lektionen des Lebens lernten und zu verantwortungsbewussten Menschen heranwuchsen. Andererseits hatte Kaye auch nicht vor der Herausforderung gestanden, Mutter und Vater gleichzeitig sein zu müssen.

Er trieb die Kinder beim Essen an und half ihnen, die gröbste Unordnung in der Küche zu beseitigen. Als sie sich an ihre Schulaufgaben machten, nahm er das Telefon mit ins Schlafzimmer und wählte Vickys Nummer.

Zum ersten Mal waren seine Hände feucht und seine Nerven zum Zerreißen gespannt, während er wartete, dass sie abnahm.

***

„Ich komme ja schon." Vicky stellte den übervollen Schubkarren ab und rannte die Stufen zur Veranda hoch. So viel also dazu, dass sie vor Einbruch der Dunkelheit das Unkraut aus den Beeten beseitigt haben wollte. Na ja, es war ja erst der dritte April. Sowieso noch etwas früh, um alles hinauszusetzen.

Sie rieb sich die Gartenerde von den Händen und schob mit dem Ellbogen das Fliegengitter auf. Der Abend war mild und sie hatte die Türfenster offen gelassen. Zuvor hatte sie das Telefon mindestens schon zweimal klingeln hören, doch bisher hatte sie es einfach klingeln lassen. Doch mittlerweile beschwor sie Szenarien herauf, dass es schlechte Nachrichten von ihren Brüdern geben könnte; also konnte sie es nicht weiter ignorieren.

Sie ließ ihre Gartenclogs draußen, wischte sich die nackten klammen Füße auf dem Läufer ab und ging hinein. Sie schnappte sich den Hörer und nahm kaum wahr, dass die Anruferkennung *DeVore* anzeigte. „Hallo?"

„Vicky? Hallo, hier ist Doug."

„Oh, hi. Haben Sie es vorher schon mal versucht?"

„Ähm – ja. Mehrmals."

„Tut mir leid. Ich habe draußen im Garten gearbeitet."

„Ach so. Entschuldigung. Ich kann nachher noch mal anrufen, wenn es Ihnen besser passt."

„Nein, ist schon okay." Sie schloss die Tür. Morgen Abend würde der Garten immer noch da sein. Es war schön, seine Stimme zu hören.

„Tja … wie war der Tag heute?"

Sie zögerte. Hatte sie das Zittern in seiner Stimme bemerkt? „War ganz okay." Irgendwie glaubte sie nicht, er habe angerufen, nur um mit ihr zu plaudern. Sie hielt den Telefonhörer fester in der Hand. Diesen Anruf hatte sie fast erwartet. Und dass er für Sonntag absagen würde. Als sie Anfang der Woche über diese Möglichkeit nachgedacht hatte, war sie einigermaßen erleichtert gewesen. Doch jetzt, mit seiner leisen Stimme im Ohr, wusste sie, dass es überhaupt nicht das war, was sie wollte. Sie vermisste ihn. *Bitte,*

Gott, lass mich jetzt nicht weinen. Oder zumindest erst, wenn ich aufgelegt habe.

„Wir haben uns schon eine ganze Weile nicht gesprochen." Er sprach weiterhin leise, aber sie konnte die Kinder schnattern hören. Vielleicht war es auch der Fernseher.

„Ja, ist schon etwas her. Wie war das Bowling am Sonntag?"

„Oh, wir sind gar nicht bowlen gegangen."

„Nicht?"

„Nein. Wir waren im Kino." Er zögerte. „In dem Disney-Film, den wir vor ein paar Wochen sehen wollten."

„Und? Hat er euch gefallen?"

Er räusperte sich. „Seit wann sind Disney-Filme denn so saumäßig traurig?"

Sie lachte leise. Doch als sie sich an den Film erinnerte, ging ihr auf, dass er wohl keinen Scherz gemacht hatte. „Ich habe doch gleich gesagt, dass er auf die Tränendrüsen geht."

„Ja. Darauf hätte ich mal lieber gehört."

„Hätten Sie."

Er seufzte. „Ich habe mich von den Kindern überreden lassen. Nächstes Mal nehme ich Sie beim Wort. Vielleicht kann ich es am Sonntag wiedergutmachen." Sie konnte das Lächeln in seiner Stimme hören.

„Sonntag?" Sie stellte sich nicht gerne taub, aber sie wollte auch nichts unterstellen.

„Wenn Sie nichts … nichts anderes vorhaben, würden wir … würde *ich* Sie gern einladen, wieder mit uns bowlen zu gehen. Ich glaube, wir haben es letzte Woche alle vermisst."

Sie lächelte ins Telefon. Er hatte nicht gesagt, sie hätten *sie* vermisst, aber sie war sich ziemlich sicher, dass er das gemeint hatte. „Sie haben das Bowling vermisst, was?"

Entweder kapierte er den Scherz nicht, oder er wollte ihn bewusst ignorieren. „Aber … hm … ich habe eigentlich nicht wegen Sonntag angerufen." Er räusperte sich. „Möchten Sie am Freitagabend mit mir essen gehen? Nur mit mir – ohne die Kinder. Vielleicht sehen wir uns danach noch einen Film an, aber *keinen* traurigen", fügte er rasch hinzu.

Sie war schon bereit gewesen, eine Abweisung wie eine Erwachsene hinzunehmen. Jetzt lud er sie zu einer Verabredung ein. Zu einem ganz echten *Date.* Für die Entscheidung brauchte sie keine zwei Sekunden. „Sehr gerne, Doug."

„Freitag – oder Sonntag?"

„Beides."

„Wow!" Sie nahm sein Grinsen durch die Telefonleitung wahr. „Kann ich Sie gegen halb sieben abholen?"

Warum hatte sie so schnell zugesagt? Genauso, wie es bisher war, war es doch super. Wollte sie das wirklich mit einer offiziellen Verabredung vermasseln? Nicht dass sie nicht Hunderte Male ihren Tagträumen nachgehangen und die paar Minuten nacherlebt hätte, als er auf der Veranda den Arm um sie gelegt und sie sich in seine Wärme geschmiegt hatte. Sie seufzte.

„Alles in Ordnung?"

Sie lachte befangen. Er hatte ihren Seufzer nicht hören sollen. „Ja, bestens. Dann bis Freitag?"

„Ich freue mich."

Sie merkte, wie sie errötete, und war froh, dass er sie nicht sehen konnte. Sie stellte das Telefon auf die Station, ging an ihren Kleiderschrank und durchwühlte ihn nach etwas, das sie zu einem „echten" Date tragen konnte.

Kapitel 20

Rotkehlchen zwitscherten und flatterten hoch oben in den blühenden Birnbäumen entlang der Hauptstraße von Clayburn. Es war der 6. April, doch die Bäume trugen bereits frische zartgrüne Blätter. Vicky zupfte an ihrem Rocksaum und wünschte, sie hätte etwas Bequemeres angezogen.

„Ich hoffe, es ist Ihnen recht", sagte Doug erneut, als er seinen Pick-up in eine enge Parklücke vor dem *Latte-dah* manövrierte. „Ich hätte bloß ein schlechtes Gefühl, wenn ich Karen zu lange mit den Kindern allein lasse."

„Es ist mir wirklich recht. Mir gefiel das Café schon immer." Na ja, dieser Teil stimmte zumindest. Aber es störte sie schon ein bisschen, dass sie zu ihrem ersten Date in Clayburn blieben. Garantiert würden sie und Doug anschließend zum Stadtgespräch. Wenn sie das nicht bereits waren.

Sie begrub alle Hoffnungen, sie könnte ihre Freundschaft mit Doug ihren Brüdern verheimlichen. Gerüchte gingen hier schneller um als die Postkutsche. Und dies hier würde ein Gerücht höchsten Kalibers sein.

Doug stellte den Motor ab und stieg aus. „Bleiben Sie sitzen", sagte er durch die geöffnete Tür. „Ich komme an Ihre Tür."

Da sie sich blöd vorkam, einfach dazusitzen, während er um das Fahrzeug herumlief, zog sie am Türgriff. Nichts passierte. Doug rüttelte von außen am Griff. Nichts. Die Tür schien nicht abgeschlossen zu sein. Sie sah zu, wie er seinen Schlüssel aus der Tasche kramte und damit im Schloss herumstocherte, bis sich die Tür endlich öffnen ließ. „Leider war ich nicht besonders aufmerksam." Er grinste verlegen. „Bei dieser Tür gibt es einen Trick."

„Ach, war ich beeindruckt." Sie gab vor zu schmollen.

„Keine Sorge, wenn sie nicht aufgegangen wäre, hätte ich Ihnen etwas zu essen hergebracht."

Sie lachte. „Sehr großzügig – vielen Dank."

Er zwinkerte ihr zu. „Ich würde doch nicht wollen, dass Sie verhungern." Er legte ihr eine Hand auf die Schulter und betrat nach ihr das Lokal.

Sie atmete genüsslich den Duft von starkem Espresso, Zimt und Vanille ein. Unverzüglich stiegen dabei Erinnerungen an den Abend auf, als sie Doug bei Jack und Vivian Linders Hochzeit begegnet war. Heute Abend sah es hier ganz anders aus. An einem Tisch in Fensternähe lachte eine Familie mit Teenagern miteinander und nahm sie gar nicht wahr. Und auf einem Sofa vor dem Kamin saß ein älteres Paar, trank Kaffe und las Bücher. Ansonsten waren nur sie und Doug hier.

Sie hoffte, es würde dabei bleiben. Er hatte deutlich gesagt, dass es nicht spät werden würde; vielleicht konnten sie also fliehen, bevor ihre Verabredung Futter für den *Courier* wurde. Sie musste lächeln, als sie sich ausmalte, dass Doug selbst die Druckpresse anhielt, um die Klatschspalte zu zensieren.

Doug wählte einen Tisch auf der anderen Seite des Kamins. „Ist der okay?"

„Klar." Sie setzte sich auf den Stuhl, den er ihr bereithielt.

„Ich gehe mal was bestellen. Wissen Sie schon, was Sie nehmen, oder brauchen Sie die Karte?"

„Nein ... ich nehme einfach eine Suppe und ein halbes Sandwich. Egal, was heute im Angebot ist."

Vivian arbeitete heute Abend wohl nicht, aber die Studentin, die bediente – Allison, wenn sie sich recht entsann –, lächelte in ihre Richtung und nahm Dougs Bestellung auf.

Er kehrte mit den Getränken an ihren Tisch zurück und sie bewunderten die Kunstwerke – teilweise von Jack Linder – an der Wand über ihrem Tisch, bis die Bedienung ihnen das Essen brachte.

„Aha, dann macht Karen also heute Abend den Babysitter."

„Ja. Zum ersten Mal. Ich hoffe, ich werde es nicht bereuen." Er zog das Handy aus der Gürtelschlaufe und überprüfte das Display.

„Das schafft sie schon. Ich sehe, wie sie mit den Kindern umgeht, wenn sie in den Hort kommt. Wir müssten sie eigentlich dafür bezahlen, wie sie uns nach der Schule manchmal bei der Kinderbetreuung hilft." Sie erwähnte nicht, dass Karen in letzter Zeit etwas zickig geworden war. Dies hier war nicht der richtige Ort und die richtige Zeit, und außerdem schrieb sie es der beginnenden Pubertät zu. Das war schon ein schwieriges Alter.

„Ich hatte gehofft, wir könnten in das neue mexikanische Lokal in Salina gehen."

„Ist doch in Ordnung hier, Doug. Wirklich. Alles in Ordnung ..."

Die Glöckchen am Eingang klingelten, und zwei Paare kamen herein. Ein Paar mittleren Alters, das sie nicht kannte. Und Trevor und Leo Ashlock mit ihrem Baby. Trevor hob grüßend eine Hand. Sie und Doug winkten einmütig zurück, aber sie kamen nicht an ihren Tisch. Einen Augenblick lang schien Doug völlig abwesend und Vicky fragte sich, ob auf der Arbeit zwischen ihnen etwas vorgefallen war.

Doug deutete auf die Vierergruppe. „Das sind Amys Eltern", flüsterte er.

„Oh." Das musste etwas heikel für Leo sein; allerdings schienen ihr Lächeln und ihre Wärme dem älteren Paar gegenüber echt zu sein. Sie erschauderte bei der Vorstellung, dass sie und Doug mit Harriet Thomas zu Abend äßen, und fragte sich, ob er dasselbe dachte.

„Ist die Suppe gut?"

„Sehr." Sie nahm einen Löffel, wie um das zu beweisen, und war dankbar für den Themenwechsel.

„Heben Sie sich noch etwas Hunger für den Nachtisch auf. In der Kühltheke liegen große Sahnewindbeutel, die nach uns rufen."

„Das kann ich mir nicht erlauben. Ich versuche immer noch, die fünf Pfund loszuwerden, die ich mir über die Ferien zugelegt habe."

„Ach, kommen Sie. Gönnen Sie sich mal was. Am Sonntag können Sie es beim Bowling abtrainieren."

„Schon gut. Bin schon überredet." Als könne man mit ein paar Bahnen tausend Kalorien loswerden.

Die Sonne versank hinter den großen Schaufenstern des Cafés. Leider wirkte das wie ein Stichwort, mit dem das *Latte-dah* zum Leben erwachte. Eine Schülergruppe strömte herein und schob zwei Tische für eine lautstarke Pizza-Party zusammen – Vivians jüngstes Angebot. An zwei weiteren Tischen ließen sich Rentnerpaare nieder. Der sanfte Jazz, der aus den Lautsprechern erklungen war, wurde rasch übertönt und sie konnten sich praktisch bloß noch schreiend verständigen.

Schlimmer noch: Sie wurden offenbar mit wachsender Neugierde beobachtet. Als sich Clara Berger und ihre Begleiter am Nachbartisch niederließen – und das Getuschel begann –, legte Doug seine Hand auf Vickys und warf einen schneidenden Blick zum Tisch der Gerüchteküche. „Sollen wir unsere Windbeutel mitnehmen?“

Sie verkniff sich ein Grinsen und nickte. „Gute Idee.“

„Ich hole sie.“

Sie deutete mit dem Kopf Richtung Toiletten. „Bin gleich wieder da. Wir treffen uns am Auto?“

Doug reckte den Daumen hoch. Es tat gut, mit ihm verschworen zu sein. Auch wenn das hier nicht gerade eine verdeckte Mission war.

Als sie von der Toilette kam, mied sie alle Blicke, die sie auf sich gerichtet fühlte. Sie sah zum Fenster hinaus, wo Doug, an seinen Wagen gelehnt, auf sie wartete. Sobald er sie erblickte, ging er zur Beifahrertür. Zum Glück ließ sie sich gleich öffnen.

Er lief zur Fahrerseite hinüber und stieg ein. Er steckte den Schlüssel in die Zündung, doch als er durch die Windschutzscheibe blickte, stieß er ein schnaubendes Lachen aus. Er tippte ihr auf den Arm und deutete mit dem Kinn zum Café. „Nicht hinsehen, aber wir ... ähm ... wir sind anscheinend die Hauptattraktion.“

Wie beiläufig folgte sie seinem Blick zum Fenster des *Latte-dah*. Über die Kaffeehausgardinen hinweg lugten ihnen nicht weniger als sechs Augenpaare entgegen.

„Ach du meine Güte!“ Vicky kicherte haltlos.

Er schnalzte mit der Zunge und senkte seine Stimme. „Ich glaube, in ihren Augen sind wir schon verheiratet, in den Flitterwochen, und erwarten vermutlich schon verfrüht unser erstes Kind."

„Doug!" Sie war froh, dass ihr Gesicht bereits vom Lachen gerötet war. Sie konnte kaum fassen, dass er das laut ausgesprochen hatte.

„Was denn? Liege ich etwa falsch?"

Sie verdrehte die Augen. „Leider nein. Schließlich sind wir hier in Clayburn. Was schlagen Sie vor – wie lenken wir von diesen bösen kleinen Gerüchten ..."

Bevor sie noch das letzte kleine Wörtchen hervorbringen konnte, beugte er sich zum Beifahrersitz hinüber, schlang seine Arme um sie und verpasste ihr einen Kuss – einen langen, langsamen, So-habe-ich-es-gemeint-Kuss – mitten auf den Mund.

Kapitel 21

Vicky war so schockiert, dass sie nicht wusste, ob sie ihm eine Ohrfeige verpassen oder den Kuss erwidern sollte. Angesichts der Zuschauer entschloss sie sich zu Letzterem – zum Glück, wie sie merkte. Sie schob eine Hand in seinen Nacken und spielte mit bei der kleinen Show, die er angezettelt hatte.

Schließlich riss er sich los, gab ihr noch ein zartes Küsschen und rutschte wieder auf die Fahrerseite hinüber. „So", sagte er und ließ den Motor an. „Jetzt haben sie etwas, worüber sie sich das Maul zerreißen können."

„Allerdings", murmelte sie. „Für die nächsten paar Wochen." Sie war etwas außer Atem, legte die Hände auf die Oberschenkel und reckte ihr Kinn vor.

Doug legte seinen Arm um die Lehne und fuhr langsam im Rückwärtsgang auf die Hauptstraße.

Vicky seufzte. Sein Annäherungsversuch würde gewiss in der Stadt die Runde machen, noch bevor sie am Montag wieder in der Tagesstätte wäre. Vermutlich sogar noch schneller. Nur dass niemand wissen würde, dass es ein Scherz war. Wie würde sie den Gerüchten ins Auge sehen können?

Unwillkürlich zog sie hörbar die Luft ein, als sie sich die Miene ihrer Brüder vorstellte, wenn sie von Dougs kleiner Posse erführen. Sie schluckte die Luft hinunter, bevor sie auch hörbar wieder entweichen konnte. Sie hatte ihrer Familie kein Wort davon erzählt, wo sie ihre Sonntage zubrachte. Selbst als Rick, Tony oder Alex sie damit aufgezogen hatten, sie stünde in Gefahr, eine „alte Jungfer" zu werden, hatte sie nichts von Doug verlauten lassen. Da hatte es ja sowieso nichts zu erzählen gegeben.

Doug saß schweigend hinter dem Steuer. Vermutlich bedauerte er sein übereiltes Vorgehen bereits. Aber ihr ging der Kuss nicht mehr aus dem Kopf. Nur gut, dass er ihre Gedanken nicht lesen konnte. Sie hatte sich sehr bemüht, ihre Tagträumereien nicht in die Richtung wandern zu lassen, dass Doug solche Gefühle für sie hegen könnte; doch was sie nachts von ihm träumte, entzog sich ihrer Kontrolle.

Jetzt war er so weit gegangen und hatte einen dieser Träume wahr werden lassen – und das einfach nur so zum Spaß.

Er bog in die Pickering Street ein. „Ist es okay, wenn wir die Windbeutel mit zu Ihnen nehmen? Ich würde Sie ja zu mir einladen, aber ich will sie eigentlich nicht in acht Teile zerschneiden."

„Acht?"

„Harriet könnte da sein. Sie wollte mal nach den Kindern schauen. Und für einen guten Windbeutel ist sie immer zu haben."

Vicky lachte. „Klar. Gerne bei mir. Wir können uns auf die Veranda setzen." Wenn er sie durchschaute – erkannte, dass sie an das letzte Mal dachte, als sie auf der Veranda gesessen hatten –, ließ er es sich nicht anmerken.

Sie starrte geradeaus, bis er vor ihrem Haus das Tempo drosselte und am Bordstein parkte. Doch statt auszusteigen, legte er die Kuchentüte auf das Armaturenbrett, wandte sich um und streckte sich nach ihr aus.

Diesmal gab es niemanden, für den er hätte eine Show abziehen können. Niemanden, den man hätte zum Narren halten können. Außer ihr? Zitternd ließ sie sich von ihm in den Arm nehmen, ließ seine Lippen ihren Mund finden. Er schmeckte so gut. Sahnewindbeutel waren nichts gegen diesen Mann. Sie ertrank in einem Kuss, der alles übertraf, was sie sich je erträumt hatte.

Doch welche Absichten hatte er? Langsam kam sie zur Besinnung und wand sich aus seiner Umarmung. „Doug … was soll das? Ich …"

Zaghaft streckte er die Hand nach ihr aus. Als sie nicht reagierte, legte er sie auf ihre Hand. „Vicky, ich glaube … ich glaube, ich könnte mich in dich verlieben."

„Nein, Doug." Sie fing an, den Kopf zu schütteln. „Nein. Ich glaube nicht … ich glaube nicht, dass du das wissen kannst." *Lieber Gott, wie soll ich das bloß hinkriegen? Bitte, hilf mir, die richtigen Worte zu finden.*

Seine Augen erforschten sie. „Wieso kann ich das nicht wissen?"

Überwältigt schüttelte sie den Kopf. „Es ist noch zu früh, Doug. Das ist zu schnell nach dem Verlust von … *Kaye*." Sie flüsterte den Namen. Den Namen der einzigen Frau, für die Doug noch bis vor einigen Wochen Augen gehabt hatte. Sosehr sie es sich auch wünschen mochte, er konnte sie einfach noch nicht lieben. Liebe konnte doch nicht so schnell sterben – oder vielmehr wachsen. *Oder?* Ach, wie sehr wünschte sie sich, es wäre so. Bis jetzt hatte sie es nicht zu hoffen gewagt. Oder vielleicht doch, sich aber nicht getraut, es sich einzugestehen. Und jetzt hatte er alles kaputt gemacht.

Sie entzog ihm ihre Hand. „Was sollte das denn … da vor dem Café? Ist das deine Art zu scherzen?"

Er biss sich auf die Lippe. „Ich … ich habe eine Chance gesehen, den … den ersten Schritt zu machen." Er verzog den Mund zu einem schiefen Grinsen. „Ich bin etwas eingerostet, Vick. Das war … unbeholfen. Tut mir leid. Aber willst du jetzt hier sitzen und mir sagen, dass du nichts empfunden hast?"

Sie stieß die Luft aus. „Natürlich habe ich etwas empfunden, du Schwachkopf. Darum geht es doch gar nicht."

„Worum geht es denn dann?"

Sie schüttelte den Kopf. Er hatte gesagt, er sei in sie *verliebt*. „Doug, ich hätte nie gedacht, dass du dich für mich interessieren könntest – auf diese Art. Es ist so kurz … nach Kaye. Ich dachte immer, du hast nicht gerne Druck."

Er musterte sie eine Weile und das, was sie in seinen Augen sah, erschreckte sie.

Er streckte die Hand aus, als wolle er sie berühren, zog sie jedoch zurück und legte sie auf sein Knie. Seine Hände faszinierten sie. Die starken Hände eines Arbeiters. Und doch so zart, wenn er seinen Kindern über den Kopf strich – oder sie berührte.

„Ich meine es genauso, wie ich es gesagt habe, Vicky." Seine Stimme klang heiser und er griff, deutlich zuversichtlicher, nach ihrer Hand. „Vielleicht ist dies nicht der richtige Zeitpunkt, aber ich werde mich jetzt nicht verstellen."

„Ach, Doug." War es möglich, dass sie ihm gegenüber genauso empfand? Und das so schnell?

Sie kannte Douglas DeVore schon seit Jahren. Sie erinnerte sich an die Zwillinge als Babys. Erinnerte sich, wie Hannah geboren wurde und Doug hereinspaziert kam, Kaugummizigarren verteilte und damit prahlte, dass er jetzt die Hannah hatte, die er sich immer gewünscht hatte. Sie lächelte bei der Erinnerung daran. Er besaß zwar noch immer kein eigenes Motorrad, aber von seiner kleinen Tochter war er hin und weg.

Sie kannte die Sorte von Männern, zu denen auch Doug gehörte, und bewunderte ihn als Vater und als Ehemann. Doch sie hatte nie gewagt, ihn so zu betrachten, wie sie ihn jetzt betrachtete. Die meiste Zeit, die sie ihn kannte, war er verheiratet gewesen.

Seine Hand lag schwer auf ihrer. „Vicky? Was denkst du?"

„Ich weiß nicht, Doug. Ich ... ich bin ganz durcheinander." Vielleicht hatte sie ja das Recht, Doug zu lieben, jetzt, da Kaye nicht mehr da war. Aber wenn er Kaye so schnell vergessen und sich in eine andere – in sie – verlieben konnte, was sagte das dann über ihn aus? Über *sie*?

Zum zweiten Mal entzog sie ihm ihre Hand. „Ich kann keinen klaren Gedanken fassen, wenn du mich so ... so berührst."

„Tut mir leid." Er sah nicht zerknirscht aus. Doch er verzog sich mit seiner schlaksigen Gestalt wieder hinters Lenkrad.

„Es ist einfach noch zu früh, Doug."

Er streckte seine Hand nach ihr aus, erinnerte sich dann wohl an die Abfuhr und zog sie wieder zurück. „Kaye kommt nicht mehr zurück, Vicky. Ich habe sie geliebt, mit jeder Faser meines Seins, aber sie kehrt nicht zurück. Ich glaube, Gott hatte seine Gründe dafür, dass er dich in mein Leben gebracht hat."

„Ich ... ich weiß nicht, was ich sagen soll."

„Ich mache dir keinen Druck, Vicky. Aber ich weiß, was ich will. Und ich habe die Absicht, dranzubleiben." Zaghaft, als wolle er ein wildes Tier bändigen, streckte er einen Arm aus und streichelte ihre Wange mit seinem Handrücken. „Ich liebe dich."

„Doug ..." Sie erstarrte und atmete ganz langsam aus. Nie zuvor hatte sie ein Mann mit einer solchen Zärtlichkeit behandelt, die sie jetzt unter seiner Berührung empfand. Und obwohl ihre Schwägerinnen immer wieder versucht hatten, sie zu verkuppeln, konnte sie die Dates seit ihrer Schulzeit an zwei Händen abzählen. Clayburn war nicht unbedingt ein Mekka für annehmbare Singles.

Wenn Doug bereit war für eine Beziehung, welche Gründe sollten sie dann zurückhalten? Er war ein guter Kerl. Und er glaubte an Gott. Bei ihm brauchte sie sich keine Sekunde zu sorgen, dass es in seiner Vergangenheit Geheimnisse gab oder Sachen, die sie nicht wusste.

Sie hatte selbst erfahren, was für ein Mensch er war, und selbst wenn das nicht der Fall gewesen wäre – ganz Clayburn hätte sich zu seinen Gunsten ausgesprochen. Alle waren von Doug DeVore angetan.

Als könne er ihre Gedanken lesen, nahm Doug ihr Gesicht in seine Hände. „Was lässt dich zögern, Vicky?"

Ja, was war es? Doug sagte, er liebe sie. Er wusste, wie Liebe sich anfühlte. Sie war noch nie zuvor verliebt gewesen, brauchte womöglich einfach mehr Zeit, die Liebe zu erkennen. Sie konnte ihm vertrauen. Seiner Liebe trauen.

Sie legte ihre Hände auf seine und zitterte bei diesen offenen Worten: „Ich weiß nicht, was mich zurückhält, Doug. Ich ... ich glaube, ich könnte dich auch lieben."

Er schloss sie in die Arme und bedeckte sie mit Küssen. Sie ließ es bereitwillig zu und es kam ihr so vor, als wäre sie genau da, wohin sie schon immer gehört hatte.

Kapitel 22

Hallo, ich hoffe, ich bin nicht zu spät dran, aber willst du mit uns zum Gottesdienst gehen?" Doug klemmte den Hörer zwischen Ohr und Schulter, hielt die Luft an und wartete auf Vickys Antwort.

„Heute Morgen?"

„Ja. Wir könnten dich so um Viertel vor neun abholen. Und du musst dich auch nicht herausputzen oder so."

„Ähm ... tja ..."

Er hörte regelrecht, wie der innere Taschenrechner die Minuten zusammenzählte: so lange fürs Duschen, zum Föhnen, zum Schminken, die Kinder anzuziehen ...

Dieser Gedanke ließ ihn stutzen. Es war nicht Vickys „Taschenrechner", den er da hörte. Es war Kayes. Wenn er nicht damit aufhörte – sie in seinen Gedanken durcheinanderzubringen, ihre beiden einzigartigen Persönlichkeiten zu einer zu verschmelzen –, würde er eines Tages gehörig ins Fettnäpfchen treten und in dicken Schwierigkeiten stecken. Er schüttelte den Kopf, als könne er damit seine Erinnerung zurückspulen.

Vickys Auflachen riss ihn aus seinen Tagträumen. „Ich denke, ich kann es schaffen", sagte sie. „Aber was heißt das, ich brauche mich nicht herauszuputzen? Kann ich das anziehen, was ich auch zum Bowlen trage?"

„Klar." Sie sah immer toll aus. Darüber machte er sich keine Gedanken.

„Im Ernst? Ich will nicht mitgehen und dann feststellen müssen, dass alle anderen Frauen ein Kleid tragen oder so – das würde ich dir nie verzeihen."

„Nein, im Ernst. Außerdem wärest du auch dann noch die Schönheit des Tages, wenn du in Sackleinen kämest."

„Oho, du sammelst doch wohl keine Pluspunkte?"

Er lächelte in den Hörer. „Doch wohl."

„Na ja, wenn ich mitkomme, habe ich keine Zeit, hier rumzustehen und zu plaudern."

„Okay, Honey, bis gleich."

Honey. Das Kosewort war ihm so leicht über die Lippen gekommen, obwohl er es noch nie Vicky gegenüber verwendet hatte. In seinem Ohr erklang ein Warnton. *Honey.* Er fragte sich, ob Vicky gemerkt und – wichtiger noch – gewusst hatte, dass *Honey* sein Kosename für Kaye gewesen war.

Der Tag heute würde eine Art Test sein. Es war schon über eine Woche her, seit sie im Café gewesen waren und die Windbeutel mit zu Vicky genommen hatten – wobei sie nie dazu gekommen waren, sie zu verzehren. Er lächelte bei dem Gedanken an die süßen Küsse in seinem Van. So süß, dass sie rasch leidenschaftlich wurden. Er hatte sie zur Tür gebracht und war gleich wieder gegangen – bevor sie sich in etwas hineingesteigert hätten.

Seither hatten sie sich immer nur kurz gesehen, wenn Doug die Kinder aus der Betreuung abgeholt hatte. Doch er hatte sie fast jeden Abend, wenn die Kinder im Bett lagen, angerufen und sie hatten stundenlang telefoniert. Ihre Beziehung hatte definitiv eine neue Ebene erreicht.

Mit ihr konnte man so gut reden, über alles. Er war auf jeden Fall verliebt in diese Frau. Eine Sache nagte jedoch an ihm: Seit er Vicky seine Liebe erklärt hatte, kam es ihm so vor, als habe er nur noch Gedanken für Kaye. Vergangene Nacht war er schweißgebadet aufgewacht, nachdem er von Kaye geträumt hatte – und von Rahel. Er hatte mehrere Minuten in einer Welt zugebracht, in der dieser schreckliche Unfall an Thanksgiving nie passiert war. Es war wie in einem Freudentaumel gewesen. Und dann, noch bevor er wach genug war, um zu begreifen, dass alles nur ein Traum war und Frau und Tochter nicht mehr da waren, hatte er Vickys Kuss nachempfunden. Schuldgefühle hatten ihn überschwemmt – als hätte er Kaye betrogen. Gegen jede Vernunft haftete ein Rest dieses Schuldgefühls noch immer an ihm.

Das war eine Sache, über die er nicht gut mit Vicky reden konnte. Er bat Gott, dass er sie nicht mal aus Versehen „Kaye" nannte. „Honey" mochte sie ja noch akzeptieren, aber wenn er sie jemals „Kaye" nannte ... Er schüttelte den Gedanken ab. Je mehr Sorgen er sich machte, dass ihm dieser Name herausrutschen würde, desto wahrscheinlicher wurde es.

Als er ein paar Minuten später am Bordstein hielt, stand Vicky vorn auf der Veranda. Er sprang aus dem Wagen und ging zu ihr hinüber, gespannt, wie sie sich heute ihm gegenüber verhalten würde.

Sie hatte sich auf jeden Fall mehr als sonst zurechtgemacht, trug ihr Haar offen über die Schultern und hatte sich Wangen und Lippen geschminkt. Sie sah fantastisch aus. Vielleicht auch ein bisschen nervös.

Während ihrer nächtlichen Telefonate hatten er und Vicky sich viel über Gott unterhalten. Er war erleichtert, festzustellen, dass sie in wichtigen Glaubensdingen ähnliche Ansichten hatten: Jesus als Retter, die Bibel als Gottes Wort, ein Leben nach den Geboten. Sie hatte ihm erzählt, dass sie in die Messe ging, wenn sie ihre Brüder besuchte, doch das war nur einmal im Monat.

Sie hatte ihm gestanden, wie schwierig es für sie gewesen war, als Katholikin in Clayburn aufzuwachsen, wo praktisch jeder zu einer protestantischen Gemeinde gehörte: die eine Hälfte zur Community Christian Church, die andere Hälfte verteilt auf Baptisten, Lutheraner und New Covenant Church draußen an der Schnellstraße.

Es störte ihn etwas, dass die Gemeinde für Vicky offenbar nicht so wichtig war. Andererseits musste er sich da ganz bedeckt halten. Wenn Kaye ihm nicht so auf die Füße getreten wäre, hätte er es sich wohl auch nicht zur Gewohnheit gemacht, jede Woche zum Gottesdienst zu gehen. Er war froh, dass sie ihn angestupst hatte, als sie frisch verheiratet waren. Besonders jetzt, nach allem, was passiert war. Seit er Kaye und Rahel verloren hatte, bemühten sich Pastor Grady und andere Freunde aus der Gemeinde um Trost und um Antworten auf seine Fragen nach dem Sinn dieser Tragödie. Ohne sie wäre er vielleicht durchgedreht, statt weiterzugehen. Es war noch immer hart, neben seinen Kindern, die aufgereiht neben ihm saßen, in der Bank zu hocken und keine Kaye wie eine „Buchstütze“ am Ende der Reihe zu sehen – und keine Rahel in der Mitte. Doch nur hier, in der Gemeinde, konnten er und die Kinder auch ihren Schmerz zeigen und doch wissen, dass sie dazugehörten.

„Guten Morgen.“ Vicky winkte kurz unbeholfen, als sie sich auf dem Gehweg trafen, und er merkte, dass sie ebenso unsicher war wie er selbst, wie sie nun miteinander umgehen sollten. Er packte den Stier bei den Hörnern und ging mit ausgebreiteten Armen auf sie zu.

Sie ließ sich umarmen, drehte aber den Kopf zur Seite, als er versuchte, sie zu küssen. Er merkte, wie sie über seine Schulter sah.

„Doug, die Kinder …“

Lachend trat er einen Schritt zurück. „Ich glaube nicht, dass es ihnen den Schaden fürs Leben zufügt, wenn sie sehen, dass wir uns küssen. Sie sollten sich sogar besser daran gewöhnen, denn ich habe vor, dich den ganzen Tag mit Küssen zu bedecken."

„Douglas!" Doch an ihrem verlegenen Lächeln ließ sich ablesen, dass ihr diese Möglichkeit durchaus nicht missfiel.

Seine Laune stieg rapide. Junge, wie er sie vermisst hatte.

Im Auto begrüßte sie jedes Kind mit Namen und selbst Karen schien ihr gegenüber etwas aufzutauen.

Doch als sie nach dem Gottesdienst zum Mexikaner *Carlos O'Kelly's* gingen, versuchte Karen es so hinzudrehen, dass sie zwischen ihrem Vater und Vicky saß.

„Mm-mm, Süße, das ist mein Platz", sagte er, packte sie an den Schultern und lenkte sie ans andere Ende des Tisches. „Ich möchte bitte, dass du neben Hannah sitzt und ihr beim Essen hilfst."

„Wie unfair, Papa. Immer muss ich den Babysitter spielen." Sie zog den Stuhl vor, ließ sich daraufplumpsen und verschränkte die Arme vor der Brust.

Doug schluckte seinen Ärger hinunter und warf Vicky einen Blick zu, um zu sehen, wie sie reagierte. „Das stimmt nicht, Karen. Hier, Louis", er zog einen Stuhl an Hannahs andere Seite, „du hilfst Karen. Und leg das Videospiel weg. Ich habe dir doch gesagt, du sollst es nicht mit hierherbringen. Wir essen doch jetzt."

Louis reckte den Hals und machte eine große Show daraus, den Tisch anzustarren. „Wo denn? Ich sehe nichts zu essen."

„Louis, fang du nicht auch noch an!" Er blickte Louis eindringlich an, bis der schließlich das Spiel in die Tasche steckte und die gleiche Körperhaltung annahm wie seine große Schwester.

Toll. Das gab ja ein schönes Bild vor Vicky ab. Sie hatte schweigend dabeigestanden, aber er spürte, wie sie alles beobachtete – und bewertete, wie er mit der Situation klarkam.

„Tut mir leid", sagte er tonlos über ihre Köpfe hinweg.

Sie zuckte die Achseln, doch ihr leichtes Kopfschütteln und der Ausdruck in diesen umwerfenden blauvioletten Augen ließ ihn vermuten, dass er keine besonders gute Note bekommen würde.

Er zog ihr einen Stuhl vor, setzte sich neben sie und legte ihr wie beiläufig den Arm um die Schultern. Er zog sie kurz an sich und sondierte die Lage.

Um Gelassenheit bemüht, ließ er den Blick über den Tisch schweifen. Louis fielen schier die Augen aus dem Kopf, Karen sackte in sich zusammen, guckte noch mürrischer und vergrub die Nase in dem Buch, das sie dabeihatte. Die Zwillinge sahen sich an, als wollten sie fragen: „Was um alles in der Welt *macht* Papa da?“ Hannah war die Einzige, die seine Avancen gegenüber Vicky verpasst hatte, da sie sich aus ihrem Hochstuhl lehnte und versuchte, an den Korb mit Tortilla-Chips auf dem Tisch zu kommen.

Vicky musste die starrenden Blicke der Kinder auch bemerkt haben, denn sie rutschte auf ihre Stuhlkante, wand sich aus seiner Umarmung und war plötzlich angelegentlich damit beschäftigt, das Besteck aus der Serviette zu wickeln.

Die Bedienung kam: ein mürrisches Mädchen im Oberstufenalter, bei dessen Anblick Doug Angst bekam, wie Karen mit siebzehn sein könnte, wenn er ihre Launen nicht im Keim erstickte. Er half den Kindern bei der Bestellung und den Getränken.

Als sie auf ihre Vorspeisen warteten, überraschte Vicky ihn damit, dass sie unter dem Tisch nach seiner Hand griff. Er zog ihre Hand auf sein Knie und verschränkte seine Finger mit ihren. Über den Rand ihres Colaglases hinweg warf sie ihm wieder dieses zurückhaltende, nur für ihn bestimmte Lächeln zu, das er allmählich zu lieben begann.

Das Essen kam und die Kinder hörten auf, sie zu beäugen. Er und Vicky füßelten unter dem Tisch und hielten zwischen den einzelnen Bissen immer wieder Händchen. Vickys rauchgrau-violette Augen sagten mehr als alle Worte, die sie jemals mit ihm gesprochen hatte. Ganz offensichtlich war sie in einem ähnlichen Gefühlsaufruhr wie er und ihm fiel auf, dass er zum ersten Mal seit Thanksgiving wieder einmal wirklich glücklich war.

Kapitel 23

Doug parkte den Wagen vor Vickys Haus und sie langte zögernd nach dem Türgriff, denn sie wollte nicht, dass der Tag schon endete. „Kommt ihr noch ein bisschen mit zu mir?"

Die Zwillinge stimmten mit einem Jubelruf und dem Klicken ihrer Sicherheitsgurte dafür.

„Nur noch ganz kurz", mahnte Doug. „Ihr könnt im Garten spielen und Vicky und ich unterhalten uns noch ein bisschen, okay?" Er stieg aus und befreite Hannah aus ihrem Kindersitz.

Vicky scheuchte Sarah und Sabrina von der Straße in ihren Garten. „Wartet mal auf Louis. Er kann euch das Gartentor aufmachen.

Mit den Zwillingen im Schlepptau raste Louis quer durch den Garten.

Von der Rückbank sah Karen Vicky mit zusammengekniffenen Augen herausfordernd an; dann sagte sie zu ihrem Vater: „Ich warte im Auto."

Doug verfrachtete Hannah auf den Gehweg und hielt sie mit einer Hand an ihrem pummeligen Arm fest. „Nein, ich möchte, dass du im Garten auf Hannah aufpasst."

„Kannst du sie denn nicht mitnehmen? Ich habe beim Bowlen schon auf sie aufgepasst."

„Karen, bitte komm." Doug sprach mit leiser Stimme, als wolle er sie nicht in Verlegenheit bringen, doch Vicky war klar, dass ihr Benehmen ihm zunehmend auf die Nerven ging.

Karen streckte die untergeschlagenen Beine und stieg aus, doch im Vorbeigehen warf sie Vicky einen Blick zu, der besagte: „Das ist alles deine Schuld."

Über das Autodach hinweg verdrehte Doug aus Solidarität mit Vicky die Augen und sie teilte seine Gereiztheit. Ja, Doug verlangte eine Menge von Karen, aber sie war den ganzen Tag über schon unausstehlich gewesen. Und jetzt drohte sie den Abend zu verderben.

Vicky verbiss sich eine Bemerkung und wartete, bis Karen Hannah auf den Arm genommen und in den Garten getragen hatte. Sie ging voraus zum Vordereingang. „Möchtest du etwas trinken?"

„Gerne. Ich würde einen Eistee nehmen, wenn du einen dahast."

„Ich kann einen machen."

„Hm ... nein, das ist nicht nötig."

Sie warf ihm über die Schulter einen Blick zu. „Es macht wirklich keine Umstände. Ich hätte selbst gern einen."

Sie ging in die Küche, füllte Wasser in den Kessel und stellte ihn auf die hintere Herdplatte. Sie wühlte in den Schränken nach Teebeuteln. „Hast du übrigens deine Steuersachen erledigt? Morgen ist ja Stichtag."

Sie spürte ihn hinter sich, doch er antwortete nicht. Stattdessen merkte sie, wie er die Arme um sie schlang. Er beugte sich herunter und knabberte an ihrem Nacken.

Sie ließ die Lipton-Packung auf die Arbeitsplatte sinken und wandte sich zu ihm um. „Hey, du ... du hast noch nicht meine Frage be..."

Er brachte sie mit einem Kuss zum Schweigen und schloss sie in die Umarmung, von der sie gewusst hatte, dass der ganze Tag darauf hinauslaufen würde. Als er sie zu Atem kommen ließ, warf sie einen Blick über seine Schulter durch die Schiebetür, die vom Esszimmer zur Veranda führte. Die Zwillinge und Hannah schwirrten im Garten umher, dicht gefolgt von Louis, der wie ein Bär brummte. Ihr spielerisches Gekreische drang durch die Gittertür in die Küche. Gut. Sie würden noch eine Weile glücklich und zufrieden sein.

Sie wandte Doug ihre ganze Aufmerksamkeit zu und zog seinen Kopf herab, damit ihr Mund den seinen träfe. Wo hatte sich der Mann denn ihr ganzes Leben lang versteckt? Augenblicklich schalt sie sich selbst. *Diese Frage beantwortest du besser nicht, Valdez.* Sie wollte nicht an Kaye und Rahel denken – und auch nicht an Dougs Kinder. Nicht in diesem Moment. Im Moment gab es nur sie beide, wie sie hier beisammen waren und es zwischen ihnen mächtig knisterte. Leidenschaft, vielleicht sogar ... War es möglich, dass die Liebe sich in ihr Leben geschlichen hatte, als sie schon fast nicht mehr daran geglaubt hatte, jemals den richtigen Mann zu treffen?

Doug stöhnte leise, zog sie noch enger an sich und küsste sie wieder und wieder.

Es ging alles so schnell. Zu schnell. Doch ihr war es gleich. Sie liebte diesen Mann. Und ob. Sie hatte dreißig Jahre lang auf die Erfüllung ihrer Gebete gewartet und Gott hatte ihr mit Doug DeVore eine sehr, sehr gute Antwort gegeben. „Danke, Herr ..."

„Was?", flüsterte Doug dicht an ihrem Ohr.

Sie hatte nicht gemerkt, dass sie die Worte laut ausgesprochen hatte, doch das war egal. Er sollte es ruhig wissen. „Du bist die Antwort auf all meine Gebete."

Er trat einen Schritt zurück und legte den Kopf schief. „Ja, nicht?"

„Ja. Sei jetzt still und küss mich." Insgeheim jubelte sie, dass sie so einem wunderbaren Mann so eine Bitte an den Kopf werfen und sich dabei ziemlich sicher sein konnte, dass er sie erfüllen würde.

Wie um ihre Gedanken zu bestätigen, lachte er und küsste sie erneut. Doch als er wieder einen Schritt zurücktrat, um ihr in die Augen zu sehen, spannte sich sein Kiefer. In seine Augen trat ein Glanz und sie merkte, dass die Leichtigkeit, die gerade noch geherrscht hatte, vorüber war.

Er fuhr ihr mit einem Finger den Nasenrücken entlang. „Sag mal, wollen wir nicht heiraten und es hinter uns bringen?"

Oho. Vielleicht frotzelte er ja doch. „Es hinter uns bringen, was?" Sie setzte ein verschämtes Lächeln auf und neckte ihn weiter. „Tja, was hindert mich eigentlich, so etwas Törichtes zu tun?"

Er streichelte mit dem Handrücken ihre Wange. Eine köstliche Wärme wallte in ihr auf.

„Ich meine es ernst, Vicky. Ich liebe dich. Und wenn ich mich nicht ganz täusche, liebst du mich auch." Er bedachte sie mit einem herausfordernden Blick. „Wehe, du streitest das ab."

„Ich … Doug, ich …“

Er legte ihr einen Finger auf die Lippen, beugte sich zu ihr und brachte sie mit einem weiteren Kuss zum Schweigen. „Ist doch okay. Ich wollte dich doch nicht in Zugzwang bringen.“ Sein Murmeln kitzelte ihr Ohr und ließ ihr Herz erbeben. „Du bist nur ganz einfach das Beste, das mir seit sehr, sehr langer Zeit passiert ist.“

Ernüchtert entzog sie sich ihm. Er hatte nicht gesagt, „das Beste, das mir *je* passiert ist“. Aber vielleicht war das Haarspalterei. Der Ärmste hatte so viel durchgemacht. Es war ein Wunder, dass er unter der Last seiner Trauer und der Arbeit als alleinerziehender Vater von fünf Kindern nicht zusammengebrochen war.

Zittrig flüsterte sie seinen Namen. „Ich … ich glaube, ich liebe dich.“

Er hob sein Kinn und sah sie herausfordernd an. „Dann heirate mich.“

„Doug …“ Er würde ihr noch das Herz brechen, wenn er nicht damit aufhörte. „Mach keine Scherze damit.“

Er trat einen Schritt zurück und sah ihr wieder in die Augen. „Vicky, nie im Leben war mir etwas so ernst.“ Seine Augen sagten, dass er es so meinte.

„Vielleicht ist es noch zu früh. Vielleicht fragst du mich das einfach aus dem Moment heraus, wenn es zwischen uns …“, sie wedelte sich mit der Hand Luft zu, „wenn es zwischen uns so knistert.“

Das Lächeln, das er ihr schenkte, ließ all ihre Zweifel dahinschmelzen.

Der Teekessel hinter ihr fing an zu zischen. Sie griff um ihn herum und drehte die Hitze herunter. Wenn sie doch bloß wüsste, wie sie die Hitze zwischen sich und Doug herunterregeln könnte.

Er zog sie an sich und legte ihr das Kinn auf den Scheitel. Seine Stimme klang brüchig. „Ich weiß nicht, wie ich die letzten Monate ohne dich überstanden hätte. Du … du hast eine Stelle in mir geheilt, von der ich nie gedacht hätte, dass sie je wieder ganz sein würde.“

„Nein." Sie schüttelte den Kopf. „Das war Gott, Doug. Ich hab nichts anderes getan als dich zu lieben. Und das war leicht." Ihr Herz machte Freudensprünge. Sie konnte gar nicht sagen, wie glücklich sie war, dass dieser Mann wollte, dass sie in seinem Leben eine Rolle spielte. Er hatte schon einmal eine große Liebe besessen und sie verloren. Dass er sie auserwählt hatte – dass er sie so sehr liebte, dass er sein Leben mit ihr teilen wollte –, raubte ihr den Atem.

Doug strahlte übers ganze Gesicht. „Dann lass es uns machen. Lass uns heiraten."

Sie musste wohl etwas verblüfft ausgesehen haben, denn er lachte und drückte ihr einen Kuss auf die Nasenspitze.

„Wann denn? Wie stellst du dir das vor?"

Er nahm eine angeberische John-Wayne-Pose ein. „Das zu beantworten steht mir nicht zu, Ma'am."

Sie lachte über seine pathetische Darbietung, wurde aber gleich wieder ernst. „Darüber scherzt man nicht, Doug. Bittest du ... bittest du mich ernstlich, dich zu heiraten?"

Sein Gesicht verdüsterte sich. Eine schreckliche Minute lang glaubte sie, er werde sie auslachen, weil sie erwogen hatte, er könne es ernst meinen.

Doch er nahm ihre Hände in seine, trat einen Schritt zurück und hielt ihrem Blick stand. „Ich meine es todernst, Vicky. Ich weiß, was Liebe bedeutet, und ich weiß, dass meine Gefühle für dich nicht echter sein könnten."

Passierte das hier wirklich? Sie hatte es gewagt, von solch einer Erklärung von Doug zu träumen, aber sie hätte nie gedacht, dass sie sie zu hören bekommen würde – und zwar heute. Freude erfüllte sie, dass sie meinte, abheben zu müssen. Doch seine Arme hielten sie fest auf dem Boden, ganz fest verankert.

Ein Gedanke nagte an ihr, ein kleines Leck, das ihre Hochstimmung trübte. „Bist du dir sicher, Doug? Es ist doch noch gar nicht so lange her. Vielleicht solltest du ... noch etwas warten, bevor du ... solche Erklärungen aussprichst."

Er drückte ihre Hände so fest, dass sie beinahe zusammenzuckte. „Kaye kommt nicht wieder, Vicky. Gott hat dich in mein Leben geführt. Daran habe ich keinen Zweifel. Warum sollte ich sein Geschenk abweisen?“

Seine Worte ließen sie jeden verstandesmäßigen Grund vergessen, der noch kurz zuvor in ihrem Kopf herumgeschwirrt haben mochte. „Mir … mir fällt kein guter Grund ein.“ Sie versuchte zu lächeln, doch plötzlich stiegen ihr die Tränen in die Augen. Sie kniff den Mund zu, um sich nicht vollständig in Tränen aufzulösen. *Mein Gott, was machst du denn da?* Doug machte ihr den Antrag, um den sie ihr ganzes Leben lang gebetet hatte, und jetzt war sie sich nicht sicher, ob sie dazu bereit war?

„Dann heirate mich. Morgen.“

„Morgen!“ Sie entriss ihm ihre Hände und zog sich einen Schritt zurück. „Das ist kein bisschen lustig, Doug.“

Er lachte. Und als sie sich mit ihrem schreckverzerrten Gesicht in der Mikrowellentür gespiegelt sah, stimmte sie ein. Doch das brachte sie zur Besinnung. Vielleicht meinte er das mit dem „morgen“ ja nicht ernst, aber das mit dem „heirate mich“ schon. Und wenn sie ja sagte, würde sich ihr Leben auf eine Weise ändern, die sie sich überhaupt nicht ausmalen konnte. Es würde vielleicht wunderbar werden, aber auf jeden Fall ganz anders. Und mit Veränderungen war sie noch nie gut zurechtgekommen.

Sie trat zurück, bis sie sich an die Arbeitsplatte ihm gegenüber lehnen konnte. „Kannst du bitte mal eine Minute ernst bleiben?“

Er ging einen Schritt auf sie zu. „Mir ist es ernst, Vicky. Was soll ich tun, damit ich dich überzeuge?“

„Halte Abstand.“ Sie hielt eine Hand hoch, damit er stehen blieb. „Ich kann nicht klar denken, wenn du mir so nahe bist.“

„Womit dann alles geklärt wäre“, erwiderte er.

Sie richtete ihren Blick auf ihn. „Definiere mal morgen.“ Allmählich frustrierte sie das ständige Funkeln in seinen Augen.

„Wie meinst du das?“

„Du hast gesagt: ‚Heirate mich morgen.‘ Definiere mal morgen.“

Wie um zu beweisen, dass er sich jetzt um Ernsthaftigkeit bemühen wollte, zog er sich in seine Ecke des Boxrings zurück, zu dem ihre Küche jetzt geworden war. „Okay, dann sag du es mir. Wann wäre der früheste Zeitpunkt, zu dem du es einrichten könntest?"

„Eine ... eine Hochzeit, meinst du?" Es *war* ihm ernst!

„Ja. Eine Hochzeit. Muss auch gar nichts Aufwendiges sein."

Sie atmete stockend ein. Sie hatte immer von einer Riesenhochzeit mit Kirche und dem ganzen Brimborium geträumt. Doch angesichts von Dougs Lebensumständen war das kaum angebracht. Und na ja, außer ihren Brüdern mit Familie, Brenda und den Aushilfen in der Tagesstätte, wen sollte sie sonst noch einladen? Doug hätte bestimmt mehr Gäste als sie.

Außerdem würde eine kleine Hochzeit nicht so teuer. Sie hatte einen Großteil ihres verfügbaren Einkommens in Haus und Garten gesteckt. Und sie hatte zwar ihre Pensionsrücklagen nicht angerührt, aber mit ihren gesamten geringen Ersparnissen hatte sie letzten Monat fünf Bäume im Garten pflanzen lassen. Allerdings wäre dieses Geld nur ein Tropfen auf den heißen Stein gewesen, gemessen an den Kosten für eine große Hochzeitsfeier.

Als könne er ihre Gedanken lesen, runzelte Doug die Stirn. „Was hältst du von einer kleinen Hochzeit?"

Sie nickte langsam. „Das wäre wohl am besten. Aber ... definiere mal klein."

Er warf ihr noch einen ulkigen Blick zu und parodierte sie. „Definiere morgen. Definiere klein. Sehe ich aus wie ein Wörterbuch?" Doch rasch hob er wieder eine Hand. „Schon gut, ich bin ganz ernst."

Sie verkniff sich ein Grinsen. „Danke."

„Ich dachte vielleicht, nur die nächsten Angehörigen und ein paar enge Freunde."

„Du weißt ja, dass ich drei Brüder und einen ganzen Stall voll Nichten und Neffen habe. Zählen die für dich zu den nächsten Angehörigen?"

„Selbstverständlich." Er dachte kurz nach. „Wenn wir den Kreis also so kleinhalten, was denkst du, wie schnell wir alles arrangieren könnten?“

Sie hatte keine Ahnung, wie sie die Antwort auf seine Frage durchrechnen sollte. Ihr fielen ganz kurz die Checklisten aus Brautzeitschriften mehrerer Jahrgänge ein, die alle begannen mit: *Zwölf Monate vor der Hochzeit.* Sie glaubte nicht, dass das so in seinem Sinne war. In Gedanken blätterte sie den Kalender durch. Jetzt war April. Bis zu einer Hochzeit im Oktober hätten sie noch sechs Monate. Das würde eng werden, wäre aber irgendwie zu schaffen. Irgendwo in ihrem Schrank hatte sie Ordner mit Hochzeitsvorbereitungen, die sie angelegt hatte, bevor sie die Hoffnung aufgegeben hatte.

„Wie wäre es im Oktober?“ Kaum hatte sie es ausgesprochen, wollte sie es auch schon zurücknehmen.

Ungläubig sah er sie an. „Oktober? Bist du verrückt?“

„Was?“ Vielleicht waren zwölf Monate seine Definition von „morgen“.

„So lange warte ich nicht, Vicky. Ich liebe dich, die Kinder schwärmen für dich. Warum also abwarten?“

Dies war wohl nicht der richtige Zeitpunkt, um darauf hinzuweisen, dass Karen nicht unbedingt für sie schwärmte. Vicky fuhr sich mit der Hand durchs Haar. „Dann nenne mir ein Datum“, sagte sie eingeschnappt. „Ich weiß nämlich nicht, welches Blatt du gerade aufgeschlagen hast.“

Mit zwei großen Schritten durchquerte er die Küche und nahm sie wieder in die Arme. „Auf dem Blatt, das ich aufgeschlagen habe, wirst du so schnell wie möglich meine Frau. Wieso sollte das sechs Monate dauern?“

Sie legte den Kopf in den Nacken und betrachtete ihn eingehend. „Du hattest nicht viel mit deinen Hochzeitsvorbereitungen zu tun, oder?“ Sie schaute zur Seite und fügte mit sanfter Stimme hinzu: „Mit Kaye …“

Er zuckte die Schultern. „Ich berufe mich auf mein Recht, die Aussage zu verweigern. Sie und ihre Mutter hatten alles im Griff. Meine Aufgabe war es, ihnen nicht im Weg zu stehen.“

„Wann habt ihr euch denn verlobt?“

Er musterte sie. „Du willst wirklich darüber reden?“

Sie hatten das Thema Kaye in der Vergangenheit nicht umschifft. Aber gewisse Aspekte – der romantische Teil ihrer Beziehung – waren wie des Kaisers neue Kleider, die niemand ansprechen wollte. Doch es wurde Zeit, darauf einzugehen. „Ja, ich will es wirklich wissen.“

Er zog einen Hocker unter der Arbeitsplatte hervor, setzte sich jedoch nicht darauf, sondern stellte ihn zwischen sie beide, lehnte sich an die Arbeitsplatte und stellte einen Fuß auf die Streben. „An Weihnachten haben wir für Kaye einen Ring ausgesucht und …“ Er grinste verlegen. „Ach so, ich nehme an, du willst auch einen Ring haben? Einen Verlobungsring, meine ich.“

Sie hob eine Augenbraue. „Das wäre eine nette Geste.“

Doug richtete sich auf und öffnete hinter sich eine lange, schmale Schublade mit Alu- und Plastikfolie. Er kramte in der Schublade, wobei er sie weiterhin unverwandt anschaute, und strahlte nach kurzer Zeit triumphierend. „Ah, da!“ Er holte einen silbernen Verschlussclip aus der Schublade.

„Komm mal her.“ Er nahm ihre Hand und bedeutete ihr, sich auf den Hocker zu setzen. „Gib mir deine Hand.“

Sie streckte ihm die linke Hand entgegen und saß reglos da, während er ihr den Verschlussclip um den Ringfinger wickelte. Er verzog den Mund, während er einen diamantartigen Knoten aus den drahtigen Enden des Clips dröselte. Sie verbiss sich ein Kichern und sah ihm in seine vollkommen ernst blickenden blauen Augen. Er hielt ihre Hand noch fester, bis der Draht zwickte.

„Vicky Valdez, würdest du mir die Ehre erweisen und mich heiraten?“

„Ach, Doug.“

Er blinzelte. „Am Samstag gehen wir dir einen echten kaufen.“

„O…kay…“

„Ich habe noch keine Antwort bekommen.“

Sie grinste. „Ich denke nach.“

„Und Oktober ist viel zu lang hin."

„Wann dann?"

Er verschwendete keine Zeit. „Über das Datum können wir uns am Samstag unterhalten und etwas festmachen. Aber erst brauche ich noch deine Antwort."

„Ja", flüsterte sie.

Er schloss sie in die Arme; seine Berührung raubte ihr den Atem und machte sie ganz benommen. Doug hatte zwar eine ganze Weile nicht als Rettungssanitäter gearbeitet, doch er kannte sich noch bestens aus und machte rasch Wiederbelebungsversuche von Mund zu Mund.

Kapitel 24

Lass sie keine einzige Minute aus den Augen." Karen setzte Hannah von ihrer Hüfte auf die Veranda. Sie richtete sich auf und rieb sich den schmerzenden Hüftknochen. „Das meine ich ernst, Louis."

„Mache ich schon nicht." Er sah sie an. „Bleib aber bloß keine Ewigkeiten weg."

„Nein. Bin gleich wieder da." Sie ging zur Schiebetür und griff nach dem Verschluss des Fliegengitters. Es ließ sich leicht öffnen und sie ging in die Küche. Sie brauchte einen Augenblick, bis sich die Augen nach dem hellen Sonnenlicht angepasst hatten, aber als sie sich an das Dämmerlicht gewöhnt hatte, erstarrte sie.

Papa und Miss Valdez standen eng umschlungen am Herd, atmeten schwer und benahmen sich wie die Darsteller in den blöden Seifenopern, die Oma sich anschaute.

Sie versuchte, sich zu räuspern, doch kein Laut drang aus ihrer

Kehle. Sie konnte nicht Atem holen, und trotz der Stimme in ihrem Kopf, die ihr sagte, sie solle losrennen, konnte sie sich nicht rühren. Doch Miss Valdez musste etwas gehört haben, denn mitten beim Durchwuscheln von Papas Haaren sah sie Karen und atmete keuchend ein. Sie schob Doug von sich und versuchte, sich aus seiner Umarmung zu winden.

Ein paar Sekunden lang zog Papa sie näher an sich und versuchte sie zu küssen, doch schließlich schrie Miss Valdez seinen Namen praktisch heraus. „Doug ... Doug!"

Papa reckte den Kopf hoch, und als er Karen sah, stieß er die Luft aus. Sein Gesicht wechselte zwischen tausend verschiedenen Rottönen. Sonst sah sie ihn höchstens mal rot anlaufen, wenn er sich aufregte.

Miss Valdez richtete ihre Kleidung und tat so, als wäre sie schwer damit beschäftigt, heißes Wasser in Teetassen zu gießen.

Papa ging zum anderen Ende der Küche. „Was ist los, Karen?" Er klang, als wäre er sauer auf sie.

Na ja, sie war im Moment auch nicht gerade gut auf ihn zu sprechen. „Ich muss mal zur Toilette."

„Ah so!" Miss Valdez legte ihre fröhlich-vergnügte Erzieherinnenstimme auf und deutete den Gang entlang. „Geh einfach durch. Du weißt ja noch, wo sie ist ... letzte Tür rechts."

Karen schaffte es endlich, sich von der Stelle zu rühren, und rannte fast den Flur entlang.

„Der Lichtschalter ist rechts über dem Waschbecken, Süße", rief Miss Valdez ihr hinterher.

Karen verbarg sich hinter der geschlossenen Tür vor dieser aufgesetzten, munteren Stimme. „Nenn mich nicht Süße", zischte sie zwischen zusammengebissenen Zähnen hindurch und wünschte, sie könnten sie hören, wohl wissend, dass sie es nicht konnten. Sie stand im Dunkeln da und versuchte sich zu überlegen, was sie machen sollte. Ihre Wangen wurden erst warm, dann richtig heiß.

Sie drehte das kalte Wasser auf und erfrischte sich das Gesicht. Was musste *ihr* denn peinlich sein? Sie hatte nichts verkehrt gemacht. Die anderen waren es, die jetzt Schuldgefühle haben müssten.

Durch die Tür hörte sie sie reden, leise und hastig. Als überlegten sie sich, wie sie alles erklären sollten, wenn sie aus dem Bad käme.

Sie war schließlich nicht blöd. Sie wusste, was sie gesehen hatte, und das fand sie zum Kotzen. Vielleicht sollte sie für immer hier drinbleiben. Im Bad war es stockfinster, doch sie streckte ihre Hände aus. Sie konnte ihre Finger nicht sehen, aber sie spürte, dass sie zitterten.

Sie tastete die Wand nach dem Lichtschalter ab. Was *machte* Papa denn da? Warum verhielt er sich dieser blöden Frau gegenüber so? Sie war so sauer auf ihn, dass sie hätte platzen können. Hatte er Mama bereits vergessen?

Sie wollte auf irgendetwas einschlagen. Stattdessen fand sie den Lichtschalter und benutzte die Toilette. Sie wusch sich zweimal die Hände und trocknete sie an dem schicken Handtuch ab, das nicht viel größer war als ein Waschlappen. Sie schaltete das Licht wieder aus und blieb an der Tür stehen, um nach Papa und Miss Valdez zu lauschen. Jetzt waren sie still. Vielleicht saßen sie draußen.

Sie öffnete die Tür einen Spalt, spähte den Flur entlang und horchte wieder. Stille. Sie schlich über den Flur und lugte in die Küche. Leer. Die Vorhänge vor der Schiebetür waren jetzt ganz aufgezogen und sie konnte Papa und Miss Valdez mit ihrem Tee auf der Veranda sitzen sehen, als wäre nichts geschehen.

Sie würde auf keinen Fall dort hinausgehen. Hannah spielte auf den Stufen zur Veranda, sang und redete mit sich selbst. Miss Valdez hatte sie im Blick und Papa war auch da. Karen entfernte sich auf Zehenspitzen und ging zur Haustür. Sie öffnete sie und ging zu dem Suburban, der am Straßenrand parkte. Sie setzte sich auf die Rückbank und lehnte den Rücken gerade aufgerichtet an das schmuddelige Polster. Sie war ganz aufgewühlt.

Von gegenüber hörte sie Geräusche und sah Kinder aus einem Nachbarhaus von Miss Valdez kommen. Sie duckte sich und betete, dass sie sie nicht gesehen hatten.

Als ihre Muskeln von der komischen gestauchten Haltung schmerzten, legte sie ihre Beine quer über die Bank und rollte sich zusammen wie ein Fötus. Sie schloss die Augen und zwang sich, an andere Dinge zu denken – ließ den Tagtraum zu, dass Seth Berger sie genauso küsste, wie Papa Miss Valdez geküsst hatte.

Sie fragte sich, ob Seth Berger jemals an den Abend auf Vivian Kenneys Hochzeit dachte, als sie miteinander getanzt hatten. Dachte er genauso oft daran wie sie … also praktisch immerzu? In der Schule hatte er mit ihr geflirtet. Zumindest nannte Ruby es flirten, wenn Seth sich immer ganz verrückt benahm, wenn sie in der Nähe war, Späße machte und sogar Ärger mit den Lehrern bekam, wenn er mitten in der Stunde versuchte, sie zum Lachen zu bringen.

Sie bekam einmal Ärger mit der Lehrerin, als er albern war und sie damit zum Lachen brachte. Sie konnte nichts dafür. Der Typ war witzig. An dem Tag war Seth nach der Schule richtig nett zu ihr gewesen, als wolle er sie wissen lassen, dass es ihm leidtat, dass er ihr Ärger eingehandelt hatte. Doch das war ihr egal. Mrs Lawson war sowieso blöd.

Sie wünschte, sie könnte jetzt mit Mama reden. Bei diesem Gedanken sah sie wieder das Bild vor sich, wie Papa Miss Valdez geküsst hatte, und ihr wurde ganz flau im Magen.

Der Zweig eines Baumes strich über das Autodach. Hin und her, hin und her. Sie merkte, wie sie in der ruhigen Wärme des Wagens eindöste. Etwas in ihr wünschte sich, sie könne einfach einschlafen und nie wieder aufwachen.

***

Doug fuhr in die Garage und stellte den Motor ab. Er bellte Anweisungen heraus, stieg aus dem Wagen und knallte die Tür zu in der Hoffnung, Karen damit aufzuwecken. Er hatte sich unglaubliche Sorgen gemacht, weil sie so einfach verschwunden war. Er und Vicky hatten sie zehn Minuten lang gesucht, bevor er auf die Idee gekommen war, im Auto nachzusehen. Er hatte sie nicht zur Rede gestellt, denn er wusste, weshalb sie sich in das Versteck geflüchtet hatte.

Sie krabbelte jetzt heraus und bedachte ihn mit einem verächtlichen Blick, als sie an ihm vorbeihuschte. Er seufzte. Er würde mit ihr darüber reden müssen, was geschehen war ... was sie gesehen hatte. Aber natürlich. Er würde mit allen Kindern reden müssen. Er war verlobt. Das sollten sie wissen. Und je eher, desto besser, denn er hatte Vicky so ziemlich die Erlaubnis erteilt, es der ganzen Welt zu erzählen. Oh – das bedeutete, er musste auch Harriet anrufen. Na bravo. Jetzt würde sie einen berechtigten Grund haben, nach Florida abzuhauen.

Verlobt. Das hatte sich gut angehört, als er Vicky in den Armen hielt und sie Pläne schmiedeten. Doch nun, im schwachen Licht einer unordentlichen Garage, Karens starren Blick auf sich gerichtet, war ihm nicht so behaglich zumute.

Er verspürte ein komisches Gefühl in der Magengegend und zerrte heftiger an Hannahs Sicherheitsgurt als notwendig. Sie stopfte sich einen Daumen in den Mund und schaute ihn unter einer gerunzelten Augenbraue an.

„Na komm, Spätzchen, ab ins Bett." Er versuchte, seiner Stimme einen anderen Klang zu geben. Hannah konnte schließlich nichts dafür, dass er etwas neben der Spur war.

Fünfundvierzig Minuten später, als alle Kinder im Bett lagen, sank er aufs Sofa. Er schleuderte die Stiefel von sich, schob mit einem Fuß einen Stapel schmutziges Geschirr in eine Ecke des Couchtischs und legte dann seine Füße auf die klebrige Platte. Er musste sich erst mal sammeln. Er hatte heute Abend mit Vicky etwas in Gang gesetzt, das sein ganzes Leben verändern würde. Und nicht nur seins, sondern auch das der Kinder. Und Vickys.

Tausende Fragen waren noch zu beantworten. Würde sie hierherziehen? Ihr Haus war nicht groß genug für sie alle, doch er konnte sich nicht vorstellen, dass sie ihren Garten aufgeben würde, den sie mit so viel Mühe gestaltet hatte. Er schaute sich in ihrem

Haus – *seinem* Haus – um. Er musste aufhören, in den Kategorien *sie* und *wir* zu denken, wobei *wir* er und Kaye bedeutete.

Als er versuchte, das Haus mit Vickys Augen zu sehen, zuckte er innerlich zusammen. Das Haus war ein heilloses Durcheinander. Kaye hätte niemals den Wettbewerb „Hausfrau des Jahres" gewonnen. Mit sechs Kindern und einem Teilzeitjob hatte er das auch nicht von ihr erwartet. Aber ohne ihr Minimum an Haushaltsführung sah es hier schon nicht mehr nur „unaufgeräumt" aus, sondern regelrecht „dreckig". Bei seiner verrückten Zeiteinteilung zwischen Landwirtschaft und Druckerei hatte er alles schleifenlassen.

Er würde etwas Drastisches unternehmen müssen, und zwar bald, wenn er vermeiden wollte, dass Vicky kreischend aus dem Haus rannte, wenn sie das nächste Mal hier wäre. Sie war nur das eine Mal im Haus gewesen, als sie die Kinder nach Hause gebracht hatte. Im Rückblick meinte er, das sei der Abend gewesen, an dem er *auf diese Art* an sie zu denken begonnen hatte. Durch sie war ihm aufgegangen, wie sehr er die Stimme einer Frau in seinem Haus, seiner Welt, am Ende eines langen Arbeitstages vermisst hatte.

War es ein Verrat an Kaye, dass er so kurz nach ihrem Tod schon wieder so etwas empfand? Er war überzeugt, dass Kaye jetzt bei Gott war. Sie würde nicht wieder zurückkehren. War das keine gesunde Einstellung? War er nicht einfach realistisch?

Und er musste an die Kinder denken. Außer Karen hatten sie allesamt Vicky – Miss Vicky – schon ihr halbes Leben lang ins Herz geschlossen. Und er hatte keinen Zweifel, dass Vicky auch noch Karen für sich gewinnen würde. Sie brauchten eine Mutter – Karen besonders –, und Vicky war schon so nahe daran, eine „Mami" zu sein, wie es je eine Frau außer Kaye werden könnte. Die anderen Details – die Hochzeitsplanung, die Wohnsituation, Karens Benehmen – würden sich mit der Zeit von selbst lösen.

Idiotischerweise hatte er Vicky versprochen, am Samstag einen Ring aussuchen zu gehen. Sie kam ihm nicht wie eine Frau mit teuren Wünschen vor, doch selbst wenn sie sich das billigste Diamantsplitterchen des ganzen Ladens aussuchen würde – wie sollte er das bezahlen? Er musste morgen nachfragen, wie viel Kreditrahmen er noch auf seiner MasterCard hatte. Er hatte ihn ausgeglichen, als Kayes Lebensversicherung ausgezahlt worden war. Doch seither hatte er Mühe, jeden Monat die Raten zu zahlen. Wenn er bis ans Limit ging, um einen Ring zu kaufen, hatte er nichts mehr für Notfälle. Oder für die Hochzeit. Wer wusste schon, wie sehr ihn das zurückwerfen würde. Vickys Eltern waren nicht mehr da und er hatte nicht den Eindruck, dass sie viel Geld hatte. Und selbst wenn …

Nein. Er schnappte sich die Fernbedienung vom belagerten Couchtisch und drückte auf den Einschaltknopf. Das eingeblendete Lachen einer Sitcom brachte seine Gedankenflut zum Versiegen und er ließ sich gegen das verdrückte Kissen fallen.

Kapitel 25

Ui, was ist denn mit diesem hier?" Vicky beugte sich über die Schmuckvitrine und tippte mit einem rosa Fingernagel auf das Glas. Sie hatte ihm verraten, dass sie dreißig Dollar für eine Maniküre genau für diesen Anlass ausgegeben hatte.

Doug zuckte die Schultern. „Ganz nett."

Sie sah ihn über eine Schulter an. „Aber dir gefällt er nicht?"

„Wenn du ihn magst, nehmen wir ihn, Vick. Du wirst ihn ja auch tragen."

„Für den Rest meines Lebens."

Warum versetzten ihn diese Worte in Unruhe?

Weil der Rest von Kayes Leben so kurz gewesen war.

Besitzergreifend legte er einen Arm um ihre Hüfte und machte sich ganz klar, mit wem er hier war. Vicky trug ihr langes, glänzendes Haar heute offen über die Schulter; sie sah großartig aus. Er war stolz, sie bei sich zu haben. Wenn sie auch nur die geringste Ahnung hätte, wie hübsch sie war, hätte sie gewiss keinen Gedanken an eine Verbindung mit ihm verschwendet. Aber Vicky war durch und durch bodenständig. Das gefiel ihm an ihr.

„Haben Sie etwas gefunden, das Sie gerne anprobieren möchten?“ Die Verkäuferin, die sie anfangs begrüßt hatte, war wieder da, nachdem sie eine andere Kundin bedient hatte.

Vicky entließ sie. „Noch nicht, danke schön.“

Die junge Frau sprach über Vickys Kopf hinweg Doug an. „Wenn Sie Fragen haben, wenden Sie sich gern an mich.“

„Danke, machen wir.“

Als sie sich einem anderen Kunden zuwandte, stupste Vicky Doug mit dem Ellbogen an. „Sie sind alle so teuer“, flüsterte sie.

Er hatte schon dasselbe gedacht, aber was er sagte, war das, wovon er dachte, dass sie es hören wollte. „Das bist du doch wert. Du suchst dir aus, was dir gefällt. Im angemessenen Rahmen ...“

„Ich glaube nicht, dass auch nur ein Stück in dieser Vitrine im angemessenen Rahmen ist, Doug.“

„Vicky, du sollst einen Ring haben. Wir brauchen Ringe.“ Er hatte seinen Ehering – denjenigen, den Kaye ihm dreizehn Jahre zuvor an den Finger gesteckt hatte – nicht mehr getragen, seit er ihn auf der Bowlingbahn abgenommen hatte. Er hatte ihn in die Schublade zu anderen Erinnerungsstücken gelegt. Doch an seinem Finger war noch immer eine Kerbe von dem Ring. Er rieb sich über den hellen Streifen an seiner gebräunten, ledrigen Hand, unsicher, ob er Vicky erzählen sollte, dass das Geld für ihre Ringe sehr wahrscheinlich aus dem Rest von Kayes und Rahels Lebensversicherung stammen würde, nach Abzug der Beerdigungskosten.

Er schob die düsteren Gedanken beiseite. „Du brauchst einen Ehering“, sagte er noch einmal.

Vicky streckte ihre linke Hand aus. „Es muss aber doch kein Diamantring sein, Doug. Stell dir vor, ich verliere ihn im Garten!“

„Du würdest ihn bei der Gartenarbeit anlassen?“ Er fragte sich, wo sie zu gärtnern gedachte. Doch sie hatten das Wo-werden-wir-wohnen-Gespräch noch nicht geführt.

„Wahrscheinlich nicht – aber wenn ich ihn vergessen würde? Und wenn er in eine Düngertüte rutscht und unter irgendeinem schönen Zierstrauch oder so vergraben wird?"

Er lachte. „Du klingst, als hättest du alles schon durchgeplant."

„Nein, aber wenn wir zweitausend Dollar für einen Ring ...", sie deutete mit dem Kinn zur Vitrine, wo das noch einer der niedrigeren Preise war, „... ausgeben, hätte ich Angst, ihn zu tragen."

„Tja, was dann?"

„Wir könnten doch einfach zwei Eheringe kaufen. Dünne Silberringe."

Das Gefühl der Enge in seiner Brust ließ etwas nach. Er hatte keinen Schimmer, woher er zweitausend Dollar nehmen sollte. „Bist du sicher, dass du das willst?"

Sie beugte sich vor und sah sich die Schmuckvitrine noch einmal genauer an. „Ich dachte, ich wollte einen Diamanten, aber ..." Mit einer Kopfbewegung deutete sie in den Juwelierladen, „... das ist eine ganze Menge Geld. Ich kann mir andere Sachen vorstellen, für die ich es lieber ausgeben würde."

„Und zwar?"

Sie zuckte etwas verlegen die Achseln. „Na ja, eigentlich ist es ja nicht mein Geld."

Er legte ihr einen Arm um die Hüfte und führte sie zur Tür. „Lass uns mal einen Kaffee trinken gehen und ein paar Sachen durchsprechen."

Sie hob fragend die Augenbrauen und schlängelte sich mit ihm hinaus. Die samstägliche Autokolonne staute sich vor dem Juweliergeschäft in Santa Fe. Er hielt sich die Hand über die Augen und blickte über die Straße. „Gibt es da drüben in einer Seitenstraße nicht ein Café?"

Sie nickte und ging voraus in die angezeigte Richtung. Ein paar Minuten später hatten sie Brezeln bestellt und sie nippte an einer modischen Kaffeespezialität, während er ein schwarzes Gebräu vor sich stehen hatte, das nicht annähernd so gut schmeckte wie seine sonst übliche Kaffeemarke – ganz zu schweigen davon, dass er von dem Geld, das er für ihre Getränke ausgegeben hatte, drei Pfund Kaffeebohnen hätte kaufen können.

Vicky strich die Serviette unter ihrem Kaffee glatt und neigte sich zu ihm hinüber.

Er zog ein kleines Notizbuch aus der Tasche und stellte seinen Stuhl so hin, dass er sich an die Wand lehnen konnte. „Wir besprechen jetzt mal ein paar Details, ja?"

Ihre Augen leuchteten auf und sie nickte.

Aus seiner Hemdentasche holte er einen Kugelschreiber und notierte quer über das schmale Blatt „Hochzeitsdatum".

Sie beugte sich über den Tisch, um mitlesen zu können.

„Und je früher, desto besser." Er stupste sie auf die Nase.

„Tja, zuerst müssen wir klären, wo. Und wie viele Leute kommen, und was wir vor einer Hochzeit überhaupt alles zu erledigen haben."

„Okay, wo?" Er schrieb eine Reihe *W*s untereinander und ergänzte das erste zu einem *Wo*.

„St. Mary's?" Sie zog die Schultern hoch, als erwarte sie, er werde ihre Wahl anzweifeln.

Er rieb sich das Kinn. „Ich müsste doch nicht ... konvertieren, oder? Wenn wir in deiner Kirche getraut würden?"

Sie schüttelte den Kopf. „Da bin ich mir nicht sicher. Ich müsste mal Rick fragen."

„Tja, und darüber ..." Sie hatten vorgehabt, nach dem Kauf der Ringe bei ihrem Bruder vorbeizufahren, ihre Verlobung bekannt zu geben und Doug noch einmal ihren Brüdern vorzustellen – zumindest Rick und Tony. Alex hatte sie unterwegs nach Salina auf dem Handy angerufen und gesagt, er schaffe es nicht. Aus ihrem Teil des Gesprächs hatte Doug herausgehört, dass Alex Valdez etwas ahnte und versuchte, es aus ihr herauszubekommen. Und sie hatte immer wiederholt: „Rick und Tony können dir nachher alles berichten."

Als Heranwachsender hatte Doug die Brüder Valdez sehr wohl

gekannt. Wer kannte schließlich nicht die Stars der Basketball- und Baseball-Teams. Rick hielt noch immer einige Rekorde an der Clayburn-Highschool, jedenfalls glaubte Doug das. Doch er bezweifelte, dass sich die Brüder an ihn erinnern würden. Rick und Tony waren schon mit der Highschool fertig gewesen, als er gerade hingekommen war, und Alex war immerhin schon in der Oberstufe gewesen.

Und doch war er unter den neuen Umständen mehr als nur ein kleines bisschen nervös vor diesem Wiedersehen mit Vickys älteren Brüdern. Vicky hatte ihm erzählt, sie denke, ihre Brüder hätten schon so eine Vermutung, warum sie vorbeikämen, aber sie wollte sie weiter im Ungewissen lassen.

„Du glaubst aber nicht, sie haben vor, mich umzubringen oder so?"

Sie tat so, als schieße sie ihn ab. „Mach dir keine Sorgen. Sie werden dich genauso mögen wie ich."

Doch er dachte, Vicky sähe selbst etwas besorgt aus.

„Na ja, das werden wir schon herausbekommen", sagte er.

Sie überging diese Bemerkung und kam wieder auf das eigentliche Thema des Gesprächs. „Vielleicht können wir Angie wegen St. Mary's fragen. Sie ist schon ewig in dieser Gemeinde. Und sie ist eine gute Katholikin."

Er schnitt ein Thema an, über das sie schon längst hätten reden sollen. „Ich glaube nicht, dass ich konvertieren könnte, Vick. Und die Kinder schon gar nicht. Muss man bei euch nicht versprechen, die Kinder im katholischen Glauben zu erziehen?"

„Es ist eigentlich nicht meine Kirche, oder zumindest nicht mehr. Und ich würde dich auch gar nicht darum bitten, Doug. Zu konvertieren, meine ich. *Keinen* von euch. Ich ... ich glaube, ich bin keine sehr gute Katholikin."

Er hielt den Kopf schräg. „Was soll das plötzlich mit der ‚guten Katholikin'?" Vicky hatte allem Augenschein nach der Gottesdienst in seiner Gemeinde gefallen, den sie einmal mit ihm und den Kindern besucht hatte. Sie hatte immer von Gott geredet, als ob sie ihn kannte, eine Beziehung zu ihm hatte. Das war es, worauf es Doug ankam. Die Konfessionen waren ihm so ziemlich egal. Darum waren er und Kaye auch in die Gemeinde Community Christian gegangen. Darüber war Harriet nicht allzu erfreut gewesen, doch Kaye hatte sich durchgesetzt und Harriet hatte schließlich aufgehört, sie wieder in die Baptistengemeinde zurückbringen zu wollen, in der Kaye aufgewachsen war.

Vicky trank einen Schluck Kaffee, offenbar um abzulenken. „Das sollte gar nichts heißen. Ich glaube bloß, meine Brüder wären nicht allzu glücklich, wenn ich mich nicht in der Kirche trauen ließe."

„Wahrscheinlich sind sie auch nicht allzu glücklich darüber, wenn du einen Witwer mit fünf Kindern heiratest."

Ihr langsames Nicken sagte ihm, dass sie das auch so sah.

Die Kellnerin kam mit den Brezeln, Doug drückte etwas Senf auf den Pappteller und schaute dann wieder auf seine Liste. „Okay, dann lass uns fürs Erste das Thema wechseln." Er schob den Pappteller beiseite und ergänzte die anderen *W*s auf der Liste. *Wer, Was, Wann.* „Hey, diese Spalte können wir schon ausfüllen." Neben *Wer* trug er Doug DeVore und Vicky Valdez ein. „Und das hier auch." Er schrieb das Wort *Hochzeit* neben *Was.*

„Ja! Wir machen Fortschritte!" Sie klatschte so laut in die Hände, dass zwei ältere Damen am Verkaufsstand gegenüber dem Café zu ihnen herüberstarrten.

Lachend legte er seine Hände um ihre und legte sie sanft auf den Tisch. „Schhh!"

Sie wirkte ein wenig verlegen, doch das Funkeln in ihren Augen blieb.

Er tunkte ein Stück Brezel in Senf und steckte es sich in den Mund. „Okay, hier steht noch mehr." Er wollte die Stimmung nur ungern verderben, aber wenn er diese Frau heiraten wollte, mussten sie alle Karten auf den Tisch legen. „Wo sollen wir wohnen?"

„In deinem Haus." Sie zeigte auf die Liste. „Schreib es auf."

Er ließ den Kugelschreiber über dem Papier schweben. „Bist du dir sicher? Du warst schon mal da, Vicky. Du weißt, worauf du dich einlässt."

„Na ja, tut mir leid, aber ihr passt nicht alle in mein Haus. Es sei denn, ihr wolltet in der Garage schlafen."

„Bleib mal ernst."

Sie hob die Augenbrauen. „Vielleicht bin ich das ja."

Er rückte mit dem Stuhl vom Tisch ab und warf ihr einen ernsten Blick zu. „Vicky, ich möchte nicht, dass du es bereust."

Auch sie wurde ernst. „Okay. Ich gebe zu, ich hätte gern ... ich wünschte, wir könnten gemeinsam ein Haus in der Stadt finden. Aber das muss doch nicht jetzt gleich sein, oder? Wir können eine Zeit lang bei dir wohnen und dann ... dann suchen."

„Na schön." Sie hatte gesagt, in der Stadt. Wagte er es, ihr zu erzählen, dass er und Kaye jeden Cent umgedreht hatten, um die Farm zu kaufen, auf der er aufgewachsen war? Er konnte sich nicht vorstellen, jemals von dort wegzuziehen. Aber jetzt war nicht der richtige Zeitpunkt, dieses Thema anzuschneiden.

Sie tippte auf seine Liste. „Schreib es auf." Er notierte *mein Haus* ganz unten auf der Liste und drückte den Kuli aus.

Doch sie schnappte ihn sich aus seiner Hand, drückte die Mine wieder heraus und strich das *mein* aus. Stattdessen schrieb sie *UNSER* in Großbuchstaben.

Ihm wurde warm ums Herz und er fuhr ihr mit einem Finger über die Wange. „Ich liebe dich."

Lächelnd tupfte sie ihm mit ihrer Serviette die Mundwinkel ab. „Senf", erläuterte sie, küsste ihre Finger und übertrug den Kuss auf die Stelle, die sie gerade abgewischt hatte.

„Was würde ich bloß ohne dich machen?" Er gab sich Mühe, beiläufig zu klingen, aber ihre einfache Geste bewegte ihn mehr, als er sich anmerken ließ. Genau wie er und Kaye sich ergänzt hatten, war jetzt Vicky das fehlende Puzzlestück seines Lebens. Er war immer ein Leitwolf gewesen, ein ganzer Kerl. Doch er brauchte jemanden, der ihn ein bisschen verhätschelte. Vicky tat das. Und dafür liebte er sie.

„So, und als Nächstes?“ Vicky ließ den Stift wieder über der Liste schweben. „Ich weiß.“ Sie fügte noch ein *W* hinzu und ergänzte es zu einem *Warum*.

„Warum?“

Sie nickte und kritzelte dann etwas auf die Liste. Als sie fertig war, drehte sie das Blatt um und schob es ihm hinüber.

Weil ich dich liebe, stand da.

Das gab den Ausschlag. „Lass uns heiraten.“

Sie beäugte ihn misstrauisch. „Ich dachte, das hätten wir sowieso geplant.“

„Nein. Ich meine jetzt. Genau jetzt. Lass uns einen Friedensrichter suchen oder wen man dazu braucht.“ Er pochte auf die Liste. „Nichts von dem ganzen Zeug ist wirklich wichtig, Vicky. Wenn wir versuchen, alle Fragen zu klären, sind wir in einem Jahr noch dabei, alle Details auszuarbeiten. Lass es uns einfach machen.“

„Doug …“ Sie blickte wie ein erschrockenes Reh, das in Scheinwerferlichter starrt. „Man heiratet doch nicht aus … aus einer Laune heraus.“

„Das ist keine Laune. Wir haben alles durchgesprochen. Wir umschiffen bloß all das dumme Zeug. Das teure Zeug.“ Er hob eine Hand. „Keine Sorge, den Ring meine ich nicht. Du sollst einen Ring bekommen. Wir gehen zurück und holen ihn.“ Er nahm ihre Hand und streichelte ihre Finger. „Aber brauchen wir eine große, schicke Hochzeit? Vor allem, wenn du dadurch den Unmut deiner Brüder und der katholischen Kirche auf dich ziehst?“

Er wartete auf ihre Antwort und versuchte, an ihrem Gesichtsausdruck abzulesen, was sie dachte.

„Ich weiß ja nicht, Doug.“ Sie sah noch immer etwas verstört aus. „Du meinst nicht buchstäblich ‚heute‘, hoffe ich.“

Meinte er sehr wohl, aber vielleicht war das zu viel verlangt. „Nicht heute, aber bald. Nächstes Wochenende, wenn wir es schaffen. Ich rufe beim Gericht an und erkundige mich, was wir machen müssen. Kannst du dir ein paar Tage freinehmen?“

Sie nickte. „Aber was ist mit den Kindern?“

„Was soll mit ihnen sein?“

„Würden sie ... mitkommen?“

„Ach so. Nein. Natürlich nicht. Ich werde das schon regeln. Wren kann ein paar Tage auf sie aufpassen. Wir können nicht nach Hawaii reisen oder so etwas, aber vielleicht können wir ein paar Tage nach Kansas City abhauen. Nächsten Sommer machen wir eine richtige Hochzeitsreise, das verspreche ich dir.“

Sie legte ihm einen Finger sachte auf die Lippen. „Schhh. Mach keine Versprechungen, die du vielleicht nicht einhalten kannst. Wir machen eins nach dem anderen, okay?“

Er nickte. Sah so aus, als würde sie wirklich anbeißen. Er war hin- und hergerissen zwischen Erleichterung und Panik. Wenn sie einwilligte, würden sie heute in einer Woche Mann und Frau sein.

„Ich ... ich müsste mein Haus vermieten ... oder ...“, sie musste schwer schlucken, „... verkaufen.“

„Du kannst es erst einmal vermieten. Wir können immer noch entscheiden, was wir später machen. Wir brauchen ja nichts zu überstürzen.“

Sie drückte mit der Zunge die Wange heraus. „Ähm ... entschuldige mal, aber ist es nicht genau das, wovon du hier redest? Etwas überstürzen?“

„Du weißt, was ich meine. Das Kleinzeug. Darüber können wir uns später Gedanken machen. Lass uns jetzt erst mal einen Ring aussuchen. Von dem, was wir für eine Hochzeitsfeier sparen, kannst du dir den größten, protzigsten Ring im ganzen Laden aussuchen.“

„Ach, Doug.“ Ihre Augen bekamen wieder Glanz und vor Aufregung wurde ihr ganz kribbelig.

Er schob seinen Stuhl zurück und nahm ihre Hand. „Na komm, Honey, das machen wir.“

Kapitel 26

Doug stieß die Tür zu *Wren's Nest* auf und ließ sie fest genug zufallen, dass die Türglocke bimmelte und seine Ankunft verkündete. Wrens riesiger getigerter Kater schlenderte hinter der Theke hervor, aber Wren war nirgends zu sehen.

Er sog den typischen Duft der Pension ein, nach Äpfeln, Zimt und frisch aufgebrühtem Kaffee, und ihm knurrte der Magen. Nach einer Minute räusperte er sich und rief nach Wren. Er meinte, einen Wäschetrockner laufen zu hören, und ging um die Theke herum, um zu sehen, ob sie irgendwo dahinter wäre.

Genau diesen Augenblick wählte sich die Katze aus, um ihr weiches Fell an sein Bein zu schmiegen. Wenn die Theke seinen Sturz nicht gebremst hätte, wäre Doug der Länge nach hingeschlagen und hätte die dusselige Katze zerquetscht. Er versetzte dem Haustier einen leichten Stups mit der Stiefelspitze.

In dem Augenblick kam Wren Johannsen mit einem Stapel zusammengelegter flauschiger Handtücher aus der Waschküche gehetzt. „Douglas, ich wusste gar nicht, dass du hier bist. Meine Güte, wartest du schon lange?" Der Kater verlagerte seine Zuneigung auf Wrens Bein, aber sie schob ihn mit ihrem winzigen Fuß weg. „Geh aus dem Weg, Jasper, du dummer alter Kater."

„Bin eben erst gekommen."

„Dann komm mal mit ins Speisezimmer. Ich habe noch ein paar Stücke Pfirsich-Käse-Torte im Kühlschrank." Sie legte die Handtücher auf der Theke ab und ging voraus ins sonnendurchflutete Speisezimmer. „Wie geht es dir?"

Die Anteilnahme, die diese Frage immer begleitete, tropfte förmlich aus Wrens Stimme, doch bei ihr machte es ihm nicht so viel aus. Wren hatte Kaye geliebt – und dadurch auch ihn – wie ein eigenes Kind. Sie hatte sie sogar verkuppelt, als sie kaum aus der Highschool waren und Kaye bei Wren aushalf.

„Ich komme gut zurecht. Und du?“ Er quetschte sich auf einen Stuhl unter einem zu kleinen Tisch und sah zu, wie sie Kaffee einschenkte und ein paar Stücke ihres berühmten Käsekuchens auftrug.

Als sie sich zu ihm an den Tisch setzte, machte sie es ihm leicht. „Lass mich raten: Du brauchst jemanden, der auf deine kleinen Schätze aufpasst?“

„Genau so ist es.“

Aus ihren Augen sprühte Übermut. „Das hätte aber nichts mit einer gewissen hübschen Miss Valdez zu tun, oder?“

„Ich merke schon, die Gerüchteküche brodelt noch eifrig in Clayburn, USA.“

Ihr Gesichtsausdruck wurde ernst. „Ist es bloß ein Gerücht?“

Sein Lächeln verriet ihn.

„Also stimmt es, Doug? Du ... du gehst mit Vicky Valdez aus?“

„Ich gehe nicht nur mit ihr aus.“ Er beugte sich über den Tisch und senkte die Stimme. „Wir werden heiraten, Wren.“

Mit ihrer pummeligen Hand griff sie sich ans Herz. „Heiraten? Das ist wohl ein Scherz.“

„Überhaupt nicht. Am Freitag ist es so weit. Darum bin ich eigentlich auch hier. Ich wollte dich fragen, ob du die Kinder ein paar Tage betreuen könntest, während wir eine kleine Hochzeitsreise unternehmen.“

„Doug ...? Freitag? *Diesen* Freitag?“

Sosehr er sich auch bemühte, er konnte sein Lächeln nicht unterdrücken. „Wir haben uns ganz spontan dazu entschieden.“

Sie legte den Kopf schief und sah ihn an, mit einem Blick, in dem nichts von der Freude lag, die er bei dieser Neuigkeit erwartet hatte. „Diesen Freitag?“, sagte sie erneut.

Da kam ihm der Gedanke, dass sie vielleicht verletzt sein könnte, weil sie nicht zur Hochzeit eingeladen war. „Wir werden von einem Friedensrichter getraut“, sagte er rasch. „In Salina. Nur wir beide.“

Es war eine erstaunlich einfache Sache gewesen, am Morgen eine amtliche Heiratserlaubnis zu bekommen. Die Zeremonie mit Richterin Miriam Rickard war auf Freitag, vierzehn Uhr, anberaumt. Die Gerichtsschreiberin, die ihm die Heiratserlaubnis ausgestellt hatte, hatte gesagt, sie bräuchten nicht einmal Trauzeugen, wenn sie nicht wollten. „Wir können jemanden hier aus der Behörde als Zeugen dazunehmen", hatte sie gesagt.

„Wir wollten keine große Hochzeit", erzählte er Wren jetzt. „Das verstehst du doch sicher."

„Ach, Doug." Sie schüttelte langsam den Kopf mit dem silbernen Haar. „Es ist … so früh. So bald nach Kaye und Rahel. Bist du dir da wirklich sicher? Es sind doch erst …"

Er konnte sehen, wie sie in Gedanken den Kalender durchging, und ersparte ihr die Mühe. „Es werden fünf Monate." Warum machte sie das? Warum musste sie ihm die Freude verderben?

„Nicht einmal fünf Monate? Ach Douglas, mein lieber Douglas, überstürze doch nichts."

„Das tue ich nicht, Wren", versicherte er ihr. „Tun wir nicht. Wir haben alles durchgesprochen."

Anscheinend hörte sie nicht zu und sagte mit fast flehender Stimme: „Du hast so viel durchgemacht. Lass dir Zeit. Es braucht Zeit, so etwas zu überstehen. Sich neu zu verlieben. Es ist noch zu früh. Es ist einfach noch zu früh."

Er nickte unverbindlich. Er wollte nicht hören, was sie zu sagen hatte. Er nahm noch eine Gabel voll Käsekuchen. „Der ist wirklich gut."

Wren tätschelte ihm die Wange – eine Geste, die ihn auf seltsame Weise an Kaye erinnerte. „Ich sage ja nicht, dass Vicky dich nicht liebt. Wieso auch nicht? Aber du brauchst Zeit, das alles zu … verarbeiten. Und was ist mit den Kindern? Sie …"

„Ja, die Kinder lieben Vicky." Er schnappte nach dem dünnen Strang vernünftiger Argumente, den sie ihm anbot. „Und sie liebt sie."

„Das tut sie ganz gewiss. Aber die Umstellung wird gewaltig sein … für euch alle." Sie schnipste einen Krümel von der bestickten Tischdecke. „Wo wollt ihr wohnen?"

Er hatte sie schon auf seiner Seite, so viel war ihm klar. „Bei mir. Sie vermietet ihr Haus. Sag mal – du kennst wohl niemanden, der ein Haus langfristig mieten will? Vielleicht mit der Option, es später zu kaufen?“

„Vickys wunderschöner Garten ... den will sie aufgeben?“

Er zuckte die Achseln. „Wir sind uns noch nicht sicher. Kann sein, dass sie ihn behält. Kommt darauf an, was die Mieter wollen.“

Am Vorabend hatte er erfahren, dass der Gedanke, ihren Garten aufzugeben, Vicky schier umbrachte. Sie dachte wohl, sie hätte noch genug Zeit, sich um ihn zu kümmern, wenn sie erst zu ihm gezogen wäre. „Ich kann einfach abends nach der Arbeit noch ein bisschen hingehen“, hatte sie ihm gesagt. „Damit er nicht verwahrlost.“

Warum sie für Fremde einen Garten in Schuss halten wollte, wusste er nicht. Er hatte vorgeschlagen, hinter seinem Haus einen Garten anzulegen, doch darüber schien sie nicht allzu begeistert. Aber irgendwie würden sie das hinbekommen. Er hatte den Eindruck, diese Dinge würden gar nicht mehr so wichtig sein, wenn sie erst verheiratet wären.

Er piekste den letzten Rest Käsekuchen mit der Zinke seiner Gabel auf und schaute demonstrativ auf die Uhr. „Ich muss los, Wren. Wenn du meinst, ihr könnt die Kinder nicht nehmen, finde ich jemand anderen.“ Er hatte keine Ahnung, wer das sein könnte, vor allem, da Harriet mitten in ihren Umzugsvorbereitungen steckte, doch er würde tun, was er tun musste.

„Pah!“, winkte sie ab. „Natürlich nehmen wir sie. Wenn du dir sicher bist, dass du das willst. Aber denke bitte noch einmal darüber nach. Doug, ich ... ich fühle mich ein bisschen verantwortlich, denn ich habe euch ja zusammengebracht.“

„Du meinst, bei der Hochzeitsfeier der Linders?“ Er hätte fast vergessen, dass Wren ihm damals vorgeschlagen hatte, mit Vicky zu tanzen. Das hatte wirklich den Stein ins Rollen gebracht.

Wren nickte. „Vielleicht war ich ein bisschen zu ... eifrig, euch beide zusammenzubringen.“

„Du hast Kaye und mich auch verkuppelt, wenn ich mich recht entsinne. Und sieh nur, was dabei herausgekommen ist.“ Er setzte ein gezwungenes Lächeln auf.

„Versprich mir nur, dass du darüber beten wirst, Doug. Vielleicht solltest du mal mit Trevor reden. Er hat dasselbe durchgemacht wie du. Er weiß bestimmt einen guten Rat. Ich fände es entsetzlich, wenn ich dich zu etwas gedrängt hätte, was nicht zu Gottes Plan für dich passt.“

Doug gab einen unverbindlichen Grunzlaut von sich. Es ging sie wirklich nichts an.

Wren schien das nicht zu bemerken und setzte ihren Vortrag fort. „Ihr könnt ja, wenn ihr es jetzt verschieben wollt, auch noch später heiraten. Umgekehrt kommt man nicht so leicht wieder heraus. Versprich mir einfach, dass du darüber betest“, sagte sie noch einmal. Das Lächeln, das sie ihm schenkte, besagte, *sie* werde auf jeden Fall beten.

„Soll ich die Kinder zu euch bringen, oder wäre es für euch einfacher, zu mir zu kommen – zu *uns*?“ Du meine Güte. Er hatte sich mühsam angewöhnt, an sich als Einzelperson zu denken, und jetzt musste er beim Gedanken an sein Haus, Hab und Gut wieder in der Mehrzahl denken. *Unser*. Seins und Vickys.

„Was für euch einfacher ist. Vielleicht möchten sie gerne hierherkommen. Bisher habe ich nur ein Zimmer am Wochenende vergeben, Karen könnte also ein eigenes Zimmer haben.“

Er grinste anerkennend. Jetzt stand sie bei ihm wieder hoch im Kurs. Karen wäre bestimmt begeistert, bei Wren zu wohnen. Vielleicht würde das ihre Reaktion etwas abmildern, wenn sie erführe, dass er und Vicky heiraten wollten. Er wollte es den Kindern am Abend erzählen. Doch bei der Aussicht darauf lief ihm ein Kälteschauer über den Rücken.

Zuerst musste er Vicky sagen, dass sie für Freitag einen Termin hatten. Die Lawine war losgetreten und nahm an Fahrt auf. Er stand auf und legte Wren eine Hand auf die Schulter. „Danke, Wren. Du hast etwas bei mir gut.“

„Du schuldest mir gar nichts, Douglas. Ich will einfach nur, dass du glücklich bist. Alle wollen das."

Auf der Fahrt in die Stadt zur Arbeit kaute er an diesem Gedanken. Glücklich sein. Wren hatte den Nagel auf den Kopf getroffen. Das war es, was er sich wirklich wünschte. Er hatte so viel verloren. Doch wenn er mit Vicky zusammen war, fühlte er sich wieder lebendig. Ungeachtet der Zweifel, die ihm Wren Johannsen am Morgen mit auf den Weg gegeben hatte, hatte er es doch gewiss verdient, noch einmal Liebe zu erfahren, noch einmal glücklich zu sein – nach allem, was Gott von ihm verlangt hatte.

Und wenn nicht *er*, dann jedenfalls die Kinder – niemand könnte vorbringen, dass sie die Liebe nicht verdienten, die Vicky ihnen entgegenbrachte.

***

Karen vertiefte sich gerade in die neue Reality Show, als Papa sich die Fernbedienung aus Louis' Hand schnappte und den Fernseher ausschaltete. „Also, kommt bitte mal alle her. Ich muss euch etwas erzählen. Setzt euch auf die Couch, alle miteinander. Ich könnt später noch fernsehen."

„Hannah auch, Papi?", fragte Sarah.

„Hannah auch."

Bei diesen Worten quiekte Hannah und watschelte in die Küche.

„Ich hole sie." Karen fing die Kleine ein und trug sie zurück ins Wohnzimmer, wo die Zwillinge und Louis nebeneinander auf dem Sofa saßen, als säßen sie in der Kirchenbank.

Sie quetschte die Jüngste zwischen Sarah und Sabrina und ließ sich auf der Armlehne nieder. Papa saß ihnen auf dem Couchtisch gegenüber und hatte die Beine übereinandergeschlagen. Doch ein Blick in sein Gesicht und Karen blieb fast das Herz stehen. Es war derselbe ernste Ausdruck wie an Thanksgiving ... als er sie alle bei Oma genauso aufs Sofa gesetzt und ihnen gesagt hatte, dass Mama und Rahel gestorben waren.

Karen schlang die Arme um die Knie, um sie vom Zittern abzuhalten.

Alle, die sie liebte, waren hier. Sie sog die Luft ein. War etwas mit Oma Thomas? Oder mit Seth? War Seth Berger etwas zugestoßen? Aber nein, Papa wusste nicht mal etwas von ihr und Seth, und selbst wenn, würde er ihre Geschwister für so etwas nicht herbeizitieren.

Papa rutschte auf dem Couchtisch nach hinten und legte den Kopf schräg. Aus seinem ernsten Gesichtsausdruck wurde ein Lächeln. Jetzt konnte Karen etwas freier atmen. Fast sah er etwas verlegen aus ... wie damals, als Mama ihn dabei erwischt hatte, wie er Plätzchen aß, die sie für den Sommerbibelkurs gebacken hatte. Sie hatten sich heftig deswegen gestritten. Sie bekam das zufällig mit und kam in die Küche, wo Mama gerade Papa zusammenstauchte, der versuchte, sich zu entschuldigen, während sie die Entschuldigung nicht annahm. Karen hatte all ihren Mut zusammennehmen müssen, doch schließlich hatte sie, um ihre Aufmerksamkeit zu erlangen, ganz laut gerufen: „He, ihr! Wie sinnvoll ist das denn, sich wegen eines *Bibelkurses* zu streiten?"

Aus irgendeinem Grund brachte das beide zum Kichern und in null Komma nichts krümmten sie sich vor Lachen, nahmen sich in den Arm und küssten sich, als hätte es nie einen Streit gegeben. Und als hätten sie vergessen, dass sie im Zimmer war.

Bei dieser Erinnerung wurde ihr ganz warm ums Herz.

„Ich muss euch eine Neuigkeit erzählen", sagte Papa und brachte sie damit zurück in die Gegenwart. „Eine gute Neuigkeit."

Sie richtete sich auf und beugte sich nach vorne. Ob Bindy wohl wieder Welpen bekäme? Aber nein, das konnte ja gar nicht sein. Nach dem letzten Wurf hatte Papa sie zum Tierarzt gebracht, denn Mama hatte gemeint, sie könnten doch kaum ihre Kinder versorgen, geschweige denn Welpen füttern.

„Miss Valdez ..." Papa räusperte sich. „Miss Vicky und ich sind verlobt."

Das Ticken der Wanduhr füllte das Schweigen, während die Kinder sich anschauten.

Schließlich wandte sich Sabrina mit gerunzelter Stirn an Papa. „Also verlobt, das heißt ... ihr wollt heiraten?“

Louis stupste sie mit dem Ellbogen an. „Was denn sonst, du Dummerjan.“

Papa brüllte Louis noch nicht einmal an, weil er seine Schwester als Dummerjan bezeichnet hatte. „Das stimmt. Wir heiraten.“

Karen stockte der Atem. *Verlobt* konnte sie ja schon kaum verstehen. Aber *heiraten*?

„Und zwar“, sagte Papa richtig fröhlich, „heiraten wir diesen Freitag. Vicky zieht hierher und wird dann ...“

Auf gar keinen Fall! Das konnte doch nicht sein Ernst sein!

Papa sah sie an und da wusste sie irgendwie, dass er beinahe gesagt hätte „... wird dann eure Mama sein.“ Doch seine Stimme verlor sich. Das war auch gut so, denn sonst hätte sie zugeschlagen. Richtig fest. Mitten ins Gesicht.

Sarah und Sabrina fingen an, auf den Sofakissen herumzuhüpfen, Hannah lachte und klatschte in die Hände. Die Kleine konnte nicht verstehen, was Papa gesagt hatte. Und die Zwillinge waren so begeistert, weil sie Miss Valdez mochten. Sie konnten nicht verstehen, was das bedeutete. Dass ihre Erzieherin mit Papa zusammen sein würde – so wie Mama damals.

Karens Magen rumorte und sie schlang die Arme noch fester um ihre Knie. Sie bekam keine Luft mehr, klammerte sich an das Polster der Armlehne und betete um Mut. „Das ist nicht dein ... dein Ernst“, brachte sie schließlich heraus.

„Natürlich, Kaye.“

„Nenn mich nicht so!“

Papa sah so aus, als wäre ihm gar nicht aufgefallen, dass er sie bei Mamas Namen genannt hatte. Das tat er in letzter Zeit immerzu.

„Und Mama?“

„Karen ...“ Er streckte seine Hand nach ihrem Knie aus.

Sie zuckte zurück und schob seine Hand weg. „Das ist dir doch sowieso egal!“

„Was redest du denn da?“ Er verschränkte die Arme vor der Brust wie sonst, wenn sie Ärger bekam. Doch seine Stimme war sanft. „Natürlich ist es mir nicht egal, Karen. Ich würde doch nicht mit euch reden, wenn es mir egal wäre.“

Sie wusste nicht, was das mit dem Ganzen zu tun hatte.

Sabrina, die immer noch wie eine Blöde grinste, sprang neben ihr auf. „Bekommt Miss Valdez dann so ein Hochzeitskleid wie Mama?“

Karen schob sie wieder aufs Sofa. Durch die Kettenreaktion plumpste Hannah auf Sarahs Schoß.

„He ...!“

„Halt den Mund, Sabrina.“ Karen bemühte sich sehr, sich ihre Tränen nicht anhören zu lassen. „Kapierst du es denn nicht? Papa betrügt sie.“

„Karen. Warum sagst du denn so etwas?“ Papa sah verletzt aus.

Sie schaute weg.

„Karen? Schatz, komm, sieh mich an.“

Sie blickte gerade so lange hoch, dass sie keinen Ärger bekäme, und senkte dann wieder den Blick.

Papa tätschelte sachte ihr Knie und sagte dann flüsternd: „Ich habe deine Mutter mehr geliebt, als du je ahnen kannst. Sie war ...“ Ihm brach die Stimme.

Das wiederum brach ihr das Herz.

Papa hob mit einem Finger ihr Kinn an, bis sie seinem Blick nicht länger ausweichen konnte. „Süße, es wird niemals jemanden wie deine Mutter geben. Nie, niemals wird jemand ihren Platz einnehmen. Aber ... sie ist nicht mehr da. Und wir müssen unser Leben weiterleben.“

Karen versuchte zu schlucken, aber sie hatte das Gefühl, als hätte jemand ein Schlachtermesser in ihrem Hals stecken lassen. „Du betrügst Mama.“ Ihre Stimme war monoton. „Du betrügst uns alle.“

„Kommt das von ‚betragen‘?“ Sarah ließ Hannah auf ihrem Schoß hopsen.

„Niemand betrügt hier jemanden." Papas Blick wurde ganz hart und ließ sie erstarren. „Und ich will so etwas nicht wieder hören."

Sie glitt von der Sofalehne, rauschte an ihm vorbei und stieg mit zusammengebissenen Zähnen hoch in ihr Zimmer. Es war ihr egal, *was* in der Bibel stand. Solange sie lebte, würde sie ihm nicht vergeben. Niemals.

Kapitel 27

Ich, Viktoria, nehme dich, Douglas, zu meinem Ehemann." Vicky blickte Doug in die Augen. Ihre Stimme hallte in dem dämmrigen Gerichtssaal wider. „Dich zu achten und zu ehren, in Gesundheit und in Krankheit, in Reichtum und in Armut ..."

Bei dem Wort *Armut* zwinkerte Doug ihr zu und sie hätte fast gekichert. Seinem Blick ausweichend starrte sie über seine Schulter auf die leere Empore und beendete das Gelübde, das auch er zuvor abgelegt hatte. „In allem, was das Leben uns bringt, verspreche ich dir hier vor Gott und den Menschen, dich zu lieben und dir treu zu sein, bis dass der Tod uns scheidet."

Von diesem Tag an würde sie einen Hochzeitstag zu feiern haben. 27. *April.* Dieses Datum würde in ihrem Kalender – *ihrer beider* Kalender – für den Rest des Lebens rot angestrichen sein.

Die Friedensrichterin, die noch leicht als Studentin hätte durchgehen können, wandte sich an Doug. „Möchten Sie Ringe tauschen?" Ihre Frage klang so, als frage sie ihn, ob er auf einen Dollar herausgeben könne.

Er nickte und angelte in seiner Manteltasche nach Vickys Ring. Sie hatten die Ringgrößen bestimmen lassen und die fertigen Ringe erst am Nachmittag abgeholt. Vicky fuhr mit dem Finger über den diamantbesetzten Verlobungsring, den sie seit einer ganzen Stunde trug. Doug zog beide Eheringe hervor und drückte Vicky seinen Ring in die Hand.

„Sie zuerst." Die Richterin nickte Doug zu. „Sie können ihr den Ring anstecken."

Vicky bemühte sich, ihre Hand nicht zittern zu lassen, während Doug ihr den schlichten Ring über den Fingerknöchel schob. Gestern hatte sie sich eine Maniküre gegönnt. Aber noch so viel Nagellack oder Handcreme kaschierten keine Hände, die vom ständigen Waschen in der Tagesstätte rau waren, ganz zu schweigen von der Gartenerde, die sich in ihre Poren gesetzt hatte.

Doug schien das nicht aufzufallen. Sie spürte seine Rührung, als er ihr den dünnen Silberring ansteckte. Sie fingerte an ihrem Verlobungsring herum, der vorerst an ihrem rechten Ringfinger bleiben würde.

Doug legte seine Hände um die ihren. Sie schluckte, dann nahm sie den schmucklosen Silberring, den sie, passend zu ihrem, am Samstag ausgesucht hatten, und schob ihn Doug auf den linken Ringfinger. Dann ließ sie für einen sehr langen Moment ihre Hand auf seiner liegen.

Doug umschloss wieder ihre Hände und so standen sie da, während Richterin Rickard den kleinen Text zu den Ringen vorlas, den sie im Internet gefunden hatten.

Die Richterin räusperte sich und zog das Blatt Papier aus einem dünnen Handbuch. „Der Ehering ist ein äußeres sichtbares Symbol für die Unverbrüchlichkeit der Liebe." Sie las die Worte mit der ganzen Emotion, die sie für einen gerichtlichen Schriftsatz aufgebracht hätte. „Sie zeigen der Welt, dass dieser Mann und diese Frau sich vor Gott die Treue geschworen haben. Tragen Sie diese Ringe im Gedenken aneinander und im Respekt gegenüber dem Bund der Ehe."

Die junge Frau schlug eine Seite in ihrem Buch um und erstarrte. Sie blätterte durch das Büchlein und vor lauter Verwirrung verdüsterte sich ihr Gesicht. Nach weiterem Geblätter zuckte sie die Achseln und sah sie unsicher an. „Oh. Sieht so aus, als sollten die Gelübde vor den Ringen kommen. Halb so wild. Ich glaube, wir bewegen uns noch im legalen Rahmen."

Doug sah Vicky mit einer stummen Entschuldigung in den Augen an.

Doch die Stimme der Richterin wurde etwas wärmer und sie fand auch zu einem Lächeln, bevor sie ihnen einzeln die uralte Frage stellte. „Wollen Sie diesen Mann (diese Frau) zu Ihrem rechtmäßigen Ehemann (zur Ehefrau) nehmen?"

„Ja, ich will", sagte Vicky.

„Ja, ich will", wiederholte Doug mit feuchten Augen.

Und diesen einen Augenblick lang fühlte sich alles, was diesen Tag ausmachte, goldrichtig an.

***

Ihr Hotel lag am Stadtrand. Der Verkehrslärm von der Stadtautobahn brauste über ihren Köpfen über die Hochstraße. Das Zimmer, das Doug gebucht hatte, lag am Ende des schmalen Flurs. Als er Vicky die Tür öffnete, schlug ihr der Gestank von abgestandenem Zigarettenrauch und schmutzigen Socken entgegen. Sie atmete durch den Mund und versuchte, ein Fenster zu öffnen, während Doug die Tür zweifach verriegelte.

Sie machte sich an den Schaltern für Heizung und Lüftung zu schaffen, als sie seine Arme um ihre Schultern spürte. „Hey, Mrs DeVore ..."

Seitdem sie letzten Samstag die Ringe ausgesucht hatte, hatte sie ihren neuen Namen – *Viktoria DeVore* – in ausgefallener, fließender Schrift geübt. Aber irgendwie erschreckte es sie, als sie ihn diesen Namen jetzt aussprechen hörte. Jetzt war sie eine *Mrs.* Sie war *Mrs Douglas DeVore. Vicky DeVore.* In ihren Gedanken passte der Name nicht zu ihr, wie eine Jacke, die von jemand anderem geliehen war.

„Komm, du." Doug zog sie mit heiserer Stimme an sich. „Ich liebe dich. Weißt du das?"

Sie richtete sich auf, lehnte sich an ihn und nickte an seiner Brust. Sie hatte nicht erwartet, dass sie vor dieser Nacht so aufgeregt sein würde. Sie war dreißig Jahre alt, hatte viele Bücher und Zeitschriften gelesen, mit ihren Freundinnen über diesen Teil der Ehe gesprochen. Seit jenem ersten leidenschaftlichen Kuss hatte Doug keinen Hehl aus seinem Verlangen nach ihr gemacht. Doch er hatte ihren Wunsch respektiert, zu warten. Auf diesen Moment.

Doch jetzt, da der Augenblick gekommen war, fühlte sie sich schüchtern und unsicher.

Er schien ihre Anspannung zu bemerken und rieb durch den Stoff ihres Seidentops kleine Kreise auf ihren Rücken. Er küsste ihr das Haar, murmelte ihr etwas ins Ohr. Sie konnte sein Verlangen spüren, das Drängen in seiner Zärtlichkeit. Und wenn sie eine Enttäuschung für ihn wäre? Und wenn … alles nicht so klappte, wie es klappen sollte?

Sie dachte an die kurze Zeremonie am Nachmittag und wie anders doch alles war als in ihren Träumen. Seit sie ein kleines Mädchen gewesen war, wollte sie ein bauschiges weißes Kleid haben und fünf Brautjungfern und eine volle Kirche. Stattdessen hatte sie einen schlichten schwarzen Rock und dieses beigefarbene Seidentop getragen. Sie hatte es nur wenige Stunden angehabt – und jetzt fummelte Doug am obersten Knopf herum.

Sie entzog sich ihm. „Ich … mach mich mal etwas frisch." Sie griff sich ihre Kosmetiktasche. „Bin gleich wieder da."

Er lächelte und ließ seine Hände an ihren Armen hinabgleiten. „Ich werde hier sein."

Im Bad inspizierte sie ihr Gesicht. Ihr Make-up war verblasst, unter den Augen hatte sie dunkle Ringe. Ihr Haar war ein krauser Schopf. Sie würde ihn bitten, das Licht auszuschalten, bevor …

Sie öffnete ihren Waschbeutel, holte ihre Zahnbürste heraus und drehte den Wasserhahn auf. Das Wasser wurde heiß und der Dampf beschlug den Spiegel. Sie putzte sich die Zähne, bis sie Angst hatte, ihr Zahnfleisch werde bluten. Schließlich konnte sie es nicht länger hinauszögern.

Sie zog sich aus, wobei sie ihr Spiegelbild mied und rasch in das Negligé schlüpfte, das sie am Abend zuvor bei Walmart gekauft hatte. Sie riskierte einen kurzen Blick durch den Dampfschleier, schaltete das Licht aus, atmete flach ein und öffnete die Tür.

Das Zimmer war dunkel und nur vom gedämpften Schein einer Lampe neben der Tür erleuchtet. Doug saß auf der Bettkante und hatte die Unterarme auf die Knie gestützt. Er warf einen Blick auf sie, durchquerte das Zimmer und nahm sie in den Arm. „Alles okay bei dir?"

Sie sog zittrig die Luft ein und vergrub ihr Gesicht an seiner Schulter. „Ich ... ich fürchte mich schier zu Tode." Die Tränen liefen und wollten sich nicht aufhalten lassen. „Du bist ... für dich ist das nicht neu."

„Nein. Auf keinerlei Weise." Er schloss sie fester in die Arme. „Aber es ist neu mit dir."

„Was ist, wenn ich nicht weiß ... was ich machen soll?"

„Du wirst es schon wissen." Sie hörte das zärtliche Lächeln in seiner Stimme.

Doch er war mit einer Frau zusammen gewesen, die Jahre Zeit gehabt hatte, zu lernen, wie sie ihn glücklich machen konnte. Musste er sie da nicht einfach mit Kaye vergleichen? Und musste sie da nicht unzulänglich wirken? Kaye war so lebhaft gewesen, hatte immer so selbstsicher gewirkt.

Er legte ihr eine Hand auf den Kopf, neigte ihn zurück und suchte ihren Blick.

Sie erwiderte seinen Blick und hielt ihm verzweifelt stand.

Er nahm sie bei der Hand, bat mit den Augen um Erlaubnis und führte sie um das Bett herum. Sie setzte sich auf die Kante und er kniete sich vor sie.

„Keine Sorge, Honey", flüsterte er. „Wir machen ganz langsam. Das verspreche ich dir. Wir nehmen uns so viel Zeit, wie du brauchst. Wir haben unser ganzes Leben Zeit, es herauszufinden. Gemeinsam."

***

Sonnenschein sickerte durch den Spalt zwischen den dicken Vorhängen des Hotelzimmers. Doug legte einen Arm über die weibliche Gestalt, die leise atmend neben ihm lag. Er zog sie an sich und drückte seine Stirn an ihren Rücken. Nur halb wach griff er nach seinen Erinnerungen, die ihm durch den Kopf schwirrten wie der abgehackte Nachspann eines Films. Da war Kaye mit ihrem tollen Lächeln, die versuchte, ihm etwas zu sagen. Doch ihr Lachen ging unter in der leidenschaftslosen Stimme einer Richterin. „Kraft meines Amtes, verliehen durch den Staat Kansas, erkläre ich Sie zu Mann und Frau."

Er wälzte sich herum, richtete sich im Bett auf und blinzelte durch die Dunkelheit auf die Ziffern der Digitaluhr auf dem Nachtschrank. Sieben Uhr fünfundvierzig. Auf dem Kissen neben seinem breitete sich Vickys dunkles Haar wellenförmig aus. Er schüttelte den Kopf und versuchte, seinen aufwühlenden Traum zu vertreiben.

Er war verheiratet. Wieder verheiratet. Er hatte eine neue Chance bekommen, glücklich zu sein. Doch der Beginn seines Lebens mit Vicky Valdez am Vorabend war etwas uneben verlaufen. Sie war ängstlich gewesen wie ein kleines Kind. Ihre Besorgnis und das Geschenk, das sie ihm machte, berührten ihn tief und es war ihm leichtgefallen, geduldig mit ihr zu sein. Seine Küsse ließen sie auftauen und sie gaben sich einander sanft und zärtlich hin. Wie sein erstes Mal mit Kaye.

Danach, als Vicky in seinen Armen eingeschlafen war, waren unerwartet Tränen aufgestiegen. Tränen um Kaye. In diesem Augenblick vermisste er sie unendlich. Und er würde Vicky nie erzählen können, wie sehr er sich nach seiner Frau – nach Kaye – sehnte, selbst während er seine neue Frau in den Armen hielt.

In seiner Hochzeitsnacht saß er da und weinte – weinte um alles, was er verloren hatte. Um Rahel und um das Leben, das ihm genommen worden war.

Er weinte; denn so sehr er es sich auch wünschte, Vicky war nicht Kaye und würde es niemals sein.

Kapitel 28

Vicky drückte wieder auf die Klingel. Dann verschränkte sie ihre Finger und versuchte, sich eine Rede im Gedächtnis einzuprägen, die sie noch nicht geschrieben hatte.

„Bist du aber nervös." Doug legte ihr von hinten die Hände auf die Schultern und massierte ihre verspannten Muskeln. Zu jeder anderen Zeit hätte sie das genossen, aber im Augenblick musste sie den Drang unterdrücken, ihn abzuschütteln.

„Ein bisschen."

Grinsend legte er ihr eine Hand in den Nacken und küsste ihre Schläfe. „Am Freitagabend warst du auch nervös und sieh mal, wie sich alles zum Guten entwickelt hat."

Sie spürte die Hitze zum Nacken aufsteigen, war insgeheim jedoch froh, dass er sie wegen dieser Nacht ein bisschen aufzog. Er war still gewesen, besorgt, seit sie das erste Mal miteinander geschlafen hatten. Beinahe hatte sie sich Sorgen gemacht, er könne enttäuscht gewesen sein. Es war gut, jetzt zu hören, dass es für ihn wohl okay gewesen war.

Doch im Moment beschäftigte sie vor allem ihre Angst wegen ihres Bruders und sie wollte nicht zulassen, dass Doug das Thema wechselte. „Ich weiß eben nicht, wie Rick das aufnehmen wird."

„Du hast mir versprochen, sie würden mich nicht umbringen, weißt du noch?"

„Hör doch bitte auf, Doug!" Sie hatte ihn nicht anfahren wollen und strich ihm entschuldigend über den Arm. „Tut mir leid ... aber das ist nicht sehr hilfreich."

Sie und Doug waren letztes Wochenende, nachdem sie die Ringe ausgesucht hatten, bei ihrem Bruder vorbeigefahren. Doch es war niemand daheim gewesen, was sie im Nachhinein als göttliche Fügung bezeichnet hatte. Sie hatte mit ihren Brüdern über Doug und die Kinder gesprochen, etwas ausführlicher mit Angie, aber sie hatte nie verlauten lassen, wie nah sie und Doug sich standen. Nach allem, was sie wussten, war er einfach ein guter Freund und sie war ein paarmal mit ihm ausgegangen. Nachdem sie beschlossen hatten, so rasch zu heiraten, hatte sie Doug überredet, ihren Brüdern erst nach der Hochzeit etwas zu sagen. Das bereute sie jetzt.

Sie streckte die Hand erneut nach der Klingel aus, doch die Tür wurde aufgezogen und Angie stand lächelnd da. „Vicky! Komm doch herein." Sie schaute an ihr vorbei und lächelte Doug höflich zu.

„Angie, das ist Doug DeVore."

„Willkommen, Doug. Wir haben schon so viel von dir gehört. Wird ja Zeit, dass Vicky dich mal vorstellt. Komm bitte herein."

Sie führte sie ins Haus. „Alex und Tony kommen erst nach dem Essen. Sie mussten einige Pläne ändern, denn das ist nicht unser reguläres Familienwochenende." Sie drehte sich um und rief die Treppe hinauf: „Rick! Vicky ist da." Erläuternd fügte sie hinzu: „Er holt sie nach ihrem Nickerchen aus dem Bett."

„Ah, wie schön. Ich hatte gehofft, dass sie wach ist." Sie drehte sich zu Doug um. „Warte nur ab, bis du die Kleine siehst." Emmy wäre ein wunderbares Gesprächsthema. Und vielleicht ein Puffer.

Das Gurren eines Säuglings drang zu ihnen herunter und Rick erschien mit Emmy im Arm oben an der Treppe.

„Hallo, Schwesterchen. Da bist du ja. Wir dachten fast schon, du würdest gar nicht mehr auftauchen." Er kam die Treppe herunter, gab ihr einen Kuss auf die Wange und übergab ihr das Baby. Genau wie Angie nickte er höflich in Dougs Richtung und wartete darauf, dass Vicky sie einander vorstellte.

Sie drückte Emmy an sich und atmete den Babyduft ein. „Rick, Angie, das ist Doug." Sie atmete noch einmal tief ein und brachte ein hintergründiges Lächeln zustande. „Das ist ... mein Mann." Eigentlich hatte sie warten und es allen Brüdern gleichzeitig sagen wollen, doch jetzt war es heraus.

Ihr Bruder und seine Frau wechselten Blicke, die besagten: „Haben wir da etwas verpasst?"

„Doug und ich ... haben am Freitag geheiratet." Vicky versuchte, aus ihrer Stimme eine Heiterkeit klingen zu lassen, die sie gar nicht empfand. „Eigentlich sind wir auf dem Rückweg von unserer Hochzeitsreise. Daher haben wir darum gebeten, das Treffen zu verschieben."

„Was?" Ricks angegraute Augenbrauen verzogen sich zu einem finsteren Blick. „Das ist nicht dein Ernst, Viktoria." Es war eine Aussage, keine Frage. Und ihr stand echter Ärger bevor, wenn er sie mit ihrem ganzen Namen ansprach. Allerdings nahm er es ungefähr so auf, wie sie erwartet hatte.

Doug trat einen Schritt vor und streckte die Hand aus. „Das stimmt. Ich bin der Glückliche. Schön, euch kennenzulernen ... oder vielmehr, euch wiederzusehen. Du wirst dich sicher nicht an mich erinnern", erläuterte er, „aber ich war ein großer Fan und Bewunderer, als du damals an der CHS Basketball gespielt hast. Und als du für Marymount angetreten bist, habe ich auch ein paar Spiele gesehen."

Vicky hätte ihn auf der Stelle küssen können. Wenn es eine Möglichkeit gab, Rick für sich einzunehmen, dann war ein Gespräch über seine alten Basketballzeiten ein guter Aufhänger.

Rick schüttelte Doug die Hand und Vicky sah, wie der Zorn, der unter seiner dunklen Haut zu köcheln begonnen hatte, etwas abklang. Dennoch wandte er sich beim Händeschütteln nicht an Doug, sondern an Vicky. „Stimmt das? Seid ihr wirklich *verheiratet?*"

„Ja, Rick."

„Ähm ... ich kann mich nicht erinnern, eine Einladung erhalten zu haben." Er lächelte nicht.

„Wir wollten keine große Hochzeit, Rick. Einfach nur ... wir beide."

„Das soll wohl heißen, ihr hattet keine Trauung in der Kirche."

Ihr kam ein erschreckender Gedanke. Würde ihr Bruder versuchen, ihre Ehe annullieren zu lassen, da sie außerhalb der katholischen Kirche geschlossen worden war? Rasch bemühte sie sich um eine Erklärung. „Wir wurden von einer Richterin getraut, Rick. Ich habe euch doch von Dougs Situation erzählt." Sie wandte sich an Angie, um auch sie einzubeziehen. „Wir wollten alles so schlicht wie möglich halten. Wir ... wir lieben uns und ich liebe Dougs Kinder. Ich habe das Gefühl, Gott hat es so für uns gewollt."

Rick legte die Stirn in Falten. „Ich bin mir nicht sicher, ob ich vorgeben würde, Gottes Willen zu kennen."

Vicky betete, dass Doug einspringen und etwas zu ihrer Verteidigung sagen würde, doch er stand da und rieb mit der Stiefelspitze über den Teppich.

Ricks dunkle Augen verengten sich. „Es wäre schön gewesen, wenn wir eingeladen gewesen wären. Wer hat dich denn zum Altar geführt?" Er klang tief verletzt.

Vicky ging auf, dass ihr Bruder immer davon ausgegangen war, diese Aufgabe werde ihm zufallen.

„Es ... es gab keinen richtigen Gang. Wir haben auf dem Friedensgericht geheiratet. Am Freitag." Sie verlagerte Emmy auf die andere Hüfte. „Rick, ich bin glücklich. Kannst du dich nicht einfach mit mir freuen?"

Das Baby begann zu zappeln. Vicky schnalzte mit der Zunge, gurrte und versuchte, die Kleine bei Laune zu halten; dabei hoffte sie, Rick werde einlenken.

Angie legte ihrem Mann eine Hand auf den Arm. „Rick, bitte ..." Sie wandte sich an Doug und Vicky. „Wir freuen uns sehr für euch beide." In ihrem Gesichtsausdruck stand die Bitte, sie mögen Ricks Grobheit entschuldigen.

Doch mit einem Stirnrunzeln entzog er sich Angies Hand und ließ ihre Glückwünsche nicht für sich gelten.

„Lasst uns doch in die Küche gehen. Das Essen ist gleich fertig. Vicky, du kannst mir Gesellschaft leisten, während ich den Tisch decke." Angie ließ ihnen keine andere Wahl, als ihr durch den offenen Wohnbereich in die große, sonnendurchflutete Küche zu folgen.

Als sie sich an den Küchentisch setzten, kamen die beiden jüngsten Söhne Rick und Angie aus dem Spielzimmer im Keller hinzu. „Tante Vicky!"

„Hallo, Jungs. Na, wie geht's?"

Ricky rannte zu ihr, um sie zu umarmen, doch der Sechsjährige hielt inne, als er Doug neben ihr sah.

„Jungs, das ist Doug, mein Mann. Er ist jetzt euer Onkel Doug."

„Geht mal wieder runter", blaffte Rick. „Wir rufen euch, wenn das Essen fertig ist."

Die Jungen zuckten zusammen, als hätte man sie bestraft, doch sie behielten Doug neugierig im Auge, während sie sich rückwärts trollten.

Beim Essen war allen unbehaglich, denn die Kinder benahmen sich daneben und die Erwachsenen schlichen um das eine Thema herum, an das sie ganz offenbar alle dachten. Doug wollte eine Unterhaltung führen, aber Rick ließ ihn mehrmals abblitzen, bis er schließlich aufgab und sich auf die riesige Portion konzentrierte, die Angie ihm aufgetan hatte.

Bis Tony und Alex endlich auftauchten, hätte Vicky ihren Bruder am liebsten erdrosselt. Zum Glück boten acht Kinder und ein quengeliges Baby genügend Abwechslung, um jede Diskussion über die Meinung ihrer Brüder zu ihrer Heirat zu umschiffen.

Sie aßen selbst gemachtes Eis im Garten, doch kaum hatte Doug sein Schälchen leer, verabschiedete sich Vicky unter einem Vorwand.

„Du rufst mich an", sagte Rick spitz, als sie zum Wagen gingen. „Wir reden noch." Er nickte Doug auf eine Weise zu, aus der Vicky herauslas: „Mit dir habe ich auch noch ein paar Sachen zu klären, mein Junge."

Sie konnte sich gut vorstellen, wie das Gespräch zwischen ihren Brüdern und ihren Frauen verlief, als sie und Doug mit dem Pickup aus der Einfahrt fuhren.

Die Fahrt nach Hause – zu ihrer ersten gemeinsamen Nacht in Dougs Haus – verlief schweigend. Sie nahm an, er versuchte sich vorzustellen, wie das nächste Familientreffen im Valdez-Zoo verlaufen würde, wenn auch noch seine fünf Kinder zu der bunten Mischung dazukämen. Aber so, wie Rick die Sache aufgenommen hatte, war es auch gut möglich, dass sie erst gar nicht eingeladen würden.

Bei diesem Gedanken schluckte sie die aufsteigenden Tränen herunter. Sicher würde Rick sich mit der Zeit an den Gedanken gewöhnen, dass sie verheiratet war. Angie brachte ihn normalerweise wieder zur Vernunft. Aber was wäre, wenn sie durch die Heirat mit Doug einen der wertvollsten Teile ihres Lebens geopfert hätte? Sie konnte sich nicht vorstellen, nicht mehr zu den monatlichen Familientreffen zu gehen. Gleichzeitig konnte sie sich nur mit Mühe Doug und seine Racker dort vorstellen.

Sie hatte von dem Tag geträumt, an dem sie ihrer Familie einen Mann vorstellen würde – und wie sich in den Blicken ihrer Brüder Zustimmung und Freude spiegeln würden. Doch in ihrem Traum hatte es eine lange Zeit des Werbens gegeben und einen Verlobten, der in ihre Familie hineinwachsen konnte. Und ganz gewiss keine fünf Kinder.

Sie war froh, dass sie mit Wren ausgemacht hatte, dass sie am Abend noch einmal bei ihr übernachteten. Sie vermisste Dougs Kinder zwar, hatte heute Abend jedoch keine Lust, sich all den bevorstehenden Gewöhnungsprozessen zu stellen.

Morgen würden sie und Doug ihre Sachen holen und versuchen, alles einigermaßen herzurichten, bevor sie die Kinder bei Wren abholten. Und ab kommenden Dienstag würde sie in ihrem neuen Leben aufwachen – an einem neuen Ort, neben ihrem Ehemann. Sie würde mit den Zwillingen und Hannah zur Tagesstätte fahren. Karen und Louis würden nach der Schule in den Hort kommen. Und um Punkt halb sechs würde sie die Kinder nach Hause bringen. Sie würde das Essen zubereiten, den Kindern womöglich bei den Schulaufgaben helfen. Vielleicht noch eine Ladung Wäsche waschen oder zwei. Es wäre der Beginn eines nagelneuen Lebens – ihrer „neuen Realität", wie Doug sich einmal ausgedrückt hatte.

Gott hatte ihr genau das geschenkt, was sie sich gewünscht hatte. Woher kam dann ihr zwiespältiges Gefühl? Irgendetwas passte nicht so ganz. Tief in ihrem Innern. Was in den letzten Tagen ein leises Flüstern gewesen war, wurde lauter und deutlicher. Sie war noch nicht bereit.

Gott hatte ihr ihren Herzenswunsch erfüllt. Das, worum sie ihn *gebeten* hatte. Und sie wollte es auch so, genau so. Sie war nur nicht darauf vorbereitet gewesen, alles auf einmal zu bekommen.

Im Moment wollte sie nur eines: in ihr eigenes Haus zurückkehren – allein. In ihr gemütliches Bett krabbeln und ausgiebig weinen.

***

Die Dunkelheit brach viel zu rasch herein und um zehn Uhr hörte Vicky, wie Doug den Fernseher ausschaltete und die Haustür abschloss. Er kam zu ihr an die Spüle, wo sie Geschirr abwusch, und gab ihr einen Kuss auf die Wange. „Ich gehe schon mal schlafen. Mach bitte das Licht aus, bevor du ins Bett kommst, ja?"

Ohne eine Antwort abzuwarten, ging er ins Schlafzimmer. Sie hörte das Wasser rauschen, als er sich die Zähne putzte und sich bettfertig machte.

Sie war noch nicht so richtig schläfrig. Meistens war es abends elf Uhr, bis sie alle Lampen ausmachte. Doch offenbar erwartete Doug, dass sie mit ihm schlafen ging; also spülte sie das Geschirr fertig, machte das Licht aus und ging ins Schlafzimmer.

Doug kam aus dem Bad und stieg ins Bett – auf die Seite, auf der sie normalerweise schlief. Er hielt einen Zipfel der Decke hoch. „Meinst du, du brauchst noch Extradecken? Wir stellen den Heizofen nachts so ziemlich ab."

Vicky fragte sich, wen er hier mit „wir" meinte. Sie kam sich vor wie ein Gast in seinem Haus, nur dass sie nicht im Gästezimmer schlief. „Geht schon", erwiderte sie.

Sie nahm ihr Nachthemd mit ins Bad, um sich umzuziehen. Sie hängte ihre Kleider an den Haken an der Tür. Trotz der Tatsache, dass alle Kleidungsstücke von Kaye aus dem Kleiderschrank und alle Toilettenartikel aus dem Badezimmerschrank geräumt waren, schien doch ihre Gegenwart den Raum zu füllen. Das ganze Haus.

Vicky legte sich neben Doug ins Bett. Sie lächelten sich befangen an und er hielt ihre Hand. Normalerweise las sie vor dem Einschlafen noch etwas, doch er schaltete seine Nachttischlampe aus und sie tat es ihm nach. Als er sich nach ihr reckte, spannte sie sich an.

Das vertraute Aufflammen von Verlangen, das er immer in ihr hervorrief, überkam sie, doch sie war sich nicht sicher, ob sie ihn auf diese Art lieben konnte, hier, in diesem Zimmer, wo Kaye noch in jeder Ecke, sogar in den Wänden, zu wohnen schien. Ihre persönliche Note war zu erkennen an der Anordnung der Bücher auf dem Nachttisch, an dem Korb mit angestaubten Seidenblumen, der die Kommode zierte. Und außerdem … schlimmer noch – Kaye war in jedem Atemzug, den Doug tat, in seinem Herzen, in seinen Küssen.

Sie drehte sich von ihm weg und zog sich die Decke bis ans Kinn. Selbst in der Decke hing noch ein schwacher Duft von Kayes Parfüm.

Doug rückte nicht an sie heran, sondern drehte sich auf seine eigene Bettseite.

Sie lag da, hatte Angst zu atmen, Angst sich zu rühren, damit er sich nicht in der Dunkelheit nach ihr ausstreckte.

Schließlich hörte sie die regelmäßigen Atemzüge ihres Mannes und sie konnte ihre Muskeln etwas entspannen.

Oh Gott, was habe ich getan? Was haben wir getan?

Kapitel 29

Drei dicke Rotkehlchen saßen auf dem Zaun und prahlten mit ihrer leuchtend roten Brust. Vicky zerrte noch eine Handvoll Laub unter den Rosensträuchern hervor und stopfte sie in den Müllbeutel. Sie war frisch verheiratet. Sie dürfte eigentlich nicht traurig sein. Doch es fiel ihr ungeheuer schwer, dieses Haus aufzugeben. Schwerer als erwartet. Weniger das Haus selbst als vielmehr das Fleckchen Erde. In den vergangenen fünf Jahren war ihr Herzblut in diesen Viertel Morgen Land geflossen. Es war ihr Zufluchtsort gewesen, der Ort, an dem ihre Kreativität sich austoben konnte, wo sie nachdenken und beten konnte. Den ganzen Winter über freute sie sich aufs Frühjahr, wenn der Garten, den sie gestaltet hatte, wieder aufblühen würde. Und jetzt sollte sie ihn zurücklassen, gerade als alles wieder zum Leben erwachte.

Sie hatten das Haus noch nicht einmal einem Makler angeboten, doch bereits Aussicht auf einen Mieter. Wren Johannsen hatte Doug erzählt, dass Leo Ashlocks Schwester und ihr Mann nach Clayburn ziehen wollten und ein Haus suchten. Auch wenn es sich nicht unbedingt rechnete, gefiel Vicky die Mietoption besser.

Sie hatte zu Doug ständig davon geredet, dass sie den Garten behalten und jeden Abend nach der Arbeit herkommen würde. Er hatte nie mit ihr gestritten, doch an seinem Schweigen konnte sie ablesen, dass er von der Idee nicht allzu begeistert war.

Doch als sie hier draußen arbeitete und sich vorstellte, wie es wäre, herzukommen, wenn andere Leute im Haus wohnten, merkte sie, warum Doug so zurückhaltend gewesen war. Jetzt erkannte sie, warum es vermutlich nicht funktionieren würde – nicht nur, weil sie die Kinder würde mitbringen müssen, sondern auch, weil sie keinen Zugang zu den Waschbecken oder der Garage haben würde. Und es wäre peinlich für alle. Wer würde schon wollen, dass die Vermieterin vom Frühjahr bis zum Herbst fast jeden Abend im Garten arbeitete? Und das musste schon sein, damit der Garten sich von seiner schönsten Seite zeigte.

Außerdem bestand für sie das halbe Vergnügen bei der Gartenarbeit darin, sich jeden Abend ein paar Minuten hinzusetzen und die Früchte ihres Schaffens zu genießen. Würde das Haus vermietet, könnte jemand anderes die Schönheit des Gartens genießen, während sie all die Arbeit hätte.

Sie stopfte noch eine Handvoll Laub und Abfall in die Tüte. Doug dachte, sie wäre hier, um ihre Sachen zu packen und zu entscheiden, welche Möbel und Einrichtungsgegenstände sie mitnehmen wolle. Stattdessen trauerte sie hier draußen über die Tatsache, dass man Gärten nicht mitnehmen konnte. Sie versuchte, sich mit Dougs Versprechen zu trösten, dass sie sich bei ihm ums Haus herum so viel Garten anlegen könne, wie sie wolle. „Bring deine Pflanztöpfe her“, hatte er gesagt. „Du kannst die Veranda mit Pflanzen vollstellen.“ Irgendwie fiel es ihr schwer, sich ihre eleganten Töpfe auf der Veranda des Bauernhofs vorzustellen, die immer von Fahrrädern und Inlinern belagert war, auf der immer ein Hunde-Trio und ein Katzen-Quartett herumtobte, die – im Gegensatz zu der wohlerzogenen Sasha nur allzu gerne die Blüten auffressen würden, kaum dass sie aufgegangen wären, und die Blumenerde in Katzenstreu verwandeln. Und außerdem, wenn sie sich entscheiden würden, ihr Haus zu verkaufen statt zu vermieten, würden die Töpfe es attraktiver erscheinen lassen.

Sie hörte drinnen das Telefon klingeln. Das war bestimmt Doug, der sich fragte, ob sie fertig wäre, damit er vorbeikommen und die Sachen in sein Haus – *ihr* Haus – transportieren könne. Es war verlockend, nicht abzunehmen.

Sie *war* noch nicht fertig. Einen verzweifelten Augenblick lang war sie versucht, ihm zu sagen, sie habe sich entschlossen, ihr Haus zu behalten. So hätte sie – oder hätten sie beide – einen ruhigen Zufluchtsort, wenn es im Haus zu hoch herginge.

Doch aus finanzieller Sicht war das unsinnig. Sie verdiente mit ihrem Job kaum genug, um die Hypothek abzutragen und Gas, Wasser und Strom zu zahlen. Wenn sie und Doug ihr Einkommen zusammenlegten, könnten sie einige Arbeiten am Haus vornehmen. Und das konnte es wirklich gebrauchen, allerdings.

Bis sie gestern Abend dort geschlafen und am Morgen geduscht und sich in dem winzigen Elternbad angezogen hatte, war ihr gar nicht aufgefallen, wie heruntergekommen alles war. Sie wollte unbedingt die Ärmel hochkrempeln, die Dinge in Angriff nehmen, ihre eigenen Akzente setzen. Doch zunächst einmal war ein gründlicher Hausputz notwendig.

Das Telefon klingelte noch immer. Seufzend schleppte sie den Müllbeutel hinter sich her, stellte ihn in der Garage ab und ging ins Haus.

Sie wischte sich die Hände an der Jeans ab und hob ab. „Hallo?“

„Hey, Honey. Na, wie läuft's?“

„Langsam. Ich ... ich bin irgendwie im Garten hängen geblieben.“

„Ach so. Hm, bist du so weit, dass ich mal vorbeikomme? Ich will die Kinder nicht zu lange bei Wren lassen.“

Sie hörte die Ungeduld in seiner Stimme und fühlte sich schuldig, dass sie ihn so lange warten ließ. Er hatte sich noch einen Tag freigenommen, um ihr beim Transport einiger Gegenstände aus ihrem Haus zu helfen. „Du kannst schon herkommen. Ein paar Sachen habe ich bereitgestellt. Den Rest kann ich an einem anderen Abend holen – oder am Wochenende.“

„Ich will nicht zwanzigmal fahren. Wenn du noch nicht fertig bist, sag es einfach.“ Jetzt hörte er sich so an, als spräche er durch zusammengebissene Zähne.

„Bin schon so weit.“ Sie bemühte sich, nicht so zu klingen, als müsse sie sich verteidigen. „Es dauert nicht lange, das Zeug aufzuladen.“

„Okay, dann bis gleich.“

Sie legte auf, sah sich in ihrem schmucken Häuschen um und hakte in Gedanken ab, was sie mitnehmen wollte. Sie eilte ins Schlafzimmer, zog die Kommodenschubladen auf und warf ein paar Sachen in einen Koffer.

Sasha schlenderte mit einem klagenden Miauen ins Zimmer. Sie spürte offenbar, dass etwas Außergewöhnliches bevorstand – oder sie war betrübt, weil sie am Wochenende allein gelassen worden war. Vicky streichelte das seidige dreifarbige Fell und gurrte beruhigend. Die Katze machte einen Buckel, damit sie Vickys Hand besser entgegenkam.

„Alles wird gut, Kätzchen. Wir begeben uns in ein Abenteuer.“ Sie zog den Reißverschluss ihrer Taschen zu und stellte sie auf den

Boden. Am Vorabend hatte sie bei Doug ihre Taschen von ihren „Flitterwochen" ausgepackt; ihre Schmink- und Waschutensilien waren also schon dort.

Als sie anfing, den Inhalt des Waschtischs in eine Kiste zu füllen, schlüpfte Sasha unter den Bettüberwurf. Vicky machte sich Sorgen, wie sich ihre Katze an das Leben in einem neuen Zuhause gewöhnen würde. Zumindest waren alle Tiere der DeVores Freigänger.

Heute Abend würden sie die Kinder von Wren abholen. Vicky hatte sie stärker vermisst als erwartet. Gleichzeitig war sie aufgeregt wegen ihrer neuen Rolle, wenn sie alle erst unter einem Dach wohnten. Außer Karen schienen die Kinder sie heiß und innig zu lieben und sie hatten auch, wie in der Tagesstätte, fraglos ihre Anordnungen befolgt.

Karen war eine Geschichte für sich. Seit sie und Doug letzte Woche ihre Heiratspläne kundgetan hatten, war Karen von bewusster Gleichgültigkeit gegenüber Vicky zu ungeschminkter Feindseligkeit übergegangen. Dank Dougs Eingreifen hielt sich das noch im gemäßigten Rahmen, doch wie würde es werden, wenn er nicht da war?

Sie schleppte die beiden Koffer zur Haustür, damit Doug sie gleich einladen konnte, ging in die Küche und warf Lebensmittel aus Vorratsschrank und Kühlschrank in Kisten. In Dougs Haus würden sie nicht verkommen. Überhaupt ließ sie der Gedanke an einen Lebensmitteleinkauf für eine siebenköpfige Familie erzittern.

Sie hörte Dougs Van vorfahren und rannte schnell ins Bad, um ihre Frisur zu richten. Sie wollte nicht zu den Ehefrauen gehören, die sich gehen ließen, sobald der Ring am Finger steckte.

Dieser Gedanke erinnerte sie daran, dass sie vor der Gartenarbeit ihre Ringe abgenommen hatte. Sie holte sie aus der kleinen Schale neben dem Waschbecken in der Küche. Doug klopfte, bevor er durch die unverschlossene Haustür kam.

Er gab ihr einen oberflächlichen Kuss auf die Wange. „Kann ich die Sachen schon mitnehmen?"

„Ja, aber willst du nicht zuerst die großen Sachen einladen?"

„Welche großen Sachen?"

„Na ja, ich wollte ein paar Stühle und vielleicht den Couchtisch mitnehmen.“ Sie deutete aufs Wohnzimmer.

Offenbar hörte er sie nicht. Er nahm in jede Hand eine Tasche und schleppte sie zum Pick-up.

„Tja, ich freue mich auch, dich zu sehen“, sagte sie in den leeren Raum hinein. Sie schleifte den Couchtisch hinter dem Sofa hervor zur Tür. Er würde in Dougs Schlafzimmer einen guten Nachttisch abgeben. Sie zermarterte sich das Hirn, was ihr sonst noch eingefallen war, als sie heute Morgen durch das Bauernhaus gegangen war. Da sie gerade auf der Leitung stand, rollte sie zwei Läufer auf, um zwei abgeschabte Stellen im Wohnzimmerteppich bei Doug zu überdecken. Als sie damit fertig war, nahm sie ein paar ihrer Lieblingsgegenstände vom Regal, damit Doug nicht meinte, er mache eine vergebliche Fahrt.

Er kam wieder herein und sie zeigte auf den Krimskrams, den sie vor der Tür gestapelt hatte.

„Das willst du mitnehmen?“

Sie nickte. Sein Ton irritierte sie.

Er stemmte die Fäuste in die Hüften. „Vicky, wo sollen wir denn mit dem Zeug hin? Glaubst du, das passt alles in mein Haus?“

Was war das denn? Vor wenigen Minuten hatte er noch ständig davon geredet, dass er unbedingt genügend Sachen in seinen Pick-up stopfen wollte. Sie setzte ein Lächeln auf und versuchte leichthin zu fragen: „*Dein* Haus?“

Wieder ignorierte er ihre Bemerkung, als habe er sie nicht gehört.

In ihrem Innern brodelte es und wollte überschäumen. Sie zwang sich, bis zehn zu zählen. „Wir können doch immer noch Sachen zurückbringen, die wir nicht brauchen.“

Er zuckte die Achseln und bückte sich, um einen Armvoll Sachen mitzunehmen. „Was ist das denn?“ Er hielt den Katzentragekorb hoch.

„Der ist für Sasha. Zum Autofahren.“

„Nimmst du sie heute Abend mit?“

„Na ja, ich will sie nicht schon wieder allein lassen."

Er stellte den Korb wieder ab. „Findest du nicht, wir haben schon genug Umstellungen zu bewältigen, ohne auch noch eine Katze in die Mischung aufzunehmen?"

„Aber sie war das ganze Wochenende allein."

„Genau. Und es ging ihr gut. Was schadet denn eine weitere Nacht? Sie hat genug zu essen und zu trinken. Wenn du meinst, kannst du morgen früh vorbeifahren und nachschauen, ob alles in Ordnung ist."

„Es ist doch nur … sie ist es nicht gewohnt, so lange allein zu sein."

Er winkte ab. „Also bitte. Aber mir scheint, wir sollten lieber warten, bis wir uns selbst eingelebt haben, bevor wir die Katze diesem Chaos aussetzen."

„Doug, sie macht keinen Ärger. Wahrscheinlich versteckt sie sich sowieso ein paar Tage unter dem Bett und …"

„Du meinst unter der Veranda?"

„Doug, darüber haben wir doch gesprochen." Er hatte schon angedeutet, dass er Sasha nicht im Haus haben wollte, doch da würde sie sich durchsetzen. Gegen die abgehärteten Hofkatzen käme Sasha keine einzige Nacht an.

Ohne eine Erwiderung stieß er den Transportkorb mit der Stiefelspitze zur Seite und packte den Couchtisch mit beiden Händen an. Er setzte ihn sich auf eine Hüfte und schob die Tür mit der anderen Hüfte auf.

Vicky hielt ihm die Tür auf. Er quetschte sich mit dem Rücken an ihr vorbei und trug den Tisch zu seinem Pick-up.

Bevor er die nächste Ladung holen kam, stöpselte sie zwei Lampen aus und legte sie auf den Stapel, einfach so aus Ärger. Das war kein guter Beginn einer Ehe, aber er benahm sich gerade ziemlich idiotisch und im Moment war sie nicht zu Zugeständnissen bereit.

Kapitel 30

Uiiiuuumm!" Sasha schoss vom Sofa auf und war nur noch als dreifarbiger Streifen im Flur zu erkennen.

„Tut mir leid, Vicky! Entschuldigung! Es war keine Absicht ..." Louis hatte die Hände vor den Mund geschlagen und seine Augen waren rund wie Murmeln.

„Was ist denn passiert?"

„Irgendwie habe ich mich aus Versehen auf sie gesetzt."

Vicky schoss das Adrenalin in die Blutbahn, doch sie zwang sich, ruhig zu bleiben. „Ist schon gut. Es war ein Versehen." Sie war froh, dass Doug draußen war, denn so brauchte sie sich sein Das-habe-ich-dir-doch-gesagt nicht anzuhören.

Doch genau da knallte die Hintertür zu und Doug brüllte ein Wort, das die Kinder ganz gewiss nicht benutzen durften. Vicky sprang auf und lief zu ihm. „Was ist los?"

„Diese ...", er fletschte die Zähne, „... *Katze*."

Vicky merkte, dass er Mühe hatte, sich zu beherrschen. „Was ist denn passiert?"

„Sie hätte mir fast das Genick gebrochen, das ist passiert. Ich hab die Tür aufgemacht und sie ist rausgerannt und ich bin über sie gestolpert."

Vicky schnappte nach Luft. „Sie ist draußen?" Sie schaute an Doug vorbei in den Garten. Die Sonne ließ sich auf dem Horizont nieder und in wenigen Minuten würde es dunkel sein. „Du meinst, sie ist immer noch da draußen? Warum hast du sie nicht festgehalten?"

In seinem Blick lag Geringschätzung. „Du meinst, abgesehen von der Tatsache, dass ich versucht habe, mir nicht das Genick zu brechen?"

Jetzt brummelte Vicky etwas, rannte zur Tür hinaus und rief Sasha. „Miez, miez, miez ..."

Doug kam ihr nach und legte ihr die Hände auf die Schultern. „Sie kommt schon zurecht, Vick. Lass sie einfach. Sie wird schon wiederkommen, wenn sie Hunger hat."

Sie schüttelte ihn ab und antwortete mit zusammengebissenen Zähnen: „Sie hat keine Krallen, Doug. Sie kann sich da draußen nicht selbst verteidigen. Sie kann noch nicht mal auf einen Baum klettern, um den Hunden zu entkommen."

„Die Hunde sind eingesperrt. Komm rein. Sie ist bestimmt bald wieder da. Im Dunkeln findest du sie sowieso nicht."

Vicky schluckte die Tränen hinunter. Sie hätte auf Doug hören und Sasha zu Hause lassen sollen, wo sie in Sicherheit gewesen wäre. Wenn die Hunde sie nicht bekamen – oder die Kojoten –, hätte Sasha großes Glück, wenn sie zwei Tage in diesem Tollhaus überlebte, wo Louis sich auf sie setzte und Hannah sie am Schwanz zog.

Sie winkte mit der Hand. „Geh schon rein, Doug. Ich versuche sie zu finden."

„Na schön." Hinter ihr schlug die Fliegengittertür zu.

Zwanzig Minuten lang schritt sie Dougs Hof ab, ging in der Scheune hin und her und rief nach Sasha. Sie hatte mitbekommen, wie Doug die Kinder gewarnt hatte, nicht in die alte Scheune zu gehen, da sie baufällig sei. Vermutlich versteckte Sasha sich genau dort, aber sie reagierte nicht auf Vickys Stimme. Als sie wieder ins Haus ging, folgten ihr die vier Freigängerkatzen wie dem Rattenfänger von Hameln, doch von Sasha keine Spur.

Sie spähte in die Dämmerung und suchte den Horizont ein letztes Mal ab. Dann blickte sie zum Nachthimmel hinauf. „Gott, bitte hilf mir, sie zu finden. Lass ihr nichts zustoßen." Doug würde sie für übergeschnappt halten, weil sie für eine Katze betete, aber das war ihr egal.

Mit hängendem Kopf ging sie wieder ins Haus und ließ die Tür angelehnt, damit sie hören konnte, wenn Sasha durch die Gittertür käme.

Doug hatte den Fernseher ausgeschaltet und versuchte, mit den

Kindern etwas zu organisieren, was ihre Mama als „Putzorgie“ bezeichnet hatte. Karen war anscheinend fest entschlossen, bei jeder Gelegenheit ein „wie Mama es gemacht hat“ einzustreuen. Und bisher hatte Vicky nichts so gemacht, „wie Mama es gemacht hat“ – mit anderen Worten, Vicky konnte nichts recht machen.

Sie versuchte, nicht zu pingelig zu sein, doch Doug und die Kinder hatten angeblich das Haus geputzt, bevor sie eingezogen war. Wenn das stimmte, war sie froh, dass sie nicht die Fotos von „vorher“ gesehen hatte. Sie fing nur ungern mit der Nörgelei an, aber so konnte sie nicht leben. Mit so viel Fingerspitzengefühl, wie sie aufzubringen vermochte, fragte sie Doug, ob sie als Familie sich für heute Abend ein gründliches Reinemachen vornehmen sollten. Die Kinder hatten gemault, als er den Plan verkündet hatte – aber andererseits wären sie wohl keine normalen Kinder gewesen, wenn sie bei der Aussicht auf Hausarbeiten in Jubelstürme ausgebrochen wären. Und Doug schien einverstanden.

Sie hatte versucht, ein Event daraus zu machen. Doug hatte Burger gebraten, gemeinsam hatten sie Eis selbst gemacht für später, wenn sie fertig wären. Als Vicky vorher Kartoffeln in Folie gewickelt und zum Backen in den Ofen gelegt hatte, hatte Karen sie darüber informiert, dass „Mama die Kartoffeln immer buttert und direkt aufs Gitter legt“.

Der klebrige, verkrustete Ofen deutete darauf hin, dass Kaye womöglich vieles auf diese Art gebacken haben mochte. Vicky biss sich auf die Zunge und fügte *Ofen reinigen* auf die Erledigungsliste für Samstag hinzu. Zumindest redete Karen mit ihr. Nach der „Gratulation“, als Doug verkündet hatte, dass sie heiraten würden, hatte sie erwartet, ignoriert zu werden – oder Schlimmeres.

Sie musste sich immer wieder daran erinnern, dass es für sie alle eine Umstellung war. Und Doug und die Kinder hatten sich schon auf die schrecklichste Weise umstellen müssen. Sie versuchte, auch dies zu berücksichtigen.

„Was soll ich machen“, fragte sie Doug, wobei sie mit einem Ohr wegen Sasha an der Tür war.

„Willst du den Küchendienst übernehmen?“ Er legte einen Arm um sie, zum Austesten, wie sie wusste. „Ich säge draußen ein Brett zurecht für das Bettgestell, dann helfe ich Karen im Wohnzimmer und in den Schlafzimmern. Wir passen auf Hannah auf. Hört sich das gut an?“

„Ähm ... wie wäre es, wenn ich mir Sarah und Sabrina ins Team hole?“ Es klang nicht gerade fair, dass die anderen sechs beisammenblieben, während sie in der Küche Frondienste leistete.

Die Zwillinge jubelten und rannten los, um sie an den Händen zu packen.

„Ach so, ja.“ Doug sah bedröppelt drein. „Ich hatte nicht vor, so ungleiche Teams aufzustellen.“

„Ich wusste gar nicht, dass wir ein Mannschaftsrennen veranstalten.“ Sie zwang sich zu einem Lächeln und hob eine Augenbraue, womit sie Leichtigkeit in ein Thema bringen wollte, das sich nicht unbedingt leicht ausnahm.

Doch er lachte und reckte sich über die Köpfe der Mädchen zu ihr, um sie zu küssen.

„Puuuh.“ Louis zog die Nase kraus. „Würdet ihr das bitte nicht hier drin machen?“

„Mir gefällt es, wenn sie sich küssen“, sagte Sabrina. „Küss Miss Vicky noch mal.“

„Ja!“, kam das Echo ihrer Zwillingsschwester.

„Küss Miss Vicky! Küss Miss Vicky!“, stimmte Hannah in ihren Sprechgesang ein.

„Schau einfach nicht hin, Louis.“

Grinsend schob Doug die Zwillinge und Hannah aus dem Weg, umschlang Vicky mit den Armen und beugte sie in einer filmreifen Szene wie in „Vom Winde verweht“ zurück. „Augen zu, Kleiner. Los, mach die Augen zu. Hier kommt er ... puh, igitt ...“ Doug imitierte Louis, verpasste Vicky noch einen Schmatzer und gab sich gewollt komisch.

Die drei kleinen Mädchen jubelten, Vicky kicherte und befreite sich mit leichterem Herzen aus seiner Umarmung – bis ihr Blick auf

Karen fiel, die am Türpfosten lehnte. Das Mädchen hatte die Arme verschränkt und ihr Blick ließ Vicky vermuten, dass sie schmerzhaft an eine Zeit erinnert wurde, als es ihre Mutter war, die in Dougs Umarmung kicherte.

Ernüchtert und schmerzhaft berührt von Karen, wenngleich wohl wissend, dass sie nicht diejenige war, die sie würde trösten können, klemmte sie sich je einen Zwilling unter die Arme und zeigte Richtung Küche. „Na kommt, ihr beiden. Da drinnen wartet unsere Arbeit auf uns.“

Kapitel 31

Karens Beine waren bleischwer, als sie wieder ins Elternschlafzimmer ging. Sie konnte Sarah und Sabrina mit Miss Valdez in der Küche lachen hören. Sie hatten den einfachen Job bekommen, während Karen das Schlafzimmer von Mama und Papa – von Papa und *ihr*, korrigierte sie sich – sauber machen musste.

Vor der halb offenen Tür hielt sie inne und schaffte nur einen flachen Atemzug. Sie hielt es kaum aus, zum Bett zu schauen und daran zu denken, dass er es mit ihr teilte. Bis gestern Abend war das große Bett seit jenem schrecklichen Morgen an Thanksgiving nicht gemacht worden. Jetzt war es glatt gestrichen und die Kissen standen ordentlich ebenso am Kopfende.

Offenbar war Miss Valdez nicht nur im Dienst eine Ordnungsfanatikerin. Papa hatte sie gezwungen, das ganze Haus zu putzen, bevor sie zu Wren gefahren waren – bevor er losgerannt war und sie geheiratet hatte, ohne die Kinder zu fragen, was sie davon hielten.

Aber offensichtlich war *ihr* das nicht gut genug.

Miss Valdez musste wohl ziemlich gezetert haben, in welchem Zustand das Haus war, und Papa hatte sie sich alle deswegen vorgeknöpft. Seit sie wieder da waren, war er nur noch schlecht gelaunt. Nicht dass sie tatsächlich gehört hätte, dass Miss Valdez etwas gesagt hätte, aber Karen war ja nicht blind. Sie hatte *ihren* Gesichtsausdruck gesehen, als sie mit dem ganzen Plunder aus ihrem Haus in der Stadt hier durch die Tür spaziert war. Gleich nach der Hochzeitsreise hatte sie sich in ihrem Haus breitgemacht. In *Mamas* Haus. Karen hätte sich am liebsten übergeben.

Seit sie als Papas neue Frau hierhergekommen war, konnten sie nicht mal ein Tempo herumliegen lassen, ohne dass Papa ihnen die Meinung sagte. Heute Morgen erst hatte er sie total zur Schnecke gemacht, weil sie letztes Mal nicht ordentlich geputzt hätten. Also mussten sie heute Abend noch so eine blöde Putzorgie veranstalten.

Mit einem riesigen schwarzen Müllsack im Schlepptau stieß sie die Tür auf und schlich ins Zimmer, als lauere dort ein Schreckgespenst auf sie.

Es *war* ihr ein bisschen peinlich, wie verwahrlost das Haus seit Mamas To… Sie brach das Wort ab, noch bevor sie es im Geiste ausformulieren konnte. Seit Thanksgiving. Sie hatte wirklich versucht, einigermaßen Ordnung zu halten, falls Mama ihnen von Himmel aus zusehen könnte. Aber sosehr sie es auch versuchte, es hielt nie lange an.

Seit Oma nach Florida gezogen war, war Wren ein paarmal helfen gekommen, aber da Hannah dauernd herumrannte und alles wieder durcheinanderbrachte, kaum dass sie es aufgeräumt hatten, war es nicht so einfach. Ganz zu schweigen von Louis, dem Schlamper.

Im ganzen Haus den Müll einzusammeln war schon immer ihre Aufgabe gewesen. Normalerweise kein großes Ding, aber heute war es, wie diesen Berg zu besteigen, den sie letzte Woche in Erdkunde durchgenommen hatten – den Mount Everest. Es war, als habe sie tausend Pfund auf dem Buckel, als sie durch das Schlafzimmer ins Elternbad ging.

Mamas Körbchen mit Make-up und Parfum stand nicht mehr auf der Ablage, dafür standen da Vickys Sachen.

Noch lange nach Mamas Tod hatte dieses Zimmer nach ihr gerochen – ein Duft nach Vanille und Babypuder. Jetzt roch es anders. Nach *ihr*. Mamas schmuddeliger rosa Bademantel, der immer hinter der Tür hing, war ersetzt durch Vickys schicken violetten Morgenmantel. Nachdem Mama gestorben war, hatte Karen sich öfter hier hereingeschlichen, ihr Gesicht in den Falten des rosa Bademantels vergraben, die Ärmel um ihre Schultern geschlungen und so getan, als hätte Mama sie umarmt.

Sie befühlte den Ärmel von Vickys Morgenmantel und hatte das Gefühl, etwas Verbotenes zu tun. Am liebsten hätte sie den Mantel zerknüllt und in die Toilette gestopft.

Sie atmete japsend ein und ließ ihren Blick über Vickys Flaschen und Sprays schweifen, die auf der breiten Ablage aufgereiht waren. Mama hatte immer gesagt, wenn Karen und Rahel Teenager wären, könnten die vier Mädchen in dieses Zimmer mit dem eigenen Bad und dem Doppelwaschbecken ziehen. Sie hatte von diesem Tag geträumt – sie und Rahel hatten an einem Herbsttag in einem Katalog geblättert und sich Bettwäsche und Teppiche ausgesucht, die sie bestellen würden, wenn sie Teenager wären. Ihr schnürte sich der Hals zu, sie legte sich eine Hand auf die Brust und sog tief die Luft ein. Seit damals war ihr diese Erinnerung an Rahel nicht mehr gekommen.

Sie würde sich dieses Zimmer niemals mit Rahel teilen. Sie glaubte auch nicht, dass sie dieses Zimmer jemals haben wollte, selbst wenn Papa sie ließe. Es wäre einfach zu gruslig.

Sie leerte den überfließenden Inhalt von Papas Mülleimer unter seinem Waschbecken in ihre Mülltüte. Sie öffnete das Schränkchen unter Mamas Waschbecken. Der kleine Weidenkorb war fast leer, da sie ihn erst letzte Woche ausgekippt hatte. Es waren nur ein paar Papiertücher darin und eine Kontaktlinsenpackung, die von Vicky sein musste. Dank Vicky hatte Papa ihr den Auftrag erteilt, alle Schränke auszuräumen und alles von oben bis unten zu wischen. Es war doch sein blödes Schlafzimmer. Warum machte er es nicht selbst, wenn er es für *sie* makellos haben wollte?

Sie zerrte den Korbmülleimer heraus und legte den Stapel sauberer Handtücher daneben – die Handtücher, die Mama nur herausholte, wenn jemand bei ihnen übernachtete.

Sie ging auf die Knie und beugte sich in den Schrank. Eine Handvoll Müll war offenbar neben den Eimer gefallen und hatte sich in der Ecke gesammelt. Sie rümpfte die Nase und schaufelte alles nach vorne. Ein Tempo mit Lippenstiftresten flatterte zu Boden. In dieser hübschen Pfirsichfarbe, die Mama immer auftrug. Behutsam glättete sie das Tuch auf ihrem Knie, starrte auf den perfekten, schmollenden Lippenabdruck und versuchte, sich Mamas Lächeln ins Gedächtnis zu rufen, das Glitzern in ihren blauen Augen, wenn sie lachte.

Das Bild ließ sich nicht heraufbeschwören.

Mama war erst seit ein paar Monaten nicht mehr da und Karen hatte bereits vergessen, wie sie aussah. Papa hatte alle Bilder von Mama abgenommen und die Fotoalben weggeräumt, bevor er losgerannt war, um wieder zu heiraten. Jetzt wusste Karen nicht, wo sie waren. Vielleicht würde sie danach suchen. Sie hatte das Recht auf ein Bild von ihrer eigenen Mutter.

Doch es störte sie, dass sie sich nicht erinnern konnte. Mama nicht mehr vor ihrem inneren Auge sah. Und wenn sie sich jetzt schon nicht mehr erinnerte, wie würde es dann erst in einem Jahr sein? Oder in zwei? Oder an ihrer eigenen Hochzeit?

Sie barg ihr Gesicht in den Händen. Warum tat es so weh, an Mama zu denken? Oma hatte gesagt, mit der Zeit würden die Erinnerungen an Mama sie zum Lächeln bringen. Doch so weit war es noch nicht. Meistens wollte sie an gar nichts davon denken – nicht an Mama, Papa, Miss Valdez … Das tat alles viel zu weh.

Sie faltete das Tuch zusammen und steckte es vorsichtig, um es nicht zu zerreißen, in ihre Tasche. Mit einem Blatt Toilettenpapier fegte sie den restlichen Müll in den Eimer. Sie stülpte ihn über der Mülltüte aus, doch die Tüte rutschte weg und der Abfall verteilte sich in alle Richtungen. Etwas fiel klappernd auf die Bodenfliesen und ein violett aufblitzendes Plastikteil, das über die Fliesen rutschte und an der Sockelleiste liegen blieb, erregte ihre Aufmerksamkeit. Sie krabbelte hin, um es aufzuheben.

Mit zwei Fingern fasste sie das Ding an und untersuchte es. Sah aus wie ein Thermometer. Aber so ein Thermometer besaßen sie gar nicht. Zumindest hatte Karen noch keins gesehen. Mama verwendete immer so eins, das man auf die Stirn legte.

Und außerdem, wenn es wirklich ein Thermometer wäre, warum hätte Mama es dann weggeworfen? Sie sah näher hin und ihr Magen verknotete sich. Es *war kein* Thermometer. Es war ... Sie drehte das Ding um. Auf der Plastikhülle waren die Buchstaben *HCG* aufgedruckt.

Moment mal. Sie hatte im Fernsehen doch schon Werbung für so etwas gesehen. Mama hatte sie kaum fernsehen lassen, doch jetzt sahen sie dauernd fern. Normalerweise sollten sie umschalten, wenn Werbung für „Damenzeug“, wie Papa sich ausdrückte, lief. Doch sie hatte schon genug gesehen, um sich mit manchen Sachen auszukennen.

Sie drehte das Plastikteil wieder um und betrachtete es eingehend. An einem Ende war ein kleines Fenster, in dem ein blaues Pluszeichen zu sehen war. Sie wusste, was das bedeutete. Es bedeutete positiv. Es bedeutete, eine Frau war schwanger. Das Paar im Fernsehen hatte sich überglücklich geküsst und gelächelt, als es das Pluszeichen sah.

Aber warum war so ein Schwangerschaftstest im Abfalleimer? Ihr stockte der Atem. *Miss Valdez.* Gestern Abend hatte sie dieses Bad benutzt, hatte geduscht und sich heute Morgen hier angezogen. Erneut betrachtete Karen das blaue Pluszeichen und hielt die Luft an. War Miss Valdez *schwanger*? Genau das bedeutete ein Pluszeichen. Zumindest hieß es in der Werbung so.

Sie warf einen Blick ins Schlafzimmer. Papa hatte gleich am ersten Abend, als Miss Valdez hier eingezogen war, das Kinderbettchen abgebaut und ließ Hannah seitdem in Karens Zimmer schlafen. Karen hatte Hannah gerne bei sich, versuchte aber, nicht daran zu denken, *warum* sie das Kinderbett nicht mehr im Schlafzimmer haben wollten. An Papa und Miss Valdez gemeinsam im Bett, wie sie ... was auch immer taten. Es war ihr nie in den Sinn gekommen, dass sie ein gemeinsames Baby haben könnten.

Ihr wurde ganz übel. Sie warf den Plastikstab in den Müllbeutel, sackte an der Wand zusammen und hielt sich eine Hand vor den Mund. Papa und Miss Valdez waren erst ein paar Tage verheiratet und sie erwartete schon ein Baby? Ging das denn so schnell?

Ihr Magen schlug erneut Purzelbäume, als ihr ein schrecklicher Gedanke kam. Und wenn sie deswegen geheiratet hatten? Und wenn Papa und Miss Valdez ... Brechreiz!

Sie fragte sich, ob Papa es wusste. Vielleicht hielt Miss Valdez es vor ihm geheim. Vielleicht hatte sie ihn ausgetrickst, damit er sie heiratete, und hatte das Ding deshalb in der hintersten Ecke des Schranks versteckt.

Sie starrte das Ding an, das halb versteckt in den Falten der Mülltüte lag. Vielleicht würde sie es auf dem Waschtisch liegen lassen. Wenn Papa es noch nicht wusste, wurde es Zeit. Und wenn er es wusste, würde das offene Herumliegen ihnen beiden verraten, dass sie ihr schreckliches Geheimnis jetzt auch kannte.

Da ihr noch immer übel war, zog sie sich am Badewannenrand hoch. Sie stand vollkommen ruhig da und lauschte auf das Kreischen von Papas Säge. Von der Garage her dröhnte der gedämpfte schrille Ton; plötzlich verstummte er.

Einen Augenblick später ging die Küchentür auf und Papas Stimme ertönte. „Karen! Komm mal her!"

Ihr schoss das Blut in den Kopf, als sie sich den Plastikstab schnappte und ihn vorne in die Hosentasche zu Mamas Lippenstifttuch steckte. Sie zupfte an ihrem T-Shirt und versuchte, die verräterischen Abdrücke zu bedecken. Sie sammelte den restlichen Müll vom Boden auf, stellte den Weidenkorb wieder unter Mamas Waschbecken und ging rasch in den Flur.

Papa stand mit einer Zange in der Hand am Ende des Flur. „Ah, da bist du ja. Wie weit bist du mit dem Bad?"

Zur Antwort hob sie die Tüte hoch und war sich ihrer ausgebeulten Hosentasche höchst bewusst. Sie hoffte, an ihrem Gesicht ließe sich ihre Entdeckung nicht ablesen.

Papa merkte anscheinend nichts. Sie schob sich an ihm vorbei, trug die Mülltüte in die Garage und warf sie in die Mülltonne.

Er kam ihr hinterher. „Wo ist denn Louis? Hat er das Wohnzimmer schon fertig?"

„Woher soll ich das denn wissen?"

Er machte mit vorgeschobenem Kiefer einen Schritt auf sie zu. „Karen. Sprich nicht in diesem Ton mit mir."

Sie sah ihn aus schmalen Augen an. „Ich weiß nicht, wo er ist. Wahrscheinlich sitzt er auf seinem Hintern und glotzt fern." Den letzten Teil sagte sie im Flüsterton, doch immerhin laut genug, dass Papa sie hören konnte.

Seine Kiefermuskeln spannten sich an und er beugte sich vor.

Sie dachte schon, gleich würde sie eine Standpauke bekommen, doch er schaute sie nur ziemlich lang böse an.

„Ich mache noch die Garage fertig", sagte er schon etwas sanfter, „und dann bin ich wieder da und helfe dir hier drinnen."

Sie ging mit ihm in die Küche und ließ warmes Wasser mit Reiniger in einen Putzeimer laufen. Als sie aus der Garage wieder das Kreischen der Säge hörte, trug sie den Eimer ins Bad, um fertig zu putzen.

Sie berührte die Umrisse in ihrer Hosentasche und versuchte zu überlegen, was das bedeutete und wem sie von ihrem Fund erzählen sollte.

Kapitel 32

Nicht einmal eine Woche verheiratet und er kam sich vor wie ein geprügelter Hund – wegen einer Katze.

Doug kurbelte das Fenster seines Pick-ups herunter, lehnte sich mit dem Ellbogen auf den Rahmen und beobachtete im Rückspiegel, wie hinter ihm Staub von der Straße aufwirbelte. Seit zwei Tagen war Vickys Katze nicht wieder aufgetaucht. Darüber war sie auch nicht allzu glücklich. Gestern Abend war Doug mit ihr über das Grundstück gelaufen und hatte nach diesem blöden Tier gerufen. Sie hatten sogar in der verfallenen Scheune gesucht, allerdings ohne Erfolg. Vermutlich hatte die Katze versucht, sich zu Vickys Haus in der Stadt durchzuschlagen. Zum Glück war das Wetter erträglich. Die Katze würde schon wieder hierher zurückflitzen, wenn sie entdeckte, dass in der Stadt niemand mit einer Dose Katzenfutter auf sie wartete.

Aber würde *ihn* heute Abend jemand mit einem Abendessen empfangen? Vicky hatte es nicht gewagt, ihn für das Verschwinden der Katze verantwortlich zu machen – und wenn sie es getan hätte, hätte er sie umgehend daran erinnert, dass er von vornherein nicht gewollt hatte, dass sie das blöde Vieh zur Farm mitbrachte. Doch seither behandelte sie ihn sehr kühl … Ehrlich gesagt, seit sie als Mann und Frau von Salina zurückgekehrt waren.

Er schüttelte den Kopf und blies die Luft aus. Das bedeutete doch nichts Gutes – wenn eine Frau noch vor Ablauf der ersten Ehewoche sauer auf ihren Mann war. Er nahm sich vor, Maizie im Blumenladen anzurufen und Vicky morgen ein paar Blumen in ihr Büro liefern zu lassen. Er hatte fast zehn Jahre gebraucht, um zu erkennen, dass eine Vase mit Blumen Gold wert war und Sonnenstrahlen nach drei Tagen Regenwetter garantierte. Dieser Trick hatte bei Kaye immer geklappt.

Er hatte plötzlich ein Bild vor Augen, wie sie ihn eines Abends an der Hintertür empfangen hatte, mit einer Vase rosa Nelken in der Hand, die er ihr geschickt hatte, und mit einem Lächeln auf den Lippen, das ihm sagte, sie habe ihm nicht nur verziehen, sondern werde ihn in der Nacht glücklich machen.

Er schüttelte den Kopf, um das Bild zu vertreiben. Vor einem Monat noch hatte er Angst gehabt, sie zu vergessen – ihr Gesicht, ihre Stimme, ihre Berührung ... Jetzt kam es ihm so vor, als käme sie ihm zu den unpassendsten Zeiten in den Sinn. Allmählich bekam er das Gefühl, seine beiden Ehefrauen zu betrügen.

Er fuhr langsamer und bog auf eine Holperpiste ein, die an seinem einzigen Stück Land entlangführte, das nicht direkt an sein Gehöft anschloss. Er hätte schon mehrmals Gelegenheit gehabt, es zu verpachten, als das Geld knapp wurde, doch er wollte es nicht hergeben. Kaye hätte daheimbleiben können, wenn er ein Risiko eingegangen wäre. Wenn er nicht so stur gewesen wäre. Bis Louis in die Schule kam, konnte Kaye ganz bei den Kindern bleiben. Das war für Doug eine Sache der Ehre. Seine Frau würde nicht arbeiten müssen, solange er es verhindern konnte.

Doch letztlich konnte er es nicht verhindern. Kaye nahm eine Stelle als Sekretärin an der Highschool an und sie kamen gerade so über die Runden. Sie hatte immer gesagt, arbeiten zu gehen mache ihr nichts aus, aber er wusste, dass sie es nur seinetwegen gesagt hatte. *Seine Frau würde nicht ... Seine Frau ...*

Dieser Gedanke ließ ihn stutzen. Was war mit Vicky?

Mit einer Hand rieb er sich das Gesicht und lenkte seine Gedanken wieder auf praktische Dinge. Regen war vorhergesagt, und wenn er heute Abend nicht mit dem Pflug auf den Acker ginge, könnte er seine einzige Chance für längere Zeit verpassen.

Die Uhr auf dem Armaturenbrett zeigte 7:52 Uhr an. Er gab Gas. Wenn er schon wieder zu spät zur Arbeit käme, würde er alle Zeit der Welt haben, seinen Boden zu bestellen, denn dann hätte Trevor keine andere Wahl, als ihn zu entlassen.

***

Vicky las den Drei- bis Vierjährigen ein Bilderbuch vor und war gerade mittendrin, als Brenda in die Leseecke kam und aufgeregt gestikulierte. Sie las rasch zu Ende und übergab die Kinder Holly Miller, der Oberstufenschülerin, die nach der Schule hier aushalf.

„Alles in Ordnung?"

Brenda sah besorgt aus. „Die Hortkinder aus der Mittelstufe sind jetzt hier, aber Karen ist nicht dabei. Louis sagt, er hat sie mit Seth Berger weggehen sehen."

„Oh Mann ..." Vicky rieb sich die Schläfen und sah Brenda an. „Ich gebe ihr noch fünf oder zehn Minuten. Wenn sie dann nicht auftaucht, rufe ich Doug an."

„Hat sie was mit Seth?"

Vicky schüttelte den Kopf. „Nicht dass ich wüsste. Andererseits schüttet Karen mir nicht unbedingt ihr Herz aus."

„Sie nimmt es nicht so gut auf, was? Dass Doug mit dir verheiratet ist, meine ich."

„Nein. Und womöglich ist das hier ein Test, so nach dem Motto, mal sehen, wer hier das Sagen hat."

„Zweifellos." Brenda tätschelte ihr die Schulter. „Willkommen im Leben mit einem Teenager."

„Oh je, danke."

„Wie läuft es mit den anderen Kindern?"

Sie setzte ein Lächeln auf und blinzelte die unerwarteten Tränen weg. Wie sollte sie Brenda erklären, dass das Leben als Ehefrau überhaupt nicht so war, wie sie es sich vorgestellt hatte? Sie hatte die Kinder wirklich gern, aber sie beanspruchten jede freie Minute – und darüber hinaus hatte sie die Zwillinge und Hannah noch den ganzen Tag in der Tagesstätte um sich.

Morgen war ihr „einwöchiger Hochzeitstag" und sie und Doug hatten seit ihrer Heimkehr erst zweimal miteinander geschlafen. Ach ja, aber sie hatten dreimal die Zeit gefunden zu streiten. Dieses Zahlenverhältnis ließ nichts Gutes ahnen.

Kaum war Doug von der Arbeit nach Hause gekommen, hatte er sich auf seinen Traktor geschwungen, war geradewegs aufs Feld gefahren und hatte es ihr überlassen, den Kindern das Essen zu machen und die Hausaufgaben nachzuschauen. Seit Dienstag hatte sie keine freie Minute gehabt, um nach ihrem Haus und Garten zu sehen. Zu allem anderen war Sasha noch immer verschwunden und Doug schien sich keinen Deut darum zu scheren.

Sie räusperte sich, drehte den dünnen Silberring an ihrer linken Hand und wich Brendas Blick aus. „Es ist ziemlich hektisch, aber wir kriegen das schon hin." Sie sah auf die Uhr. Der Unterricht endete um 15:30 Uhr, Karen schaffte es normalerweise, um 15:45 Uhr im Hort zu sein, und jetzt war es bereits kurz nach vier.

Sie schob ihren Stuhl zurück und schnappte sich ihre Jacke vom Haken neben ihrem Schreibtisch. „Hör mal, ich bin gleich wieder da. Ich gehe Karen suchen. Ich habe das Gefühl, sie trödeln herum."

„Geh nur", erwiderte Brenda. „Ich halte hier die Stellung."

Es war schön, draußen zu sein. Die Tafel vor der Bank zeigte fast 17 Grad an, aber durch die Sonne fühlte sich die Luft wärmer an. Vicky ging nach Norden, dann nach Westen zur Maple Street, immer entlang der Strecke, die die Schüler normalerweise gingen.

Etwa zwei Häuserblocks von der Schule entfernt sah sie Karens Freundin Ruby mit einem anderen Mädchen, das sie nicht kannte. Sie beschleunigte ihre Schritte und rief Ruby.

Auf Rubys rundem Gesicht erschien ein zurückhaltendes Lächeln.

„Ich weiß nicht, ob du mich noch kennst, aber ich bin Vicky Valdez – DeVore", korrigierte sie sich. „Ich bin Karens ... ich habe ihren Vater geheiratet."

„Ja, ich weiß. Außerdem war ich ja früher, als ich noch kleiner war, auch bei Ihnen in der Tagesstätte."

Das hatte sie vergessen. „Hast du Karen gesehen? Sie ist nicht im Hort erschienen."

„Sie war unterwegs ... zum Hort", fügte Ruby eilig hinzu und trat von einem Fuß auf den anderen. „Aber ich glaube, Seth war dabei."

„Sind sie noch woandershin gegangen?"

„Hm, ich weiß nicht … kann sein, dass sie noch zum *Latte-dah* wollten … auf einen Fruchtshake oder so."

Ganz offensichtlich wusste Ruby mehr, als sie preisgeben wollte.

„Danke, Ruby. Ich verrate auch nicht, dass ich mit dir gesprochen habe."

Das Mädchen sah erleichtert aus.

Vicky machte kehrt und ging zurück zur Main Street. Als das Café in Sichtweite war, kamen Karen und Seth Berger mit Getränken in der Hand aus dem *Latte-dah*. Er hatte einen Arm um sie gelegt und sie steckten die Köpfe zusammen. Sie konnte nicht verstehen, was sie sich erzählten, aber Karens kokettes Lachen drang zu ihr herüber.

Vicky versteckte sich in einem Hausgang. Mal sehen, was Karen zu sagen hatte, wenn sie in den Hort kam.

Zurück im Hort schlüpfte sie hastig aus der Jacke, hängte sie auf und erklärte Brenda den Stand der Dinge, die prompt ins Spielzimmer verschwand.

Zwei Minuten später ging die Tür auf und Karen spazierte herein, den Schulrucksack über einem Arm, aber ohne einen *Latte-dah*-Becher.

„Karen, wo warst du denn? Wir haben uns Sorgen gemacht."

„Ich komme aus der Schule."

Vicky schaute demonstrativ auf die Wanduhr neben der Tür. „Die Schule ist seit fast vierzig Minuten aus. Wir haben uns Sorgen um dich gemacht", sagte sie erneut.

„Tut mir leid. Ich bin wohl … ich bin heute langsam gelaufen. Mir geht es gut."

Vicky atmete tief ein. Sollte sie es wagen, Karen zur Rede zu stellen? Oder sollte sie abwarten und es Doug überlassen? Sie hatte den Eindruck, bisher hatte sie sich den Titel Mutter noch nicht verdient. Andererseits trug sie als Hortleiterin die Verantwortung für Karen. Sie fragte sich, wie sie vor sechs Monaten damit umgegangen wäre, und hatte ihre Antwort parat.

„Komm mal bitte her."

Karen machte einen zaghaften Schritt auf Vickys Schreibtisch zu.

„Bitte komm her und setz dich einen Moment hierhin." Vicky zeigte auf den Stuhl vor ihrem Schreibtisch. „Wir müssen miteinander reden."

Karen ließ sich auf den Stuhl plumpsen, nahm ihren Rucksack in den Arm und spielte mit dem Reißverschluss.

„Bist du gleich nach der Schule hergekommen?" Vicky hatte leichte Schuldgefühle, weil sie sie in die Falle lockte, aber sie wollte sehen, wie sie reagierte.

Karen murmelte etwas, das wie ein „Ja" klang.

„Karen, sieh mich an. Du bist nach der Schule nicht noch sonst irgendwo vorbeigegangen?"

„Warum verhörst du mich denn?"

„Ich verhöre dich nicht. Ich vergewissere mich nur, dass du die Regeln befolgst."

„Mein Papa stellt die Regeln auf, und wenn er ..."

„Ich rede nicht von den Regeln, die daheim gelten. Ich rede von den Regeln hier im Hort. Ich bin hier die Leiterin, und die Regel lautet, dass du, wenn du nach der Schule hierherkommst, den kürzesten Weg nimmst und nirgends einkehrst. Ich glaube, das weißt du."

„Habe ich ja auch."

„Du hast was? Karen. Ich frage dich noch einmal. Bist du direkt von der Schule hierhergekommen?"

„Ja!"

„Warum habe ich dich dann aus dem Café kommen sehen?"

Alles Blut wich aus Karens Gesicht. Sie war auf frischer Tat ertappt worden.

„Möchtest du dich lieber mit deinem Vater darüber unterhalten?"

„Meinetwegen. Hauptsache, ich muss nicht mit dir reden." Sie zog den Rucksack auf und stürmte zur Tür hinaus.

Bis Vicky die Fassung wiedergewonnen hatte und ihr hinterhergerannt war, war Karen schon einen halben Häuserblock weiter – in Richtung *Latte-dah*.

Kapitel 33

Was sollte ich denn machen, Doug?" Doug hatte Vicky nie zuvor so aufgebracht gesehen.

Sie warf ein Geschirrtuch auf die Arbeitsplatte. „Ich habe sie behandelt wie jedes andere Kind unter meiner Obhut, wenn es sich so verhalten hätte wie sie."

„Warum hast du mich denn nicht angerufen?" Er kam sich vor wie ein Schiedsrichter zwischen Sechsjährigen. Er hatte Karen auf ihr Zimmer geschickt und versuchte, der Sache zwischen ihr und Vicky auf den Grund zu gehen. Er wusste bloß, dass er am Abend früh nach Hause gekommen war und sich darauf gefreut hatte, nach der Feldarbeit einen schönen Abend daheim zu verbringen, war dann jedoch von diesen Feuer speienden Drachen begrüßt worden – Karen in Tränen aufgelöst, weil Vicky ihr Hausarrest erteilt hatte, und Vicky höchst empört, weil er ihr Handeln hinterfragte und ihr nicht unverzüglich Rückendeckung gab.

Mit den Händen in den Hüften stand sie mitten in der Küche und spie ihm entgegen: „Ich habe dich nicht angerufen, weil ich weiß, wie viel Arbeit du hast. Ich wollte dich nicht mit etwas behelligen, von dem ich den Eindruck hatte, ich könnte es selbst regeln."

„Na ja, es liegt ja auf der Hand, dass du es *nicht* selbst regeln konntest."

Ihre Augen verengten sich zu Schlitzen und die Sehnen ihres Kiefers spannten sich an. „Was soll das heißen?"

Er legte sich die Worte sorgsam zurecht, bevor er sie ihr entgegenschleuderte. „Ich glaube nicht, dass es an dir war, Karen Hausarrest zu erteilen."

„Was hättest du denn erwartet? Dass ich es einfach durchgehen lasse?"

„Nein, aber du hättest warten können, bis ich daheim war, damit wir darüber reden konnten. Und gemeinsam darüber entscheiden."

„Darüber sollten wir sehr wohl reden, Doug. Ich sage ja nicht ‚Diskussion beendet'. Aber es stand überhaupt nicht zur Debatte, ob sie mich angelogen hatte oder nicht. Das konnte ich nicht so hinnehmen."

„Du hast sie also mit Seth gesehen?"

„Ja. Sie kamen mit Fruchtshakes aus dem Café und sie ..."

„Du willst also wissen, dass sie Fruchtshakes getrunken haben? Bis du eine Detektivin oder so was?"

Sie brummelte entnervt. „Darum geht es doch gar nicht."

Er hob eine Hand und senkte seine Stimme. „Tut mir leid." Wieso artete jedes Gespräch in einen Streit aus?

Vicky ging darauf ein und senkte ihrerseits die Stimme. „Es geht darum: Als sie in den Hort kam – übrigens fast eine halbe Stunde zu spät – habe ich sie ausdrücklich gefragt, ob sie direkt dorthingekommen war. Sie sah mir in die Augen und sagte Ja."

Doug nickte. „Okay. Ich hätte mir bloß gewünscht, du hättest mich das regeln lassen."

„Nächstes Mal mache ich es so, das kannst du mir glauben. Ich hätte dich auf der Arbeit anrufen sollen, damit du sie aufgabelst."

„Was wäre damit erreicht worden?"

„Doug ..." Vicky sah zur Treppe, als habe sie Angst, die Kinder würden zuhören. Doch sie waren vor einer Stunde ins Bett gegangen – nach einem schweigsamen Abendessen. „Wenn ich für Karen verantwortlich sein soll, brauche ich auch die Handhabe dazu. Als du sie vor mir so verteidigt hast, hast du mich jeglicher Autorität ihr gegenüber – allen Kindern gegenüber – beraubt."

Er atmete aus und senkte kurz den Kopf, wobei er versuchte,

einigermaßen zerknirscht auszusehen. „Du hast recht. Es tut mir leid. Das hätte ich wohl besser bleiben lassen. Aber hör mal – gönne dem Kind eine Pause. Sie hatte es die letzten Monate nicht gerade leicht. Sie ... sie trauert noch."

Seine eigenen Worte überraschten ihn selbst. So hatte er eigentlich noch nie darüber nachgedacht, aber es stimmte. „Du nimmst alles so persönlich, Vicky, aber ich glaube nicht, dass das etwas mit dir zu tun hat. Die Kinder trauern noch. *Wir* trauern noch. Wir alle. Es ... es ist doch noch nicht so lange her."

„Das klingt so, als wäret ihr eine große Einheit. Und was ist mit mir?"

„Siehst du, schon wieder geht es nur um dich."

„Nein, das meine ich nicht. Es ist bloß ... dagegen kann ich nicht konkurrieren, Doug."

„Darum bittet dich auch niemand. Dies hier ist doch kein Konkurrenzkampf."

„Na ja, fühlt sich aber so an." Rasch drehte sie sich um und ging zügig über den Flur.

Er wollte schon hinterhergehen, schüttelte dann jedoch den Kopf. Sollte sie doch ein bisschen grollen. Sie verhielt sich doch lächerlich.

Schließlich war es Doug, der den ganzen Abend grollte. Er ging in die Garage und hatte den Eindruck, aus seinem eigenen Haus verbannt worden zu sein. Zumindest bekam er ein paar Regale aufgeräumt, die er schon längst hatte ausgemistet haben wollen. Als er gegen zehn den Mut hatte, wieder ins Haus zu gehen, hatte Vicky alle Lampen ausgeschaltet und die Haustür abgeschlossen.

Sie schlief schon und hatte sich so dicht an ihre Bettkante gerollt, dass er Angst hatte, sie könne herausfallen. Sollte sie doch. Vielleicht käme sie dadurch wieder zu Verstand.

Er machte sich bettfertig und rollte sich auf seiner Seite genauso ein.

***

Das Nächste, was er mitbekam, war, dass das Licht des jungen Tages durch die Vorhänge sickerte. Er hatte Vickys Wecker nicht gehört, aber die Dusche lief und ihre Bettseite war leer.

Er stieg aus dem Bett und ging Kaffee kochen. Als er wieder ins Schlafzimmer kam, trug Vicky einen flauschigen Morgenmantel, hatte ein Handtuch um die Haare geschlungen und machte das Bett.

Er sondierte die Lage. „Guten Morgen."

„Morgen." Ohne seinem Blick zu begegnen, zog sie das Laken glatt und klopfte das Kissen am Kopfende zurecht.

Okay. Noch etwas unterkühlt. Ihm war Stille am Morgen sowieso lieber.

Er duschte kurz, zog sich an und ging in die Küche. Der frische Duft von Waschmittel und Trocknertüchern durchzog die Waschküche, wo er Vicky beim Wäschefalten antraf. Sie schaute nicht auf, als er den Raum durchquerte und die Zeitung holen ging.

Er zog die Zeitung aus dem Rohr unter dem Briefkasten und steckte sie sich unter den Arm. Als er sich aufrichtete, streifte etwas Weißes seinen Blick.

Vickys Katze saß am Rand der Auffahrt. Er lächelte vor sich hin, ging in die Hocke und streckte der Katze den Arm entgegen. Für kein Geld der Welt hätte er ein besseres Friedensangebot kaufen können.

Die Katze machte zwei Schritte auf ihn zu, einen wieder zurück, bis sie schließlich nah genug herangekommen war, um an seinen Fingern zu schnuppern. Er legte die Zeitung auf den Boden und schnappte sich die Katze. Sie jaulte, als er sie hochhievte, schmiegte sich dann jedoch schnell in seine Arme. Er ließ die Zeitung auf dem Boden liegen und trug die Katze durch die Garage in die Waschküche.

Vicky stand über den Trockner gebeugt da und schaufelte eine Ladung weißer T-Shirts und Unterwäsche heraus.

Laut räusperte er sich. „Schau mal, was ich gefunden habe."

Mit einer Ladung sauberer Wäsche auf dem Arm richtete sie sich auf. Mit einem Blick erfasste sie die Situation und strahlte. „Sasha!“ Sie ließ die Wäsche vor den Trockner fallen, stürmte auf Doug zu und zerquetschte beinahe die Katze zwischen ihm und sich. „Wo war sie denn?“ Sie sah ihm zum ersten Mal seit gestern Abend in die Augen.

„Sie hat einfach draußen an der Auffahrt gewartet. Siehst du, ich habe dir doch gesagt, sie kommt zurück.“

Vicky erwiderte nichts, sondern kraulte die Katze und flüsterte ihr zärtliche Worte zu, während die Katze schnurrte, als ginge es um ihr Leben.

Doug stand mit verschränkten Armen da und beobachtete das glückliche Wiedersehen. Sie sah auf und sagte ihm nur mit dem Blick, dass sein Friedensangebot sein Ziel erreicht hatte.

„Weißt du, ein weniger selbstbewusster Mann müsste jetzt einen Stich Eifersucht verspüren.“

Zu seiner Überraschung füllten sich ihre Augen mit Tränen. „Danke, Doug.“

Er wollte den Abstand zwischen ihnen überwinden, sie in den Arm nehmen, sie wieder ins Schlafzimmer führen. Aber da war diese verflixte Katze zwischen ihnen. Und Vicky schien nicht geneigt, sie loszulassen. Und außerdem hörte er die Kinder oben.

Kapitel 34

Vicky schleuderte den müffelnden Tennisschuh vom Sofa und verpasste nur um ein Haar ein fast volles Glas Milch, das jemand hatte stehen lassen und nun das fast verdorben war. Sie wollte nicht noch mehr Ärger mit Doug heraufbeschwören, aber wenn sich hier nichts tat, würde sie noch regelrecht durchdrehen.

Sie trat den anderen Schuh aus dem Weg und suchte weiterhin die Tageszeitung.

Als der zweite Schuh mit einem dumpfen Schlag die Wand traf, brüllte Doug aus der Küche: „Louis? Was ist denn da los?"

„Ich bin das, Doug. Louis ist draußen und spielt." Sie hoffte, damit hätte sie ins Tor gezielt.

Doug erschien im Türrahmen zwischen Küche und Wohnzimmer. „Was machst du da?"

„Ich versuche, die Zeitung von heute zu finden, aber ich weiß nicht, wie man hier überhaupt etwas finden soll. Schau dich doch mal um, Doug. Schau doch nur ..." Sie streckte die Arme aus und umspannte das ganze Wohnzimmer, in dem Spielzeug, Schmutzwäsche und Geschirr mit angetrockneten Essensresten verstreut lagen. Wer wusste schon, was sich unter der obersten Schmutzschicht noch alles verbarg.

„Na ja, dann ruf die Kinder herein. Sie sollen ihr Zeug aufräumen. Das sollte nicht deine Aufgabe sein."

„Ich habe ihnen gesagt, sie sollen vor dem Abendessen aufräumen."

„Und? Haben sie?"

„Bitte?" Ungläubig trat sie einen Schritt zur Seite, falls ihm der Anblick vorher entgangen sein sollte. „Betrachtest du denselben Raum, den ich hier sehe?"

Er zuckte die Achseln. „Lass mich raten ... nein, haben sie nicht."

Sie war nicht in der Stimmung für seinen Sarkasmus. „Ich halte diese Unordnung keine Minute mehr aus, Douglas! Ich kann mir überhaupt nicht vorstellen, wie es nächste Woche aussehen wird, wenn sie keine Schule haben!"

„Vicky, in diesem Haus wohnen sechs Kinder. Es *wird* nicht sauber bleiben."

Doug merkte anscheinend nicht, dass er sich versprochen hatte. Oder vielleicht meinte er mit dem sechsten Kind ja sich selbst. Sogleich kam es ihr grausam vor, dass sie solche Gedanken hegte. Ihr waren zuvor bereits solche Versprecher aufgefallen. Dass er Vater von sechs Kindern war, war ein Gedanke, der tief in ihm verwurzelt war.

Es gab zwar keinen Tag, an dem sie nicht mit dem Gedenken an Kaye konfrontiert wurde, doch Rahels Name war lange nicht gefallen. Vicky konnte das jedoch verstehen. Ihr war die Kehle wie zugeschnürt, wenn sie an das süße kleine Mädchen dachte.

Doug fuhr fort und war sich offenbar nicht bewusst, was er gesagt hatte. „Vicky, so ist das Leben mit Kindern nun mal. Das hast du doch sicher gewusst, als du mich geheiratet hast. So lange, wie du schon mit Kindern arbeitest, müsstest du doch wissen …“

„Aber mir war nie bewusst, wie anstrengend es werden würde, sie den ganzen Tag in der Betreuung zu haben und dann nach Hause zu kommen und sie auch noch die ganze Nacht zu haben.“ Sie funkelte ihn an.

„Na dann – willkommen in meiner Welt.“ Durch zusammengebissene Zähne fügte er hinzu: „Als ob ich nach Feierabend Golf spielen oder in der Kneipe noch ein Bier trinken würde!“

Noch nie hatte sie seine Stimme so giftig gehört. Sie schwankte zwischen dem Wunsch, in Tränen auszubrechen, und dem Impuls, ihm gehörig die Meinung zu sagen. Letzteres kam ihr einfacher vor. „Das wohl nicht, aber wenn du dann mal endlich nach Hause kommst, steht zumindest ein schönes Essen für dich bereit und du kannst dich ein paar Minuten vor den Fernseher setzen.“ Sie passte sich seinem beißenden Ton an. „Nicht einmal das habe ich. Ich bin im Dienst von der Minute an, in der ich aufwache, bis *du* ins Bett gehst.“

„Und wer ist letzte Nacht für Hannah aufgestanden?“

„Was heißt das? Ich … ich wusste gar nicht, dass sie aufgewacht ist.“

„Stimmt, denn wenn du schlafen gehst, kannst du komplett abschalten. Ich kann nicht schlafen, ohne ein Ohr immer an der Tür zu haben, falls mit dem Haus etwas ist oder ein Kind krank wird.“

Sie musste zugeben, sie hatte Hannah nicht aufwachen hören.

Und ja, sie schaltete ab, kaum dass sie unter die Decke gekrochen war. „Wenn ich das nicht täte, wäre ich ein psychisches und physisches Wrack. Ich tue nämlich gut daran, sechs Stunden Schlaf in der Nacht zu bekommen. Zwischen Haus und Wäsche und Einkäufen und den Pausenmahlzeiten der Kinder wird es nämlich fast immer nach Mitternacht, bis ich endlich ins Bett kann."

„Dafür bist du ganz allein verantwortlich, Vick. Niemand bittet dich, das Haus hier als öffentliche Ausstellung herzurichten."

„Das hier ist alles andere als eine präsentable Ausstellung, glaub mir das. Ich weiß nicht, wie ihr so leben könnt!" Sie trat gegen eine Schultasche, die eins der Mädchen nach der Schule vor dem Sofa fallen gelassen hatte. „Wie überhaupt jemand in diesem Saustall etwas wiederfindet, ist mir einfach zu hoch. Und weißt du was ..." Allmählich kam sie in Fahrt. Wenn sie schon dabei waren, konnte sie auch alles rauslassen. Viel wütender, als er sowieso schon war, konnte er jetzt auch nicht mehr werden. „Wäre es eine Zumutung, wenn du die Kinder ab und zu mal bitten würdest, mir zu helfen?"

„Frag *du* sie doch." Er wedelte mit der Hand, als schlage er jede Vernunft in den Wind. „Wenn du Hilfe willst, Vicky, dann bitte darum. Es gibt keinen Grund, warum die Kinder dir nicht helfen könnten."

„Damit ich immer die Böse bin."

„Na ja, tut mir leid, aber ich bin nicht hier, um festzulegen, was sie für dich tun sollen. Sei ausnahmsweise mal ein großes Mädchen und regle das selbst."

„Was soll das heißen?"

„Vicky ..." Er wartete einen Augenblick zu lang, und sein Gesichtsausdruck verriet, dass er jetzt allzu gern hart ausgeteilt hätte.

Er stampfte wie ein gemarterter Stier auf den Boden. „Du benimmst dich wie ein Kind! Du benimmst dich wie eine verwöhnte Prinzessin mit drei vernarrten Brüdern, die immer ihren Willen bekommt und die nie für jemanden Opfer bringen musste."

„Und du benimmst dich wie ein Tyrann, dessen Autorität noch nie jemand zu hinterfragen wagte." Mit gesträubtem Nackenhaar furchte sie ihre Augenbrauen und imitierte ihn leidlich. „Mach das jetzt sofort. Keine Fragen mehr. Wenn ich sage ‚spring', lautet die passende Frage ‚wie hoch?'."

Damit war sie ganz klar zu weit gegangen. Doug spannte den Kiefer an und bekam ein rotes Gesicht. „Redest du von dir oder von den Kindern?"

Das brachte sie aus der Fassung. „Was meinst du damit?"

Er stocherte mit einem Finger in der Luft herum. „Denkst du, so behandle ich dich? Ja?"

„Nein." Sie trat einen Schritt zurück und wünschte sich, genauso einfach ihre Worte zurücknehmen zu können. So *behandelte* Doug sie nicht. Und er war nie barscher zu den Kindern als nötig. „Schon gut. Ich hätte das nicht sagen sollen."

„Nein. Du hast es gesagt. Von nichts kommt nichts. Du musst irgendetwas damit gemeint haben."

Sie schaute zu Boden und war den Tränen nahe. „Es … es ist nicht so, wie ich es mir vorgestellt habe." Ihre Stimme bebte und sie schüttelte den Kopf, denn sie wollte nicht weinen, konnte die Tränen jedoch nicht zurückhalten. „Nichts ist so, wie ich es mir ausgedacht hatte – für dich wie für mich. Wir sehen uns doch nie, Doug. Und Karen hasst schon meinen bloßen Anblick."

„Sie hasst dich nicht, Vick. Sie ist doch erst zwölf. Gib ihr einfach mal etwas Auszeit. Warst du nicht auch mal zwölf?"

Sie winkte ab. „Vergiss es einfach. Du verstehst mich doch nicht."

„Ich versuche es." Doch sein harter Unterton klang nicht überzeugend.

Sie war geknickt. Sie wollte nur, dass er sie in den Arm nahm und ihr sagte, dass alles besser werden würde. Dass sie es schon schaffen würden, dass sie zu ihrer früheren Vertrautheit zurückfinden würden.

Doch das tat er nicht. Stattdessen stand er da und klopfte mit dem Fuß auf den Boden, als könne er es nicht abwarten, bis sie mit ihrer Schimpftirade fertig werden würde und er sich wieder wichtigeren Dingen zuwenden könnte.

Sie seufzte. „Können wir das Ganze nicht einfach vergessen? Ich hätte gar nichts sagen sollen."

„Hast du aber." Jetzt sah er seinerseits zu Boden. „Vicky, es tut mir leid, wenn es hier nicht so läuft, wie du es dir vorgestellt hattest. Ich weiß nicht, was ich daran ändern kann. Ich kann die Kinder doch nicht wegschicken."

„Darum bitte ich dich auch gar nicht, Doug. Sei doch nicht albern."

„Na ja, das, worum du bittest, ist überhaupt nicht realistisch."

„Selbst die Kindergartenkinder räumen ihre Sachen auf. Warum sollten sie das hier nicht können?" Ihr kam eine Idee. „Was wäre ... würdest du mich ein paar Sachen umräumen lassen? Wenn die Kinder einen festen Platz für ihr Zeug hätten, fühlten sie sich vielleicht eher verantwortlich."

„Was genau schwebt dir vor?"

„Zum einen könnte ich ein paar Bücherregale aus meinem Haus holen. Wir müssen ja sowieso Sachen da herausholen, wenn wir das Haus vermieten wollen. Und vielleicht könnten die Kinder den Hintereingang benutzen, damit das Wohnzimmer sauber bleibt. Ist es dir nicht peinlich, wenn andere Leute das Haus so sehen?"

Er zuckte die Achseln, doch sie konnte erkennen, dass er etwas an Fahrt verloren hatte und offener wurde für ihre Idee. „Wann würden wir denn die tolle Umwandlung vornehmen?"

„Weiß ich nicht. Vielleicht übers Wochenende? Wir könnten zum Sommerbeginn auch damit anfangen."

Er schüttelte den Kopf. „Du weißt doch, dass ich diese Rettungssanitäterschulung in Salina habe. Da muss ich am Freitagmorgen früh los und komme am Samstagabend erst spät wieder."

„Und wenn ich es mache, während du weg bist?" Sie sah sich im Zimmer um und das Adrenalin durchströmte sie so schnell wie ihre Ideen. „Und wenn ich mir freinehme? Mir stehen noch ein paar Tage zu, und die müsste ich sowieso nehmen, bevor das Schuljahr um ist."

„Was ist mit den Kindern? Und wie willst du ganz allein die Bücherregale hierherbekommen?"

Sie sah auf die Uhr. „Ich weiß, es ist schon spät, aber ... könntest du dir vorstellen, mir heute Abend noch bei den schweren Sachen zu helfen?"

Er öffnete den Mund und sie wartete auf seine Einwände, doch dann stieß er die Luft aus und zuckte die Achseln. „Okay. Dann mal los. Schaffen wir es mit ein paar Fahrten?"

„Locker."

„Aber was ist mit den Kindern?"

Sie wollte nicht zu hoch pokern, doch sie wagte trotzdem einen Vorstoß. „Meinst du, Wren und Bart könnten sich vorstellen, sie noch mal ein Wochenende lang zu nehmen?" Die Johannsens hatten die Kinder drei Tage lang bei sich gehabt, als sie ihre Hochzeitsreise gemacht hatten, aber es hatte ihnen aufrichtig Spaß gemacht. „Wir machen es auch nicht zur Gewohnheit. Versprochen. Es wäre ja bloß morgen nach der Schule und am Freitag und den ganzen Samstag ..."

„Die Anfrage käme reichlich knapp." Doug blickte skeptisch drein, nickte jedoch. „Ich glaube, wir können mal fragen."

„Danke." Sie konnte kaum fassen, wie sich aus ihrem Streit ein Projekt entwickelt hatte – eines, das womöglich einen Großteil ihrer Probleme lösen könnte.

„Ich sage es den Kindern", meinte Doug und klang schon richtig begeistert. „Bis gleich am Auto."

Kapitel 35

Vicky krabbelte aus dem Bett und ging im Nachthemd über den Flur. Sieben Uhr am Samstagmorgen und das Haus war herrlich ruhig, da die Kinder bei Wren und Bart waren. Die Sonne strahlte durch Fenster, die dank ihrer Bemühungen glänzten.

Als sie durch die Zimmer im Erdgeschoss schlenderte, ächzte jeder Muskel, doch sie hätte noch Bäume ausreißen können. Nie zuvor in ihrem Leben hatte sie so schwer gearbeitet wie in den vergangenen beiden Tagen. Sie war bei Tagesanbruch aufgestanden und hatte zwei Nächte hintereinander bis nach Mitternacht gearbeitet. Ohne die Kinder, die ihre Aufmerksamkeit gebraucht hätten, hatte sie wesentlich mehr geschafft, als sie sich erträumt hatte.

Ihr blieb noch ein Tag, um ihrem Projekt die gewünschte Note zu verleihen, doch das Haus hatte sich beinahe über Nacht vollkommen verändert. Sie konnte es kaum erwarten, dass Doug und die Kinder sahen, was dabei herausgekommen war. Sosehr sie das Alleinsein der vergangenen beiden Tage genossen hatte, vermisste sie sie allmählich. Eine Tatsache, die ihr einen Seufzer der Erleichterung entlockte. Sie hatte sich schon gesorgt, weil sie sich ohne sie so ... so unbeschwert fühlte.

Sie hatte nicht nur das gesamte Erdgeschoss aufgeräumt, sodass alles einen Platz hatte, sondern sie hatte auch Farbreste in der Garage entdeckt, hatte die Wände ausgebessert, wo die Kinder angestoßen waren, und Nagellöcher verfüllt, wo sie Bilder von den Wänden genommen und sie durch ihre eigenen ersetzt hatte.

Sie hatte auch im ganzen Haus die staubigen Vorhänge und Gardinen abgenommen. Sie hatte sie gewaschen und wieder aufgehängt, andere hatte sie weggeworfen und durch Gardinen aus ihrem Haus ersetzt. Das gesamte Erdgeschoss sah jetzt frisch, sauber und übersichtlich aus.

Nachdem sie Regale und Körbe mit viel Bedacht aufgestellt hatte, meinte sie, die Kinder könnten mit wenig Aufwand Ordnung im Haus halten.

Sie war ein halbes Dutzend Mal zu ihrem Haus gefahren und hatte Bücher und Dekoration mitgebracht, die sie vermisst hatte. Während sie ihre Schätze aus ihrem in Dougs Haus brachte, spürte sie, wie sich in ihrem Herzen etwas rührte.

Zum ersten Mal, seit sie bei Doug und den Kindern eingezogen war, kam sie sich nicht vor, als wohne sie im Haus einer anderen

Frau. Im Haus zeigte sich jetzt ihre Handschrift, und damit fühlte sie sich hier mehr zugehörig.

Das Haus hatte eine gute Substanz. Sie war nur hinter ungünstig aufgestellten Möbeln verdeckt gewesen – und hinter einer Menge Unordnung. Das Verrücken der Möbel hatte ihr die Möglichkeit geboten, gründlich sauber zu machen, und bei dem schönen Wetter hatte sie tüchtig lüften können. Sie sog die Luft ein, die nach frischer Farbe, Zitronenglanz und Fensterreiniger duftete.

Summend ging sie in die Küche, um Kaffee aufzusetzen. Die leeren Arbeitsplatten glänzten, und als sie die Schranktüren öffnete, blickten ihr aufgeräumte Regale entgegen. Sie hatte einen Großteil von Dougs – oder eigentlich Kayes – Küchenutensilien weggepackt und durch schmucke Gegenstände ersetzt, für die sie bisher keinen Platz gehabt hatte.

Bevor sie ihr Haus würde vermieten können, müssten sie sich mit den zwei Dutzend Kisten mit Sachen aus dem Farmhaus befassen, die sie in ihrer Garage untergebracht hatte, aber zumindest waren sie hier aus dem Weg. Vielleicht könnten sie im Sommer einen privaten Flohmarkt veranstalten. Dabei würden die Kinder dann helfen können.

Sie hatte vor, sich auch noch an die anderen Zimmer zu machen, doch das traute sie sich nicht, ohne dass die anderen helfen konnten.

In der Waschküche bewunderte sie die Regalreihen unter den Fenstern. Mit Aufklebern und Künstlerbedarf vom Flohmarkt hatte sie jedem Kind raffiniert eins gekennzeichnet. Jetzt hatte sie Platz genug, saubere Wäsche unterzubringen, bis sie sie zu sich ins Zimmer tragen konnten, und sie hatten am Ende des Tages Platz für ihre Schultaschen, Jacken und Spielsachen.

Im Esszimmer hatte sie die Vorhänge mit den aufgedruckten Kirschen abgenommen und sie in der Waschküche aufgehängt. Hierher passten sie viel besser.

Bei ihrem Hausrundgang kam sie ins Esszimmer. Ohne die Unordnung auf dem Sideboard und mit den schimmernden braunen Vorhängen aus ihrem eigenen Wohnzimmer, die sich über den

Holzboden ergossen, sah es hier auf jeden Fall geschmackvoll aus. Die schmutzigen, abgenutzten Läufer waren im Mülleimer gelandet und sie hatte die Böden geschrubbt, bis sie strahlten. Es machte nichts, dass die Spuren von Rollschuhen und Spielzeuglastern durch die Wachsschicht zu sehen waren. Doug würde wahrscheinlich sowieso diese besondere Patina erhalten wollen.

Sie duschte und zog sich an, fuhr dann in die Stadt und lud ein paar Zimmerpflanzen ein, die sie seit ihrem Umzug in der Tagesstätte untergebracht hatte. Der Raum war düster und still, und als sie die Namen von Hannah und den Zwillingen an den Ablagefächern im Eingangsbereich las, vermisste sie die Kinder ganz fürchterlich. Sie freute sich darauf, sie am Abend bei Wren abzuholen. Gleich nachdem sie Doug angemessen begrüßt hätte.

Bei dem Gedanken musste sie lächeln. Sie schleppte zwei große Ficusbäume und ein paar kleinere Philodendren und Farne zu ihrem Auto. Sie konnte es kaum erwarten, nach Hause zu kommen und sie in der sonnigen Ecke des Wohnzimmers aufzustellen, wo sie Platz für ihre Pflanzen geschaffen hatte. Sie würden eine Oase und ein Ankerplatz in dem Zimmer sein. Sie wäre fast zusammengebrochen, als sie die schweren Bücherregale an die gegenüberliegende Wand geschleppt hatte, doch die Anordnung war viel günstiger und der Fernseher war nicht mehr der Mittelpunkt des Zimmers.

Sie trug gerade die zweite Pflanze ins Haus, als das Telefon klingelte. Sie rieb den Schmutz von den Händen in den Blumentopf, ließ ihn mitten im Wohnzimmer stehen und nahm schnell ab.

„Hallo, Honey, ich bin's."

„Hi, Doug, na, wie läuft's?"

„Gut. Alles klar bei dir?"

„Mehr als nur klar." Lächelnd sah sie sich in dem aufgeräumten Zimmer um. „Du glaubst ja nicht, was ich schon alles geschafft habe. Ich habe den …"

„Hör mal, Honey, tut mir leid, dass ich dich unterbrechen muss, aber ich muss mich kurz fassen. Gestern Abend hat Wren mir eine Nachricht auf die Mailbox gesprochen."

„Ja?“ Vicky kamen unverzüglich die schlimmsten Gedanken. „Ist mit den Kindern alles in Ordnung?“

„Es geht nicht um die Kinder. Aber sie sagte, sie hätte versucht, dich zu erreichen, aber du bist nicht drangegangen.“

Vicky reckte sich zum Anrufbeantworter. Das Blinklicht leuchtete. „Tut mir leid. Ich war hier und da und habe nicht auf neue Nachrichten geachtet.“

Er schnalzte missbilligend mit der Zunge. Sie konnte regelrecht seine gerunzelte Stirn und sein Kopfschütteln sehen. „Du musst wirklich darauf achten. Was wäre, wenn mit den Kindern etwas wäre?“

Sie schluckte die wütenden Worte hinunter, die ihr bei seinen Vorwürfen auf der Zunge lagen. „Du hast gesagt, mit den Kindern ist alles in Ordnung. Was wollte Wren denn dann?“

„Leo Ashlock hat mit ihr gesprochen und ich nehme an, ihre Schwester will dein Haus.“

„Wirklich?“ Aus irgendeinem Grund verknotete sich ihr Magen. Doch als sie sich in Dougs Haus – in *ihrem* Haus – umschaute, kam ihr in den Sinn, wie leer ihr Haus in der Stadt jetzt war, nachdem sie den Großteil ihrer Sachen hierhergeholt hatte. Der Knoten lockerte sich. „Ist ja toll.“

„Allerdings hat die Sache einen Haken.“

„Und zwar?“

„Sie wollen nächste Woche einziehen.“

Sie griff sich an den Hals. „Ausgeschlossen. Auf gar keinen Fall kann ich es bis dahin fertig haben. Ich bräuchte eine Woche für meine restlichen Möbel.“ Nach all der Arbeit an den beiden vergangenen Tagen erlahmten ihre Kräfte allein schon bei diesem Gedanken.

„Nach Wrens Worten müssen sie sofort irgendwo rein. Wren meinte, sie würden vielleicht sogar etwas Möbliertes wollen.“

Sie zögerte. „Ich bin mir nicht sicher, ob ich will, dass meine Möbel von Mietern abgenutzt werden.“

„Sie könnten sich etwas anderes suchen, wenn wir uns so winden. Und das Geld könnten wir wirklich brauchen, Honey. Ich helfe dir beim Transport. Das verspreche ich. Und du weißt ja, dass am Montag Feiertag ist. Da musst du doch nicht arbeiten, oder?"

„Nein ..."

„Wir könnten einen Lagerraum mieten für alles, was du nicht im Haus lassen willst." Sie hörte Stimmen im Hintergrund. „Hör mal, Vick, ich muss wieder los. Wir können reden, wenn ich wieder daheim bin, ja?"

„Ja, ist gut." Sie legte auf und fühlte sich etwas benommen. Und wünschte sich, sie hätte noch zwei Tage allein. Stattdessen würde Doug am Abend nach Hause kommen, sie würden die Kinder abholen, der Tag morgen war verplant mit Gottesdienst und Rückkehr in den Alltag – hoffentlich einem neuen Alltag mit einem aufgeräumten Haus –, und dann würden die Kinder aus der Schule kommen, und in den nächsten Tagen würde jede freie Minute dafür draufgehen, zu versuchen, ihr Haus zum Vermieten vorzubereiten.

Sie ließ sich auf einen Stuhl am Küchentisch sinken. So viel also zum Thema Verschnaufpause.

Erneut klingelte das Telefon. Sie stieß ein Knurren aus, griff nach dem Hörer und bemühte sich um einen angemessenen Ton. „Hallo?"

„Vicky?" Sie hörte Wrens zittrige Stimme.

Vicky versuchte, ihre Gedanken zu ordnen und sich zu überlegen, was sie dazu sagen sollte, dass Leos Schwester ihr Haus mieten wollte.

„Ach Vicky, hast du etwas ..." Wren versagte die Stimme. „Du hast nichts von Karen gehört, oder?"

„Karen?" Vicky sprang auf, alle Nerven angespannt. „Nein. Sie ist doch bei euch, oder?"

„Nein, Vicky. Die Mädchen und Louis haben in der Diele Monopoly gespielt. Ich habe Hannah die Windel gewechselt, und als ich zurückkam, war Karen weg."

Kapitel 36

Vicky drückte sich den Hörer fester ans Ohr und versuchte, sich einen Reim auf Wrens Worte zu machen.

„Ich dachte, Karen wäre bei den anderen Kindern“, sagte Wren unter Tränen. „Aber Louis sagt, sie sei weggegangen. Mit diesem Seth Berger. Sie hat keinem etwas davon erzählt. Sie ist einfach gegangen und hat nicht gesagt, wann sie wieder zurück ist.“

„Ach du liebe Zeit.“ Vicky presste sich das schnurlose Telefon ans Ohr und rannte in der Küche auf und ab.

„Tut mir so leid“, sagte Wren erneut. „Ich hatte wirklich keine Ahnung, dass sie weg war. Ich habe Bart auf die Suche geschickt, aber er ist vor ein paar Minuten wiedergekommen. Er hat die ganze Stadt abgeklappert, konnte aber weit und breit keine Spur von ihr entdecken. Jetzt ist er mit dem Auto losgezogen, um sie zu suchen.“

„Hast du jemanden angerufen? Seths Eltern? Doug?“ Sie wusste nicht, ob sie beten sollte, dass Wren Doug nicht angerufen hatte, oder doch wünschen sollte, sie hätte es getan. Das Letzte, was sie und Doug miteinander bräuchten, wäre noch mehr Zoff wegen Karen.

„Ich habe bei den Bergers angerufen“, sagte Wren, „aber es war niemand da. Ich habe Clara angerufen – das ist nämlich Seths Großmutter – und sie sagte, Paul und Cindy sind übers Wochenende weggefahren. Seths älterer Bruder sollte die Stellung halten. Soll ich Douglas anrufen?“

„Nein“, sagte Vicky etwas zu schnell. „Ich … ich rufe ihn selbst an. Aber er ist den ganzen Tag in Besprechungen. Ich möchte ihn nicht stören, wenn es nicht sein muss.“ Sie schnappte sich ihre Tasche und wühlte im Seitenfach nach dem Autoschlüssel. „Ich komme in die Stadt. Die Kinder können ja beide noch nicht Auto fahren, also können sie noch nicht allzu weit weg sein.“

„Vicky, glaub mir, es war nicht meine Absicht …“

Vicky sah die freundliche Frau händeringend vor sich. „Es ist nicht deine Schuld, Wren. Wenn du bei den Kindern bleibst, gehe ich Karen aufspüren. Wir haben … na ja, Karen ist nicht zum ersten Mal woanders als da, wo sie sein sollte. Ich bin mir sicher, dass es ihr gut geht." Sie wünschte, sie wäre so zuversichtlich, wie ihre Stimme klang. „Sobald es etwas Neues gibt, melde ich mich bei dir."

Sie legte auf und dachte angestrengt nach, was sie tun sollte. Sie wollte Doug nicht aus seiner Besprechung holen, doch da sie sich an Karens letzten Alleingang erinnerte, traute sie sich nicht, mit dem Anruf allzu lange zu warten.

Als sie wenige Minuten später nach Clayburn hineinfuhr, ging Vicky auf, dass sie keine Ahnung hatte, wo sie suchen sollte. Sie würde in dem Café anfangen, wohin Seth und Karen zu ihrem kleinen Stelldichein nach der Schule gegangen waren. Wenn sie nicht dort wären, würde sie die Adresse der Bergers im Telefonbuch suchen. Sie meinte, sie wohnten im Osten der Stadt, war sich jedoch nicht sicher.

Vor dem Café reihte sich ein Auto ans andere. Alle wollten zum Samstagsfrühstück Donuts und Kaffee haben. Sie fuhr in eine Parklücke am Ende des Häuserblocks und lief zum Eingang.

Kaum hatte sie die Tür geöffnet, schlug ihr ein kräftiger Kaffeeduft entgegen, doch ein rascher Blick durch den Raum sagte ihr, dass Karen nicht hier war. Jack nahm hinter der Theke die Bestellungen an, Vivian schüttete Kaffeepulver in die glänzende Espressomaschine.

Zwei Leute standen in der Schlange, um etwas zu bestellen, und Vicky huschte zum anderen Ende der Theke in der Nähe der Kasse. Als Jack die letzte Bestellung an seine Frau weitergegeben hatte, drehte er sich zu Vicky um. „Ich bin heute nur als Aushilfe hier – wenn du also ‚wie immer' bestellst, musst du mir schon auf die Sprünge helfen."

„Ach so, nein, ich will gar nichts. Ich suche meine … Karen DeVore."

„Eine von Dougs Töchtern?" Sein Gesicht verzog sich langsam zu einem Lächeln. „Hey, habe ich das richtig mitbekommen, dass Doug und du den Bund fürs Leben geschlossen habt?"

Sie nickte und zwang sich zu einem Lächeln. „Ja. Letzten Monat." Der Gedanke, dass sie übermorgen genau einen Monat verheiratet wären, ließ sie zusammenzucken. Ihr kam es vor wie gestern – oder wie ein ganzes Leben –, seit sie vor der Friedensrichterin gestanden und sich ewige Treue geschworen hatten.

„Na dann, Glückwunsch!" Jacks Grinsen holte sie in die Gegenwart zurück.

Vivian, die hinter ihm stand, schenkte ihr ein strahlendes Lächeln und beglückwünschte sie über den Lärm des Dampfdrucks hinweg.

„Willkommen unter den Frischvermählten", sagte Jack. „Du suchst Katy, hast du gesagt? Ich bin mir nicht sicher, welche das ist."

„Karen", korrigierte sie ihn. „Sie ist die Älteste. Zwölf Jahre, langes blondes Haar. Seth Berger könnte dabei gewesen sein."

„Heute waren schon eine Menge Teenager da, aber ich kann mich nicht entsinnen, eins von Dougs Kindern gesehen zu haben." Jack kratzte sich am Kinn und wandte sich zu seiner Frau um. „Weißt du, ob sie hier war, Honey?"

Wie einen Nadelstich spürte Vicky den Neid auf die Liebe zwischen den beiden.

Vivian schüttelte den Kopf. „Tut mir leid, ich habe sie nicht gesehen, soweit ich mich erinnern kann. Ruby Schmidt war hier, mit ihrer Mutter. Sie und Karen sind doch oft zusammen, oder? Aber Karen war nicht dabei."

Vicky bedankte sich und wollte gerade fragen, ob sie wüssten, wo Seth wohnte, überlegte es sich aber anders, um keine Gerüchte in Umlauf zu setzen. Sie würde selbst nachschauen. „Kann ich mal ein Telefonbuch benutzen?"

„Klar." Jack holte unter der Theke ein dünnes Buch hervor.

Sie merkte sich die Adresse und fuhr ein paar Minuten später auf

Seths Wohnviertel zu, wobei ihre Augen blitzschnell von einer Seite des Gehwegs zur anderen huschten. Als sie das Haus der Bergers ausfindig gemacht hatte, fuhr sie in die Einfahrt, ging langsam zur Haustür und versuchte zu entscheiden, wo sie als Nächstes suchen würde, wenn Karen nicht hier wäre, oder schlimmer noch, wie sie damit umginge, wenn sie hier wäre.

Sie klingelte zweimal und wollte schon wieder ans Auto gehen, als die Tür geöffnet wurde und ein verschlafen aussehender Jugendlicher mit wirrem Haar sie anblinzelte. „Ja?"

„Hi. Tut mir leid, wenn ich dich geweckt habe. Ähm ... ist Seth da?"

Er grunzte. „Glaub schon. Moment mal." Er öffnete die Tür etwas weiter und brüllte aus voller Lunge: „Seth!"

Im Hintergrund hörte Vicky einen Fernseher plärren und bemerkte eine Bewegung hinter dem älteren Jungen. Gleich darauf erschien Seth neben seinem Bruder. Seinem Gesichtsausdruck nach zu urteilen glaubte sie nicht, dass er sie erkannte.

„Hi. Ich bin Vicky DeVore. Ich versuche Karen zu finden. Hast du sie gesehen?"

Ohne auf ihre Frage einzugehen, brüllte er – ähnlich wie zuvor sein Bruder – über die Schulter nach Karen.

Sie *war* also hier. Ihre Erleichterung wurde ersetzt durch Zorn, der wie Lava in ihr hochkochte. Wie sollte sie damit umgehen? Letztes Mal hatte sie ihre Lektion gelernt. Sie würde auf Doug warten, damit er eine Strafe verhängte, doch irgendwie musste sie Karen nach Hause bekommen.

Sie reckte den Hals, um zwischen den Brüdern hindurch einen Blick auf die Treppe zu erhaschen, und sah, wie Karens blonder Schopf die Treppe heraufwippte. Ihr Gesicht war gerötet, und ihr Mund war zu einem verlegenen schiefen Grinsen verzogen.

Vicky wartete auf eine Erklärung, aber Karen starrte sie bloß an.

„Wir haben dich überall gesucht. Was ist los mit dir?"

Besitzergreifend legte Seth einen Arm um Karen, doch sie entzog sich ihm und stemmte ihre Hände in die Hüften. Aus ihren Augen sprühte der Trotz und ihr Grinsen wurde selbstgefällig. „Ich habe Louis erzählt, wo ich bin."

„Aber du hast uns nicht gefragt, ob du Wrens Haus verlassen darfst. Wren und Bart sind krank vor Sorge."

„Brauchten sie aber nicht. Mir geht es gut. Ich habe es Louis erzählt", sagte sie erneut.

Vicky atmete tief ein. „Aber du hast Wren nicht gefragt – oder mich."

Karen ging darüber hinweg. „Wo ist Papa?"

„Er ist noch auf der Fortbildung in Salina. Heute Abend ist er wieder da. Du musst jetzt mit mir kommen."

„Papa würde es nichts ausmachen, dass ich hier bin."

„Darum geht es nicht. Du hast nicht um Erlaubnis gebeten. Wren war für dich verantwortlich und du …" Sie warf einen Blick zu den jungen Bergers. „Na gut, darüber reden wir später weiter … mit deinem Papa. Jetzt musst du erst mal mit mir nach Hause kommen."

Karen trat wieder näher an Seth heran und der legte lange, muskulöse Arme von hinten um sie. In Vicky ging ein Warnmelder los. Für zwei junge Teenager gingen sie zu zärtlich miteinander um. Sie wandte sich an den älteren Bruder. „Sind eure Eltern hier?"

Sein Adamsapfel wippte auf und ab. „Nee. Die sind in Cancun."

„Dann seid ihr allein daheim?"

„So isses." Seine Haltung drückte aus: *Und was willst du dagegen unternehmen?*

„Komm, Karen. Wir müssen gehen." Sie drehte sich um und legte eine Hand auf den Griff der Fliegengittertür.

„Ich gehe zu Fuß zu Wren", sagte Karen hinter ihr.

Vicky drehte sich um und reckte sich zu ihrer vollen Größe auf, war somit aber kaum einen Zentimeter größer als Karen. „Nein. Du kommst mit mir."

„Nein, komme ich nicht." In ihrem abwehrenden Blick lag auch so etwas wie Angst.

Doch Vicky spürte, dass Karen durch ihre Zuhörer kühn geworden war. Seth festigte seinen Griff um sie.

Vicky griff erneut nach der Tür. „Na schön. Aber du sollst wissen, dass ich deinen Papa anrufe."

„Na schön", äffte Karen sie nach. „Es wird ihm egal sein."

Vicky spannte sich an. *Es sollte ihm besser nicht egal sein.*

Sie ließ die Fliegengittertür hinter sich zufallen und versuchte, die groben Kommentare des älteren Bruders hinter ihrem Rücken zu ignorieren ... irgendetwas in der Art, sie solle die Tür hinter sich zumachen, damit sie sie nicht ins Kreuz bekäme, oder so.

Als Vicky zu ihrem Auto kam, zitterten ihr die Hände. Was machte sie verkehrt, dass sie sich von einer aufsässigen Zwölfjährigen ins Bockshorn jagen ließ? Aber damals, als Karen sie wegen Seth und ihrem Zusammensein angelogen hatte, hatte sie Doug zugesagt, dass sie es ihn das nächste Mal regeln ließe. Tja, das war nun das nächste Mal. Also würde sie ihn lassen. Es war nicht ihr Problem.

Außer dass sie wusste, dass *sie* es würde ausbaden müssen.

Kapitel 37

Kurz vor dem Dunkelwerden bog Doug in die Einfahrt ein, erschöpft von der Fortbildung, froh über die Aussicht, sich am Rest des Wochenendes noch ein paar Stunden entspannen zu können.

Er hoffte, Vicky wäre nicht allzu erschöpft von ihrer großen Aufräumaktion. Als er zuletzt mit ihr geredet hatte, hatte sie sich etwas durch den Wind angehört. Er wusste aus Erfahrung, dass so ein Projekt manchmal ein Eigenleben annahm. Wahrscheinlich hatte sie das Haus so auseinandergenommen, dass es eine Woche dauern würde, alles wieder zusammenzufügen.

Er hatte angerufen und angeboten, in die Stadt zu fahren und die Kinder bei Bart und Wren abzuholen, doch Vicky hatte gesagt, sie müsse sowieso noch Lebensmittel einkaufen und werde sie dann aufgabeln. Der Suburban stand nicht in der Einfahrt, aber womöglich hatte sie die Garage aufgeräumt und darin Platz für den Wagen geschaffen. Das war noch so etwas, worüber sie sich beschwert hatte. Er wünschte halbwegs, sie wären noch nicht da, sodass er noch kurz verschnaufen könnte. Sosehr er seine Kinder liebte – einem entspannenden Abend waren sie nicht zuträglich.

Doch kaum hatte er den Gedanken zu Ende gedacht, hörte er hinter sich Motorengeräusche und sah Vicky hinter ihm einparken. Er stieg aus und ging auf die Fahrerseite des Fahrzeugs zu.

Die Zwillinge sprangen von der Rückbank, rannten auf ihn zu und umklammerten seine Knie. „Papi! Papi!" Über ihre Begeisterungsstürme musste er lächeln. Er hatte sie vermisst. Sie alle.

Er wuschelte ihnen den Kopf und hob sie nacheinander hoch, um sie kurz an sich zu drücken und die Nasen aneinanderzureiben.

Louis klatschte ihm zur Begrüßung die Hand ab. Selbst Hannah wackelte auf ihn zu, so schnell sie ihre pummeligen Beinchen trugen. Auf halbem Wege fiel sie hin, rappelte sich aber sogleich wieder auf und strahlte noch immer übers ganze Gesicht. Schnell schnappte er sie sich und pustete ihr in den Nacken.

Vicky und Karen stiegen auf gegenüberliegenden Seiten aus und schlugen gleichzeitig ihre Türen zu. Karen hatte das Stirnrunzeln aufgesetzt, das allmählich zu ihrem Markenzeichen wurde, und Vickys Gesichtsausdruck spiegelte Karens wider. Sie waren das ganze Wochenende nicht beisammen gewesen. Was hatte sich bei ihnen auf der kurzen Heimfahrt aus der Stadt zusammengebraut?

Er scheuchte die kleinen Mädchen auf die Veranda, gab Karen einen raschen Kuss aufs Haar und nahm Vicky in den Arm. „Hi, Honey."

„Hi." Das V zwischen ihren Augenbrauen wurde noch etwas tiefer. „Wie war deine Fortbildung?"

„Ganz okay. Und hier – auch alles in Ordnung?"

Sie warf einen verstohlenen Blick zu Karen hinüber. „Darüber reden wir später“, murmelte sie kaum hörbar. „Ich habe das Haus ganz schön auf den Kopf gestellt“, sagte sie laut genug, dass es die Kinder hören konnten.

„Ah so. Hast du übrigens mit Wren über *dein* Haus gesprochen? Sind die Mieter noch interessiert?“

„Ich hatte keine Gelegenheit, mit Wren zu sprechen – zumindest nicht darüber.“ Wieder deutete sie mit dem Kinn auffällig in Karens Richtung.

Er hatte keine Lust, jetzt wieder Schiedsrichter zwischen Vicky und Karen zu spielen. Um das Thema zu vermeiden, schnappte er sich seine Reisetasche aus dem Auto und ging die Stufen zur Veranda hinauf.

Karen sauste an ihm vorbei und öffnete die Tür. Kaum hatte sie das Haus betreten, fing sie an zu kreischen. „Was hast du denn gemacht? Warum hast du das gemacht?“

Doug warf Vicky einen Blick zu. Die drehte sich lediglich um und rannte die Treppe hoch.

Er folgte ihr im Eiltempo. „Karen? Was ist denn los?“

Karen stand im Türrahmen, mit einer Mischung aus Entsetzen und Anklage in den Augen. Er folgte ihrem Blick ins Wohnzimmer, das er kaum wiedererkannte. Er durchquerte das Zimmer und ihm wurde rasch klar, dass sich diese Umwandlung auf das gesamte Erdgeschoss erstreckte.

Nicht nur, dass die Möbel umgestellt waren und neue Läufer auf dem Fußboden lagen, sondern jeder Tisch und jede Ablagefläche war frei von Durcheinander und stattdessen standen nur einzelne Dekorationsgegenstände darauf. Sein Haus sah jetzt so ziemlich aus wie Vickys Haus in der Stadt, und bei diesem Gedanken ging ihm auf, dass sie jede Menge eigener Sachen hierhergebracht hatte. Wo waren dann aber *seine* Sachen geblieben?

„Papa? Mach doch was!“ Karen stand mit ausgebreiteten Armen da und hatte den schreckverzerrten Gesichtsausdruck, der sich mittlerweile auf ihrer Miene verfestigt hatte.

Mit bemüht ruhiger Stimme fragte er Vicky: „*Das* hast du gemacht, während ich fort war?“

Sie nickte offenbar zufrieden mit sich selbst und wartete auf sein Lob.

Tja, das konnte er ihr nicht schenken. Sprachlos ging er langsam durch die Zimmer. Karen folgte ihm auf dem Fuß und wiederholte immer wieder „Papa? Papa?“, als hätte eine Bombe eingeschlagen und sie glaubte, er könne den Schaden wiedergutmachen.

„Wo ist denn der Ohrensessel?“ Er deutete auf eine leere Stelle im Esszimmer.

„Ich habe ihn zu uns ins Schlafzimmer gestellt ... vorübergehend. Er müsste irgendwann mal neu bezogen werden. Was meinst du?“ Mit großen Augen sah sie ihn an, wie ein eifriges Hündchen, das auf einen Knochen wartet.

Er schritt durch eine gleichermaßen kahle Küche in die Waschküche.

„Hier sind die Regale, von denen ich dir erzählt habe.“ Vicky stand vor den Vorhängen – Vorhänge, die Kaye in stundenlanger Arbeit für das Esszimmer genäht hatte, Vorhänge, die ganz genau ins Esszimmer passten. Mit einem filmreifen Tusch zeigte Vicky auf die gekennzeichneten Regale unter den Vorhängen.

Zwischenzeitlich waren die anderen Kinder angetapst gekommen. „He, wieso hängen Mamas Vorhänge denn jetzt hier?“ Louis blickte verwirrt drein. Die kleinen Mädchen wanderten umher und sahen aus, als hätten sie sich im eigenen Haus verlaufen.

„Papa?“, sagte Karen erneut.

„Warte mal, Kaye.“

„Nenn mich nicht so, Papa!“

Verwirrt über ihre Bemerkung schüttelte er den Kopf, aber als er seine eigenen Worte im Kopf erneut abspulte, wurde ihm bewusst, dass er sie mit dem Namen ihrer Mutter angeredet hatte. Er legte ihr eine Hand in den Nacken und massierte ihn sachte. „Tut mir leid, Schatz.“

„Was meinst du?“ Offenbar war Vicky Karens Schmerz nicht

bewusst; jedenfalls wirkte sie noch mehr wie ein hilfsbedürftiges Hündchen.

Er zuckte die Achseln und bemühte sich um eine Antwort, die sie nicht verletzen würde.

Vicky rückte einen Stapel Bücher und Werbesendungen auf dem Regal zurecht, auf dem sein Name stand. „Wenn sich alle angewöhnen könnten, das Haus durch die hintere Tür zu betreten", zwitscherte sie, „kann jeder seine Sachen auf das eigene Regal legen, sobald er zur Tür hereinkommt. So gelangt das Durcheinander von vornherein nicht ins Haus."

Doug drehte sich um die eigene Achse und nahm den Rest des Zimmers in sich auf. Die Deckel von Waschmaschine und Trockner waren makellos, die üblichen Stapel sauberer und schmutziger Wäsche waren weggeräumt, alles drum herum sauber gefegt und geschrubbt. Seine Staffelei stand in der Ecke, in der sie immer gestanden hatte, mit einem leeren Hocker davor. „Wo sind meine Bilder?"

Beinahe schreitend durchquerte Vicky den Raum und zog einen Schuhkarton aus einem niedrigen Regal neben der Waschmaschine. Sie hob den Deckel ab und es kamen seine fein säuberlich geordneten Ölbilder zum Vorschein. Nicht unbedingt zweckmäßig, aber es war ja auch nicht so, dass er sie jede Woche brauchte. Und somit waren sie sicher verwahrt. Er steckte die Hände in seine Taschen und ging durch die Küche zurück ins Wohnzimmer.

Vicky folgte ihm. „Was meinst du denn nun?"

„Es … es sieht so aus, als hättest du ganz schön Knochenarbeit geleistet."

Er hatte es nicht unbedingt als Kompliment gemeint, aber sie plusterte sich wie ein stolzer Pfau. Die Kinder kamen eins nach dem anderen ins Wohnzimmer getrabt.

„Gefällt es dir?", hakte Vicky nach.

„Vicky, ich bin mir nicht sicher, ob wir das alles so lassen können."

Plötzlich sah sie enttäuscht aus. „Wie meinst du das?"

Karen nahm ihr Kriegsgebrüll wieder auf. „Papa? Tu doch was!"

„Halte dich da raus, Karen!“

Seine Tochter machte ein Gesicht, als hätte er sie geschlagen, und es tat ihm unverzüglich leid, dass er sie angefahren hatte. Er verstand ja ihre Gefühle, aber das Letzte, was er brauchte, war, sich mit ihr gegen Vicky zu verbünden.

Vicky legte den Kopf schief. „Wieso heraushalten? Ist mir da etwas entgangen?“

Doug versuchte das Thema zu wechseln. „Habt ihr schon etwas gegessen?“

„Wren hat den Kindern etwas zurechtgemacht. Ich habe keinen Hunger.“ Vicky schaute von Karen zu Doug und wieder zurück. Sie war verwirrt. „Was ist los, Doug?“

„Wir reden später weiter.“

Er sah zu Karen, die sich plötzlich übermäßig für den Läufer interessierte, auf dem sie standen. Ihr Gesicht war rot angelaufen, sie nagte auf ihrer Lippe herum und sah aus, als hätte sie gerade eine Bank überfallen. Ach so, dann war *ihm* hier wohl etwas entgangen. „Was läuft hier eigentlich?“

„Karen?“ Vicky drehte sich zu ihr um und wartete ab.

Keine Reaktion.

„Ich gebe dir die Gelegenheit, deinem Vater deinen Teil der Geschichte zu erzählen“, lockte sie, „aber wenn du es nicht tust, erzähle ich ihm meinen.“

Doug verspannte sich. „Welche Geschichte? Was ist hier überhaupt los?“

Als Karen schließlich aufschaute, sprühten ihre Augen Gift. „Ich sage dir, was hier los ist!“ Sie zeigte auf Vicky und zischte regelrecht: „Sie kommt hierher und nimmt *unser* Haus ein. Schau dich doch nur um, Papi.“ Sie breitete ihre Arme aus. „Es ist doch gar nicht mehr *unser* Haus. Es sieht aus wie bei *ihr*. Hast du ihr gesagt, sie soll die ganzen Sachen von Mami wegräumen?“ Ihr Gift richtete sich jetzt gegen Doug.

„Karen – hör sofort auf damit.“ Er bemühte sich sehr, Vicky zu verteidigen. Sie *hatte* sein Haus eingenommen. Sie hatte ihn in dem

Glauben gelassen, sie wolle nur etwas putzen und ein bisschen umräumen. Wenn er gewusst hätte, dass sie diese … diese Totalumwandlung im Sinn hatte, hätte er niemals zugestimmt.

Doch er würde es nicht vor den Kindern ausdiskutieren. Er atmete tief ein und wandte sich an Karen. „Hör mal, ich möchte, dass du dich um die Kleinen kümmerst – bring alle ins Bett. Vicky und ich drehen mal eine Runde, und wenn wir wieder da sind, unterhalten wir uns in Ruhe.“ Er wusste nicht einmal, worüber sie sich würden unterhalten müssen, doch Vicky würde ihn schon auf den aktuellen Stand bringen und gemeinsam würden sie mit Karen darüber reden, was zwischen ihnen stand.

Doch zuerst musste er mit Vicky reden. Bevor sie jedes kleinste Teilchen, jede Erinnerung an Kaye in seinem Haus vernichtete.

Kapitel 38

Das Geräusch der Tennisschuhe auf der Schotterstraße konnte den Zorn nicht übertönen, der sich zwischen ihnen aufbaute. Vicky ging immer schneller, als spüre sie nicht, dass Doug wollte, dass sie langsamer ging.

Er legte ihr seine Hand auf den Arm und sie fühlte sich heiß an auf ihrer bloßen Haut. „Verstehst du, was ich dir sagen will, Vicky?“

Sie entzog ihm den Arm und er machte einen Schritt zur Seite, wodurch der Abstand zwischen ihnen noch wuchs. Sie gingen eine ganze Minute schweigend vor sich hin, bis sie schließlich ihre Stimme wiederfand. „Doug, ich wollte doch bloß helfen. Damit du und die Kinder es leichter habt – und ich auch. Ich muss mich doch mit dem ganzen Durcheinander abplagen. Ich leide doch am meisten unter dem Tohuwabohu.“ Sie schüttelte die innere Stimme ab, die sie ins Gebet nahm, weil sie das, was ihr widerfahren war, als „Leiden“ zu bezeichnen wagte – und das angesichts all dessen, was Doug durchgemacht hatte.

„Ich habe dir doch schon gesagt“, meinte er, „dass es nicht das Durcheinander ist. Die Regale in der Waschküche sind toll. Das war eine gute Idee. Aber du hast das gesamte Haus umgekrempelt. Du hast niemanden gefragt, du hast einfach losgelegt und unsere Möbel umgestellt, unsere Sachen – *ihre* Sachen – weggenommen …“ Seine Stimme verlor sich und sie spürte die Emotionen dahinter.

Aber sie war es leid, auf Zehenspitzen um seine Gefühle herumzulavieren. Es wurde höchste Zeit, dass sie darüber sprachen. Und der Abend heute war genauso gut dazu geeignet wie jeder andere. Sie atmete tief ein. „Doug, ist es denn fair, dass ich in einem Mausoleum der Erinnerungen an Kaye lebe? Es ist doch auch mein Haus. Ich habe alles aufgegeben für dich, für deine Kinder. Es kommt mir doch nur gerecht vor, dass ich ein Mitspracherecht habe, wie das Haus hergerichtet wird. Dass ich die Sachen so arrangiere, dass sie nicht so schwer sauber zu halten sind und dass wir uns nicht schämen brauchen, wenn mal jemand zu Besuch kommt.“

Er starrte sie an und legte einen Zahn zu. „Ich glaube, du scherst dich zu viel darum, was andere Leute meinen.“

„Und vielleicht scherst du dich nicht genug darum.“ Sie beschleunigte ihre Schritte, um ihn einzuholen.

„Kaye hat es nie etwas ausgemacht, wenn das Haus nicht aussah wie eine Seite aus *Schöner wohnen*. Sie hat sich zu sehr um *Menschen* gekümmert, um sich darüber Gedanken zu machen, ob sie einen guten Eindruck machte oder nicht. Sie wusste, wie sie es anderen in unserer *bescheidenen Hütte* gemütlich machen konnte.“

Sarkasmus stand ihm nicht und sie warf ihm einen Blick zu, der genau das aussagte.

Er ignorierte es. „Zufälligerweise hat es mir gefallen, wie Kaye das Haus hergerichtet hatte, und es gefällt mir gar nicht, wie du einfach in unser Leben einbrichst. Du hättest mich zumindest erst fragen können.“

Sie traute ihren Ohren nicht. „Ich dachte, das wäre Sinn und Zweck dieses Wochenendes gewesen. Ich hatte dir doch erzählt, was ich vorhatte."

„Du hattest mir erzählt, du wolltest etwas aufräumen. Und ich komme in ein Haus zurück, das ich nicht wiedererkenne. Hast du auch nur eine Minute an die Kinder gedacht, Vicky? Als hätten sie nicht schon genug verloren, als hätten sie nicht schon genug Umwälzungen in ihrem Leben gehabt, gehst du her und krempelst ihr Zuhause völlig um. Alles, was sie an ihre Mutter erinnern könnte."

Wenn er wollte, dass sie sich wie ein unsensibles Trampeltier vorkam, war es ihm gelungen. „Ich habe ihre Zimmer nicht angerührt, Doug. Und deins auch nicht."

Er kniff die Augen zusammen. „*Mein* Zimmer?"

Sie ignorierte es und ging weiter. Er stapfte neben ihr her. „Doug, ich habe bloß versucht, etwas Raum zu schaffen, der *unserer* ist. Das Umräumen hatte ich eigentlich gar nicht vorgehabt. Aber als ich Sachen weggeräumt habe, um gründlich zu putzen, habe ich gesehen, dass manche Möbel von mir besser dorthin passen." Mittlerweile gingen sie so schnell, dass sie stoßweise atmen mussten. „Es kam eins zum anderen, wie eine Lawine."

Sein Blick sagte ihr, dass er das für eine tüchtige Untertreibung hielt. „Ich glaube nicht, dass es zu viel verlangt ist, dem Haus hier und da meine eigene Note zu verleihen. Und es ist eine Beleidigung, dass du mir nicht sagen konntest, dass es schön aussieht."

„Und es ist eine Beleidigung für meine Frau, dass du dich genötigt gesehen hast, ein Haus umzumodeln, das so, wie es war, richtig gut war."

Mitten auf der Straße blieb sie abrupt stehen, stemmte die Hände in die Hüften und atmete schwer. „Entschuldige mal – deine Frau? Ich dachte, *ich* wäre deine Frau."

Die Röte zog sich seinen Hals hinauf bis in die Wangen. Er starrte auf die Straße. „Tut mir leid. So habe ich es nicht gemeint."

Sie gab sich Mühe, sich den Schmerz nicht anhören zu lassen. „Wie *meintest* du es denn?"

Er machte Anstalten, etwas zu sagen, schloss dann jedoch den Mund und schüttelte den Kopf. Sein Schweigen verletzte sie mehr, als sie sich hätte vorstellen können.

„Doug?"

Er sah sich um, blickte sie aber nicht an. „Vicky, ich ... es ist alles so schnell gekommen. Für dich und für mich. Für ... uns. Dafür übernehme ich die gesamte Verantwortung. Ich will dir nicht die Schuld zuschieben für das, was wir gemacht ..."

Sie hob die Hand, ihr brannten die Augen, und sie wollte nicht hören, was er als Nächstes sagen wollte.

Er wirkte aufrichtig zerknirscht, doch sein Schnitzer hielt sie wie ein Bleigewicht auf der Stelle fest. Seine Worte hatten die Wahrheit zutage befördert: Er betrachtete noch immer Kaye als seine Frau. Nicht sie.

Dass er jetzt keine Hand nach ihr ausstreckte, dass er seine Entschuldigung nicht wiederholte, bekräftige sie in ihrer Wahrnehmung. Sie überkam eine große Übelkeit. Wie ein Tier in einer Falle wehrte sie sich gegen die Wahrheit, denn sie wollte nicht glauben, was sie tief im Herzen wusste.

Doug liebte sie nicht. Hatte es nie getan. Er liebte – schon die ganze Zeit – eine Frau, gegen die sie nicht konkurrieren konnte. Mit der sie nie gleichziehen konnte. Und sie konnte keinen Weg aus der Falle erkennen.

Es war töricht, ihn davon überzeugen zu wollen, dass es ihr gutes Recht war, Veränderungen im Haus vorzunehmen. Die Diskussion würde sich ewig hinziehen. Ob er es merkte oder nicht – er war nicht wütend darüber, dass sie das Haus umgeräumt hatte. Sondern über sie, und darüber, dass sie nicht die Frau war, die er weiterhin liebte, und es auch nie sein würde.

Lösen ließ sich das hier nicht. Nur irgendwie damit umgehen. Sie musste schwer schlucken. „Ich richte alles wieder so her, wie es war – im Haus. Soweit ich es kann."

„Nein – lass es. Lass es. Das muss nicht sein."

Er schüttelte den Kopf, und sie meinte, in den Augen eines Mannes noch nie so eine abgrundtiefe Traurigkeit gesehen zu haben. Da hätte sie ihn am liebsten berührt, ihn in den Arm genommen, ihn getröstet, seine Sorgen weggeküsst. Doch er hatte klargestellt, dass ihre Küsse ihren Wert für ihn verloren hatten – falls sie denn jemals einen gehabt hatten.

Sie konnte keine Wunde behandeln, für die sie teilweise verantwortlich war. Und dann mussten sie sich erst einmal um das naheliegende Problem Karen kümmern. Sie waren am Ende der Straße angelangt, wo sie normalerweise umkehrten. Doch Doug ging weiter. Na gut. Somit hätte sie Zeit, noch eine andere Wunde aufzureißen.

„Doug, wir müssen über Karen reden."

Er wurde abweisend und verlangsamte seinen Schritt. „Was ist denn mit Karen?"

„Sie ist bei Wren abgehauen."

„Was meinst du mit ‚abgehauen'?"

„Sie hat sich heute Morgen davongeschlichen ... mit Seth Berger. Wren hat mich angerufen. Sie war ganz aufgelöst. Bart hat wahrscheinlich die ganze Stadt nach ihnen abgesucht."

„Was? Wieso hast du mich nicht angerufen?"

„Das ist jetzt nicht dein Ernst! Nach allem, was du mir das letzte Mal erzählt hast, als ich dich angerufen hatte?"

Er machte den Mund auf, um etwas zu sagen, und sie konnte fast zusehen, wie er sich seine eigenen Worte ins Gedächtnis zurückrief – *du hättest mich das regeln lassen sollen* –, als zuletzt etwas mit Karen vorgefallen war. Er schloss den Mund und sagte nichts.

Sie ließ es dabei bewenden. Um Karens willen mussten sie darüber reden. „Ich bin in die Stadt gefahren und habe Karen in Bergers Haus angetroffen. Die Eltern sind im Urlaub und die Jungen waren allein da. Karen war bei ihnen."

„Was sagst du da?" Er klang, als glaubte er ihr nicht.

Sie nickte und zog freiwillig den Schwarzen Peter. „Als ich ihr sagte, sie soll mit mir zum Auto kommen, hat sie sich geweigert. Ich habe sie dortgelassen. Als ich wieder ..."

„Du hast sie dortgelassen? Warum das denn?"

Der Dolch war nicht weniger schmerzhaft dadurch, dass sie ihn erwartet hatte. „Was hätte ich denn machen sollen – sie an den Haaren herausziehen? Als ich aus der Ausfahrt fuhr, sah ich sie aus dem Haus laufen. Ich habe sie zu Fuß zu Wren zurückgehen lassen. Es gab keine Diskussion, als wir das Auto für die Rückfahrt gepackt haben."

„Bist du sicher, dass sie Wren nicht gesagt hatte, dass sie wegwollte? Woher wusstest du denn, wo du nach ihr suchen solltest?"

„Sie hat es Louis erzählt. Aber sie hat niemanden um Erlaubnis gebeten. Wren und Bart haben sich wahnsinnige Sorgen gemacht. Und ich mir auch."

„Vielleicht war ihr nicht klar …"

„Doug." Er wollte nicht glauben, dass aus seinem kleinen Mädchen eine schwindelnde, respektlose Heranwachsende geworden war, wie Vicky es vorhergesehen hatte. Doch sie hielt sich so weit wie möglich heraus. Dadurch wurde der Keil zwischen ihnen als Ehepaar noch stärker. Sie hob die Hände und gab sich geschlagen. „Ich überlasse dir, wie du damit umgehen willst, aber ich wollte, dass du die Wahrheit erfährst."

„Ich bin mir nicht sicher, ob du die Wahrheit kennst."

„Na schön. Glaub, was du willst." Sie hatte das Gefühl, ihre Beine würden nachgeben, und drehte sich zum Haus um. „Ich bin müde. Können wir einfach … zurückgehen?"

Er winkte ab und ging weiter voran.

Ach, wenn sie doch bloß zurückgehen *könnten*. Wenn sie diesen Riesenfehler ungeschehen machen könnten. Sie fand den Schmerz unerträglich, vor Doug ungeschützt, verwundbar dazustehen. Sie stellte sich vor, wie sie eine Ritterrüstung anlegte. Doch bevor sie sich in der schützenden Festung einschloss, ließ sie zu, dass ihre Liebesgeschichte mit Doug noch ein letztes Mal vor ihrem geistigen Auge abgespielt wurde, so wie das Leben eines Menschen in der Stunde des Todes blitzschnell vorbeirast.

Es kam ihr so vor, als sähe sie jeden zärtlichen Augenblick ihrer kurzen gemeinsamen Zeit in voller Klarheit. Händchenhalten unter dem Tisch, geraubte Küsse, wenn die Kinder anderweitig beschäftigt waren. Der silberne Ring aus einem Verschlussclip an dem Abend, als Doug sie gefragt hatte, ob sie ihn heiraten wolle. Sein zärtliches Vorgehen in der Hochzeitsnacht, als sie sich ihm bereitwillig und rein hingegeben hatte.

Warum sie sich mit diesen Erinnerungen quälte, wusste sie nicht. Sie waren der reinste Schwindel. Sie würde sie nicht noch einmal zum Leben erwecken. Es war vorbei.

Es gab auf der ganzen Welt keine Annullierung, die rückgängig machen könnte, was ihrem Herzen angetan worden war.

Kapitel 39

Die Sonne stand schon tief, als Vicky von Salina nach Hause fuhr. Der Juni war schon halb vorüber und die Weizenfelder hatten sich beinahe über Nacht in Gold verwandelt. Doug sagte voraus, sie würden in einer Woche mit der Ernte beginnen und bis zum vierten Juli, dem Nationalfeiertag, fertig sein. Sie entdeckte, dass er immer seinen Jahresurlaub von der Druckerei für die Ernte verbrauchte … was bedeutete, dass er kaum richtigen Urlaub hatte. Was bedeutete, dass auch sie keinen hätte.

Als sie ein paar Minuten später in die Auffahrt einbog, hupte sie, um sich Hilfe zum Ausladen herbeizurufen. Sie hatte einen von Dougs seltenen Abenden zu Hause ausgenutzt, um einen Großeinkauf zu machen.

Louis kam als Erster zur Küchentür heraus. Er öffnete die Heckklappe und fing an, die Einkaufstüten zu durchwühlen. „Hast du etwas Besonderes mitgebracht?“

„He, Sportsfreund, wir tragen erst mal alles ins Haus, bevor wir anfangen, es aufzuessen, okay?“

Louis grinste bedröppelt. „‘tschuldigung.“ Er schob seinen dürren Arm durch die Tragegriffe von vier Einkaufstüten und schleppte sie ins Haus. Die offenherzige Art, wie er sich entschuldigt hatte, ließ ihr einen Kloß in den Hals steigen. Zumindest einer hier mochte sie noch.

Die Zwillinge kamen hinter Louis her und Vicky ging hinter das Auto, um sie mit Tüten zu beladen.

Sie schnappte sich gerade die letzten Einkäufe, als Doug neben ihr erschien. „Du hast ja schon alles.“

Sie waren allmählich geübt darin, dem Blick des anderen auszuweichen. „Ja, ich habe alles.“

„Tut mir leid. Ich habe eben Hannah ins Bett gebracht.“

„Schon okay. Ich habe alles. Die Kinder haben geholfen.“

„Gut. Lief alles glatt?“

Sie nickte und wagte einen kurzen Blick zu ihm. Er musste dringend zum Friseur und sein Gesicht war sonnengebräunt. Er sah müde aus.

Sie machte sich Sorgen, weil er so schwer arbeitete. Die Farm und die Druckerei bescherten ihm oft einen Zwölf-Stunden-Tag oder mehr. Doch er hatte den Kindern versprochen, dass sie ein langes Wochenende am Wilson Lake verbringen würden, sobald der Weizen geerntet war.

Sie war bloß dankbar, dass sie ihr Haus noch vor der Ernte so weit aufgeräumt hatte, dass sie es vermieten konnte. Karen hatte auf die Kleinen aufgepasst und sie und Doug hatten eine Woche lang jeden Abend ihre Sachen verpackt, das Haus sauber gemacht und den Garten hergerichtet. Die Gartenarbeit hatte ihr kaum Spaß gemacht, wohl wissend, dass sie ihn nicht würde genießen können, doch für sie war es eine Therapie gewesen gegen den fortdauernden Schmerz nach der Entdeckung seiner Gefühle – oder vielmehr seiner mangelnden Gefühle – für sie.

Seit dem Abend, als er sie ins Gebet genommen hatte, weil sie sein Haus – *Kayes* Haus – umgeräumt hatte, hatten sie nicht mehr darüber gesprochen. Doch das Thema hing bleischwer zwischen ihnen und wurde nur nicht angerührt, weil sie so beschäftigt waren.

Die Krise um Karen hatte ihr Umräum-Fiasko noch übertroffen und Doug hatte das Thema seither nicht mehr angeschnitten. In einem halbherzigen Versuch, einen Kompromiss herzustellen, hatte sie etwas von Kayes Nippes wieder an den alten Platz gestellt, doch darüber hinaus blieben die Sachen da, wo sie waren, und Doug hatte keinen weiteren Kommentar dazu abgegeben. Doch seine erste Reaktion hatte ihr alle Freude über ihre Bemühungen genommen.

Seit jener Nacht hatten sie im selben Bett geschlafen – jedoch ohne sich zu berühren. Jeden Abend wartete sie, bis er eingeschlafen war, bevor sie ins Bett kroch. Doug stand eine Stunde, bevor ihr Wecker klingelte, auf und war normalerweise schon auf dem Weg zur Arbeit, wenn sie aus der Dusche kam.

Dazwischen begegneten sie sich als höfliche Fremde. *Gib mir doch bitte das Salz. Wie war es heute bei dir? Hat Hannah einen Mittagsschlaf gemacht?* Ohne darüber zu diskutieren, hatten sie sich darauf verständigt, nicht zu streiten. Um der Kinder willen.

„Ich glaube, ich arbeite noch ein Weilchen hier draußen." Doug deutete mit dem Kopf auf die Behelfswerkstatt am anderen Ende der Garage. „Oder brauchst du Hilfe, um die Einkäufe wegzuräumen?"

„Die Kinder können mir helfen."

Er nickte und drehte sich um. Sie ging ins Haus und ließ sich von den Kindern helfen, die Lebensmittel wegzuräumen.

Vor zwei Wochen hatten die Mieter ihr Haus bezogen und sie hatte es in Gedanken losgelassen. Doch sie fühlte sich seltsam fehl am Platze. Dougs Missbilligung ihrer Umräumaktion hatte ihr zufriedenes Gefühl nach getaner Tat weggeschwemmt. Jetzt war sie eine Fremde im Haus eines anderen.

Zumindest kam sie mit den Kindern zurecht. Doug hatte offenbar mit Karen geredet. Die offene Feindseligkeit des Mädchens war in schwelende Gleichgültigkeit übergegangen. Vicky versuchte, ihr aus dem Weg zu gehen, so gut es ging.

Sie öffnete den Kühlschrank und machte Platz für die acht Liter Milch, die diese Familie alle paar Tage verbrauchte.

Den jüngeren Kindern fiel augenscheinlich der veränderte Umgang zwischen ihr und Doug nicht auf. Wenn überhaupt, hielten sie sich jetzt mehr an sie und kamen eher mit Sachen zu ihr, mit denen sie früher zu ihrem Vater gegangen waren. In ihrem Herzen hatten die DeVore-Kinder immer einen besonderen Platz gehabt, doch während sie sich von Doug zurückzog, schien sie den Kindern näherzukommen. Diese Tatsache ließ sie schaudern, als sie eine der seltenen Gelegenheiten wahrnahm, einmal innezuhalten und darüber nachzudenken, in welche Richtung ihre Beziehung zu Doug laufen könnte.

Außer während der Hochzeitsreise und der ersten paar Wochen seit ihrer Rückkehr hatten sie lediglich auf dem Papier eine Ehe geführt. Sie wusste nicht, wie Doug sich ihr gemeinsames Leben vorgestellt hatte, aber von ihrer Seite aus war nichts so, wie sie es sich erträumt hatte.

Sie hatte so viel Zeit verschwendet, sich nach dem zu sehnen, was sie nicht hatte; das, was sie gehabt hatte, erschien ihr jetzt wie ein schöner Traum: ein sauberes, ansprechendes Haus ohne jemanden, der Unordnung hinterließ, und die Freiheit, zu kommen und zu gehen, wie es ihr gefiel. Das Vorrecht, nach Hause zu kommen und sich zu entspannen oder im Garten zu arbeiten.

„Vicky?“ Louis stand mit dem Telefon an der Tür. „Ist für dich.“

Sie nahm es entgegen. „Hallo?“

„Vicky, ich bin’s, Angie. Ich, also *wir*, wollten fragen, ob du – und natürlich auch Doug und die Kinder – am Sonntag kommst.“

Sie überkam ein bedauernder Schmerz, als ihr aufging, wie lang es schon wieder her war, seit sie mit den anderen Valdez-Familien zusammen gewesen war, mit ihren Nichten, Neffen und der heiß geliebten kleinen Emmy. Ihre letzte Begegnung mit ihren Brüdern – als sie ihnen Doug vorgestellt hatte – war verheerend gewesen. Rick hatte ihr zwar zugesagt, sie anzurufen, es aber nicht getan. Sie hatte Angie angerufen und das Juni-Familientreffen abgesagt, da sie sich noch aneinander gewöhnen mussten. Verblüfft stellte sie fest, dass es bis zum Juli-Treffen nur noch zwei Wochen hin waren. „Ich ... ich weiß noch nicht genau, Angie. Wir waren so beschäftigt, dass wir noch nicht einmal darüber gesprochen haben. Lass mich mal mit Doug reden und dann sage ich dir Bescheid."

„Klar. Alles okay bei euch?"

„Wir sind schwer beschäftigt", wiederholte sie. „Nächste Woche beginnt wahrscheinlich die Ernte und Doug versucht, bis dahin alles vorzubereiten – neben seiner anderen Arbeit. Aber danke für deinen Anruf. Ich würde gerne kommen."

Es gab eine lange Pause, bis Angie mit leiser Stimme sagte: „Ich hoffe wirklich, dass du kommst, Vicky. Rick ist einfach ein überfürsorglicher großer Bruder. Er hat es nicht so gemeint, was er da gesagt hat."

„Ich glaube schon, dass er es so gemeint hat, Angie. Aber ich ... ich verstehe es."

„Lass ihm Zeit. Er wird sich schon wieder einkriegen."

„Danke, Angie. Ich melde mich morgen wieder, okay?"

„Wann immer du kannst. Wir freuen uns auf dich – auf euch alle."

Nachdem sie aufgelegt hatte, nahm sie all ihren Mut zusammen und ging in die Garage, um das Thema bei Doug anzuschneiden.

Er stand an der Werkbank, hatte eine Schutzbrille auf und Stöpsel in den Ohren. Als sie ihn am Arm berührte, machte er einen Satz, als wäre sie eine Schlange.

Vor zwei Monaten hätten sie sich in den Armen gelegen und sich kaputtgelacht. Heute Abend schien das mehr als unmöglich, und Dougs ernste Miene sprach Bände. „Was ist passiert?"

Sie deutete mit dem Kopf zum Haus. „Das war Angie am Telefon. Unser Familientreffen ist nächsten Sonntag. Sie fragen, ob wir kommen."

Er nagte an seiner Unterlippe. „Geh hin, wenn du willst. Ich glaube nicht, dass ich so richtig willkommen bin."

„Doug. Bitte. Angie hat gesagt, Rick ..." Sie verstummte, denn sie war sich nicht sicher, ob Angie Ricks Gefühle in dieser Hinsicht richtig einschätzte. „Kommst du bitte mit? Du wirst meine Familie nie richtig kennenlernen – und umgekehrt –, wenn wir nicht ein bisschen Zeit mit ihr verbringen."

Er schüttelte den Kopf und stieß seinen Atem aus, wodurch Sägemehl aufstob. „Ich glaube nicht, dass ich das kann."

„Dass du was kannst?"

Seine Lippen verengten sich zu einem harten Strich. „Tut mir leid. Geh hin, wenn du willst."

Ihr wurde das Herz schwer. Nicht weil er nicht mitgehen wollte, sondern weil sie hörte, was er nicht mehr zu sagen gewagt hatte: *Geh hin, wenn du willst. Ich kann nicht so tun, als führten wir eine Ehe, wenn wir bei Leuten sind, die sowieso nicht wollten, dass wir heiraten.*

Kapitel 40

Doug verkroch sich in der Garage, bis er sicher war, dass Vicky ins Bett gegangen war. Wie beinahe alles, was er dieser Tage machte, hinterließ seine Reaktion in ihm Schuldgefühle. Er wusste, wie sehr Vicky ihre Brüder liebte und wie viel es ihr bedeutete, mit ihnen in Verbindung zu bleiben. Doch bei allem, was sonst noch auf ihm lastete, war das Letzte, was er brauchte, eine Begegnung von der Art wie bei der Gelegenheit, als Vicky ihn vorgestellt hatte. Nein, vielen Dank – in seinem eigenen Haus schlug ihm schon genug Geringschätzung entgegen.

Im Haus war es ruhig und er zog die Schuhe aus, bevor er die Runde machte und die Lampen ausschaltete, die Vicky angelassen hatte. Als sie das Erdgeschoss neu hergerichtet hatte, hatte sie mehrere kleine Lampen von sich mitgebracht und sie hier im Haus verteilt. Normalerweise ging er vor ihr ins Bett, und an mehr als einem

Morgen hatte er entdeckt, dass die Lampen die ganze Nacht gebrannt hatten. Wenn sie nächsten Monat die Stromrechnung sähe, würde sie vielleicht einsehen, warum er sie dauernd daran erinnerte, sie auszuschalten, bevor sie schlafen ging. Ganz zu schweigen davon, dass diese dusselige Katze es fertigbrachte, eine davon umzuwerfen und das ganze Haus in Brand zu setzen.

Vicky schlief schon, als er ins Zimmer kam, hatte sich auf ihrer Seite des Bettes eingerollt und atmete gleichmäßig. Wieder überschwemmte ihn eine Welle der Schuld. Er lehnte sich an die Tür und betrachtete sie. Sie war wirklich schön. Und freundlich und großzügig. Trotz ihrer Meinungsverschiedenheiten – Vicky hätte die Frau sein können, die er unter anderen Umständen hätte lieben können.

Ihm gingen die stürmischen Tage ihrer Verliebtheit durch den Sinn. Es war falsch von ihm gewesen, sie so rasch zum Heiraten zu überreden. Das wusste er jetzt. Er war seinen Gefühlen gefolgt – seinen Hormonen –; er hatte einfach etwas gesucht, das ihn von dem Schmerz befreite.

Er ging ins Bad und schloss leise die Tür hinter sich. Er betrachtete sein Spiegelbild. Jetzt konnte er nichts mehr an ihrer Entscheidung ändern. Die Ehe galt, bis der Tod sie trennte. Er hatte nie an etwas anderes geglaubt. Und zum zweiten Mal in seinem Leben hatte er einer Frau versprochen, sie zu lieben und zu ehren „in guten wie in schlechten Tagen".

Er hatte fest vor, sein Versprechen einzulösen, so gut er es vermochte. Er wünschte sich nur, er liebte diese Frau genauso, wie er die erste geliebt hatte. Vicky zuliebe, aber auch zu seinem eigenen Wohl. Das war ihr gegenüber nicht fair. Er kam sich wie ein Versager vor und sie hatte etwas Besseres verdient.

Er machte sich fertig und zog sachte die Decke herüber, weil er sie nicht stören wollte. Er kroch unter die Decke und legte sich mit dem Rücken zu ihr. Sein Verlangen schob er beiseite, denn es war nicht sie, nach der er sich sehnte. Und es wäre nicht fair, etwas anderes vorzutäuschen.

Als er im Dunkeln dalag, überkamen ihn lebhafte, detaillierte Erinnerungen an seine Liebe zu Kaye, die sie genau hier in diesem Bett ausgelebt hatten. Er kniff die Augen fest zu und versuchte so gut er konnte, die Erinnerungen zu verscheuchen. Aber wie konnte er dreizehn Jahre Liebe zu Kaye vergessen, der er sich so vollkommen hatte hingeben können?

Und wie konnte er sich je an eine andere verschenken ... wenn er doch noch Kaye liebte?

***

Der Deckenventilator drehte sich über dem Bett und schnitt das Mondlicht in Scheiben. Karen zog die Decke über Hannahs Schultern, kuschelte sich neben ihre kleine Schwester und sog den süßen, frischen Duft ihrer Haare ein. Es tat gut, dass wieder jemand mit ihr das Bett teilte. Außer wenn Hannah wie ein Wurm zappelte, bis sie quer im Bett lag und sie im Schlaf trat. Oder wenn ihre Windel durchnässt war. Das war nicht so lustig. Doch sie war dankbar, dass sie ihre kleine Schwester jede Nacht bei sich im Bett hatte. Rahels Platz kam ihr jetzt nicht mehr so leer vor und Karen war froh, dass Vicky Papa dazu überredet hatte, das Kinderbettchen endgültig wegzuräumen.

Irgendetwas war zwischen Papa und Vicky vorgefallen. Karen wusste nicht, was es war, aber sie hatte das schreckliche Gefühl, es war ihre Schuld. Sie hätte Vicky nicht so behandeln dürfen, wie sie es getan hatte. Vor allem hätte sie nicht zu Seth nach Hause gehen dürfen. Das war blöd gewesen. Sie wusste es eigentlich besser.

Aber er hätte sie ausgelacht, vielleicht nie wieder mit ihr gesprochen, wenn sie ihm das gesagt hätte. Sie wollte nämlich mit ihm gehen. Es gefiel ihr, wie sie sich fühlte, wenn sie mit ihm zusammen war.

Aber es gefiel ihr nicht, wie es zwischen Papa und Vicky aussah. Er hatte sich zu einem regelrechten Griesgram entwickelt. Er hatte sie zusammengestaucht, weil sie zu Seth gegangen war.

Vicky, die sonst immer so fröhlich war, sah jetzt immerzu traurig aus. Karen erwischte sie und Papa kaum noch beim Küssen, nicht einmal mehr beim Reden. Sah so aus, als wären sie die ganze Zeit sauer aufeinander – außer dass sie nicht stritten. Nicht mehr, jedenfalls.

Manchmal dachte sie, es wäre ihr lieber. Wenn sie sich einfach anbrüllen und sagen würden, was sie dachten. Stattdessen schlichen sie auf Zehenspitzen umeinander herum, wie sie um Vicky herumgeschlichen war, als sie ganz frisch in Papa verliebt war.

Ihr eigener Gedanke ließ sie zusammenzucken. Vicky liebte Papa. Das sah man. Selbst wenn Papa irgendwie gemein zu ihr war, betrachtete sie ihn mit einem traurigen, gedankenverlorenen Blick in ihren Augen – als wolle sie von ihm behandelt werden wie zu Anfang.

Sie wusste nicht, was Vicky getan hatte, dass Papa seine Meinung geändert hatte. Vor noch nicht allzu langer Zeit hatte er sie sehr gern gehabt. Ihr Gesicht wurde ganz heiß beim Gedanken daran, wie sie miteinander herumgemacht hatten.

Sie hätte über diese Wendung nun froh sein sollen. Hatte sie Ruby nicht vor wenigen Wochen noch gesagt, sie wünschte, Papa ließe sich wieder scheiden?

„Nein, das willst du gar nicht, Karen", hatte Ruby gesagt. „Lass deinen Papa doch glücklich sein. Warum denn auch nicht?"

„Weil es nicht fair ist gegenüber Mama."

Ruby hatte ihre Hände in die Hüften gestemmt und ausgesehen wie Miss Gorman, wenn sie bei den Chorproben herumalberten. „Nimm's mir nicht übel", sagte sie, „aber denk doch mal darüber nach, was du da sagst, Karen. Glaubst du nicht, deine Mama hätte es gerne, dass dein Papa glücklich ist?"

„Klar ... aber nicht mit Miss Valdez." Jetzt dachte sie darüber nach. Mama würde ganz bestimmt nicht gefallen, wie Papa sich in letzter Zeit benahm. Sie würde ihm sagen, er solle es bleiben lassen. Oder sie würde ihm erzählen, was Hannah oder Louis Lustiges gemacht hätten, und so lange weitererzählen, bis sie ihn zum Lachen gebracht hätte. Das hätte auch nicht lang gedauert. Mama und Papa hatten viel gelacht.

Papa lachte auch viel mit Miss Valdez – *Vicky*. Zumindest früher. Aber wie es aussah, hatte sich das an dem Abend geändert, als sie von Wren abgehauen und zu Seth gegangen war. Sie dachte an den Tag zurück. Sie hatte ein merkwürdiges Gefühl ganz tief in der Bauchgegend, wenn sie daran dachte, wie Seth seine Arme um sie gelegt und sie geküsst hatte. Wie er sie berührt hatte wie kein Junge je zuvor.

Das Gefühl hatte ihr gefallen. Aber es hatte ihr auch Angst gemacht. Und sie war froh gewesen, dass Vicky genau zu dieser Zeit aufgetaucht war. Es war ihr etwas unheimlich geworden, wie Seths Bruder Ben sie angeschaut hatte. Und ihr gefiel auch gar nicht, wie Seth sich aufführte, wenn sein Bruder in der Nähe war. Dann wurde er ganz großspurig, ein richtiger Angeber.

Warum hatte sie nicht einfach mit Vicky mitgehen können? Warum musste sie so blöd sein und so die Klappe aufreißen? Mama hätte sie umgebracht, wenn sie sich ihr gegenüber so verhalten hätte. Nein. Mama hätte ihr erst gar nicht die Leviten lesen *müssen*, denn so etwas Blödes hätte sie nie gemacht, wenn Mama noch lebte.

An diesem schrecklichen Thanksgiving hatte sich alles verändert. Der unerträgliche, fast körperliche Schmerz, den sie zu Anfang empfunden hatte, hatte etwas nachgelassen, aber wenn sie zu viel darüber nachdachte, kehrte allein schon dadurch der Schmerz zurück. Es war nicht mal ein Jahr vergangen. Vielleicht stimmte ja mit ihr etwas nicht, dass sie sich nicht mehr jeden Abend in den Schlaf weinte, wie noch zu Anfang, und solche Sehnsucht nach ihrer Mama hatte, dass sie an nichts anderes denken konnte und meinte, sie würde durchdrehen.

Manchmal fragte sie sich, ob sie je wieder so eine pure Freude erleben würde wie damals, als sie noch eine Familie gewesen waren – Mama, Papa, sie, Rahel, Louis, Sarah, Sabrina und Hannah. Ob sie auf dem Weg zur Gemeinde im Auto je wieder lachen würden, weil Hannah etwas Lustiges gesagt hatte. Oder miteinander ein Tischgebet sprechen und sich dabei an den Händen halten würden.

Sie erinnerte sich an den ersten Abend, als Vicky zu ihnen gekommen war und mit ihnen Burger von Dairy Barn gegessen hatte. An dem Abend war es ihr im Haus wieder fröhlich vorgekommen. Es hatte ihr gefallen, wie Vicky lächelnd am Tisch gesessen hatte, einen Großteil ihres Hamburgers Hannah zugeschoben und sie dabei angeblinzelt hatte, als hätten sie ein Geheimnis miteinander. Es hatte ihr sogar gefallen, wie Papa und Vicky später beim Abwasch in der Küche gelacht hatten.

Natürlich hatte sie damals nicht gewusst, dass Vicky ihrem Papa den Kopf verdrehen würde, sodass er Mama ganz vergaß. Ihr kam ein Gedanke, der sie so heftig traf wie der berüchtigte Fausthieb ihres Bruders in die Magengrube: Vielleicht wäre es ja gar nicht so schrecklich, wenn Papa Mama vergäße. Vielleicht hatte er Vicky ja deshalb so gern – weil er ihretwegen vergessen konnte.

Im Mondschein erkannte sie die Umrisse des Tisches in der Ecke und sie musste an den Schwangerschaftstest denken, den sie darin versteckt hatte – der, den sie unter dem Waschbecken in Mamas und Papas Bad – in *Vickys* und Papas Bad – gefunden hatte. Seitdem hatte sie Vicky eingehender beobachtet, ob ihr Bauch so rundlich würde wie bei Mama, als sie anfangs mit Hannah schwanger war.

Sie hatten sich alle so gefreut, als Mama ihnen erzählt hatte, dass sie noch ein Kind bekäme. Karen war damals erst neun, aber sie erinnerte sich daran, als wäre es gestern gewesen. Die Zwillinge, damals noch sehr klein, hatte sich Papa auf je eine Schulter gesetzt, war mit ihnen durchs Wohnzimmer stolziert und hatte einen Singsang angestimmt: „Wir bekommen ein Baby ... wir bekommen ein Baby ...“ Sie, Rahel und Louis hatten dazu geklatscht und gejubelt, Mama hatte gelacht und ihre Hand flach auf den Bauch gelegt, wo das Baby heranwuchs.

Sie lächelte in die Dunkelheit. Es tat gut, eine Erinnerung an

Mama zu haben, bei der sie lächeln konnte. Vielleicht gab es da, von wo sie gekommen war, noch mehr davon.

„Bitte, Gott", flüsterte sie. Offenbar zu laut, denn Hannah regte sich, steckte sich einen Daumen in den Mund und lutschte geräuschvoll daran. Karen legte sachte eine Hand auf Hannahs Rücken und rieb ihn behutsam.

Was wäre, wenn Vicky tatsächlich ein Baby bekäme? Auf dem Teststreifen war ein Pluszeichen. Positiv bedeutete schwanger. Da war sie sich sicher. Aber sie wusste nicht, ab wann man einer Frau ansah, dass sie schwanger war.

Während sie noch Hannah über den Rücken streichelte, blinzelte sie auf den Wecker. Es war fast Mitternacht.

Als sie sich sicher war, dass Hannah wieder schlief, stieg sie aus dem Bett und holte den Teststreifen aus seinem Versteck in der untersten Schreibtischschublade ganz hinten. Sie nahm ihn mit ins Bad, schloss die Tür und machte das Licht an. Das Pluszeichen war noch immer zu sehen. Sie steckte den Streifen in die Tasche ihres Schlafanzugoberteils und trat in den Flur. Louis' Tür war zu und unten war alles dunkel. Papa und Vicky waren immer schon vor Mitternacht im Bett.

Sie schaute über das Geländer zu dem Treppenabsatz, wo der Computertisch stand. Sie durften nicht an den Computer, ohne vorher zu fragen, aber hierfür konnte sie keine Erlaubnis einholen. Auf Zehenspitzen trat sie auf eine knarrende Diele im Holzboden. Sie erstarrte und stand da wie eine Statue. Ihr Herz schlug ihr bis zum Hals. Als sie sichersein konnte, dass die Luft rein war, ließ sie sich auf dem Stuhl nieder und schaltete den Computer ein.

Der Computer fuhr geräuschvoll hoch und ihr Herz sprang ihr fast zum Schädel hinaus. Sie fummelte nach dem Lautstärkeregler, stellte den Ton aus, und während alles geladen wurde, stand sie stocksteif da und horchte, ob Papa oder Vicky aufgewacht waren.

Fast drei Minuten verstrichen und der Computer wechselte in den Ruhezustand. Als sie keine Geräusche aus dem Erdgeschoss vernahm, machte sie es sich auf dem Stuhl bequem und bediente die Maus. Sie öffnete die Suchmaschine und drückte eine Taste nach der anderen, damit nicht das übliche Klicken zu hören war. HCG gab sie ins Suchfeld ein.

Einer der ersten Einträge stimmte mit dem Schriftzug auf dem Teststreifen überein. Sie klickte auf den Link. Da gab es ein Bild von genau dem Ding, das sie gefunden hatte. Sie begann zu lesen. Dort stand, dass der Test in 99 Prozent der Fälle stimmte und dass er funktionieren könnte, noch bevor eine Frau vermutete, schwanger zu sein – etwas von „bereits ab dem 4. Tag".

Sie dachte an den Tag zurück, als sie den Streifen gefunden hatte. Es war der Tag, nachdem Papa und Vicky aus Salina zurückgekehrt waren – von ihrer Hochzeitsreise. Sie hatten am 27. April geheiratet. Das wusste sie noch, weil Seth am selben Tag dreizehn geworden war. Er war einmal sitzen geblieben und daher älter als die anderen aus ihrer Klasse.

Sie klickte auf einen Link mit einer Anleitung für den Schwangerschaftstest. Da stand so Zeug wie, dass man auf den Teststreifen pinkeln sollte. Sie betrachtete das Ding, das aus ihrer Schlafanzugjacke lugte. *Huch.* Sie hatte es mit bloßen Händen berührt. Sie rümpfte die Nase und wischte sich die Hände an ihrer Hose ab, bevor sie die Tastatur wieder berührte.

Sie scrollte die Seite herunter und las, wie man das Plus- und das Minuszeichen deuten musste. Sie hatte recht. Das Pluszeichen bedeutete: ja, man war schwanger. Ihr Atem ging schneller. Vicky *musste* schwanger sein.

Was war, wenn Papa es nicht wusste? Sie durchzuckte ein Gedanke: Was, wenn er es wusste und das der Grund war, warum er und Vicky kaum noch miteinander redeten? Sie kam mit all den Gedanken und Vorstellungen, die jetzt auf sie einströmten, nicht zurecht.

Sie hörte ein Geräusch im Erdgeschoss und erstarrte. Sie überprüfte, ob der Ton ausgeschaltet war, und tastete langsam nach dem Ausschaltknopf. Der Computer fuhr herunter und sie saß da, starrte ins Dunkle und horchte nach dem Geräusch, das sie vor wenigen Augenblicken gehört hatte. Es kam nicht wieder.

Schließlich kehrte sie auf Zehenspitzen zurück in ihr Zimmer. Doch bevor sie wieder ins Bett krabbelte, wickelte sie den Teststreifen in ein Taschentuch – in ein sauberes, nicht in das mit Mamas Lippenabdruck – und versteckte es hinten in der Unterwäscheschublade. Sie strich alles in der Schublade wieder glatt und trennte ihre Sachen von Hannahs, damit niemand auf ihrer Seite der Schublade kramen musste.

Als sie sich schließlich wieder neben Hannah ins Bett legte, war es 1:12 Uhr. Doch sie konnte nicht einschlafen. Sie lag da, hatte eine Hand auf ihrem Herzen und spürte, wie es so schnell und fest klopfte, dass sie Angst hatte, es werde durch ihre Haut platzen.

Kapitel 41

Kaum war Doug zur Tür hereingekommen, roch er das Abendessen. Spaghetti, wenn seine Nase richtig lag.

„Bist du's?“ Vickys Stimme drang aus dem vorderen Teil des Hauses zu ihm.

Er hängte seine Kappe an den Haken mit seinem Namensschild und ging durch die Küche. Er stand im Türrahmen zwischen Küche und Wohnzimmer und wartete, dass sie ihn wahrnahm.

Sie sah von dem Buch auf, das sie den kleinen Mädchen gerade vorlas. Selbst Hannah, die es sich auf Sabrinas Schoß bequem gemacht hatte, war ganz gefesselt von der Geschichte. Als Vicky schwieg, schauten sie alle hoch und warfen ihm ein ungeduldiges „Hi, Papi“ zu, als sei er ein lästiger Störenfried.

„Hallo zusammen“, sagte er, falls jemand hinhörte.

Hannah nahm Vickys Gesicht in ihre Hände. „Lesen, Vicky. Los … Buch lesen.“

„Warte mal kurz, Süße." Vicky schob Hannahs Hände aus ihrem Gesicht und nahm ihre Hand als Lesezeichen. „Möchtest du jetzt essen, Doug?"

Er schüttelte den Kopf. „Ich kann noch nicht drinnenbleiben. Ich muss nur schnell nach dem Wetter schauen." Er deutete mit dem Kinn zur Treppe, nahm immer zwei Stufen auf einmal und hoffte, sie werde nicht mit ihm schimpfen, weil er die Stiefel nicht ausgezogen hatte.

Doch sie rief ihm lediglich hinterher: „Du kannst Spaghetti haben, wenn du so weit bist. Sag mir Bescheid, dann wärme ich dir einen Teller auf."

„Gut, danke schön", brüllte er hinunter. Er schaltete den Computer ein, wartete darauf, dass er hochfuhr, und stellte in Gedanken eine Bestellliste für den Ersatzteilhändler zusammen. Er hätte die Ersatzteile schon vor Tagen bestellen sollen, doch er hatte versucht, in der Druckerei alles aufzuarbeiten, damit er sich an seinen Urlaubstagen um die Ernte kümmern konnte. Er konnte es sich nicht leisten, den Mähdrescher auch nur einen einzigen Tag ausfallen zu lassen, wenn er den Weizen noch vor den angekündigten Stürmen ernten wollte.

Schließlich erwachte der Bildschirm zum Leben, und Doug öffnete den Browser. Unbeholfen legte er seine Finger auf die Tastatur und versuchte sich an die neue Wetterseite zu erinnern, von der er gehört hatte. Im Zwei-Finger-Suchsystem – seiner Art zu tippen – gab er den Namen ein. Das sah nicht richtig aus. Er löschte die Eingabe und versuchte es mit einer anderen Schreibweise. Er hatte noch keine vier Buchstaben eingegeben, als eine alte URL aus dem Suchverlauf im Adressfeld erschien. Er wollte ein M eingeben, kam aber stattdessen auf die Leertaste und wollte es neu eingeben. Als er jedoch aufsah, um die Schreibweise zu überprüfen, fiel ihm dort schon wieder eine alte Adresse auf. Er sah hin und betrachtete sie dann etwas genauer. Was war das denn?

Der erste Teil der Adresse hieß *Arzneimittel*. Doch das war nicht der Teil, der ihn erneut hinschauen ließ. Die Wörter hinter *Arzneimittel* lauteten *HCG Schwangerschaftstest*.

Halt. Er hatte wohl etwas verkehrt geschrieben. Er löschte es und wollte gerade die URL der Wetterseite eingeben, als ihn etwas innehalten ließ.

Er öffnete die Seite mit den Arzneimitteln und Schwangerschaftstests, und auf dem Bildschirm erschien eine Anzeige für einen Schnelltest zum Selbermachen. Jedes Mal, wenn Kaye vermutet hatte, dass sie schwanger war, hatte sie so einen Test verwendet. Die Erinnerung traf ihn wie ein Hieb.

Er scrollte die Seite herunter und sah sich um, ob Louis oder Karen hinter ihm standen und tausend Fragen an ihn hätten. Doch da hörte er sie unten zanken, und Vicky, die „Pst!" machte und den Kleinen weiter vorlas.

Wieder sah er sich die Adresse an. Dafür hatte er keine Zeit. Er musste den Computer ausschalten und zusehen, dass die Bestellung über Nacht ausgeführt wurde. Doch irgendetwas zwang ihn, den Suchverlauf näher zu betrachten.

Dem Verlauf nach zu urteilen war er heute der erste Nutzer des Computers. Die jüngste Adresse davor war die Seite mit den Schwangerschaftstests. Er überprüfte das Datum. 18. Juni. Vorgestern. Er dachte, sie hätten den Werbeblocker aktiviert und den Rechner kindersicher gemacht, aber manchmal kam das Zeug trotzdem durch. Oder Vicky hatte die Kinderschutzeinstellungen ausgeschaltet. ... Ein Blick auf den restlichen Verlauf und die Google-Eingaben ließ ihn erstarren. Jemand hatte vorsätzlich *HCG* eingegeben und sich dann ein halbes Dutzend Seiten über Schwangerschaft und Tests angesehen.

Von unten drang Vickys Lachen zu ihm herauf sowie das Kichern der Zwillinge, als Vicky das Kitzelmonster aus dem Buch aufleben ließ.

Sein Herz wurde schwer wie Blei. Vicky musste wohl annehmen, sie sei schwa... Er erlaubte sich nicht, den Gedanken zu Ende zu denken. Er zog ein verknülltes Taschentuch aus seiner Hosentasche, tupfte sich die Stirn ab, atmete schwer ein und rang um Fassung.

Irgendwie fand er die Seite mit den Ersatzteilen und bestellte, was er brauchte, aber ihm ging der übergroße violett-weiße Plastikstab nicht aus dem Kopf.

Zum tausendsten Mal innerhalb von zwei Monaten schickte er eine verzweifelte Frage zum Himmel – eher ein Klagen als ein Gebet: *Was habe ich bloß getan? Oh Vater im Himmel, was habe ich bloß getan?*

***

Er werkelte in der Scheune und wartete ab, bis er sicher sein konnte, dass die Kinder im Bett lagen. Ihm knurrte der Magen vor Hunger, doch das ignorierte er. Er hatte nicht das Recht, auch nur über Hunger nachzudenken, solange eine solche Last auf ihm lag. Auf Vicky.

Ihm kam ein neuer Gedanke. Vielleicht war sie ja gar nicht schwanger. Vielleicht hatte sie es nur vermutet. Nichts von dem, was er auf dem Bildschirm gesehen hatte, redete vom Umgang mit Babys. Es ging immer nur um den Test selbst. Das musste doch ein gutes Zeichen sein, oder? Er hatte sich den weiter zurückliegenden Suchverlauf nicht angeschaut. Nur den von gestern. Vielleicht gab es da noch mehr. Das hätte er überprüfen sollen. Wenn Vicky auch nur den Verdacht hegte, war es schon ernst. Sie war mindestens genauso verrückt nach Kindern wie Kaye damals, und er wusste noch sehr gut, wie es Kaye immer ergangen war, wenn sie nur ein paar Tage über ihrem Termin war.

Sie hatten sich öfter als einmal gestritten, weil sie Geld für so einen blöden Test ausgegeben hatte, bloß weil sie am Abend zu viel Pizza gegessen hatte und ihr am Morgen übel gewesen war. Die Dinger waren nicht gerade billig, aber Kaye wollte es immer so früh wie möglich wissen.

Und die fünf Male, in denen der Test positiv ausgefallen war, hatte sie immer gestrahlt und sich etwas Kreatives ausgedacht, um es zu verkünden; sie hatte feiern wollen, ihm sein Lieblingsessen gekocht, einen Kuchen gebacken, und zum Dessert war sie mit ihm ins Bett gegangen. Die Zeiten ihrer Schwangerschaften waren für ihn toll gewesen.

Es war ihm auch ganz egal gewesen, wenn sie ihn auf der Arbeit damit aufgezogen hatten, dass die DeVores *noch ein* Kind erwarteten. Sollten sie doch lachen.

Als die Zwillinge zur Welt kamen, hatten er und Kaye beschlossen, dass es ihnen gleichgültig war, was die Leute dachten. Sie liebten ihre Kinder. Sie hatten sich beide immer eine große Familie gewünscht. Und auch wenn das Geld knapp war, kam die Familie immer gut über die Runden.

In Kayes Elternzeitschriften hatte er gelesen, ein Kind koste zweihunderttausend Dollar, bis es erwachsen war. Schwachsinn. Für einen Esser mehr war immer genug da. Kaye hatte die Säuglinge immer gestillt, sodass sie keine Babynahrung zu kaufen brauchten, und sie hatte einen großen Gemüsegarten gehabt, in dem die Kinder abwechselnd Unkraut jäteten. Sie hatten, verflixt noch mal, immer genug Tomaten und Kürbis gehabt, um den Nachbarn *und* der Gemeindetafel an der Stadtbücherei etwas abzugeben. Die Kinder reichten ihre Kleidung weiter und Kayes Autoaufkleber – *Ich bremse auch für private Flohmärkte* – war nicht nur Schau. Zu Weihnachten und an Geburtstagen war ihre Mutter großzügig. Und mit dem Geld, das Kaye als Sekretärin an der Schule verdiente – das wenige, das nach Abzug der Rechnung für die Kinderbetreuung im Hort übrig blieb –, kamen sie immer irgendwie hin. Unterm Strich hatten die Kinder niemals auf etwas verzichten müssen, was wirklich wichtig war.

Ihm stockte der Atem. Die Kinder hatten keinen Verzicht empfunden, weil sie Liebe bekamen. Und weil ihre Eltern verrückt nacheinander waren. Aber wenn Vicky schwanger war …? Wie würde sich die Leere zwischen ihnen auf ein Kind auswirken? Er hatte Angst, es sich auszumalen.

Ein Schatten bedeckte den Lichtstrahl der Gartenlampe und Doug sah Vicky in der Tür stehen.

„Soll ich dir einen Teller bringen? Du musst ja schon halb verhungert sein."

Seine Hände begannen zu zittern und er steckte sie in die Taschen. „Geht noch", log er.

„Sicher? Ich wärme dir gern einen Teller auf. Es gibt Spaghetti. Ziemlich gute sogar, wenn ich das mal so sagen darf."

„Danke, ich brauche noch nichts."

Ihm war nicht aufgefallen, dass er sie angeblafft hatte, bis ihr Lächeln unvermittelt verschwand. Sie drehte sich um und ging wieder zum Haus.

„Vicky!"

Sie wandte sich zu ihm und stand abwartend da. Ihr Gesicht lag im Schatten, aber irgendetwas an ihrer Haltung sagte ihm, dass sie weinte. *Oh Gott, hilf mir, die richtigen Worte zu finden.*

Er kam einen Schritt auf sie zu und sah ihr in die schimmernden Augen. „Vicky, bist du schwanger?"

Sie taumelte, als habe er sie geschlagen. „W-was?"

„Ob du ein Kind erwartest."

Sie lachte humorlos auf. „Ich weiß, was schwanger bedeutet."

„*Bist* du's?"

„Nein. Nein … natürlich nicht. Warum fragst du überhaupt?"

Die Erleichterung, die er bei einer negativen Antwort erwartet hatte, stellte sich nicht ein. „Aber … ich dachte … ich habe die Suche gesehen. Am Rechner."

Sie runzelte die Stirn. „Wovon redest du?"

Er rieb sich mit einer Hand übers Gesicht, spürte den Schmutz und die Schweißperlen unter seinen schwieligen Händen. „Du hast nicht gesucht – am Computer?"

„Was gesucht?"

Er schüttelte den Kopf und versuchte, die Spinnweben darin abzuschütteln. Er glaubte nicht, dass sie sich dumm stellte. „Als ich – vorhin – die Ersatzteile bestellt habe, waren im Suchverlauf einige Seiten … über Schwangerschaftstests … weißt du, solche Streifen, mit denen man feststellt, ob man schwanger ist."

„Ich weiß, was ein Schwangerschaftstest ist, Doug." Der Klang ihres trockenen Lachens bereitete ihm Schmerzen, die er nicht richtig zuordnen konnte.

„Das warst du also gar nicht?"

Sie schüttelte den Kopf. „Nein."

„Wer denn dann?"

Sie zuckte die Achseln. „Bist du sicher, dass es nicht bloß eine Anzeige war – so eine Werbung, die manchmal auftaucht?"

„Nein. Es war im Suchverlauf. Mehrere Webseiten hintereinander. Sah so aus, als hätte jemand Informationen über Schwangerschaftstests gesucht. Ich glaube, auf einer Seite stand HCG."

Sie nickte. „Ja, so heißt das." Sie hielt sich eine Hand vor den Mund, und selbst im schwachen Licht der Gartenlampe konnte er sehen, dass sie aschfahl wurde.

„Was ist denn?"

„Ach Doug, was ist, wenn Karen …?"

„Was?" Er machte einen weiteren Schritt auf sie zu. Ihm gefiel ihr Gesichtsausdruck überhaupt nicht. Sie dachte doch wohl nicht das, was ihre Worte sagen wollten.

„Am Sonntagnachmittag war Karen am Computer. Sie sagte, sie wolle Wörter nachschlagen. Aber denkst du nicht …?"

Er sah sie mit zusammengekniffenen Augen an. „Was sagst du da? Warum sollte Karen so etwas nachschlagen? Außerdem war das von vor wenigen Tagen." Er hatte den Verlauf der Tage davor nicht überprüft, aber er hatte es vor, sobald er im Haus wäre.

„Doug?" Vicky sah noch immer angeschlagen aus. „Du glaubst doch nicht, sie … sie ist schwanger?"

Er taumelte zurück, wie sie vorher, als er sie gefragt hatte, ob *sie* schwanger sei. „Karen? Das ist doch nicht dein Ernst. Ich glaube, sie bekommt noch nicht mal ihre Periode, oder? Sie hatte noch nie einen Freund. Warum sagst du denn so etwas?"

„Doug, ich glaube, Karen ist schon etwas … erfahrener …, als du denkst."

„Erfahren? Was soll das denn heißen?" Sie übertrieb doch.

„Ich habe dir doch erzählt, dass sie bei Seth Berger war, als sie von Wren weggelaufen war."

„Und?"

„Sie war mit Seth und seinem Bruder allein im Haus. Mit seinem älteren Bruder."

Er starrte sie an, wohl wissend, dass ihm der Mund offen stand. Aber Vicky erzählte Blödsinn. Sie vermutete Sachen, die nicht sein konnten. Seth war eine Plage, das ja. Aber Vicky kannte Karen nicht. „Du glaubst doch nicht wirklich, dass sie ..." Er konnte den Satz nicht beenden. Sie redeten doch hier von seiner kleinen Tochter. Seiner unschuldigen kleinen Tochter. Wie konnte Vicky nur so etwas Abstoßendes über sie und diesen Jungen denken?

„Du hast sie nicht bei Seth gesehen, Doug. Sie ... sie waren sehr angetan voneinander."

Er schnaubte. Witzig, dass Vicky dieselben Worte verwendet hatte wie Harriet damals über ihn und Vicky auf der Hochzeitsfeier. „Wie genau meinst du das?"

„Seths Bruder hat die Tür aufgemacht ..."

„Ben?"

„Ja. Karen und Seth waren im Keller, und ich konnte die Treppe hinuntersehen ... es war dunkel da unten. Als sie heraufkamen, waren sie ... ich glaube, *zerzaust* trifft es am besten. Sie haben sich genau vor mich gestellt, er hat ihr den Arm um die Taille gelegt, und sie lehnte sich an ihn." Sie schluckte schwer. „Sie sahen aus, als ob sie es sehr genossen, so zusammenzustehen."

„Ach komm, Vicky."

Jetzt war es an ihr, ihn mit offenem Mund anzustarren. „Glaubst du, das erfinde ich?"

Er nahm seine Kappe ab und schlug sie sich ans Knie. Im Schein der Gartenlampe stieg ein Staubwölkchen auf wie Rauch. „Nein, das will ich nicht damit sagen. Aber ... sie ist noch ein *Kind*. Ich glaube, du hast das missverstanden, was du da gesehen hast."

„Ganz gewiss nicht, das versichere ich dir. Hast du ..." Sie verstummte und senkte den Kopf.

„Was?"

Sie sah ihn mit tränenverhangenem Blick an. „Hast du das damals auch zu Karen gesagt, als sie uns in der Küche erwischt hat, als wir uns so nah waren? Dass sie das missverstanden hatte, was sie da gesehen hatte?"

Die Worte trafen ihn wie ein Schlag in die Magengegend. Er atmete geräuschvoll aus und trat nach einem rostigen Nagel auf dem Betonboden der Scheune. „Das ist etwas anderes." Doch das Bild von Karen und dem jungen Berger, wie sie bei der Hochzeit damals miteinander getanzt hatten, kam ihm dauernd in den Sinn.

„Ich glaube nicht, Doug."

„Du glaubst doch nicht wirklich, sie …"

„Ich weiß nicht. Aber ich glaube, du musst mit ihr reden."

Er ballte seine Hände zu Fäusten und öffnete sie wieder. „Wie soll das denn gehen? Ich will sie doch nicht auf dumme Gedanken bringen."

„Ach, Doug." Sie schüttelte den Kopf. „Ich fürchte, die dummen Gedanken sind bereits in ihrem Kopf."

Ihm brannten die Augen und sein Magen hob sich. „Du meinst doch nicht im Ernst, Karen ist … *schwanger*?" Er spie das Wort aus und ihm brach die Stimme.

„Ich hoffe nicht. Ich hoffe, es ist bloß Neugierde … das Zeug, was sie online gesucht hat. Aber du musst dich mit ihr unterhalten. Bevor daraus etwas anderes wird. Willst du … willst du, dass ich auch dabei bin, wenn ihr miteinander redet?"

„Ich will nicht, dass du dabei bist – ich will, dass *du* mit ihr redest." Er imitierte ihr trockenes Lachen.

Sie schüttelte den Kopf. „Ich glaube nicht, dass es sie sehr beeindrucken wird, was ich zu sagen habe. Aber ich kann dir bei dem … dem Frauenkram helfen."

„Danke." Er ließ seine Schultern sacken, wäre aber am liebsten auf dem Betonboden auf die Knie gesunken. „Sollen wir sie wecken?"

„Lass uns … warten. Mach es gleich morgen früh, okay?"

Er nickte und spürte einen riesigen Kloß im Hals.

Kapitel 42

Karen zog die Decken um sich und tauchte wieder ab in ihren schönen Traum. Wieder stupste sie jemand an und drohte ihr damit die letzte Chance zu nehmen, ihn zu beenden. „Lass das, Hannah", murmelte sie.

„Karen. Steh auf", flüsterte eine Stimme.

Nein. Es war Papa. *Geh weg. Geh weg. Mach mir meinen Traum nicht kaputt.* Seth kam darin vor, hielt ihre Hand, sah sie an, als hielte er sie für das schönste Mädchen auf der ganzen Welt.

„Karen."

Geh weg! Zu spät.

Vorbei. Sie konnte sich nicht einmal an die Hälfte dessen erinnern, was in der süßen Welt der Träume geschehen war.

Wie spät war es überhaupt? Sie lugte unter der Decke hervor auf die Uhr. Sechs Uhr? Sie rieb sich die Augen und versuchte, Papa klar zu sehen.

Vicky stand neben ihm. Hä? Nun war sie hellwach. Sie richtete sich auf und starrte sie mit klopfendem Herzen an. „Was ist denn los?"

„Vielleicht gar nichts", sagte Papa leise. „Aber wir müssen mit dir reden."

„Was habe ich denn gemacht?"

„Komm bitte nach unten und dann reden wir. Weck Hannah nicht auf."

„Ich muss erst mal."

„Dann geh." Papa hatte eine Hand auf dem Treppengeländer, Vicky stand direkt neben ihm. „Aber komm dann gleich runter."

„Was habe ich denn angestellt?" Sie zermarterte sich das Hirn, warum sie wohl Ärger bekäme. Er hatte gestern Abend gesagt, dass sie vermutlich heute mit der Ernte beginnen könnten. Es musste für ihn sehr wichtig sein, wenn er sie aufweckte, bevor er aufs Feld ging. Vielleicht ging es wieder mal um irgendeine Macke dieser Miss Vicky Ordnungsfreak. Vielleicht hatte sie eine Fluse auf dem Sofa liegen lassen. Oder einen Krümel auf der Arbeitsplatte. Oder vielleicht hatte sie die Sachen in ihrem Regal nicht in alphabetischer Reihenfolge sortiert.

Als sie fertig war, wusch sie sich die Hände, spritzte sich etwas kaltes Wasser ins Gesicht und trottete hinunter.

Papa und Vicky saßen nebeneinander am Küchentisch und sahen aus, als ginge es um etwas Ernsteres als eine Fluse.

Sie setzte sich ihnen gegenüber, stützte ihre Ellbogen auf den Tisch und verschränkte ihre nackten Füße um die Stuhlbeine. „Was ist los?"

***

„Karen." Doug schluckte und sein Hals fühlte sich an wie Schmirgelpapier. Wir ... *ich* muss mit dir über etwas reden ... dir ein paar Fragen stellen."

Ihre Augen wurden groß und sie richtete sich etwas höher auf. Er wollte sie nicht einschüchtern oder Beschuldigungen vorbringen, die bewirken würden, dass sie nicht mit ihm würde reden können, doch er musste sich selbst beruhigen. Was Vicky gesagt hatte – dass Karen vielleicht mit dem jungen Berger ... *intim* ... gewesen war –, das konnte einfach nicht stimmen. Als er hier saß, seiner Tochter in die schlaftrunkenen Augen schaute, während ihr verstrubbeltes Haar zu allen Seiten um ihr Engelsgesicht abstand, wusste er, dass Vicky sich täuschen musste.

Er spürte Vicky neben sich sitzen. Die Stühle berührten sich, doch nach einer unausgesprochenen Übereinkunft achteten sie beide darauf, dass ihre Körper an keiner Stelle Kontakt hatten. Er wagte einen Blick zu ihr. Vicky nickte ihm mit einem ermutigenden Blick, einer Art Aufforderung, zu.

Er sah auf die Uhr über dem Kühlschrank. Eigentlich hatte er überhaupt keine Zeit hierfür. Die Erntehelfer, die er angeheuert hatte, waren vermutlich schon beim Auftanken und wenn er nicht hinmachte, würden sie auf ihn warten müssen. Er atmete tief ein und blickte Karen in die Augen. „Gestern Abend habe ich am Computer Ersatzteile bestellt und ... und da ist mir aufgefallen, dass bestimmte Seiten aufgerufen worden waren." Er schüttelte den Kopf und runzelte die Stirn. „Seiten, die Kinder noch gar nicht aufrufen dürften. Du ... du weißt vielleicht, wovon ich rede?"

Sie öffnete den Mund, um etwas zu sagen, klappte ihn jedoch genauso rasch wieder zu. Sie legte die Stirn auf den Tisch, doch ihr Haaransatz glühte rot.

Damit hatte er seine Antwort. „Warum hast du dir die Sachen angeschaut, Schatz?"

Sie schüttelte den Kopf und murmelte etwas zum Fußboden.

„Karen. Sieh mich an."

Nach einer langen Minute hob sie den Kopf. Ihr Gesicht war blutrot, ihr Mund zu einer trotzigen Grimasse verzogen.

„Warum hast du diese Sachen im Internet gesucht?", fragte er erneut.

Sie funkelte ihn an und drehte sich langsam zu Vicky um. „Warum fragst du nicht *sie*?" Sie schleuderte ihr Kinn in Vickys Richtung und betonte ihre Worte damit noch.

Er sah Vicky fragend an. Sie zog ihre Schultern fast unmerklich hoch. Er und Vicky waren am Vorabend noch an den Computer gegangen und hatten den Suchverlauf so weit er reichte zurückverfolgt. Sie hatten sonst nichts gefunden.

Er wandte sich wieder an Karen. „Was meinst du damit?"

„Frag *sie* doch!", brüllte sie. „Mit ihr solltest du mal lieber reden. Sie hatte doch das blöde Ding!"

Vicky beugte sich über den Tisch. „Ganz ruhig, Karen. Erzähl uns bitte mal, wovon du eigentlich redest." Sie legte Karen eine Hand auf den Arm. „Was für ein *‚blödes Ding‘*?"

Karen riss ihren Arm los und verengte die Augen zu Schlitzen. „Du brauchst dich gar nicht dumm zu stellen. Du weißt, wovon ich rede."

Doug schob seinen Stuhl zurück und schnappte sich ihren Arm. „So redest du nicht mit Vicky, junge Dame!"

Mit zornblitzenden Augen zog Karen die Wangen ein und bewegte ihre Zunge. Dann zielte sie mit ihrem Speichel genau zwischen die beiden. Vicky schrie kurz auf und rutschte auf ihrem Stuhl nach hinten, doch ein Speicheltropfen landete auf Dougs Unterarm und drang in die sonnengebleichten Härchen, die seine ledrige Haut sprenkelten.

In einer einzigen fließenden Bewegung sprang er zurück, wischte sich den Arm vorne am Hemd ab und hob ihn hoch in die Luft. Er schob den Tisch fort und streifte mit seinem Handrücken über Karens Mund.

Sie japste nach Luft und er spürte scharfe Zähne hinter ihrer Lippe. Er zog seine schmerzende Hand zurück.

„Doug! Stopp!" Vickys gellender Schrei kam von der Seite, während er sah, wie sich eine Blutspur über Karens Kinn zog.

Reglos, mit runden Augen, stand Karen da. Unter ihrer Unterlippe trat ein Blutstropfen hervor, der genauso aufwallte wie sein eigener Zorn.

„Du hasst mich!", kreischte Karen. „Du *hasst* mich!"

Er erstarrte, während ihn das Gefühl der Scham einhüllte wie eine schwere Decke. Doch er schleuderte sie genauso weg wie die Bettdecke in Sommernächten, wenn sie es sich nicht leisten konnten, die Klimaanlage laufen zu lassen.

Das Kind hatte es doch so gewollt. Vorlaute Göre. Er schnappte sich ihren Arm und schleuderte sie halb über den Tisch. „Wenn du das noch einmal machst …" Er stieß die Worte hervor und mit ihnen nun auch selbst Speicheltropfen. Er leckte sich über die Lippen und brachte mühsam zwischen zusammengebissenen Zähnen hervor: „Wenn du das noch ein *einziges* Mal machst, dann …"

„Was dann?" Das schiere Grauen in ihren Augen verwandelte sich rasch in Zorn. Sie leckte das Blut von ihrer Lippe. Ihre Zähne nahmen ein makabres Rot an. „Bring mich doch einfach um. Du weißt doch, dass du das willst." Kaum waren diese Worte heraus, schwand aller Trotz aus ihren Augen und sie sah plötzlich wieder aus wie sein kleines Mädchen. Sein kostbarer Schatz.

Ihr Gesicht verzog sich und sie barg ihren Kopf im Kragen ihres Oberteils. Wo ihr Mund war, schimmerten winzige Blutflecken durch. Sie sank auf den Stuhl, legte ihren Kopf auf den Tisch und schluchzte los.

Er zog die Luft ein und die Reue traf ihn so hart, wie er seine Tochter getroffen hatte. *Oh Gott* ... Was hatte er getan? Was war nur mit ihm los?

„Doug?“ Aus Vickys Stimme klang Entsetzen und er wusste, er war jetzt genau vor ihren Augen für sie zum Fremdling geworden. Aber Vicky war im Moment nicht seine größte Sorge. Er musste mit Karen alles wieder hinbiegen.

Er sprang vom Stuhl und ging um den Tisch herum zu ihr. Er wollte, dass sie aufstand, aber sie war wie ein nasser Sack. Er kniete sich neben ihren Stuhl, legte einen Arm um sie und zog sie an seine Brust. Sie kuschelte sich nicht so an ihn wie sonst, sondern hing schlaff da und verbarg ihr Gesicht noch immer im Schlafanzugkragen.

„Karen. Es tut mir leid“, flüsterte er. „Das hätte ich niemals tun dürfen. Bitte verzeih mir.“ Sein Magen rumorte und er hatte Angst, ihm würde übel. Doch er behielt sie im Arm und beruhigte sie, als wäre sie ein Kleinkind, das vom Dreirad gefallen ist.

Er hielt sie mehrere Minuten fest, bis sie sich abgeregt hatte und sich an ihn lehnte. Er sah zu Vicky hinüber, die ihnen gegenüber noch am Tisch saß und den Kopf in die Hände stützte. Ihre Lippen bewegten sich stumm, als würde sie beten.

Schließlich löste er Karen von sich, ließ aber eine Hand auf ihrem Knie liegen. „Es tut mir leid, Schatz“, sagte er erneut. „Verzeihst du mir?“

Karen nickte kurz, doch ihre Hand wanderte wieder an ihre Lippe. Sie fuhr sich mit den Fingern über den Mund und sah nach, ob noch Blut daran war. Ihre Lippe blutete nicht mehr, war aber geschwollen.

Doug holte einen Eiswürfel aus der Küche. Er wickelte ihn in ein sauberes Geschirrtuch und reichte es ihr wortlos.

„Vicky?"

Ihr benommener Blick begegnete dem seinen.

„Es tut mir leid, dass ich die Beherrschung verloren habe, Vicky. Das lässt sich durch nichts rechtfertigen."

Sie starrte ihn mit zusammengepressten Lippen an.

„Verzeihst du mir?"

„Ich verzeihe dir", flüsterte sie, doch ihre zittrige Stimme ließ ihn zweifeln, dass sie ganz bereit war, das zu entschuldigen, was sie eben mitbekommen hatte.

Er machte ihr keinen Vorwurf daraus. Was er getan hatte, war unmöglich zu tolerieren. Aber er konnte das Thema auch nicht einfach unter den Tisch fallen lassen. „Wir müssen uns trotzdem noch unterhalten", sagte er und schaute von Vicky zu Karen und wieder zurück.

Er tätschelte Karens Knie, um sie zu vergewissern, dass er sich jetzt wieder unter Kontrolle hatte. Mit einem Blick zu Vicky machte er einen weiteren Vorstoß. „Du *weißt* es nicht, oder?"

Sie schüttelte den Kopf. „Nein, wirklich nicht, Karen." Sie sah Doug an und bat mit ihrem Blick um Erlaubnis.

Er nickte.

Ganz ruhig sagte Vicky: „Nur um sicherzugehen, dass wir von demselben reden: Dein Vater und ich haben im Verlauf eine Suche nach Informationen über einen Schwangerschaftstest gefunden. Hast du nach diesen Webseiten gesucht?"

Karen nickte.

„Einfach aus Neugierde, Karen?" Vicky beugte sich über den Tisch und forschte mit besänftigender Stimme weiter. „Oder gab es einen Grund dafür, dass du dich nach Schwangerschaftstests erkundigen musstest?"

Doug war erleichtert, dass Vicky die Gesprächsführung übernommen hatte. Warum war ihm diese Art zu fragen nicht eingefallen? Vicky ging daran wie ... wie Kaye es gemacht hätte. Dieser

Gedanke machte ihn bescheiden. Oder besser gesagt, er demütigte ihn.

„Ich habe so einen … so einen Test gefunden", murmelte sie, ohne jemanden direkt anzublicken.

Erleichterung durchströmte ihn. Sie hatte nicht für sich selbst gesucht. *Gott sei Dank*. Doch das erklärte noch nicht …

„Wo denn? Wo hast du ihn gefunden?", versuchte Vicky ihr mehr zu entlocken.

„Im Müll. Im Schlafzimmer."

Doug sah zu Vicky.

Sie schüttelte den Kopf und Doug war sich sicher, dass sie aufrichtig war.

„Im Mülleimer … im Elternschlafzimmer?" Vicky zeigte über den Flur auf ihr gemeinsames Schlafzimmer.

Karen nickte. „Bekommst du … bekommst du ein Baby?" Sie platzte mit den Worten heraus, als wären es heiße Kohlen auf ihrer Zunge.

Vicky riss die Augen auf und schüttelte den Kopf. „Nein, Karen. Hast du … hast du das gedacht?"

Karen legte den Kopf schief und betrachtete sie mit Argwohn. „Wofür hast du denn so einen Test gehabt?"

Doug starrte Karen an. Keine von ihnen hatte diesen Test benutzt? Dann gab es nur noch eine einzige Möglichkeit. Er sank auf den Stuhl; seine Beine waren wie Pudding. „Wann … wann hast du ihn genau gefunden?"

Karen zuckte die Achseln. „An dem Tag, an dem wir das Haus richtig gründlich putzen mussten, weil sie …" – sie deutete mit dem Kopf auf Vicky – „gemeckert hat, dass es nicht sauber genug ist. Er muss aus dem Eimer gefallen sein. Er steckte irgendwie in der hintersten Ecke vom Schrank."

Vicky schloss die Augen. „Er muss …" Sie brach den Satz ab, denn die Wahrheit dämmerte ihr offenbar im selben Augenblick wie ihm.

Der Test war noch von *Kaye*. Kaye musste geglaubt haben, sie war schwanger. Sie hatte den Test gemacht und ihn weggeworfen, doch offenbar war er neben dem Mülleimer gelandet und bisher hatte sich niemand die Mühe gemacht, den Schrank unter dem Waschbecken aufzuräumen.

War Kaye schwanger *gewesen*? Dieser Gedanke brachte ihn aus der Fassung. Hatte sie – vielleicht sogar für den Thanksgiving-Tag, an dem sie gestorben war – etwas Besonderes geplant gehabt, um ihm die Neuigkeit mitzuteilen? Sie hatte ihn an dem Morgen nicht küssen wollen, weil sie dachte, sie hätte sich bei Rahel mit der Grippe angesteckt. Im Rückblick hatte er immer vermutet, das Kohlenmonoxid hätte schon seine Wirkung entfaltet, aber jetzt wusste er es nicht mehr so recht.

„Ich … ich habe ihn noch“, sagte Karen. „Den Test …“

Doug schnappte nach Luft. „Ja? Wo denn?“

„Ich hole ihn.“

Er und Vicky nickten einvernehmlich und Karen schob ihren Stuhl vom Tisch und stapfte die Treppe hinauf.

Doug sah ihr nach. Wie eine Neunzigjährige, dachte er. Ihm schnürte sich der Hals zu. Würde sich seine Tochter je von diesem Morgen erholen? Würde sie ihm je verzeihen können?

Seine Schultern sackten herab. Vielleicht würde sie ihm eines Tages verzeihen – aber vergessen würde sie es nie. Solange sie lebte, würde sie sich an den Tag erinnern, als ihr Papa sie geschlagen hatte. So heftig, dass ihr Mund blutete. Er hätte heulen können.

Vicky berührte ihn federleicht am Arm. „Doug?“

Er tauchte aus seinen düsteren Gedanken auf. „Dann war er wohl von Kaye? Der Test …“

Sie nickte. „Muss er wohl.“ Sie wollte noch etwas sagen, doch sie hörten Karen auf der Treppe und Vicky schüttelte den Kopf.

Karen kehrte mit einem Tuch an den Tisch zurück. Als sie es auseinanderfaltete, kam genau so ein Schwangerschaftstest zum Vorschein, wie ihn Kaye mehrfach verwendet hatte.

Karen streckte ihm den Teststreifen entgegen. „Es ist ein Pluszeichen zu sehen, Papa. Das heißt doch … schwanger, oder?“

Er konnte sich nicht überwinden, hinzusehen. Er brachte ein Nicken zustande. Er musste sich selbst daran erinnern, Luft zu holen.

„Bist du dir *sicher*, dass er nicht von dir ist?“, fragte Karen Vicky.

Vicky warf ihm einen verzweifelten Blick zu.

Doug traf eine Entscheidung. Entschlossen sagte er: „Nein, Schatz. Er ... er muss noch von deiner Mutter sein.“

In Karens Augen trat ein Blick plötzlichen Verstehens. „Mama war ...?“

Doug schüttelte den Kopf. „Ich weiß es nicht.“ Er sah Vicky an und hoffte, sie wisse mehr über solche Sachen.

Sie schüttelte den Kopf und zuckte die Achseln.

„Wenn Mama ein Kind erwartet hat, hat sie es mir zumindest nicht erzählt. Wir werden es wohl nie erfahren, Süße. Ich weiß nicht, ob ein Pluszeichen zuverlässig ist ... nach so langer Zeit. Vielleicht bedeutet es ja auch gar nichts ...“

„Aber was ist, wenn Mama wirklich ein Baby erwartet hat?“ Ihr brach die Stimme zu einem Schluchzen.

Er schluckte den Brocken in seinem Hals hinunter. „Dann hast du ein Brüderchen oder ein Schwesterchen im Himmel.“ *Noch* ein Schwesterchen im Himmel, dachte er.

Vicky legte ihnen beiden eine Hand auf den Arm. „Es tut mir so leid.“

Benommen und reglos saß er da, konnte ihre behutsamen Worte nicht wahrnehmen.

Hatten diese unsichtbaren, tödlichen Schwaden ihm mehr geraubt, als er wusste? War Kaye trotz ihrer und seiner Entscheidung, dass sechs Kinder genug waren, und trotz aller Vorsichtsmaßnahmen damals mit ihrem siebten Kind schwanger gewesen? Sie hatte kein Wort gesagt. Nicht einmal, dass sie einen Verdacht hegte.

Vielleicht hatte Kaye an morgendlicher Übelkeit gelitten, als das Kohlenmonoxid ihr Lebenslicht auslöschte. Und das Leben ihres ungeborenen Kindes? Das war zu viel für ihn.

Was für ein Kind wäre es geworden? Der Bruder, um den Louis

immer gebettelt hatte? Oder noch so ein kleiner Engel wie Hannah? Oder Rahel? Die niedliche Rahel ...

Er durfte seine Gedanken nicht weiter in diese Richtung ziehen lassen. Nicht jetzt. Es war zu viel.

Er zwang sich aufzustehen, schloss Karen in die Arme und sie ließ es zu, umarmte ihn ebenfalls. „Zieh dich jetzt an, okay?"

Tränen liefen ihr über die Wangen. „Muss ich heute in den Hort? Bitte, Papi, ich will nirgendwo hin. Ich will mit niemandem reden müssen." Aus ihrer Stimme klang Verzweiflung.

Er sah Vicky an und fühlte sich selbst verzweifelt.

„Hör mal", sagte sie, „ich rufe an und frage, ob eine Studentin heute für mich einspringen kann. Ich bleibe zu Hause bei den Kindern. Es wäre doch schön, wenn sie in diesem Sommer auch einmal ausschlafen könnten."

Doug nickte voller Dankbarkeit. „Danke", sagte er tonlos zu Vicky.

Doch Karen sprach es laut aus und die Worte kamen von Herzen: „Danke, Vicky."

Kapitel 43

Vicky stellte Doug einen Teller mit Gulasch hin. Doug wirkte erschöpft. Die Weizenernte war in vollem Gange und er war erst gerade so lang im Haus, dass er kurz hatte duschen und sich dann auf den Stuhl am Tisch sinken lassen können. Die Sonne versank rasch hinter der Hecke im Westen und die Uhr über dem Kühlschrank zeigte 21:55 an. Seit halb sechs Uhr morgens war er beschäftigt gewesen, vor allem mit Feldarbeit.

Vicky war in Clayburn aufgewachsen und wusste also, dass die

Erntezeit eine entscheidende Phase des Jahres war, aber ihr war nie klar gewesen, welch harte Arbeit es war, die Ernte einzubringen. Seit dem ersten Tag, an dem der Weizen reif genug war zum Mähen, war Doug noch vor Sonnenaufgang aus dem Haus und kam erst im Dunkeln zurück.

„Möchtest du Eistee oder eine Cola?"

Er fuhr sich mit der Hand durch das noch feuchte Haar. „Tee bitte. Aber ich kann ihn mir selbst holen." Er wollte seinen Stuhl zurückschieben.

„Lass nur. Bleib sitzen." Sie brachte ihm das Getränk und ging wieder ans Spülbecken.

„Sind die Kinder alle im Bett?"

Sie nickte.

Sie hatten ihn drei Tage lang kaum gesehen. Wenn sie die Kinder nicht gestern Abend mit aufs Feld genommen hätte, hätte er sie gestern überhaupt nicht gesehen. Doch sie waren auf dem Heimweg vom Hort bei Dairy Barn vorbeigefahren und hatten Schoko-Milkshakes für ihn und die Arbeiter bestellt.

„Wie geht es Karen?"

Mit dem Spüllappen in der Hand drehte sie sich um und lehnte sich mit dem Rücken an die Arbeitsplatte. „Ganz okay. Ja, richtig okay. Sie hat sich nach dir erkundigt."

Er schaute auf und fragte mit einem Mund voll Gulasch: „Was soll das heißen?"

Sie wrang den Spüllappen aus. „Als wir heute vom Hort zurückkamen, hat sie gefragt, wann du zu Hause wärest. Als ich ihr sagte, dass es spät würde, hat sie mich gebeten, sie zu wecken, bevor du morgen früh aus dem Haus gehst."

„Meinst du, da stimmt etwas nicht?"

„Ich habe sie gefragt. Sie hat Nein gesagt. Ich glaube, sie macht sich nur Sorgen um dich. Ich weiß nicht ..." Vicky zögerte, denn sie wusste nicht, ob Doug in der richtigen Verfassung war, um darüber zu sprechen, was neulich morgens passiert war. Aber Ernte hin oder her, sie konnten es nicht einfach unter den Teppich kehren.

Er trank hastig seinen Tee und sah sie an. „Na los ... was wolltest du eben sagen?"

„Karen kommt mir so anders vor, seit ... das alles passiert ist. Sie war richtig freundlich zu mir." Ihr brach die Stimme und Tränen schossen ihr in die Augen. „Ich glaube, sie will sich bloß vergewissern, dass zwischen euch alles in Ordnung ist."

***

Doug versagte die Stimme und er nickte nur. Vicky hatte recht. Ganz sicher würde er Karen morgen früh wecken. Er hoffte, ihr neues Gebaren bedeutete, dass sie mit allem gut zurechtkam. Sie hatte so viel zu verarbeiten – sein schreckliches Verhalten, als er sie geschlagen hatte, dann dass er und Vicky ihr praktisch unterstellt hatten, schwanger zu sein. Und natürlich ihre Entdeckung über Kaye.

Er wusste noch immer nicht, ob es stimmte oder nicht. Vielleicht würden sie es nie wissen. Doch er und Vicky hatten am Rechner zahlreiche Hinweise auf positive Testergebnisse gefunden, die auch viele Monate oder gar Jahre nach dem eigentlichen Test noch lesbar waren.

Tief in seinem Innern war er sich sicher, dass es stimmte. Dass Kaye ein Baby erwartet hatte. So wie er sie gekannt hatte, hatte sie vermutlich vorgehabt, es ihm auf eine raffinierte, romantische Art mitzuteilen.

Trotz des gedrängten Zeitplans und der langen Arbeitsstunden in der Erntezeit hatte er in vielen Stunden auf dem Mähdrescher über alles, was geschehen war, nachdenken können. Gott hatte in diesen Augenblicken sein Herz angerührt. Aber er hatte ihm auch manche bittere Einsicht beschert. Er wusste, dass er so manche seiner Erkenntnisse mit Vicky besprechen musste. Manches, was nicht so einfach für sie sein würde.

Vielleicht war ja gerade dieser Abend geeignet, um damit zu beginnen.

Er war fertig mit Essen und trug seinen Teller zur Spüle. Vicky nahm ihn entgegen und stellte ihn in den Geschirrspüler. Irgendwie waren sie einander gegenüber scheu geworden, aber er zwang sich, sie direkt anzuschauen. „Bist du zu müde, um uns noch kurz zu unterhalten?"

Überrascht hob sie die Augenbrauen. „Nein."

„Gehen wir auf die Veranda?"

„Klar." Sie schaltete das Licht über der Spüle aus und folgte ihm hinaus.

Die Luft war noch warm und Grillen zirpten eintönig im Chor. Der Himmel über ihnen dehnte sich zu einem tiefblauen Sternenzelt. Etwas an diesem unendlichen Himmel ließ einen Kloß in seinem Hals entstehen. Eine Himmelspforte. Da, wo Kaye und Rahel jetzt lebten. Wo die Antworten auf all seine Fragen verborgen waren.

Er ließ sich auf der obersten Stufe nieder und stützte die Ellbogen auf die Knie. Vicky setzte sich neben ihn und lehnte sich an die runde Säule, die das Verandadach stützte.

Sie legte den Kopf schräg und wartete ab. Wie konnte er das sagen, was ihm auf dem Herzen lag, ohne sie zu verletzen? Er wollte gerade anfangen, da hob sie eine Hand.

„Doug, ich muss dir etwas sagen."

Er wartete ab und hoffte inständig, dass das, was sie zu sagen hätte, nicht alles noch komplizierter machte.

Sie rutschte etwas herum, sodass sie ihn direkt anschauen konnte. „Als du ... neulich so zornig warst auf Karen, ging mir auf, dass dein Zorn eigentlich nicht ihr galt. Er galt mir."

Der Schmerz auf ihren Gesichtszügen brachte ihn schier um. Er wollte sein Verhalten nicht entschuldigen. Aber er konnte ihre Schlussfolgerungen nicht ernsthaft abstreiten.

Sie schluckte schwer. „Ich weiß nicht, wie uns ... wie dir und mir das abhandengekommen ist, was uns verbunden hat", fuhr sie fort. „Ich weiß nicht, warum wir es nicht ...", ihre Stimme versagte, „... wiederfinden konnten. Ich dachte, es könnte trotzdem etwas verändern, wenn ich bliebe – für die Kinder, wenn schon nicht für dich. Aber wenn ich … diesen Zorn bei dir ausgelöst habe, wenn ich dein Leben auf diese Art verändert habe, dann kann ich nicht bleiben."

„Nein, Vicky. Bitte. Es ist nicht deine Schuld. Was ich getan habe … ist nicht deine Schuld. Denke bitte nie in diese Richtung."

„Was soll ich denn denken? Ich habe es in Karens Augen gelesen, dass sie dich nie zuvor so erlebt hat. Nicht, bis ich gekommen bin."

„Aber ich habe dir nichts vorzuwerfen, Vicky. Es ist nur … als ich Kaye verloren habe, als ich Rahel verloren habe, habe ich auch die Orientierung verloren. Ich hätte mich mehr als je zuvor an Gott wenden sollen und die meiste Zeit dachte ich auch, dass ich das tue. Aber … ich habe in den letzten Tagen viel gebetet und gemerkt, dass ich in vielen kleinen Einzelheiten Gott den Rücken gekehrt habe."

Vicky nickte, als sei ihr das schon die ganze Zeit klar gewesen.

„Seit wir das mit Kaye herausgefunden haben, das mit dem Baby …" Er ließ den Kopf sinken. „Ich weiß nicht … irgendwie kommt es mir so vor, als hätte ich noch einmal ganz neu begonnen zu trauern."

„Ich frage mich, ob du überhaupt schon je angefangen hattest zu trauern. So wie es nötig gewesen wäre. Ich glaube, ich bin dir dabei in die Quere gekommen, Doug. Es war noch zu früh. Das hätte ich merken sollen. Und ich glaube, das habe ich auch. Ich wollte es bloß nicht zugeben. Dir gegenüber, aber auch mir gegenüber."

Er nickte. Wahrscheinlich hatte sie recht. Ihre Worte kamen ihm sogar bekannt vor. Sie hatte wohl so etwas gesagt, als er um sie geworben hatte. Oder vielleicht gewannen jetzt auch Wrens Worte – und die von Harriet und von wer-weiß-wem sonst – erstmals für ihn Bedeutung. Er hätte zuhören sollen. „Direkt nach ihrem Tod war der Schmerz unerträglich – der emotionale Schmerz. Ich habe wohl nicht zugelassen, dass ich zu tief darüber nachdachte oder mir klarmachte, was ich gehabt hatte. Es tat zu weh. Das war nicht gesund. Wie qualvoll der Schmerz auch war, ich hätte mich ihm stellen sollen. Stattdessen …"

Er schaute auf seine Stiefel und versuchte, die richtigen Worte zu finden. „Stattdessen habe ich mich an dich geklammert. Und eine kurze Weile war ich glücklich. Du hast mir geholfen, nicht mehr zu spüren, wie weh mir alles tat. Ich wollte etwas, irgendetwas, das mir den Schmerz nehmen würde. Du hast das für mich getan."

In ihrem Blick lag so viel Hoffnung. Doch er konnte sie nicht wieder anlügen. Das hatte er schon zu oft getan. „Vicky, es tut mir leid. Mir war selbst nicht klar, was ich da mache, aber ich habe dich benutzt. Du warst ... fast so etwas wie eine Droge für mich. Ich wollte einfach nur, dass der Schmerz verschwindet. Ich wollte unbedingt wieder glücklich sein. Und eine Zeitlang hast du mich glücklich gemacht. Aber ... ich fürchte, ich habe Glücklichsein mit Liebe verwechselt. Es tut mir leid."

„Und jetzt? Jetzt ist es zu spät?"

Er fürchtete den Hoffnungsfunken, den er in ihren Augen sah. Was er auch tat, er konnte ihn nicht wieder zur Flamme entfachen. Aus Mangel an Worten nickte er bloß.

Sie nestelte am fransigen Saum ihres T-Shirts. „Ich wünschte, wir könnten noch einmal neu anfangen. Ich wünschte, wir könnten die Zeit zurückdrehen. Aber wenn das ginge, würdest du sie natürlich zurückdrehen zu ..." – ihre Stimme wurde zu einem Flüstern – „... zu Kaye."

Er konnte es nicht abstreiten. Und er ertrug es nicht, den Schmerz zu sehen, der sich im Gesicht dieser schönen Frau abzeichnete. Er wandte sich ab und blickte starr nach Osten.

Was hatte er getan? *Was hatte er bloß getan?*

Ihre Unterlippe zitterte. „Willst du, dass ich gehe?"

„Nein! Ach, Vicky, nein." Er hatte nie erwogen, dass sie ihn verlassen könnte. Selbst als er ihr die Wahrheit sagte – dass er sie nicht liebte, nicht so, wie er sollte, sie nicht lieben *konnte*, solange er diese schreckliche Liebe zu Kaye in sich trug –, hatte er niemals damit gerechnet, dass sie ihn verlassen könnte.

„Doug, ich weiß jetzt, dass du mich nicht geliebt hast – nicht auf diese Art. Nicht so, wie ich es bräuchte. So weh es auch tut, ich verstehe es. Wirklich. Aber wie kann ich bei dir bleiben, nachdem ich es jetzt weiß?"

„Ich weiß es nicht." Benommen schüttelte er den Kopf.

„Wenn ich gehe ..." Sie begann zu weinen und barg ihr Gesicht in den Händen. „Was ist denn mit den Kindern? Ich liebe sie doch *auch* ..." Unter ihren Tränen schnappte sie kurz nach Luft und ihm ging auf, dass sie mit diesem kleinen Wort aus vier Buchstaben gestanden hatte, dass sie ihn noch immer liebte.

Ihre Schultern bebten und er wollte sie in den Armen halten, während sie weinte. Doch wie sollte das gehen? Wenn er sie anrührte, würde das alles umkehren, was er zu sagen hatte. „Ich will nicht, dass du gehst, Vicky. Ich weiß nicht, ob mir meine Kinder je verzeihen könnten, wenn ich dich wegschickte. Sie lieben dich."

Er wünschte sich von ganzem Herzen, dass er die nächsten Worte, die nun eigentlich folgen sollten, nun auch sagen könnten: Und *ich liebe dich auch*. Doch er konnte nicht. Verwirrung umwirbelte ihn wie die Sturzbäche, die im Frühjahr bei Tauwetter den Smoky Hill herabrauschten.

Schließlich holte er tief Luft. „Vicky, ich habe dir nichts zu bieten. Nichts. Ich bin ein erbärmlicher, kaputter Mensch und ich habe dir mehr Schmerz zugefügt, als irgendjemand überhaupt erleben sollte, und schon gar nicht eine so wunderbare Frau wie du. Aber ... ich bitte dich zu bleiben. Um der Kinder willen. Sie brauchen dich."

Sie saß da mit gesenktem Kopf und er konnte nicht sagen, ob sie zornig war oder verletzt, oder einfach benommen – so wie er.

„Ich verspreche dir, Vicky, ich werde dich gut behandeln. Und ich werde nie wieder die Hand erheben, gegen niemanden, nicht gegen die Kinder und nicht gegen dich. Ich bin nicht reich, aber dir wird es an nichts mangeln, wenn es in meiner Macht steht, es dir zu geben. Aber ... im Augenblick kann ich dir nicht ... meine Liebe schenken. Nicht die Liebe, die du willst. Die du erwartest."

„Habe ich denn eine Wahl, Doug?" Eine Spur Bitterkeit durchzog ihre Stimme. „Ich habe mein Haus vermietet. Zu meinen Brüdern kann ich nicht. Eine andere Wohnung kann ich mir nicht leisten. Du hast mir keine andere Wahl gelassen."

Er versuchte, gegen den schweren Brocken auf seiner Brust anzuatmen. „Wenn du mich hasst, mache ich dir keinen Vorwurf. Was ich dir angetan habe – die Lage, in die ich dich gebracht habe – ist verwerflich. Aber ich bitte dich, bitte dich inständig, Vicky: Bleib."

„Ich hasse dich nicht, Doug. Was wir getan haben ... du hast mich nicht gezwungen, Ja zu sagen. Aber wenn ich bleibe, kann ich nicht ... nicht das Bett mit dir teilen."

Ihre Worte ließen ihn hochschrecken. „Nein. Natürlich nicht. Ich ziehe zu ... zu Louis ins Zimmer. Du kannst unser ... das Elternschlafzimmer haben. Und das Bad."

„Was willst du den Kindern erzählen?"

„Weiß ich nicht. Uns wird schon etwas einfallen."

„*Dir* wird schon etwas einfallen."

„Tut mir leid. Natürlich." Er traute sich, ihren Arm zu berühren. „Vicky, ich kann bloß hoffen, dass du mir eines Tages verzeihst. Und dass vielleicht ..." Er wollte ihr gerade Hoffnung machen, dass seine Wunden eines Tages heilen könnten und dass er ihr eines Tages ein Stück von sich selbst, von seinem Herzen, anbieten könnte.

Er zuckte die Achseln und ließ seine Worte verhallen. Er hatte ihr schon zu viele nutzlose Versprechen gemacht. Von heute an, schwor er sich, würde er ihr nicht weniger – und nicht mehr – anbieten als freundliches Wohlwollen.

Und die Wahrheit.

Kapitel 44

Doug zog den letzten Papierbogen von der gewaltigen Heidelberger Druckmaschine und drückte den Aus-Schalter. Das Dröhnen der Presse ebbte ab zu einem Brummen und hörte dann ganz auf. Über ihm summte die Leuchtstoffröhre, die er ebenfalls ausschaltete. Trevor war in seinem Büro und machte Überstunden. Durch die offene Tür konnte Doug ihn am Computer sehen, doch der CD-Spieler, aus dem sonst klassische Musik tönte, war still.

Er band sich die verschmierte Schürze ab und hängte sie wieder neben die hintere Tür. Dann schnappte er sich einen *Courier* von dieser Woche, den er Vicky mitnehmen wollte, holte seine Tasche, schaltete das Licht aus und ließ beim Öffnen der Tür einen Schwall Augusthitze herein.

„Doug?"

Er drehte sich um und sah Trevor in der Tür zwischen seinem Büro und dem Druckraum stehen.

„Hey, Trevor."

Er schloss die Tür wieder und legte seine Sachen auf seinen Tisch neben einen bedenklich hohen Stapel von Schulkalendern. Bis zum neuen Schuljahr waren es nur noch wenige Wochen und das Schulamt hatte vergessen, die Kalender rechtzeitig zu bestellen. „Ich wollte gerade gehen. Brauchst du noch etwas?"

„Ich würde gerne kurz mit dir reden – falls du Zeit hast." Trevor rieb seine Hände, sah zu Boden und zögerte offenbar, bevor er zu sprechen begann.

Einen erschreckenden Augenblick lang dachte Doug, sein Chef – sein Freund – werde ihn entlassen. Die Geschäfte der Druckerei waren schlecht gelaufen, aber das war für die Jahreszeit absolut nicht unüblich. Mit dem Schulbeginn würde es wieder Aufwind geben.

Aber als Trevor aufblickte, stand ein unbestimmtes Lächeln auf seinen Lippen. „Wir haben gerade erfahren, dass wir noch ein Baby bekommen."

„Oh Mensch, das ist ja wundervoll!" Doug ging auf Trevor zu, schüttelte ihm die Hand und freute sich aufrichtig für den Mann. „Glückwunsch, alter Junge."

„Ja, danke. Ich ... wir hatten eigentlich nicht geplant, so bald ein weiteres Kind zu bekommen."

Doug lachte. „Na ja, ich weiß ziemlich genau, wie sich *das* anfühlt." Er erwartete, dass Trevor mitlachte.

Aber der wurde nun wieder ganz ernst. „Junge, wir kriegen Jenna ja kaum in den Griff. Ich kann mich nicht erinnern, wann einer von uns zuletzt eine Nacht durchschlafen konnte. Ich dachte, Babys schlafen eigentlich die ganze Zeit."

Doug verbiss sich ein Lachen, beschloss dann aber, dass das vielleicht genau das Richtige in dieser Situation wäre. „So richtig durchschlafen, tja, rechne damit, wenn sie etwa zehn sind. In dem Alter könnten sie aber endlich auch mal mit anpacken."

Trevor schüttelte den Kopf und stieß einen leisen Pfiff aus. „Ich weiß ja nicht, wie du das schaffst."

„Immer einen Tag nach dem anderen." Er knuffte Trevor in den Arm. „Ein *Kind* nach dem anderen."

„War es für dich so einfach, wie es aussah, als deine Kinder noch klein waren? Gestern Abend haben Leo und ich mal gerechnet – zwei Kinderbettchen, zwei Kinderwagen, zwei Hochstühle, zwei ..."

„Oder jeweils drei, wenn ihr Zwillinge bekommt. Wie Kaye und ich."

Trevor bekam große Augen. „Vielen Dank auch."

„Gern geschehen. Eine kleine Prise Realität", lachte Doug.

Diesmal stimmte Trevor mit ein. „Du willst mir also sagen, wir werden es überleben?"

Doug klopfte Trevor auf die Schulter und ließ die Hand dort liegen. „Ihr werdet es nicht nur überleben, ihr werdet wachsen und gedeihen. Das erste Kind ist toll, aber es ist sozusagen nur die Einarbeitung. Wenn dann die anderen kommen, fühlt man sich so langsam wie eine Familie."

„Brr – Halt!" Trevor hob eine Hand und trat einen Schritt zurück. „Wir finden, zwei ist eine sehr schöne Zahl. Zwei."

„Zwei ist schön", witzelte Doug. „Sechs ist besser." Er dachte an Rahel und sein Herz quoll bei der Erinnerung über. Und auch vor Liebe und Stolz.

„Lass das bloß nicht Leo hören."

Doug lachte und wurde dann wieder ernst. „Trevor, entscheidend ist, dass ihr es gemeinsam anpackt. Ich hätte es nicht allein geschafft – und Kaye umgekehrt auch nicht. Kaye hätte es auch nicht geschafft. Gott wusste, was er da tat, als er Familien erschuf."

„Da hast du recht; das sehe ich auch so. Nur das mit den sechs Kindern, da bin ich mir nicht so sicher."

„Ohne Vicky wäre ich jetzt total aufgeschmissen. Nachdem ich Kaye verloren hatte ..." Er schüttelte den Kopf. Auch wenn er Vicky gegenüber so viel falsch gemacht hatte – die Wahrheit war: Er wusste nicht, wie er die Dinge ohne sie durchgestanden hätte. Auf jeden Fall wäre es für die Kinder viel härter gewesen, wenn sie sich nicht so liebevoll gekümmert hätte.

„Und wie steht es mit euch beiden? Ich weiß, dass es da durchaus schwierige Zeiten gab ..."

„Tja, die gibt es an manchen Tagen noch immer. Eigentlich an den meisten Tagen. Vermutlich eher für sie als für mich."

„Tut mir leid. Ich bete dafür, dass ihr eine Lösung findet."

„Bete mal lieber für Vicky. Ehrlich gesagt weiß ich nicht so recht, wie sie es die ganze Zeit mit mir aushält. Aber sie tut es. Sie hat einen Orden verdient."

„Ich bezweifle, dass sie findet, dass sie immer den Kürzeren zieht."

„Nein, sie weiß, dass es so ist. Sie ist eine sehr intelligente Frau." Er hob eine Augenbraue und grinste. Unverzüglich kamen ihm jedoch Schuldgefühle, weil er das so leichthin gesagt hatte.

„Du klingst nicht so, als machtest du Witze." In Trevors Stimme schwang Sorge mit.

Er seufzte. „Mache ich auch nicht, Trevor. Ich habe Vicky um so vieles gebracht. Nicht absichtlich, aber ich habe nicht nachgedacht. Oder wenn doch, dann habe ich bloß an einen Menschen gedacht. Und das war nicht Vicky."

Mehr und mehr ging ihm auf, wie viel Vicky geopfert hatte, um ihn zu heiraten. Sie hatte es ihm niemals ins Gesicht geschleudert oder ihn an all die Träume erinnert, die sie über Bord geworfen hatte. Träume, die nun niemals wahr werden würden – die große Hochzeit in Weiß. Eigene Kinder. Selbst das aufregend schöne Gefühl, lange umeinander zu werben und die Freude daran, verlobt zu sein. All das, worum er sie gebracht hatte, weil er so töricht gewesen war, zu glauben, sie werde seinen Schmerz lindern.

Aber das tat sie. Es war schön, ihr Lachen im Haus zu haben. Selbst wenn nicht er es war, der es hervorrief. Um der Kinder willen war er froh, dass Vicky zu ihrem Leben gehörte. Doch sie verdiente etwas Besseres.

„Aber ihr kommt voran?"

Er wünschte, er könnte die Hoffnung in Trevors Stimme nähren, doch er konnte ihm nicht in die Augen schauen. „Sagen wir einfach mal, wir machen das Beste daraus."

„Du hast allerhand durchgemacht. Ich weiß, was ich da sage."

„Ja, das kannst du wohl sagen."

„Vielleicht ... vielleicht hätte ich mehr für dich da sein sollen."

„Du brauchtest kein einziges Wort zu sagen. Dir einfach nur zuzusehen – beim Atmen, beim Überleben – half mir durch die erste Zeit."

„Aber für eine Ehe ist es eine große Belastung. Selbst jetzt ...", Trevor schluckte, „so viele Jahre nach Amy und Trev, muss Leo immer noch mit den ... Auswirkungen zurechtkommen."

Doug schüttelte den Kopf. Er wusste, wovon Trevor da redete, und er hasste die Tatsache, dass dasselbe für Vicky auch galt.

„Hast du mal mit Phil geredet?"

„Pastor Grady?"

Trevor nickte.

„Wie meinst du das?"

„Er ist ein guter Gesprächspartner, Doug. Wenn du noch mit niemandem geredet hast, kann ich dir nur dringend raten: Mach's! Er hat mir geholfen, wieder geradeaus zu denken."

„Du denkst geradliniger als jeder andere Mann, den ich kenne."

Nun war es an Trevor zu lachen. Aber er wurde rasch wieder ernst. „Leo war ein Geschenk für mich, das ich nicht erwartet hatte. Ja, ich bin durch die Hölle gegangen, bevor ich dort angekommen bin, wo ich heute bin. Aber Leo in meinem Leben zu haben ..."

Doug zwinkerte. „Und noch dazu zwei Kinder ..."

Eine plötzliche Erkenntnis spiegelte sich auf Trevors Gesicht. „Das ist wohl ein Segen, stimmt's?"

„Ein größerer, als du je ermessen kannst."

Zehn Minuten später verließ Doug den Parkplatz hinter der Druckerei. Aber statt auf sein eigenes Haus zuzusteuern, lenkte er den Wagen zu Phil Grady.

Kapitel 45

Die heiße Augustsonne brannte auf Vicky nieder, die unter dem Vordach stand und wartete. Seltsam, an der eigenen Haustür zu klingeln. Sie schob die Erinnerungen beiseite, die sich aufdrängten – wie stolz sie gewesen war, ein eigenes Häuschen zu besitzen, die glücklichen Stunden im Garten – und lauschte auf Schritte. Bald vernahm sie welche; dann ging die Tür auf und das freundliche Gesicht von Jennifer Merrill erschien hinter dem Fliegengitter.

Leo Ashlocks Schwester war genauso umgänglich wie Leo selbst und man hörte ihr ebenso an, dass sie von der Ostküste kam. „Kommen Sie doch herein. Entschuldigen Sie bitte das Durcheinander. Es ist kaum zu fassen, dass wir *noch immer* versuchen, uns hier einzurichten."

Vicky winkte ab. „Machen Sie sich darüber keine Gedanken. Ich muss mich entschuldigen, dass ich Ihnen Umstände mache. Ich hoffe, es macht Ihnen nichts aus, wenn ich mir ein paar Sachen aus dem Garten stibitze, bevor er ganz verwildert."

„Liebend gerne." Mit einem Lächeln hielt Jennifer die Tür ganz weit auf. „Ist ja schließlich *Ihr* Garten."

Als Vicky das Haus betrat, kam sie sich ein bisschen so vor wie Alice im Wunderland. Obwohl sie erst vor drei Monaten zum letzten Mal hier gewesen war, erschien ihr das Haus kleiner, als sie es in Erinnerung hatte. Und nicht annähernd so urig. Sie war leicht verwirrt. Sie hatte erwartet, dass sie mit Bedauern zu kämpfen haben würde und mit einer Sehnsucht nach den Dingen, die sie aufgegeben hatte, um Doug DeVore zu heiraten. Doch ... diese Gefühle blieben aus.

So lange jedenfalls, bis Jennifer sie durch die Schiebetür in den Garten führte. Der Rasen war zwar sauber geschnitten und die Terrassenfliesen gefegt, aber ganz offensichtlich waren ihre Mieter keine Gärtner. Die Büsche wucherten und schossen ins Kraut, die Blüten der letzten Sommerblumen mussten unbedingt ausgepflückt werden. In den Blumenbeeten hatte sich Unkraut breitgemacht und es hätte mal wieder Mulch aufgetragen werden müssen.

Vicky bemühte sich, nicht zu streng mit ihren neuen Mietern zu sein. Sie waren erst seit wenigen Wochen hier, hatten beide neue Stellen angetreten und mussten sich im Haus und in der Gemeinde erst noch einleben.

Und doch schmerzte es sie, dass der Garten, den sie drei Jahre lang gehegt und gepflegt hatte, verwilderte. Es war ernüchternd zu sehen, wie schnell die Pflanzen richtig gerupft aussahen. Ohne ihre ständige, beinahe tägliche Zuwendung in der Zeit, als sie noch hier gewohnt hatte, war aus dem Garten ein unkrautüberwuchertes Durcheinander geworden.

Ihr gehörte zwar das Haus und im Grunde genommen auch der

Garten, doch es fiel ihr schwer, dieselbe Leidenschaft dafür zu empfinden, seit sie nicht mehr hier wohnte. Seit sich ihr Leben bei Doug und den Kindern abspielte.

Vielleicht empfand Doug ihr gegenüber etwas Ähnliches. Auf dem Papier war sie seine Frau, doch seine Leidenschaft für sie war verblasst und sie hatte kaum noch Hoffnung, dass er je wieder die Liebe eines Ehemannes für sie empfinden könnte. So er das denn je getan hatte.

Seit er aus dem Schlafzimmer ausgezogen war und in Louis' Zimmer schlief, lebten sie wie höfliche Fremde miteinander. Bisweilen dachte sie, sie hätte lieber wieder die Auseinandersetzungen wie früher. Da hatte sie zumindest irgendeine Form von Beziehung zu ihm gehabt.

Doch er hielt Wort und behandelte sie freundlich. Manchmal dachte sie zwar, er leide an einer Depression, doch nie wieder hatte sie mitbekommen, dass er noch einmal so die Beherrschung verloren hätte wie damals bei Karen.

Sie war dankbar, dass er jetzt zweimal im Monat einen Termin bei Phil Grady hatte. Doug sprach nie mit ihr über diese Gesprächstermine – und auch sonst kaum über irgendetwas –, doch in letzter Zeit hatte sie den Eindruck, er käme von diesen Treffen ausgeglichener zurück, mehr im Frieden mit sich selbst.

Jetzt konnte sie bloß hoffen, dass sie wieder Freunde werden würden. Wie nie zuvor in ihrem Leben lernte sie, was es hieß, Geduld zu haben.

Seufzend ging sie um das Haus herum und holte ein paar Blumentöpfe und Untersetzer aus dem Kofferraum ihres Wagens.

In den nächsten beiden Stunden grub sie ein paar von ihren Lieblingspflanzen und -blumen aus, die sie bei Doug wieder einsetzen wollte. Sie hatte sich damit abgefunden, bei ihm zu bleiben. Den Kindern zuliebe. Und wenn sie ihr Leben dort verbringen sollte, musste sie dort irgendetwas finden, das ihr Freude bereitete. Außer den Kindern natürlich.

Sie hatte beschlossen, hinter dem Wohnhaus einen neuen Blumengarten anzulegen – in kleinerem Rahmen, zumindest fürs Erste. Es wäre zu teuer geworden, alle Pflanzen neu zu kaufen. Daher grub sie heute Nelken, Prachtkerzen und Phlox aus ihrem Garten aus und füllte Töpfe mit verschiedenen Fetthenne-Arten, die auf den Steinhügeln gediehen, die sie an den Zaunecken angelegt hatte.

Es war nicht die beste Jahreszeit zum Umpflanzen, doch sie belud Kofferraum und Rückbank ihres Wagens mit Töpfen, bis sie ihn kaum noch schließen konnte. Sie hatte das ganze Wochenende Zeit, sie in die Gartenerde zu setzen. Wenn auch nur ein paar Pflanzen überlebten, wäre sie schon zufrieden. Selbst hier, in ihrem geschützten Garten, hatte es mehrerer Versuche bedurft, für einige dieser Pflanzenarten die geeignete Stelle zu finden. Aber unter günstigen Umständen verwurzelten sie sich gut im Lehmboden. Wenn sie erst einmal eingewurzelt waren, konnte ihnen sogar ein Präriefeuer nichts anhaben. Es schien sogar so, als ob manche Pflanzen gerade durch solche Widrigkeiten besonders gut gediehen.

Als sie in die Auffahrt einbog, war es schon fast Zeit fürs Abendessen. Sie hupte und stieg aus, um den Kofferraum zu öffnen.

Die Kinder kamen aus dem Haus gerannt und redeten alle gleichzeitig. „Was hast du da, Vicky? Wieso bist du so dreckig? Was gibt es zum Abendessen?"

„Kommt, helft mir grad mal." Sie belud alle nacheinander mit Töpfen. „Stellt alles in den Garten neben den Schuppen. Morgen pflanzen wir sie ein."

Louis und Karen murrten, aber nicht allzu laut, wie ihr auffiel. Der Garten würde den Kindern guttun. Sie konnten gemeinsam daran arbeiten, und wenn sie im nächsten Frühjahr etwas Gemüse anbauten, ließe sich sogar beim Einkauf Geld sparen.

Aber erst kamen die Blumen dran. Ihre Finger kribbelten beim Gedanken daran. Ihr war gar nicht bewusst gewesen, wie sehr sie ihren Garten vermisst hatte.

Sie lächelte bei der Vorstellung, wie Hannah durch grünes Blattwerk torkelte, verzog dann aber das Gesicht, als sie in Gedanken sah, wie dieser kleine Zwerg alle Knospen abrupfen würde, bevor sie im nächsten Frühjahr aufblühen könnten. Aber ach, es würde Hannah unglaublich viel Spaß machen, im Dreck zu wühlen. Oder vielmehr ihnen allen.

Ihr ging das Herz auf beim Gedanken an ihre Kinder. Während sie und Doug sich voneinander entfernt hatten, hatten sich die kleinen Würmer einen Weg in ihr Herz gebahnt, sodass sie kaum noch wusste, wo sie, Vicky, aufhörte und sie, die Kinder, anfingen.

Sie und Karen gerieten weiterhin aneinander, das ja, aber sie hatte das Gefühl, dass selbst Kaye ihre liebe Not mit ihrer eigensinnigen Ältesten gehabt hätte.

Ihre Kinder. Vicky kam sich so langsam vor, als sei sie tatsächlich eine waschechte Mutter für Dougs wunderbare Kinder. Und mit diesem Vorrecht, wie auch mit ihrer Arbeit in der Tagesstätte, hatte Gott ihr das geschenkt, was sie als Sinn ihres Lebens empfand. Nicht so, wie sie es sich immer erträumt hatte. Aber so allmählich konnte sie akzeptieren, dass sie vielleicht nie verstehen würde, warum sich manches so und nicht anders entwickelt hatte. Es war ja kein schlechtes Leben. Und meist war sie sogar wirklich glücklich.

Sehnte sie sich danach, dass Doug nicht nur auf dem Papier ihr Ehemann war? Jede Nacht. Sie lag im Bett und hatte Verlangen danach, in seinen Armen zu liegen. Nach seinen zärtlichen Worten in ihren Ohren. Sie hoffte, Gott würde ihrer Gebete nicht überdrüssig, dass Doug lernen könnte, sie zu lieben. Und dass sie eines Tages mehr haben könnten als diese höfliche Freundschaft.

„Wohin sollen die leeren Töpfe, Vicky?“ Louis stand vor ihr und balancierte einen Stapel Terrakottatöpfe auf den Armen. Nächsten Sommer würde er so groß sein wie sie, wenn er weiter so wüchse.

„Sei vorsichtig, Sportsfreund. Sie sind zerbrechlich.“

Manchmal musste sie ihre düsteren Gedanken an die Zukunft beiseiteschieben. Im Herbst würden die Zwillinge eingeschult werden, im Jahr darauf Karen in die Highschool kommen. Die Zeit raste dahin und der Gedanke an den Tag, an dem die Kinder sie nicht mehr brauchen würden, ängstigte sie. Wenn sie keinen Grund mehr hatte zu bleiben.

„Wow." Dougs Stimme unterbrach sie in ihren Gedanken. Er stand da, hatte die Hände in die Hüften gestemmt und starrte auf den übervollen Kofferraum. „Warum hast du dir nicht den Pick-up genommen? Damit hättest du deinen gesamten Garten herbringen können."

Sie glaubte nicht, dass sie sich den Hauch eines Augenzwinkerns einbildete. Doch sie hatte beinahe Angst zu antworten, um den Zauber des Moments nicht zu brechen und dann zusehen zu müssen, wie diese müde Traurigkeit wieder seinen Blick überzog.

Sie holte tief Luft und beschloss, das Wagnis einzugehen. Sie bemühte sich, keine Miene zu verziehen, und nickte kaum merklich. „Ich habe ihnen gesagt, den Rest hole ich morgen ab."

Er erstarrte einen Moment, als würde er ihr das abnehmen. Doch sie konnte ihr Mienenspiel nicht mehr beherrschen und den Bruchteil einer Sekunde später lachte er über sich selbst.

Er nahm sich einen Untersetzer und winkte ihr damit über den Köpfen der Zwillinge zu. „Guter Witz, Vicky."

Einen verzauberten Augenblick lang wagte sie wieder zu hoffen.

Kapitel 46

Die Blätter der Bäume am Smoky Hill begannen sich zu verfärben, wurden zu leuchtend purpurroten und grell orangefarbenen Farbtupfern vor dem Fleckenmuster aus Stoppelfeldern, sattem Ackerland und erntereifen Hirsefeldern. Doug konnte sich an keinen schöneren Herbst erinnern und doch spürte er, wie er mit jedem Tag tiefer in einer Grube der Verzweiflung versank.

Der Todestag rückte näher. An Thanksgiving war es genau ein

Jahr her, dass er Kaye und Rahel verloren hatte, und es schien, je näher der Tag kam, desto stärker grübelte er über das Unglück.

Er hatte mit Phil Grady ausgiebig darüber gesprochen. Im Laufe der Wochen war aus dem Seelsorger auch ein Freund geworden. „Gedenktage sind schwer“, hatte Phil letzte Woche gesagt. „Aber betrachte es einmal so: Mit jedem Tag bist du näher daran, den Jahrestag *überstanden* – eine Hürde überwunden – zu haben.“

Vermutlich war das ein guter Rat, aber irgendwie konnte er das Gefühl nicht abschütteln, dass etwas Schreckliches passieren würde. Wobei er sich nicht vorstellen konnte, wie dieses Thanksgiving schrecklicher werden könnte als das vergangene.

Immer und immer wieder, während er allein in seinem Transporter oder auf dem Traktor saß, und auch in seinen Gebeten mit Phil hatte er Gott angefleht, ihm diese grundlose Angst zu nehmen. Doch irgendwie sah es so aus, je intensiver er betete, desto bedrohlicher wurde die Angst.

Phils Begleitung hatte ihm zuerst viel Raum gegeben, über das zu reden, was passiert war, seine Ehe mit Kaye noch einmal zu durchleben, und sich damit zu plagen, was er versäumt hatte. Aber heute Nachmittag überraschte ihn Phil mit einer neuen Stoßrichtung. Er schlug seine Bibel auf, sah Doug eindringlich an und nahm kein Blatt vor den Mund. „Du hattest jetzt eine lange Zeit der Trauer, Doug, und das war notwendig und verständlich. Aber ich glaube, du bist jetzt an einem Punkt, wo es dich nicht mehr weiterbringt, so intensiv zu trauern und dich so sehr mit dem zu beschäftigen, was du verloren hast.“

Phil las ihm einen kurzen Text vor, etwas, wo es darum ging, nicht nur auf seine eigenen Interessen zu achten, sondern auch auf die Interessen anderer. „Ich glaube“, sagte er zu Doug, „es ist an der Zeit, dass du dich bewusst von diesem Kreisen um dich selbst verabschiedest. Es ist an der Zeit, daran zu denken, wie du anderen dienen kannst.“

Zuerst war Doug versucht, abwehrend zu reagieren. War das nicht der Grund gewesen, warum er überhaupt erst das Gespräch mit Phil gesucht hatte – weil er die Bedürfnisse aller anderen an die erste Stelle gesetzt und nicht richtig getrauert hatte? Die Kinder, die Farm, sein Job, Harriet und dann Vicky – sie alle hatten ihn davon abgehalten, die schwierige Trauerarbeit zu leisten.

Dann jedoch bekam dieser Gedanke einen falschen Klang und er erkannte, dass er nicht stimmte. Im verzweifelten Versuch, seiner Trauer auszuweichen, hatte er sich selbst erlaubt, sich von all dem anderen ablenken zu lassen. Doch in den vergangenen Monaten war er sich eigentlich immer selbst der Nächste gewesen.

Dann las Phil das Ende des Abschnitts vor: „Orientiert euch an Jesus Christus ... Er bestand ... nicht auf seinen Vorrechten. Nein, er verzichtete darauf und wurde rechtlos wie ein Sklave ... Er erniedrigte sich selbst und war Gott gehorsam bis zum Tod ...“ (Philipperbrief 2,5-8.)

Die Worte hatte er aufgesaugt wie ein durstiger Schwamm. In diesem Augenblick war etwas in ihm geschehen – und er war noch dabei, es zu verarbeiten.

Phil schaute von seiner abgegriffenen Bibel auf. „Ich stelle dir eine Aufgabe, Doug. Ich möchte, dass du dich diese Woche bewusst bemühst, dich um andere Menschen zu kümmern, zu sehen, wo sie leiden, wo sie Hilfe gebrauchen könnten. Jedes Mal, wenn du an den Jahrestag denkst, an Rahel und Kaye, sollst du innehalten und irgendetwas, irgendeine Möglichkeit – und sei sie noch so klein – finden, einem anderen zu dienen.“

Doch jetzt waren nicht einmal fünfzehn Minuten seit seinem Gespräch bei Phil vergangen, und schon wieder kreisten seine Gedanken um diesen Jahrestag, um diese Angst.

Er fuhr in die Garage und war fest entschlossen, Phils Aufgabe ernst zu nehmen. Vielleicht brauchten die Kinder Hilfe bei den Schulaufgaben. Das machte Vicky normalerweise, denn oft war er erst zu Hause, wenn für die Kinder Schlafenszeit war.

Vicky. Wenn er zu intensiv darüber nachdachte, würden ihn die Schuldgefühle darüber, was er ihr angetan hatte, schier verzehren.

Er hängte seine Jacke in der Waschküche an den Haken unter

seinem Namen. „Ich bin wieder da“, verkündete er und ging in die Küche.

„Papi! Papi ist da!“ Die Zwillinge und Hannah sprangen auf, um sich als Erste von ihm umarmen zu lassen. Louis stand dieser Tage mehr auf Schulterklopfen. Doug tat ihnen liebend gerne den Gefallen. Er bekam nie genug davon, von seinen Kindern begrüßt zu werden.

„Wo ist denn Karen?“

Vicky stand am Spülbecken und schrubbte eine Bratpfanne. „Sie übernachtet heute bei Ruby. Ich hoffe, das war okay, oder?“

Er nickte. „Ja, klar.“

„Du bist heute früh dran“, sagte sie. „Das Essen dauert noch ein bisschen.“

„Ist schon in Ordnung.“

„Möchtest du etwas trinken?“

„Ich hole es mir.“ Er ging an den Kühlschrank und holte einen Krug Eistee heraus.

„Es ist noch kein Zucker drin.“

„Mache ich schon.“ Er zog den Zuckerbehälter aus dem Schrank und schaufelte ein paar Löffel voll in sein Glas. Vicky mochte keinen Zucker im Tee.

„Sarah“, sagte Vicky, „komm doch bitte mit Sabrina und trocknet das Geschirr ab, ja? Ich muss das Hühnchen aus dem Ofen holen. Möchtest du Salat, Doug?“

Er schüttelte den Kopf. „Heute Abend nicht, danke.“ Wenn sie es ihm verübelte, dass er sie an dieses Leben gefesselt hatte, ließ sie es sich nicht anmerken. Sie hatten sich einen höflichen Umgang miteinander angewöhnt und unterhielten sich nur über die Kinder und den Haushalt. In vielen Bereichen lebte jeder sein eigenes Leben.

An drei Sonntagen im Monat besuchten sie gemeinsam die Gemeinde der Community Christians, am ersten Sonntag im Monat ging Vicky zum Essen zu ihren Brüdern. Sie hatte schon längst aufgegeben, Doug zu fragen, ob er mit nach Salina kommen wolle. Er wusste nicht, was sie ihren Brüdern erzählt hatte, und sie teilte es ihm auch nicht mit.

Wenn es bei einem Kind eine Schulveranstaltung gab, ging er hin und sie blieb zu Hause bei den anderen Kindern. Selten gingen sie gemeinsam irgendwohin, und wenn doch, dienten die Kinder als Puffer. Er wusste nicht, was über sie – über ihre Ehe – in der Stadt geredet wurde, aber er konnte es sich vorstellen. Es war ihm schon längst egal.

Aber manchmal, so wie jetzt, wenn er Vicky am Spülbecken betrachtete, wie sie mit den Mädchen lachte, erinnerte er sich an die Zeit zurück, als er dachte, er habe sich in sie verliebt. Als sie jeden Sonntagnachmittag mit den Kindern bowlen oder ins Kino gegangen waren oder als sie bei ihr auf der Veranda gesessen und sich unterhalten hatten.

Auf sonderbare Weise wünschte er sich diese Zeiten zurück. Unter anderen Rahmenbedingungen natürlich, doch manchmal merkte er, wie er sich Tagträumereien hingab, er hätte Vicky gerade erst kennengelernt. Wie anders hätte alles verlaufen können, wenn er sich selbst die Gelegenheit gegeben hätte, um Kaye zu trauern, statt sich so rasch in eine neue Ehe zu stürzen. Phil hatte gesagt: „Auf eine Art war es ein Kompliment an Kaye, dass du so schnell wieder heiraten wolltest. Kaye hat dafür gesorgt, dass die Ehe für dich etwas Großartiges war."

Er verstand, was Phil damit sagen wollte, aber das änderte nichts daran, dass er einen schrecklichen Fehler gemacht hatte. Und Vicky bezahlte für seinen Fehler einen sehr hohen Preis. Wie wünschte er sich, er könne das alles ändern. Diesen Abend, an dem er ihr gestanden hatte, dass er sie nicht liebte, nicht so lieben *konnte*, wie sie es sich erhoffte, und an dem sie ihm Grund zu der Annahme gegeben hatte, dass sie ihn noch immer liebte. Doch das war Schnee von gestern. Seit vier Monaten lebten sie nun nebeneinanderher. Doch ihm kam es vor wie ein ganzes Leben. Er wusste nicht, was sie mittlerweile für ihn empfand. Ein Teil von ihm hatte Angst davor, es zu erfahren.

Ihn überkam ein Gefühl – eins, das er nicht richtig zuordnen konnte, außer dass es ihm vertraut war. Er kam sich vor wie als kleiner Junge, wenn ihn seine Eltern für eine Woche im Ferienlager abgeliefert hatten. *Er hatte Heimweh*. Außer dass das Mittel gegen Heimweh immer gewesen war, nach Hause zu kommen. Aber er *war* ja zu Hause und er war vom schlimmsten Heimweh aller Zeiten befallen – ohne eine Ahnung zu haben, wie oder wo er ein Heilmittel finden konnte.

Seufzend ging er ins Wohnzimmer und suchte die Zeitung. Er hatte selten Zeit, mehr als die Überschriften und den Wetterbericht zu lesen. Vielleicht konnte er sie durchlesen, während er aufs Essen wartete.

Vickys Katze saß vor dem Sofa und starrte ihn an.

„Was ist?", fragte er laut, als könne die Katze wirklich antworten.

„Was hast du gesagt, Doug?", brüllte Vicky aus der Küche.

„Nichts. Ich habe mit Sasha geredet."

Darüber mussten Vicky und die Mädchen kichern.

Er schlug die Zeitung auf und hörte im Geiste Phils Worte: *„Finde irgendeine Möglichkeit – und sei sie noch so klein –, einem anderen zu dienen."* Er sah in die Küche, wo Vicky arbeitete, geschäftig zwischen Herd und Kühlschrank hin und her eilte und sich um Hannah kümmerte. Sie hatte den ganzen Tag in der Tagesstätte gearbeitet, doch kaum war sie daheim, kochte sie das Essen und versorgte die Kinder. All das ohne zu jammern, ja sogar heiter. Er gab sich alle Mühe, ihr an den Abenden zu helfen, wenn er nicht so lange auf dem Feld arbeitete, doch sie trug auf jeden Fall die Hauptlast an Hausarbeit und Kinderbetreuung und …

„Autsch!"

Vickys Schrei und das Geräusch der zuklappenden Ofentür ließen ihn vom Sofa aufspringen. „Was ist passiert?"

Sie stand am Spülbecken und hielt ihre Hand unter den kalten Wasserstrahl. Er war sich sicher, sie musste sich anstrengen, Tränen zurückzuhalten.

„Was ist denn passiert?“

„Ich hab mich verbrannt“, wimmerte sie, „an dem blöden Ofen.“

Er beugte sich über das Spülbecken. „Lass mal sehen ...“

Sie hielt ihre Hand hoch. Auf ihrem Handrücken bildete sich schon eine Brandblase.

Ohne nachzudenken, hob er ihre feuchten Finger an seine Lippen und küsste sie, wie er es bei seinen kleinen Töchtern gemacht hätte. Als ihm aufging, was er da getan hatte, bekam er einen roten Kopf und er erwartete, dass sie ihre Hand wegzog.

Doch das tat sie nicht. Ihre Blicke begegneten sich und irgendetwas – etwas, das in ihm gleichzeitig einen Schrecken und einen Wonneschauer auslöste – passierte zwischen ihnen. Es erinnerte ihn an das erste Mal, als sie die Kinder vom Hort nach Hause gebracht hatte, weil er zu spät dran war, und zum Essen geblieben war. Außer dass er diesmal keine Schuldgefühle verspürte wegen seiner Regungen. Schließlich war sie seine Frau.

Er untersuchte die Wunde. „Sieht schmerzhaft aus.“ Er nahm ein frisches Geschirrtuch. „Zeig mal her ...“

Er führte sie an ihrer verletzten Hand ins Bad. Er drehte den Wasserhahn auf, prüfte die Temperatur und hielt ihre Hand sachte unter den feinen lauwarmen Wasserstrahl. Dort ließ sie ihre Hand, während er den Medizinschrank nach einem Mittel durchwühlte, das den Schmerz der verbrannten Stelle lindern würde. Nach einer Minute, in der er Etiketten überflog und nichts von dem verstand, was er las, griff Vicky mit ihrer anderen Hand um ihn herum.

„Hier, probier es mal damit.“ Sie schloss den Medizinschrank.

Als er die braune Flasche Ringer-Lösung in der Hand hielt, fiel ihr Blick auf ihr Spiegelbild. Sie beobachtete ihn irritiert und neugierig. „Ähm ... warst du nicht mal Rettungssanitäter?“ Sie grinste nun ungehemmt und das Funkeln in ihren Augen erinnerte ihn an eine längst vergangene Zeit.

Er nahm die Flasche entgegen, zog den Verschluss ab und kam sich unbeholfen und linkisch vor. „Offenbar bin ich ganz aus der Übung. Hier – gib mir mal die Hand.“

Wieder trafen sich ihre Blicke im Spiegel und ihr Gesichtsausdruck wurde ernst. „Danke."

Sie sah weg und er tupfte ihre Hand um die Brandstelle herum sorgfältig trocken; dann begutachtete er den Schaden. „So, ich habe eine gute und eine schlechte Nachricht."

„Und zwar?"

„Die gute Nachricht ist, ich glaube, du überlebst."

„Puh, das ist ja eine Erleichterung. Und ... ähm ... die schlechte Nachricht?"

Er hielt ihre Hand über das Waschbecken und drehte die Flasche um. „Das hier brennt wie verrückt."

Sie wimmerte in Erwartung dessen, was ihr bevorstand. „Oh ... autsch, aua ... aua!" Doch das flackernde, unverkennbare Lächeln in ihren Augen ließ ihn hoffen, dass sie über den Schmerz hinaus etwas empfand. Dass sie dieselben Regungen empfand wie er.

Er pustete mehrmals kurz auf ihre Hand und aus Gründen, die er nicht richtig einordnen konnte, stieg seine Stimmung bei jedem Mal pusten. Sie stieg und stieg – bis er meinte, er werde gleich unter der Decke schweben.

Kapitel 47

Vicky wischte eine vollkommen saubere Arbeitsplatte ab und hatte leichte Schuldgefühle, weil sie Dougs Gespräch belauscht hatte – wobei er sich nicht die Mühe gemacht hatte, seine Stimme zu senken.

„Geht in Ordnung. Bis dahin. Danke, Harriet." Er legte auf und sah sie an. „Harriet will die Kinder das ganze Wochenende nehmen. Ist das okay für dich?"

„Klar." Kayes Mutter kam alle paar Monate aus Florida und wohnte dann bei ihrer Schwester in Salina. Doug sorgte immer dafür, dass sie ihre Enkel so oft wie möglich sah, wenn sie in Kansas war. Doch es war ungewöhnlich, dass er Vicky um Erlaubnis für seine Pläne bat.

„Du bist doch am Sonntag bei deinen Brüdern, oder?"

Sie nickte. Da war irgendetwas im Busch.

„Ich habe mich gefragt ..." Er legte den Kopf schief und sah ihr in die Augen. „Hättest du Interesse daran, dass ich ... diesmal mitkomme?"

Auch wenn sie und Doug die letzten Monate gut miteinander zurechtgekommen waren, hatte sie es aufgegeben, die DeVores mit ihrer Familie verknüpfen zu wollen. „Ich ... ich fände es toll." Sie konnte nichts dagegen tun, dass man ihr die Überraschung anhörte.

Er nagte an seinem Mundwinkel. „Ja, aber fänden deine Brüder es auch toll?"

Sie grinste. „Wahrscheinlich nicht so sehr wie ich. Aber ich glaube nicht, dass sie dich hinauswerfen oder so." Sie zögerte kurz. „Darf ich mal fragen ... woher dieser Sinneswandel?"

Er zuckte die Achseln. „Ich habe ... nachgedacht."

„Worüber?"

Sein Blick wurde abwesend. „Über eine Menge."

„Okay ..." Thanksgiving, der Jahrestag von Kayes und Rahels Tod, war für sie und Doug ein Wendepunkt gewesen. Eigentlich schon die Zeit davor. Doch nach dem Jahrestag hatten sie zu der Freundschaft zurückgefunden, mit der damals alles begonnen hatte, und mit jedem Tag fühlte sie sich ihm ein kleines bisschen näher als am Tag zuvor.

Doch seit ein paar Tagen kam er ihr etwas niedergeschlagen vor – oder sonst verändert. Manchmal fiel er nach Harriets Besuchen in ein Tief. Aber sie glaubte nicht, dass es das war, das ihm dieses Mal Sorgen bereitete. Das hier war etwas anderes, etwas, das sie nicht klar benennen konnte. Und das beunruhigte sie. „Ist ... ist alles in Ordnung?"

Er atmete tief ein. „Vicky, ich würde gern mit dir reden ... über ... ein paar Sachen."

Sie nickte und versuchte zu lächeln, aber eine seltsame Furcht bemächtigte sich ihrer und tausend Möglichkeiten – keine davon angenehm – gingen ihr durch den Kopf und wollten dort Wurzeln schlagen.

„Ich habe Harriet gesagt, ich bringe die Kinder rechtzeitig in die Stadt, um mit ihr und Tante Bess zu essen. Soll ich uns etwas Essbares mitbringen, wenn ich sie abgeliefert habe?"

„Gerne." Sie zwang sich zu einem Lachen. „Du kennst mich doch – ich schlage nie eine Gelegenheit aus, die Küche zu verlassen."

Er straffte seine Schultern und seine Miene hellte sich auf. „Okay. Ich sorge für das Abendessen." Er sah zum Küchenfenster hinaus. „Vielleicht können wir draußen essen?"

Sie richtete ihren Blick ebenfalls in den strahlend blauen Himmel. „Wenn es nicht zu schnell abkühlt, wäre das prima."

***

Um sechs hörte Vicky das Garagentor. Da sie ungewöhnlich nervös war, rannte sie zum Spiegel in der Waschküche und überprüfte ihre Frisur. Sie war so selten mit Doug allein.

Vater im Himmel, bitte lass das Wochenende gut verlaufen. Bitte hilf uns, dass wir unser Miteinander genießen und uns näherkommen können – uns, und auch dir.

Diese kleinen Stoßgebete im Lauf des Tages waren ihr so zur Gewohnheit geworden wie das Atmen. Doug nahm weiterhin seine Termine bei Pastor Grady wahr; und er hatte angefangen, mit ihr und den Kindern zu beten. Nicht nur zu den Mahlzeiten, sondern auch abends, bevor die Kinder ins Bett gingen. Es waren einfache Gebete, aber sie rührten sie zutiefst und spornten sie an, ihre eigene engere Beziehung zu Gott zu pflegen.

Doug hielt eine Sandwich-Tüte hoch. „Da ist dein Lieblingsessen drin. Und das Wetter spielt toll mit. Heute Nachmittag hatten wir über achtzehn Grad. Ich bin für ein Picknick."

„Okay." Sie nahm Wasserflaschen aus dem Kühlschrank und holte sich eine Jacke und die Picknickdecke.

Er breitete sie auf dem Boden aus und schweigend aßen sie, genossen die Singvögel und die Wärme der untergehenden Sonne auf ihrem Rücken.

„Du hast das hier richtig schön hinbekommen, Vick", sagte er mit dem Mund voll Roastbeef.

Vicky ließ ihren Blick ebenfalls über die Ecke des Gartens schweifen, die sie für sich beanspruchte. Ein paar Sachen – der Phlox und die Prachtkerzen – kamen schon so weit heraus, dass sie davon ausgehen konnte, dass zumindest ein Teil ihrer umgesetzten Pflanzen anwachsen würde. Doch sie wusste, es waren nicht die Pflanzen selber, auf die Doug sich bezog.

Im Moment war nur die Umrandung des Gartens sichtbar: die Steinhügel, die sie angelegt hatte, damit der Mauerpfeffer klettern konnte, der Bogen, an dem hoffentlich eines Tages die Rosen ranken würden, der Steinpfad, den Doug und die Kinder mit ihr gelegt hatten. Das war es, womit der Garten bisher aufwarten konnte. Doch durch die Hoffnung des Frühjahrs betrachtet hatte alles seine eigene Schönheit.

„Diesen Sommer wird es richtig schön werden", sagte er, als habe er ihre Gedanken gelesen.

Als sich die Sonne hinter dem Horizont verkroch, kam eine sanfte Brise auf. Vicky fröstelte und zog sich eine Ecke der Picknickdecke über die Beine.

„Ist dir kalt?"

„Ein bisschen. Geht schon."

„Willst du ins Haus?"

Sie schüttelte den Kopf. „Ich genieße es hier."

„Warte mal." Er sprang auf. „Bin gleich wieder da."

Kurz darauf kam er mit einer alten Decke wieder, die immer im Auto lag, für Notfälle im Winter – oder ein Picknick im Sommer.

„Hier." Er stand hinter ihr und sie spürte, wie sich die Decke an ihre Schultern schmiegte.

„Hmm ... das fühlt sich gut an. Danke."

Die Sonne verschwand und ließ im Westen einen blassblauen Schleier zurück. In der Ferne stimmten die Grillen ein langsames *Zirp Zirp Zirp* an.

Doug legte den Kopf schief und lauschte kurz. „Wir haben immer noch vierzehn Grad."

Sie verzog eine Augenbraue. „Woher weißt du das?"

„Grillen."

„Hm?"

„Wenn du das Zirpen zählst, weißt du die Temperatur."

„Quatsch."

„Wusstest du das nicht?"

„Du nimmst mich auf den Arm." Plötzlich fiel ihr das Datum ein. „Das ist ein Aprilscherz, was?"

Er lachte. „Nein, ich meine es ernst. Offenbar liest du nicht den *Almanach für Landwirte*."

„Nein, aber ich lese den *National Geographic* und ganz gewiss erinnere ich mich nicht, jemals davon gehört zu haben, dass Grillen die Temperatur ansagen." Sie neigte ihren Kopf genau wie er und lauschte ebenfalls. Sie hörte lediglich einen wellenförmigen Ton. Sie kniff die Augen zusammen. „Okay, dann mal los. Wie zählt man das Zirpen von Grillen?"

„Hör noch mal hin." Er hob einen Finger und zählte stumm mit. *Eins, zwei, drei, vier, fünf ...*

Sie nickte. Als sie ihn beim Zählen beobachtete, konnte sie halbwegs das einzelne Zirpen ausmachen.

„Also", sagte er, „du zählst bis fünfundzwanzig – still, für dich – und ich zähle das Zirpen."

Sie sahen sich in die Augen, während sie lautlos zählte und er seine Finger für jedes Zirpen hochhielt. „... sechs, sieben, acht ..."

Sie hob ihre Hand, als sie bei fünfundzwanzig ankam. „Die Zeit ist abgelaufen."

„Wir haben also vierzehn Grad.“ Er bewegte ruckartig den Kopf, als sei damit alles gesagt.

Sie warf ihm einen skeptischen Blick zu. „Wie kannst du denn daraus vierzehn Grad ableiten?“

Er wackelte mit den Augenbrauen. „Man muss die Geheimformel kennen.“

„Und die lautet?“

„Zähl das Zirpen in fünfundzwanzig Sekunden, teil die Summe durch drei und addiere vier hinzu.“

Sie warf die Decke ab, sprang auf und rannte zur anderen Seite des Rosenbogens, wo sie ein Thermometer angebracht hatte. „Vierzehn, haargenau. Ich bin beeindruckt!“

Er lachte und warf sich in die Brust.

Sie kam zurück und setzte sich im Schneidersitz auf die Decke.

„Willst du sie?“ Er zeigte auf die andere Decke.

„Bitte.“ Er schüttelte sie aus und wickelte sie ihr um die Schultern, wobei sie daran denken musste, wie er Hannah in ihre kleinen Kapuzenpullis einpackte.

Sie wollte nur ungern den Augenblick verderben, doch ihre Neugierde gewann die Oberhand. „Du sagtest, du wolltest etwas mit mir besprechen.“

Er schaute nachdenklich drein und für einen kurzen Augenblick fürchtete sie, er werde sagen: „Schon gut.“

Stattdessen stand er auf und kniete sich vor ihr hin. Er schloss die Augen, als wolle er in eiskaltes Wasser springen, und griff nach ihren Händen.

Bei seiner Berührung schmolz sie dahin.

Eine ganze Minute lang saß er so da und streichelte ihre Hände mit seinen Daumen. Sie sah ihn an und fragte sich, worauf das hinausliefe, und merkte, dass er Mühe hatte, seine Gefühle in den Griff zu bekommen.

„Doug? Was ist passiert?“

Er holte tief Luft und sprach beim Ausatmen ihren Namen aus. „Das hört sich jetzt etwas komisch an – Mrs DeVore.“ Er grinste und war wieder ganz der Alte. „Aber ich wollte … ich wollte schon lange … fragen, ob du mich heiraten willst.“

Sie öffnete den Mund, um etwas zu sagen, aber es kamen keine Worte heraus. Dafür sprudelten die Tränen wie ein Geysir hervor. Sie wedelte mit der Hand vor ihrem Gesicht herum und versuchte, das Schluchzen zu unterdrücken. Sie wusste nicht, ob sie vor Erleichterung weinte, aus Liebe oder vor Freude.

Doug umfing sie mit seinen Armen.

Außer in ihren Träumen war es fast ein Jahr her, seit er sie zum letzten Mal so umarmt hatte. Aber ach, es fühlte sich genauso an, wie sie es in Erinnerung hatte.

Er legte ihr eine Hand unter das Kinn. „He, du … das sollte dich doch nicht zum *Weinen* bringen. Was ist denn los?“

„Ach, Doug.“ Jetzt lachte sie unter Tränen.

Er hielt sie fest und strich ihr leicht über den Rücken. „Alles okay?“ Ernste Besorgnis machte seine Stimme ganz sanft.

Sie nickte. „Ich weine, weil ich glücklich bin.“

„Ganz sicher?“

Wieder nickte sie. „Ich war mir nie im Leben so sicher.“

Er machte es sich auf der Decke bequem, zog sie neben sich und drückte sie ganz fest. „Diesmal will ich es ganz richtig machen, Vicky. Ich will, dass du die große Hochzeit in der Kirche und das weiße Brautkleid bekommst, das du dir immer gewünscht hast.“

Seine Worte berührten sie an einer so tiefen Stelle, dass es wehtat. Doch sie schüttelte den Kopf. Sie wusste, was sie wollte. Jedenfalls nicht das, was er dachte.

„Doug … ach Mann, das ist so lieb von dir. Vor einem Jahr wäre ich darauf sofort angesprungen. Aber jetzt nicht mehr. Ich glaube, die Zeit dafür ist vorüber.“

Sein Arm fiel von ihrer Schulter und sie merkte, dass er sie missverstanden hatte.

Sie lachte leise und legte seinen Arm wieder um ihre Schulter. „Hör mal ganz zu. Ich will … ich will den Bräutigam. Ach, wie sehr ich ihn will.“

Sie barg sein Stoppelkinn in ihrer Hand. *Ihr Mann.* Wieder kamen ihr die Tränen. „Aber das andere Zeug brauche ich nicht mehr – das Kleid, die schicke Hochzeitsfeier. Worauf es wirklich ankommt, das habe ich."

Er drehte seinen Kopf, bis seine Lippen ihre Fingerspitzen berührten. „Ist das ein Ja?"

Sie nickte und lächelte, bis ihr Gesicht schmerzte.

„Ich liebe dich, Victoria DeVore. Ich liebe dich schon eine ganze Weile. Ich weiß nicht, ob es dir aufgefallen ist."

„Mir dämmerte es ganz allmählich." Sie zog sich zurück und versank in dem jungenhaften Grinsen, das er ihr schenkte.

„Das Einzige, was ich mir vorerst wünsche, ist ..." Sie zögerte und fühlte sich plötzlich schüchtern.

„Was?" Das Begehren in seinen Augen – in denen noch reichlich Übermut lauerte – sagte ihr, er erhoffte sich genau das, was sie sagen wollte.

„Da wir ja schon verheiratet sind ..."

Er klebte an ihren Lippen. „Ja?"

„Ich fühle mich einsam. Nachts. Ich vermisse dich ... Glaubst du, wir könnten ... eventuell ... diesen Teil unserer Ehe wieder ans Laufen bringen?"

Er lehnte sich zurück und kniff die Augen zusammen. „Das ist jetzt aber kein Aprilscherz, oder?"

Sie imitierte seinen Gesichtsausdruck. „Würde ich mir über so etwas einen Scherz erlauben?"

Als Antwort stimmten tausend Grillen ihr fröhliches *Zirp Zirp Zirp* an.

Über die Autorin

Seit dem Sommer, in dem sie alle Bände von *Unsere kleine Farm* von Laura Ingall gelesen und herausgefunden hatte, dass eine kleine Farmerstochter aus Kansas sehr wohl Schriftstellerin werden konnte, träumte Deborah Raney davon, auch ein Buch zu schreiben. Nach einem zwanzig Jahre währenden Umweg als glückliche Hausfrau und Mutter begann Deborah schließlich ihre Karriere als Autorin. Ihr erster Roman, *A Vow to Cherish*, bekam den *Silver Angel for Excellence in Media* verliehen und inspirierte den gleichnamigen Film von World Wide Pictures. Seitdem haben ihre Bücher den *RITA Award*, das *HOLT Medallion* und den *National Readers' Choice Award* gewonnen. Außerdem war sie für den *Christy Award* nominiert. Deborah spricht und unterrichtet gerne auf Autorenkonferenzen in den gesamten USA. Sie und ihr Mann, der Künstler Ken Raney, leben in Kansas, wo sie beide aufgewachsen sind, und lieben das Kleinstadtleben, das auch in vielen von Deborahs Romanen vorkommt. Die Raneys mögen Gartenarbeit, begleiten junge Paare in ihrer Gemeinde, schauen sich die Turniere ihrer Ballsport begeisterten Teenager-Töchter an und lieben es, ihre drei erwachsenen Kinder und ihren Enkel zu besuchen, der viel zu weit weg wohnt.

Wenn Sie mehr über ihre Bücher erfahren wollen, besuchen Sie bitte www.deborahraney.com.

Von derselben Autorin

Die Nacht am Fluss

Roman

320 Seiten, Paperback
ISBN 978-3-7655-1461-6

Es ist mitten in der Nacht. Leonie sitzt allein in Kevins Auto und hat für ihn eine Flasche Hochprozentigen gekauft. Weil er es so wollte. Wie sie überhaupt fast alles getan hat, was er wollte. Sie weiß, es wird sie zerstören, wenn sie es nicht schafft, sich von Kevin zu trennen. Da steigt ein Fremder zu ihr ins Auto ...

Ein wirklichkeitsnaher, spannender Roman über eine junge Frau, die ihr altes Leben verlässt und in einer Kleinstadt im Süden der USA bei hilfsbereiten Menschen neu anfängt. Unter einem falschem Namen. Denn sie hat immer noch Angst vor ihrem Ex-Freund Kevin. Wird sie es jemals schaffen, ihnen ihre wahre Geschichte zu erzählen? Vor allem: Wird sie es schaffen, Trevor zu vertrauen und ihm zu erzählen, wer sie wirklich ist? Denn er ist ganz anders als Kevin. Oder wird sie ihn verlieren, wenn sie ihm eingesteht, dass sie ihn belogen hat? In einer dramatischen Nacht am Fluss begegnet sie Kevin wieder und erfährt, dass Trevor zu ihr steht und sie schützt.

Tracie Peterson

Bevor es Morgen wird

Roman

304 Seiten, gebunden
ISBN 978-3-7655-1763-1

Als junges Mädchen in eine Ehe mit einem rücksichtslosen Mann gezwungen, ist Lydia Gray nur erleichtert, als ihr Mann durch einen Unfall ums Leben kommt und sie als vermögende Frau zurücklässt. Bei ihrer Tante in Alaska will Lydia die Vergangenheit hinter sich lassen. In der Schönheit und Ruhe des Nordens findet sie einen Frieden, den sie nie gekannt hat. Und als sie Kjell Lindquist begegnet, beginnt Lydia wieder daran zu glauben, dass sie auch die Liebe finden könnte. Aber ihre Zukunft ist bedroht. Die Familie ihres Mannes kämpft darum, ihr das Erbe streitig zu machen. Und eine neue Entdeckung zwingt Lydia, ihre Zukunftspläne zu überdenken. Mehr als je zuvor ist sie an ihre Vergangenheit gebunden. Was wird sie noch opfern müssen?

BRUNNEN VERLAG GIESSEN
www.brunnen-verlag.de

Tracie Peterson

Mein Herz sucht seinen Weg

Roman

304 Seiten, gebunden
ISBN 978-3-7655-1133-2

Als Phoebe Robbins erfährt, dass sie nach Alaska ziehen soll, weil ihr Vater in der Stadt Sitka einen Regierungsposten angenommen hat, ist sie ganz und gar nicht erfreut. Aber sie hat noch kaum einen Fuß in das wenig zivilisierte Land gesetzt, als sie schon eine Begegnung hat, die ihre Perspektive nachhaltig verändert. Daniel Lindquist ist ein Mann, der von Familiengeheimnissen verfolgt wird. Um endlich die Wahrheit über seine eigenen Wurzeln zu erfahren, entscheidet er sich, Sitka zu verlassen … und damit auch Phoebe, obwohl er weiß, dass sie sein Herz bereits gewonnen hat. Mit Daniels Weggang aber sieht auch sein bester Freund Yuri Chancen, um Phoebes Zuneigung zu werben.

Und während Daniel versucht, Licht in das Dunkel der Vergangenheit zu bringen, ist der Wettstreit um Phoebes Herz erst der Anfang von dramatischen Verwicklungen, in denen auch die Freundschaft zwischen beiden Männern auf eine harte Probe gestellt wird.

BRUNNEN VERLAG GIESSEN
www.brunnen-verlag.de